WANDINHA

A adaptação da primeira temporada

WEDNESDAY © 2022–2025 MGM Television Entertainment Inc. WEDNESDAY is a trademark of Tee & Charles Addams Foundation. *Wednesday: A Novelization of Season One* © 2025 Metro-Goldwyn-Mayer Studios Inc. All Rights Reserved.

METRO-GOLDWYN-MAYER is a trademark of Metro-Goldwyn-Mayer Lion Corp. © 2025 Metro-Goldwyn-Mayer Studios Inc. All Rights Reserved.

Dados Internacionais de Catalogação na Publicação (CIP)
Angélica Ilacqua CRB-8/7057

Wandinha : a adaptação da primeira temporada / [tradução de Marcia Men]. -- São Paulo : Universo dos Livros, 2025.
336 p. : il.

ISBN 978-65-5609-756-5
Título original: *Wednesday: a novelization of season one*

Baseado em episódios da primeira temporada de Wandinha
Escrito por Alfred Gough...[et al]
Série criada por Alfred Gough & Miles Millar
Baseada nos personagens criados por Charles Addams
1. Ficção infantojuvenil 2. Wandinha (Programa de televisão) I. Men, Marcia

25-0400   CDD 028.5

WANDINHA
A adaptação da primeira temporada

Baseado em episódios da primeira temporada de Wandinha
Escrito por
Alfred Gough & Miles Millar (episódios 101, 102, 108)
Kayla Alpert (episódios 103, 104)
April Blair (episódios 105, 106)
Alfred Gough & Miles Millar e Matt Lambert (episódio 107)

Série criada por Alfred Gough & Miles Millar
Baseada nos personagens criados por Charles Addams

São Paulo
2025

Grupo Editorial
UNIVERSO DOS LIVROS

DA MESA DE WANDINHA ADDAMS

Pergunte a qualquer criança-problema como ela se sente por ser largada na oitava escola em cinco anos e você receberá mais ou menos a mesma resposta.

Eu não sou a exceção, embora goste de pensar que minhas expulsões (assim como minha afeição por maldições) tendem a ser um pouco mais criativas do que a dos valentões habituais. Impossível exagerar o pouco que eu queria ser arrastada para a Escola Nunca Mais (a *alma mater* de meus pais) no fatídico dia de outono em que o carro fúnebre da família subiu pelo caminho que levava à entrada. A meu ver, qualquer instituição capaz de produzir a superioridade arrogante de minha mãe ou a nauseabunda obsessão de meus pais um pelo outro era um local a ser evitado a todo custo.

Entretanto, como qualquer gênio investigativo diria, é importante saber admitir quando se está errado. E eu estava. Sobre a Escola Nunca Mais. Sobre quase tudo o que aconteceu lá naquele ano. Em minha defesa, contudo, quem poderia ter previsto que um campus notório por abrigar as variedades comuns de excluídos e esquisitões pudesse hospedar um mistério monstruoso tão profundo, tão perverso que até *eu* me surpreenderia com sua conclusão?

Se eu pudesse voltar no tempo e dizer apenas uma coisa para aquela versão mais jovem e mais inocente de mim mesma… bem, provavelmente não diria. Afinal, o terror puro e sem presságios é uma das poucas diversões verdadeiras na vida, e sei que ela ficaria furiosa comigo por estragar a surpresa.

Em vez disso, deixe-me levar você de volta ao começo de uma história na qual eu, Wandinha Addams, encontro um propósito e um lar no último lugar em que esperava qualquer um dos dois. Não se preocupe, não é uma história com final feliz. Se você precisa saber de algo a meu respeito desde o início é que detesto uma história que não tenha pelo menos cinco assassinatos brutais.

CAPÍTULO UM

Meses antes...

Meus pais se beijam apaixonadamente no banco em frente ao meu. É bom que nosso carro seja um veículo fúnebre, porque estou a segundos de fenecer. Causa do óbito: pura repulsa.

Estou convencida de que um caixão a sete palmos de terra seria um destino preferível àquele para onde me dirigia. *Escola Nunca Mais*. O mesmo campus onde jurei quando criança que jamais colocaria os pés. Qualquer coisa que deixe meu pai de olhos marejados é algo que rejeito sumariamente — inclusive minha mãe, que ressurge em busca de ar e volta seu olhar prepotente para mim.

— Filhinha, ainda vai continuar dando esse gelo na gente? — pergunta ela.

Não desvio meu olhar da janela.

— Tropeço — digo, num tom calmo, falando com o monstruoso mordomo da família no banco do motorista. — Será que pode lembrar aos meus pais que não estou falando com eles?

Tropeço geme, como costuma fazer. Neste momento, prefiro isso à conversa que meus pais vêm tentando ter comigo desde que saímos de casa esta manhã. Sei que meu pai entende o alerta no tom dele, mas o ignora.

— Prometo, minha viborazinha, você vai amar Nunca Mais. Não vai, Tish?

Meu pai é incapaz de ter uma opinião da qual minha mãe não compartilhe. É antinatural, e só aumenta minha náusea.

— É claro — diz minha mãe. — É a escola perfeita para ela.

Essas palavras irritam meus nervos já em frangalhos. Abomino clichês, mas certas experiências adolescentes, suponho, são universais, e não há nada que eu deteste mais do que ouvir de minha mãe quem sou ou o que é bom para mim.

— Por quê? — disparo, rompendo meu silêncio a contragosto. — Porque foi a escola perfeita *para você?*

Ela nem ousa responder, apenas dá seu sorriso característico, sugerindo de maneira não verbal que tudo o que ela pensa está objetivamente correto. Provocando-me com aquele silêncio de quem sabe alguma coisa.

E caio na provocação. O que só me deixa ainda mais furiosa com nós duas.

— Eu não tenho nenhum interesse em seguir seus passos — digo. — Ser capitã da equipe de esgrima, rainha da formatura sombria, presidente da Sociedade Espírita.

Tento infundir essas realizações com o máximo possível de desdém, mas é claro, ela parece mais arrogante ainda.

— Eu só queria dizer que *finalmente* vai estar entre colegas que vão te entender — diz ela. — Quem sabe você até faça amigos.

Isto não dignifico com uma resposta. Amizade, em minha experiência, requer optar por uma série de identificadores nos quais nunca tive interesse. Psicólogos dizem que amizades adolescentes são formadas e rompidas quase que inteiramente baseadas no fato de fazer parte ou não de um grupo. E nunca fiz parte de grupos. Não pretendo começar com um que teria meus pais como membros.

Além do mais, não acredito que minha mãe já teve algum amigo. Ela teve seguidores. Bajuladores. Ela vem tentando me convencer a me juntar às fileiras deles desde que nasci.

— Nunca Mais não é um internato qualquer — diz meu pai, fitando-a, provando meu argumento de maneira irrefutável. — É um lugar mágico. Foi onde conheci sua mãe e nos apaixonamos.

Era de se imaginar que eu estivesse acostumada com aquela expressão sonhadora no rosto de meu pai, o jeito como ele pega a mão de minha mãe e suspira como se o carro fosse movido por emissões pessoais de dióxido de carbono, e não combustíveis fósseis que estão queimando o planeta e todos nele a um ritmo alarmante.

Sei que é inútil tentar interrompê-los. Mesmo minhas farpas verbais mais cuidadosas sempre fracassaram nessa empreitada. Em vez disso, eu me volto para a janela de novo, refugiando-me na última lembrança que me trouxe paz.

Quase posso sentir o piso de linóleo barato da Escola Secundária Nancy Reagan sob meus sapatos Mary Jane. Vejo o armário semifechado mal prendendo meu irmão, que se derrama para fora, o rosto vermelho e humilhado, uma maçã enfiada na boca. Toco seu braço e acontece. Uma visão. Um choque de passado ou futuro que sobrecarrega violentamente meus circuitos. É difícil explicar a sensação… Como terapia de choque, mas sem a queimação satisfatória que vem depois.

Essas visões têm me atormentado nos últimos meses. Mas esta, pelo menos, mostrou-me algo prático: a identidade dos torturadores de meu irmão. Dali por diante, não foi difícil obter vingança.

Levei alguns dias para conseguir as piranhas. Meu conhecido na loja de animais exóticos enrolou até eu desenterrar algumas fotos dele com sua amante atual que reduziram consideravelmente sua curiosidade sobre para que eu queria os peixes.

A lembrança de estar de pé na beira da piscina durante o treino de polo aquático me carrega por todo o caminho até Nunca Mais. A diversão se transformando em pânico nos olhos dos culpados. O corpo esguio e prateado dos peixes zunindo pela água com excesso de cloro. A forma com que elas, de algum jeito, *sabiam* como ir direto às joias da família.

Nunca vou me esquecer como o sangue vermelho vívido contrastava com o azul da água, nem dos gritos enchendo o centro de treinamento para esportes aquáticos. Eu não poderia ter armado um palco melhor: acústica incrível.

Eles sobreviveram, infelizmente. Meu único consolo é que seus pais não prestaram queixa por tentativa de homicídio. Imagine uma vida inteira com as pessoas olhando para a sua ficha e sabendo que você falhou em terminar o serviço.

CAPÍTULO DOIS

A sala da diretora de Nunca Mais é exatamente o festival de autoimportância acadêmica que mais odeio. Móveis e livros revestidos em couro, mogno polido e bronze. O tipo de sala que faz gente estúpida se sentir inteligente, e gente inteligente sentir vontade de vomitar.

Estou sentada em uma das poltronas de couro entre meus pais enquanto a diretora examina meu histórico com uma expressão de dor no rosto. Eu sei que o histórico inclui minhas transcrições. Provavelmente alguns alertas de ex-professores e orientadores. Nada fora do comum — a menos que você não esteja acostumado a justiça com as próprias mãos.

— Wandinha, que nome mais singular — diz ela, afinal, apegando-se ao que é, potencialmente, o único detalhe inofensivo no tomo. — Imagino que foi por que nasceu toda fofinha.

— Nasci em uma sexta-feira treze. — Eu a corrijo, mantendo o olhar firme para lhe mostrar que isso significa exatamente o que ela teme que signifique.

— O nome dela — interrompe minha mãe, pacificadora — veio de uma frase do meu poema infantil favorito. *Wandinha é só desgosto.*

A única vez que ela realmente me entendeu, penso eu.

— Você sempre teve uma perspectiva singular do mundo, Mortícia — afirma a diretora. — Sua mãe te contou que dividimos quarto naquela época?

De súbito, Larissa Weems é mais do que apenas uma cabeça falante quase indistinta para mim. Tento imaginá-la jovem — *será que ela era pretensiosa e tensa assim naquela época?*, eu me pergunto. Ela não pode ter sido popular, se está trabalhando aqui agora. Adolescentes de grupos populares quase nunca retornam à cena do crime.

Então, está revivendo algo, deduzo. E não parece ser uma bajuladora da minha mãe, o que significa que era ao menos parcialmente imune ao lendário charme de Mortícia Addams mesmo naquele tempo, quando ele era mais concentrado. Talvez haja algo que eu possa aprender com esta mulher, no final das contas. Não que eu vá lhe dar a satisfação de lhe dizer isso.

— Impressionante — digo, em meu tom mais neutro.

— O quê? — pergunta ela, polida.

— Que você tenha se formado com sua sanidade intacta.

É imaginação minha ou ela também dá outra olhada para mim? Se dá, ela tem o bom senso de parar antes de minha mãe reparar.

— Você com certeza teve uma jornada educativa *interessante* — afirma a diretora, voltando ao histórico. — Oito escolas em cinco anos, cada período terminando em um… incidente digno de nota.

— Acredito firmemente em justiça pelas próprias mãos.

Ela continua, ignorando esse aparte.

— Nunca Mais não costuma aceitar alunos no meio de um semestre, mas está claro que você é uma garota brilhante, e sua família tem uma longa história com a escola. A diretoria compreende que alunos que progridem aqui são com frequência… mal atendidos em outros ambientes educacionais. Abrimos uma exceção com a esperança de que isso também se provará verdadeiro no seu caso.

— Ainda não construíram uma escola que possa me atender — contra-ataco. — Ou que possa me segurar. E eu aposto que aqui não vai ser diferente.

— Acredito que o que nossa filha está querendo dizer — interpõe meu pai com um olhar penetrante em minha direção — é que ela agradece muito a oportunidade.

— Isso — concorda minha mãe. — E ela provará isso sendo uma aluna exemplar, além de frequentar regularmente suas sessões de terapia ordenadas pelo tribunal.

— Ah, isso nos traz ao meu próximo ponto — diz a diretora Weems, animada. — Muitos de nossos alunos requerem apoio psicológico extra. Temos um convênio com uma excelente profissional em Jericho que pode atender Wandinha duas vezes por semana.

Meu estômago se contrai ante a ideia de *terapia*. Evitei esse requerimento durante minhas sete últimas expulsões, mas dessa vez era acompanhamento ou detenção juvenil. Uma pena terem deixado meus pais decidirem. Eu sempre gostei de listras.

— Veremos se sua terapeuta vai sobreviver à primeira sessão — digo.

A diretora Weems não se abala. Será preciso mais do que algumas frases feitas para dissuadi-la, estou vendo. Terei que me esforçar mais — mas gosto de um desafio. Tomo nota para descobrir qual é o pior medo dela para explorá-lo antes de escapar daqui. Presumindo que haja tempo.

A diretora se levanta. Ela é alta. Bem mais alta do que eu esperava. Ela e minha mãe parecem gigantes, e amaldiçoo os genes de meu pai por meu tamanho diminuto.

— Designei o antigo quarto de sua mãe e meu para você — diz ela, naquele tom forçosamente animado, que soa ainda mais condescendente de sua altitude de trinta centímetros acima. — Prédio Ofélia.

Minha mãe ofega, deliciada, e aperta as mãos uma na outra. Odeio o Prédio Ofélia antes mesmo de colocar os pés lá, mas colocar os pés não melhora meu julgamento em nada.

Mais tarde, quando paramos na frente do que presumo ser meu dormitório, pergunto para minha mãe:

— Ofélia é aquela que se mata após enlouquecer por causa da família, correto?

A diretora Weems se interpõe antes que minha mãe possa responder — não que ela fosse se dar ao trabalho.

— Tudo certo! — exclama ela, com um sorriso cheio de dentes. — Vamos conhecer sua colega de quarto!

Colega de quarto.

Só a expressão já faz meu sangue gelar. Ninguém mencionou uma colega de quarto. Eu me imaginei em um quarto meio exagerado e soturno com janelas em arco, corvos circulando lá no alto. Tocando meu violoncelo. Escrevendo meu próximo grande livro de ficção. Planejando minha inevitável fuga.

Eu não tinha imaginado fazer nada disso com uma plateia.

— Aqui vamos nós! — afirma a diretora Weems, batendo duas vezes antes de abrir a porta.

Meu primeiro pensamento ao entrar no cômodo é que eu teria preferido que houvesse uma vítima numa poça de sangue. Uma infestação de centopeias. Uma nuvem de gás venenoso que causasse dor excruciante antes de acabar sequestrando o sistema nervoso e causando total falência dos órgãos.

Qualquer coisa, menos a explosão de *luz* e *cor* que ataca meus olhos quando entro em minha nova morada.

Minha suposta colega de quarto cobriu nossa janela redonda que vai do piso ao teto com um arco-íris; ele é iluminado por trás pelo dia melancólico lá de fora. O quarto saiu de uma colagem de revistas daquele tipo que faz as mulheres se sentirem mal por seu corpo para poder vender lâminas de depilação cor-de-rosa, sabonetes e antiperspirantes com cheiro enjoativo. A cama dela está coberta com uma variedade de animais de pelúcia.

— Ah, minha nossa — murmura meu pai de trás de mim. — É tão *vívido*.

Estou para enumerar, pela décima vez, todas as maneiras pelas quais eles me traíram ao me trazer para cá quando uma figura humanoide se aproxima de mim aos pulos, os cachos loiros esvoaçando, sorriso mostrando todos os dentes — e não do jeito predatório que prefiro ver os incisivos.

— Olá, amiga! — exclama ela, firmando com aquelas duas palavras o fato de que nós nunca, jamais, seremos amigas. Caso eu precisasse de mais provas, ela dá um passo adiante em uma tentativa de me abraçar. Uma desconhecida. Recuo um passo antes que possa me conter.

— Wandinha — diz a diretora Weems. — Esta é Enid Sinclair.

— Ah, não curte abraços — declara a Enid em questão. — Tô ligada!

— Por favor, perdoe a Wandinha — afirma minha mãe com um sorriso maldoso que diz que ela sente tanta pena por Enid e seu arco-íris quanto eu. — Ela é alérgica a cores.

Estou presa numa horrível batalha interna agora, na qual os dois resultados dão a sensação de derrota. Ou me forço a gostar de *Enid Sinclair* ou compartilho uma opinião com minha mãe.

— Uau, alérgica a cores — diz Enid agora, olhando para mim com preocupação verdadeira. — O que acontece com você?

Eu a encaro sem piscar.

— Eu fico com urticária e a carne descola dos meus ossos.

— Bom! — interfere a diretora Weems, com aquele sorriso diplomático. — Por sorte, encomendamos um uniforme especial para você, sem cores. Enid, por que você não leva a Wandinha até a secretaria para pegar o uniforme, junto com o cronograma das aulas? E faça um tour com ela no caminho enquanto eu e os pais dela preenchemos alguns papéis.

Ela pronuncia *crronogrrama* em vez de cronograma e faz o ato de preencher alguns papéis com minha mãe soar como o ponto alto de seu dia. Cercada por adultos, duvido que qualquer coisa abaixo de um sacrifício ritualístico vá me tirar dessa. E em um lugar como Nunca Mais, até isso pode ser ordinário demais para funcionar.

— Mostre o caminho — digo, mas não antes de me virar e olhar feio para meus pais.

Enid fica contente em ajudar. Ela insiste no tour, apesar de eu me empenhar ao máximo para convencê-la de que é desnecessário. Não preciso saber que a escola foi fundada em 1791. Planejo usar essa mesma quantia de minutos, ou menos, para escapar desta prisão descarada com estética *à la* Poe.

— Por que você quer ir embora? — pergunta Enid, quando lhe digo. — Este lugar é ótimo! Muito melhor do que uma escola normal.

— Foi ideia dos meus pais — respondo, notando uma foto de minha mãe com a equipe de esgrima na parede do hall de entrada. Ela está de uniforme. O cabelo solto, um sorriso malicioso e paquerador em seus lábios vermelho-vivo. — Eles estavam procurando uma desculpa para me mandar para cá. É tudo parte do plano nefasto e totalmente óbvio deles.

— E que plano é esse? — pergunta Enid.

— Que eu vire uma versão deles mesmos — respondo, suspirando. É o pior destino que consigo imaginar. Exceto, talvez, morar no quarto do arco-íris pelo restante da minha vida.

— Certo, já que estamos desabafando... — continua Enid. — Você poderia me explicar umas coisinhas.

— Duvido.

Ela prossegue, impávida.

— Bem, o boato é que você matou um garoto na sua antiga escola e que seus pais mexeram uns pauzinhos para te safar, apesar de você ser, tipo, um perigo para si mesma e para os outros.

— Totalmente errado — digo, em um tom entediado.

Enid parece visivelmente aliviada.

— Na verdade foram dois alunos. Mas quem liga?

Por um minuto, ela parece dividida entre o terror e o divertimento. No fim, ela dá uma risadinha, um som fraco que diz que ela não escolheu um lado.

Para sorte dela, chegamos ao que parece ser o centro social de Nunca Mais, e a visão de tantos sacos ebulientes de hormônios embota minha sagacidade apenas pelo tempo suficiente para ela atacar.

— Certo, o layout do campus você pode ver no seu mapa, então deixe eu ser sua guia na visita que realmente importa. Um quem é quem da cena social de Nunca Mais.

Ela parece genuinamente empolgada em repassar essas informações e, por mais que eu esteja sufocada pela multidão, não posso lhe dar a satisfação de recebê-las.

— Não estou interessada em participar de clichês tribais adolescentes — consigo dizer.

— Ótimo! — retruca Enid com o que acho ser um traço de sarcasmo genuíno. — Use-os para encher esse seu poço sem fundo de desespero.

Touché, penso, e aceno para que ela continue. Parece melhor terminar logo com isso.

— Então, as quatro turmas principais de Nunca Mais são: Vamps, Peludos, Chapados e Escamas.

Meu cérebro, faminto por padrões, já os mapeou antes que ela possa começar a gesticular, a despeito dos apelidos pedantes. Os vampiros estão sentados em uma mesa longe da luz solar direta, olhando melancolicamente para seus smartphones. Eu me pergunto se uma vida imortal de ensino médio basta para deixar a pessoa maluca e me prometo descobrir na primeira oportunidade possível.

— Alguns deles estão aqui há literalmente décadas — informa Enid, antes de acenar para um grupo de pessoas que parecem tão obcecadas por neon quanto ela. — Aqueles são os Peludos, ou seja, os homens e mulheres lobo. Obviamente, essa é a minha turma.

Enid uiva para eles, depois exibe as garras retráteis em minha direção.

— Tenho certeza que a lua cheia é um tumulto por aqui.

— Já arranjei fones de ouvido com cancelamento de ruído para você — diz ela com um sorriso. — Espero que goste de cor-de-rosa!

— Eu passo. Imagino que Escamas sejam as sereias.

— Você aprende rápido — confirma Enid, indicando um grupo de pessoas etereamente lindas reunidas em torno de uma fonte de água. — Aquela garota no meio, Bianca Barclay, é basicamente a realeza de Nunca Mais. Ninguém a contraria. Embora a coroa dela ande escorregando ultimamente.

Enid se inclina para mim, abaixando a voz.

— O boato é que ela está vulnerável depois que terminou misteriosamente com Xavier Thorpe no início do semestre.

— Enid! — Ouço uma voz atrás de nós, e me viro para ver um rapaz alto com uma touca exagerada se aproximando. A touca parece estar escondendo algo volumoso em sua cabeça.

Eu não me escondo exatamente atrás de Enid, mas fico obscurecida para a visão do garoto e não faço nada para remediar isso. Longe de mim recusar o dom da invisibilidade quando ele se apresenta.

— Ajax — diz Enid naquela voz de flerte que as pessoas usam de vez em quando. Arrastando a última vogal. Tento dar uma boa olhada nele sem me revelar, procurando a resposta para o motivo dela o achar digno de alterar a inflexão vocal.

Minha primeira olhada não me revela nada. Ele parece mediano em todos os sentidos. E quando se considera o apelo acima de média de Enid — calculado por simetria facial; maciez e tom de pele; proporção de pele visível em relação à roupa e maestria no uso de produtos de beleza —, eles parecem um par improvável.

— Você não vai acreditar no babado que ouvi sobre a sua nova colega de quarto — afirma Ajax, alheio à minha presença. — Ela *come* carne humana. Devorou todinho aquele cara que ela matou. Não dá as costas para ela.

Suspiro em silêncio, ciente de que sou obrigada pela honra a abrir mão de meu conveniente status de observadora.

— Pelo contrário — declaro, quando Enid dá um passo ao lado para revelar minha presença. — Na verdade, esfolo os corpos de minhas vítimas, e então os uso para alimentar meus bichinhos de estimação.

Sustento o contato visual com o garoto abaixo da média até ele abaixar o olhar. Vitória.

— Ajax — diz Enid com o que soa ser uma risadinha reprimida. — Esta é a minha colega de quarto, Wandinha.

— Uau — exclama ele. — Você está em preto e branco.

Risco *intelecto superior* de minha lista mental de possíveis motivos para Enid o estar agradando, deixando-me com precisamente zero opção restante.

— Ignora ele — diz Enid, virando com um aceno. — É gato, mas sem noção. Górgonas ficam quase o tempo todo chapados.

Posso apreciar a piadinha. Enid parece feliz com isso.

— Os boatos vão sumir quando te colocarmos nas redes sociais — diz ela. — Não há muita coisa sobre você online, então as pessoas se sentem livres para inventar. Me diga que você tem Instagram, pelo menos?

— Acho as mídias sociais uma forma de se afirmar vazia e insignificante — respondo.

Enid assente, sem saber o que dizer. Caminho de volta para nosso quarto em silêncio, sozinha.

Meus pais e Feioso vão embora antes do jantar, o que considero a única coisa positiva em um dia que, tirando isso, foi miserável. Posto-me de pé com minha família na entrada circular da escola, sem fazer nada para disfarçar minha impaciência para que eles se retirem.

— Por que meus meninos não me esperam no carro? — pede minha mãe para o restante, depois de eu me despedir deles. — Wandinha e eu precisamos de um momentinho.

Ainda que apenas para apressar a partida dela, engulo minha declaração de que nunca tivemos — e provavelmente nunca teremos — qualquer interação que possa ser descrita como *um momentinho*.

Quando eles partem, ela volta um olhar decididamente nada sentimental para mim.

— Alertei toda a família para me avisar no instante em que você obscurecer a soleira da porta deles. Você não tem para onde ir. Tente tirar o melhor disto.

Internamente, solto uma fungada. Como se um *membro da família* fosse ser minha primeira parada.

— Como sempre, você me subestima, mãe.

Ela ignora isso, enfiando a mão na bolsinha que meu pai geralmente carrega para ela.

— Eu comprei uma coisinha para você.

A gargantilha que ela me estende é cravejada de pedras pretas. Um *W* prateado — ou um *M*, dependendo do lado para o qual a pessoa o vire — está pendurado no centro do pingente. É horrendo.

— É feito de obsidiana — explica ela. — Os sacerdotes astecas usavam essa pedra para conjurar visões. É um símbolo de nossa conexão.

Ao ouvir *visões,* eu me sinto recuar por dentro. Recuso-me a reconhecer essa emoção como medo, mas estou ainda mais determinada a não demonstrá-la para ela. Seja lá o que for.

— Não sou você, mãe — digo. — Nunca vou me apaixonar, ou ser uma dona de casa, ou ter uma família.

Ela funga, como se fosse possível feri-la.

— Me disseram que garotas da sua idade dizem coisas que magoam. Que eu não deveria guardar isso no coração.

— Felizmente, você não tem coração.

Com isso, minha mãe sorri.

— Ah, obrigada, meu docinho.

Ela então me dá uma bola de cristal volumosa numa bolsa e promete ligar para mim no final da semana (apesar de meus protestos), e então minha família se vai. Fico ali no vento, o alívio a me percorrer. Nunca Mais não é o lugar para mim, sei disso. Mas ao menos, sem eles pairando por perto, não me sentirei forçada a ficar na caixinha em que eles insistem em me colocar.

Criança imatura. Futura vidente. Filha rebelde. *Addams.* Pretendo transcender cada um desses rótulos, e em breve.

Perdida em minhas fantasias de fuga, não estou ciente de que logo mais adiante na estrada um mistério já se desdobra. Um do qual estou destinada a fazer parte. Somente descobrirei os detalhes muito depois. Não verei fotos dos membros de um mochileiro espalhados pelas árvores no dia de minha chegada nem saberei a causa de sua morte.

Não ficarei sabendo da crença profunda do xerife de Jericho de que esse assassinato — parte de uma fieira de assassinatos — está conectado à Nunca Mais, e sobre o motivo para seu preconceito.

De manhã, o jornal publicará uma versão bem higienizada de um ataque de urso. Pegarei inspiração nessa descrição macabra para a cena em meu livro. A verdade, porém, se provará muito mais estranha do que a ficção, como ocorre tão amiúde.

CAPÍTULO TRÊS

Enid e eu já estamos discutindo quando a srta. Thornhill, a "mãe do dormitório", bate na porta mais tarde naquela mesma noite.

Minha colega de quarto está chateada porque tirei as transparências de arco-íris na minha metade da janela. Estou irritada pela intrusão dela em meu tempo de escrita. As garras de Enid estão para fora, e cogito qual de minhas armas de tortura medieval decorativas será a mais funcional num cenário de combate real.

— Meninas? — chama a srta. Thornhill ao abrir a porta, examinando o impasse. — Não é uma boa hora?

Enid retrai as garras, olhando feio.

— Eu sou a srta. Thornhill. Desculpe por não estar aqui quando você chegou. Eu estava lá fora, lidando com... uma situação na folhagem.

Ela gesticula para baixo, indicando a lama cobrindo suas botas vermelho-vivo.

— Fascinante — digo, com certo humor.

— A Enid deve ter te dado as boas-vindas de Nunca Mais!

— Ela está me *sufocando* com tanta hospitalidade — afirmo, sem romper o contato visual com minha colega de quarto de rosto corado. — Quero retribuir o favor. No sono dela.

A srta. Thornhill ri como se eu estivesse fazendo piada. Ela dá um passo adiante com uma planta em um vaso. Devo admitir que é linda. Folhas verde-escuras e uma flor grande no tom perfeito de sangue recém-derramado.

— Eu lhe trouxe isso como presente de boas-vindas. É da minha estufa. Tento ver qual flor combina com cada uma de minhas meninas.

— A dália-negra — afirmo, surpresa. Quase impressionada.

— Você conhece? — pergunta ela, sorrindo com uma quantidade embaraçosa de entusiasmo.

— Conheço — respondo. — É o meu homicídio não resolvido favorito. Obrigada.

Digo isso como um elogio, mas ela hesita, colocando o vaso na mesa ao lado da minha máquina de escrever e então indo na direção da porta.

— Bem, antes de sair, preciso informar as regras do prédio. Luzes apagadas às dez, nada de música alta, nada de garotos. Jamais.

Luto contra o impulso de zombar da ideia.

— Além disso, Jericho fica a vinte e cinco minutos de caminhada do campus. Há transporte para lá nos finais de semana se quiserem fazer compras, ou passear, ou seja lá o que a molecada descolada faz hoje em dia. — A srta. Thornhill ri. Eu não rio. — Mas os moradores locais têm um pouco de receio de Nunca Mais, o que significa nada de garras, nada de sufocamento durante o sono, nem nenhum estereótipo dos Excluídos enquanto estiverem por lá. Entendido?

Eu torno a me virar para a máquina de escrever. Enid expõe as garras de novo e começa a afiá-las com uma lixa roxa.

— Adorei o papo — diz a srta. Thornhill. Claramente, um paradigma de autoridade.

Quando chego ao Salão de Esgrima para minha primeira aula, sou forçada a admitir que as instalações são adequadas. E mais que isso: alguns de meus colegas de classe temporários não parecem tão terríveis nessa arte.

As mesmas habilidades que fazem de alguém um bom detetive amador também o fazem um espadachim de qualidade. Você deve ter leveza nos pés, prestar muita atenção aos detalhes e ser competente para encontrar os pontos fracos do oponente. Se o esporte não me mantivesse em boa forma para meus verdadeiros objetivos, eu não me daria a esse trabalho por causa de minha mãe.

Todos estão vestidos de branco, é claro, então meus trajes completamente pretos se destacam. As pessoas param seus combates para me observar com curiosidade. Eu queria já ter puxado minha máscara para baixo. Em vez disso, faço de meu rosto uma máscara, recusando-me a deixar que vejam que me sinto em casa aqui. Que gosto da sensação da lâmina a meu alcance.

Os combates continuam como se os outros alunos não tivessem notado minha chegada. Reconheço Bianca Barclay de imediato — sua pele marrom-escura brilha mesmo através da tela de sua máscara. Seu oponente é novo para mim. Baixo. Uns quinze anos, eu apostaria.

Ele tem uma postura terrível. Os passos são loucos, desesperados. Mexe demais os braços. Economia de movimentos é a marca de um bom espadachim, e a desse garoto é pior do que a de uma criança de colo.

Bianca, por outro lado...

O garoto desaba no chão.

— Treinador! Ela me derrubou! — grita ele, tirando a máscara para revelar o rosto suado de um rosa brilhante.

Não sou muito de sentimentos, mas neste instante ele me lembra um pouco meu irmão, Feioso, meio enfiado dentro de um armário e tentando não chorar.

— Foi um golpe limpo, Rowan. — É o julgamento do treinador.

— Se choramingasse menos e treinasse mais, não seria ruim — provoca Bianca. Alto o bastante para todos ouvirem. — *Alguém mais quer me desafiar?*

Ela diz como se tivesse certeza de que ninguém seria estúpido o bastante para aceitar. Ou, caso aceite, vá se arrepender. Não tenho desejo algum de atrapalhar (ou sequer de participar) uma hierarquia social, mas tenho problemas com gente que escolhe abusar dos mais fracos, e não trouxe este florete para cá só para aparentar ameaça. Posso muito bem me exercitar.

— Eu quero — respondo, dando um passo adiante.

Alguém ofega.

— Então — diz Bianca, andando ao meu redor, avaliando-me em busca de pontos fracos. — Você deve ser a nova psicopata que deixaram entrar aqui.

— Você deve ser a autoproclamada abelha-rainha — observo, acompanhando cada passo dela com um meu. — Curiosidade sobre as abelhas: tire o ferrão delas, e caem mortas.

Outro ofego. Agora coletivo. A expressão de Bianca diz que ela está surpresa com minha resposta — o que me diz que as pessoas normalmente se deitam e deixam-na pisar em cima. Este é um de seus pontos fracos, já posso ver. Foi mimada pela falta de oponentes dignos.

O outro ponto fraco é o quanto ela está ciente de nossa plateia. Ela se vira para eles agora.

— Rowan não precisa que você defenda ele — afirma ela, se dirigindo a mim, mas falando com a plateia. — Ele não é indefeso. É preguiçoso.

Empunho minha arma. O sibilar que ela faz pelo ar é gratificante.

— Vamos lutar ou não?

— *En garde* — diz Bianca. Ela ainda está prestando atenção demais ao que todo mundo pensa. Isso a deixa muito exposta.

O que nunca contarei para minha mãe é que há momentos em que amo este esporte. Para alguém como eu, fugir da própria mente nem sempre é possível. Porém, em um combate, posso transmutar minha energia mental em força física. Não há rendição. Tudo gira em torno de tática. Controle. É como dançar, mas com uma aura mortal.

Sempre preferi um oponente a um parceiro, mesmo.

Alguns segundos após o início, consigo meu primeiro toque quando Bianca considera seus ângulos. Abruptamente, ela fica furiosa.

— Ponto para Wandinha — diz o treinador, quase ofensivamente surpreso.

Eu sabia que Bianca era boa no instante em que a vi disputando com Rowan. Este é o momento em que descubro que ela é perigosa. Seu corpo todo parece se focar em mim, como se ela estivesse levando isso a sério pela primeira vez. Ela *conhece* seus pontos fracos, percebo. Só não está acostumada a ser responsabilizada por tê-los.

Quando Bianca parte para o ataque, mal consigo acompanhar seus passos. A sensação de fluidez da conexão entre minha mente e meu corpo se foi. Estou meio passo atrás.

Seu florete faz contato. Mal ouço o treinador dizer que o placar está empatado. Estou encrencada. Bianca é a atleta superior, é evidente, mas talvez eu ainda possa vencê-la com psicologia.

— Para o ponto-final — digo, de trás da máscara —, eu gostaria de pedir um desafio militar. Sem máscaras. Sem protetores nas pontas.

Uma terceira rodada de ofegos. Dessa vez, até o treinador se junta a eles.

— Ganha quem derramar sangue.

Retiro minha máscara. *Com seu rosto majestoso visível*, penso, *ela estará ciente demais das aparências.* A anonimidade dos trajes acabará. Talvez ela cometa um deslize.

— Você decide, Bianca — diz o treinador. Posso ouvir em seu tom a ânsia para alguma diversão do burburinho de adolescentes competitivos.

Bianca remove a máscara e começa o combate com uma arremetida confiante. Com seu primeiro passo, sei que meu truque não funcionou. Ela está mais feroz do que nunca. Mais rápida. A sereia se move como a água de onde retira suas forças. Ela está em todo lugar e em lugar algum.

Sei que não a vencerei sem assumir riscos, então é o que faço. Eu me exponho. Torcendo.

Mas ela apara, tirando vantagem do estratagema. Sinto na testa a ferroada que significa o fim.

— Um conselho — diz Bianca, seu tom fulminante de garota má enquanto se regozija no emblema de minha humilhação. — Fique na sua, que é o mais distante possível de mim.

Eu a encaro. Não há dúvida de que Bianca é uma adversária digna. E fico pensando se subestimei a rainha de Nunca Mais em algo além da habilidade na esgrima.

Exceto por Rowan e eu, a enfermaria está vazia. O treinador insistiu que fôssemos examinados, embora eu tentasse explicar que já escapei de ferimentos muito mais grotescos sem a afeição maternal fajuta e um curativo.

— Você é a Wandinha, né? — indaga Rowan quando a enfermeira se afasta apressada, deixando-me com um curativo sintético embaraçosamente grande na testa.

Divulgar minha derrota para qualquer um que olhe de relance para meu rosto é uma forma vil de tortura. Eu juro me lembrar disso para a próxima vez que precisar provocar humilhação em um inimigo.

— Rowan? — respondo, e o menino assente.

Aquele queixo trêmulo. A estrutura fraca, com ossos dignos de passarinho. Ele parece tão indefeso, é quase obsceno.

— Eu sei como se sente — diz ele.

— Garanto que não sabe.

— Minha mãe prometeu que finalmente eu ia me encaixar — continua ele, espalhando seus pontos de pressão como se fossem confete. É melhor ele torcer para que nunca entremos em desacordo. — Nunca pensei que fosse possível ser um Excluído numa escola cheia de Excluídos. Mas parece que você vai competir comigo.

Não me dou ao trabalho de responder. Pessoas como Rowan sempre presumem que meu status de "fora das panelinhas" tenha sido forçado sobre mim. Ninguém que esteja sozinho involuntariamente pode entender alguém que tenha escolhido ser assim. É impossível explicar, por isso nem tento.

— Hã, sinto muito pelo... — Ele indica na própria testa o lugar correspondente em que estou, no momento, usando uma placa de neon que diz *Bianca Barclay esteve aqui.*

— Nenhuma boa ação fica sem castigo — respondo, e saio do recinto antes que ele possa fazer mais esforços para se comiserar.

Lá fora, começa a chover. Tipicamente, não sou de tentar controlar a percepção pública, mas pego um caminho menos frequentado de volta ao meu quarto. Não quero que as pessoas saibam que Bianca me venceu antes que eu tenha um plano para empatar o placar.

Estou pesando minhas opções entre uma infestação de insetos no quarto dela e uma cabeça de cavalo entregue ao dormitório quando o raspar de uma pedra vindo lá do alto chama minha atenção. É uma gárgula — um tanto óbvia no quesito decoração —, mas agora estou mais preocupada com o fato de que ela parece estar se arrastando para a beirada de seu pedestal.

E o fato de que estou diretamente abaixo dela.

Há pouco tempo para agir e, embora a tomada rápida de decisões seja tipicamente meu ponto forte, eu me vejo presa nos nós de minha derrota anterior. Experimento um momento de dúvida. E isso é o que basta para me apagar feito uma vela. A última coisa que penso conscientemente é que o impacto está vindo da direção errada, e então tudo fica escuro.

Quando dou por mim, estou acordando na enfermaria com uma dor horrorosa se irradiando pela cabeça. Fui ensinada a suportar extremos. Não é nada que eu não possa aguentar. E, ainda assim, é inevitável me perguntar como foi que sobrevivi.

— Bem-vinda de volta — diz uma voz levemente rouca de algum lugar à minha esquerda.

Sento-me depressa, ciente de que minha posição deitada me deixa em desvantagem.

— A enfermeira disse que você não tem uma concussão — continua a voz. — Mas deve ficar com um galo feio, né?

Ao meu lado está um garoto. Alto, magro, cabelo comprido e preso. Ele tem uma estrutura óssea delicada e olhos compassivos que parecem um tanto atormentados — talvez performaticamente.

— A última coisa de que me lembro é estar andando lá fora, sentindo uma mistura de raiva, pena e autoaversão — digo, mais para mim mesma do que para meu companheiro, cujo perfil já tracei. Não é uma ameaça, nem um aliado. — Acho que nunca senti exatamente esse coquetel de emoções.

— Perder para Bianca tem esse efeito sobre as pessoas, acho.

Recuso-me a admitir que minha derrota na esgrima já seja de conhecimento geral na escola, mas o restante de minha lembrança do incidente está retornando e minha curiosidade foi despertada. Viro para encarar o garoto, torcendo para perturbá-lo a ponto de dizer a verdade.

— Quando olhei para cima e vi a gárgula vindo, pensei: "Pelo menos vou ter uma morte criativa". Mas a força do impacto veio da direção errada, o que quer dizer que *você* me tirou do caminho com um empurrão. Por quê?

Ele parece achar graça da pergunta. Como se as pessoas fizessem coisas abnegadas mais do que dois por cento do tempo, em média.

— Pode chamar de instinto.

— Eu não queria ser resgatada — digo, irritada por sua displicência e pelo latejar em minhas têmporas.

— Então eu deveria ter deixado aquela coisa fazer mingau de você?

— Eu preferia ter me salvado. — Reconheço que é uma mentira. De fato, lembro-me de ter distintamente fracassado em reagir a tempo, o que contribuiu para meus sentimentos de desprezo por mim mesma. — Estou bem acostumada a me salvar.

O garoto tem a coragem de fungar, zombeteiro.

— Bom saber que você não mudou — afirma ele, me deixando desconfortável. — Se te faz sentir melhor, digamos que retribuí o favor.

Com essas palavras, sou forçada a examiná-lo de novo. Não há nada familiar, e me orgulho em manter um catálogo preciso de nomes e rostos.

— Xavier Thorpe? — sugere ele.

Soa conhecido, mas apenas pelo discurso insípido de Enid sobre a hierarquia social. Noto com leve interesse que este é o garoto que misteriosamente terminou um relacionamento com Bianca Barclay e então considero uma sangria para me livrar do impulso de me importar.

— O que aconteceu? — pergunto.

— Puberdade, acho? — responde ele. — Da última vez que nos vimos, eu tinha meio metro a menos. Bochechas gordas e fofinhas.

— Digo, o que aconteceu da última vez que nos vimos — esclareço.

Xavier se recosta na poltrona de visitantes, como se revivendo aquela lembrança. Eu desejo, não pela primeira vez, que pudesse simplesmente ler mentes. Muito mais útil do que as visões de minha mãe, e me pouparia muitos bate-papos intragáveis.

— Era o velório de minha madrinha — explica ele. — Ela era amiga da sua avó. Tínhamos dez anos. Ficamos entediados. Resolvemos brincar de esconde-esconde. *Eu* tive a brilhante ideia de me esconder no caixão dela, e a tampa ficou presa no caminho para o crematório.

Finalmente, eu lembro. O funeral. Eu havia implorado para minha mãe me deixar ir. Eu amava o cheiro de uma coroa de rosas apodrecendo. Os sons ásperos do luto, como música. A presença pacífica da morte tão próxima.

— Escutei gritos abafados — afirmo, relembrando os detalhes. — Achei que a sua madrinha tinha, de algum jeito, enganado a morte e estivesse tentando abrir caminho a unhas e dentes.

Deixo de fora que essa é uma das minhas fantasias funéreas mais acalentadas, e uma que ainda não risquei da minha lista.

Xavier sorri. Nesse sorriso, vejo um pouco daquele menino de rosto redondo. Sempre tive um ponto fraco pelos azarões.

— Bem, de qualquer forma, você apertou o botão vermelho e me salvou de ser queimado vivo. Então, agora estamos quites.

Quando finalmente sou liberada das garras da enfermeira da escola, abro caminho de volta ao meu dormitório, deliciada em descobrir que Enid saiu e o quarto está deserto. Estou com dois dias de atraso em minha escrita, e o estalar familiar de minha máquina de escrever me acalma.

Estou mergulhada neste episódio da história de Víbora de la Muerte, a garota detetive, quando sinto o cheiro de algo conhecido. Um odor que não deveria estar nem próximo da Escola Nunca Mais, porque seu lugar é em casa.

Seguindo meu nariz, vou na ponta dos pés para a cama, arrancando a colcha dramaticamente para revelar uma mão decepada que, de maneira previsível, se encolhe de medo quando me posto acima dela, triunfante pela primeira vez hoje.

A mão em questão dispara, indo para a cabeceira de ferro e se agarrando a ela com três dedos desesperados e traidores. Mas já peguei ratos maiores e logo este está seguro em minhas mãos, tremendo de um jeito que sei que denota súplica.

— Olá, *Mãozinha* — digo, casualmente. — Você achou que meu olfato altamente treinado não iria sentir o débil cheiro de néroli e bergamota do seu hidratante preferido?

Ele luta, como se eu não o estivesse dominando feito criança de colo em um carrinho. Seguro com mais força.

— Posso fazer isso o dia todo — alerto, batendo-o em minha mesa. — Você se rende?

Mãozinha bate três vezes, o sinal. Eu o solto, mas continuo de olho nele, que é arredio. Presumivelmente, é por isso que está aqui.

— Mamãe e o papai mandaram você para me espionar, não foi?

Ele nega freneticamente. Protegendo-os mesmo agora, no momento de sua derrota.

— Não me importo em quebrar alguns dedos — ameaço.

Mãozinha começa a sinalizar o mais depressa que pode. Eu só chego até a palavra *preocupados* antes de revirar os olhos.

— Ah, Mãozinha, seu pobre e ingênuo apêndice. Meus pais não estão *preocupados* comigo. São titereiros maléficos que querem me manipular até de longe.

Ele não sinaliza mais nada, mas posso ver por sua postura que ele discorda. Não importa. Mãozinha pode me subestimar junto a meus pais. Todos vão se arrepender no final, mas não serei comprometida. Pego minha luminária de mesa e a viro para ele.

— Na minha opinião, você tem duas opções — digo a ele antes de abrir a primeira gaveta de cima. Ela é rasa. Resistente. Tem tranca. — Opção número um, eu te tranco aqui pelo resto do semestre e você vai aos poucos enlouquecendo tentando fugir à unhada. Arruinando suas unhas e sua pele macia e suave. Nós dois sabemos o quanto você é vaidoso.

Ele treme, e sei que está imaginando os danos na cutícula. Rugas. Pele frouxa nos nós dos dedos.

— Opção número dois — ofereço, magnânima. — Você jura lealdade eterna a mim.

No mesmo instante, ele se põe sobre o indicador e o médio, se ajoelhando de forma inconfundível. O tabuleiro de xadrez perpétuo em minha mente se reorienta, uma nova peça ao lado da rainha. Minha derrota mesquinha para Bianca hoje de repente parece trivial. O inquietante encontro com Xavier, mais ainda. Eu estava falando sério quando conversei com a diretora Weems durante nosso primeiro encontro. Esta escola jamais poderia me segurar.

— Nossa primeira empreitada... — digo para Mãozinha — é escapar deste purgatório adolescente.

Mãozinha começa a fazer sinais em resposta e fungo, revirando os olhos.

— Mas *é claro* que tenho um plano — afirmo, enquanto todos os elementos começam a ficar mais claros em minha mente, as conexões se formando, futuros possíveis se movendo e se assentando. — E ele começa agora.

Capítulo Quatro

Minha vida inteira, até o momento, evitei ser verdadeiramente psicoanalisada. Como tenho certeza de que você pode imaginar, não foi fácil. Alguém com minha estética e sensibilidade parece matéria-prima de primeira para a escumalha dessa profissão.

Tipicamente, o plano é simples e eficaz: controlar a narrativa desde o princípio. Aproveitar as feridas óbvias que os profissionais oferecem no bate-papo de apresentação. Chocar e espantar para que fiquem ocupados demais reagindo na defensiva para ver que você está bloqueando as tentativas deles de desenterrar algum trauma bobo de infância e, assim, fazer jus ao pagamento inflado.

Dessa vez, as coisas precisarão ser levemente diferentes. Não imagino que alguém cuja lista de clientes é cheia de alunos da Nunca Mais seja tão fácil de espantar quanto os orientadores educacionais que espantei no passado. Não posso contar com a possibilidade de ela sair correndo da sala aos gritos, então terei que eu mesma fazer essa parte de sair da sala.

O consultório da dra. Kinbott é o clássico espaço neutro e peculiar. Talvez decorado por algum designer de escritórios. Pergunto-me se esses "toques pessoais" são sequer pessoais mesmo ou apenas coisas para incitar comentários.

— Então, Wandinha — diz ela, entrando e fechando a porta ao passar. — Li as anotações da psicóloga da sua ex-escola.

— A sra. Bronstein — comento. — Teve um colapso nervoso após nossa última sessão. Teve que tirar um período sabático de seis meses.

A dra. Kinbott parece impassível diante disso. Ela gesticula para eu me sentar, e me sento. No mínimo para atraí-la com uma falsa sensação de segurança. É parte da fase um.

— Como se sentiu com isso? — pergunta ela.

Realmente, reinventando a roda aqui, penso.

— Redimida — respondo. — Mas alguém que faz crochê como hobby não é uma adversária à altura.

Ela se senta na minha frente. Loira, magra, vestindo roupas sociais confortáveis. Bonita, mas seu olhar é um pouco intenso demais.

— Bem, Wandinha, espero que você não pense *em mim* como uma adversária — diz ela. — Espero que possamos forjar uma relação construída com confiança! E respeito mútuo!

Fungo, zombeteira. Como se eu pudesse algum dia respeitar alguém que combina a pulseira do relógio com a cor do sapato.

— Aqui é um lugar seguro, Wandinha — empolga-se ela. — Um santuário onde podemos discutir qualquer coisa! O que você está pensando, sentindo, sua visão de mundo, sua filosofia pessoal!

Ela sorri para mim depois disso, como se tivesse me oferecido um mimo de verdade.

— Isso é fácil — afirmo. — Eu *penso* que isso é uma perda de tempo. *O mundo* é um lugar que precisa ser aturado. E *minha filosofia pessoal* é matar ou morrer.

Para minha extrema irritação, os olhos dela se iluminam diante de minhas respostas.

— Isso! Por exemplo, quando alguém agride seu irmão, sua resposta é jogar piranhas na piscina.

Como ela ousa. Estou muito consciente de que minha propensão a proteger Feioso e outros desajustados suados e ineptos que me lembram dele é minha única fraqueza identificável. Mas tocar nesse assunto nos primeiros cinco minutos não é de bom tom, mesmo para uma psicóloga.

— O que estou tentando dizer é que você agrediu um menino — diz ela —, e não demonstrou remorso por seus atos. É por isso que você está aqui. Porque acredito que você tenha sentimentos mais profundos do que o juiz entende. Que talvez você os esteja escondendo. Do mundo. De si mesma.

Essa avaliação me dá comichões.

— Ele era um valentão violento e estúpido — digo. — Se está se perguntando sobre minhas emoções ocultas sobre esse assunto, permita-me esclarecer. Ele perdeu um testículo. Estou decepcionada que não tenha perdido os dois. Teria sido um favor para o mundo. Gente como *Dalton* não deveria procriar. Agora respondi a todas as suas perguntas.

Coloco-me de pé.

— Ainda não terminamos — diz a dra. Kinbott.

Há uma rigidez em sua voz que me deixa cansada. Isso vai ser mais difícil do que pensei.

Torno a me sentar, diagramando mentalmente uma nova abordagem.

— A terapia é uma ferramenta valiosa para ajudá-la a entender a si mesma — explica a psicóloga, de volta à sua voz de professora do jardim de infância. — Ela pode te ajudar a construir a vida que quer.

— Eu sei a vida que eu quero — afirmo, balançando a cabeça.

— Então me conte — oferece ela, debruçando-se para a frente. Sorrindo de novo. — Tudo que é dito nessas sessões é estritamente confidencial. Talvez seus planos envolvam se tornar uma escritora? Me mandaram seus manuscritos como parte da sua avaliação. Quer me contar sobre eles? Sobre Víbora de la Muerte?

A intrusão dessa desconhecida saber sobre meus livros, sobre Víbora, é o bastante para me fazer acelerar meu plano. Dou-lhe os pontos resumidos enquanto procuro pela saída.

— E o relacionamento entre Víbora e a mãe dela? Dominica? Talvez fosse um bom ponto de partida.

— Talvez fosse — digo, com um sorriso malicioso. — Se importa se eu usar o toalete primeiro?

No cômodo recoberto de papel de parede azul-bebê, abro minha bolsa.

— Lixa de unha — peço a Mãozinha, que me passa a lixa, obediente.

Abro a janela, quase silenciosamente, e me espremo para o telhado. Quando a dra. Kinbott chama, perguntando se estou bem, já estou deslizando pelo cano de escoamento para a calçada. Forço Mortícia a continuar lá em cima com a boa doutora. Carregá-la por aí nunca me ajudou em nada.

Sei que a diretora Weems está esperando por mim na frente do consultório. Ela sugeriu que tomássemos um *chocolate quente* depois da sessão. O único motivo para alguém de seu nível me escoltar pessoalmente até a terapia é evitar uma tentativa de fuga. Mas nem mesmo *ela* esperaria que eu escapasse em oito minutos. Isso me dá um tempo de vantagem — mesmo que breve.

Por sorte, Jericho é do tamanho de um selo de cartas. Vejo o café minúsculo que ela mencionou logo adiante. Cata-vento. Vou tomar um choque de cafeína e convencer algum morador a me chamar um táxi. Nem importa para onde ele me leve, a essa altura.

Atravesso a rua, perdida em meus planos, e me choco com um fazendeiro carregando uma caixa de maçãs.

Ocorre de imediato. Do mesmo jeito que ocorreu com Feioso no armário. De súbito, não estou mais no meu corpo. Estou em outro lugar. Vendo algo que não pedi para ver. Dessa vez são as maçãs, espalhadas à beira da estrada. O caminhão do fazendeiro está destruído. Seu pescoço está torto em um ângulo nauseante.

Antes que eu consiga ver outros detalhes, já passou. O homem em questão, com as vértebras empilhadas na devida ordem, encara-me como se eu tivesse acabado de confirmar cada uma de suas piores suspeitas sobre os alunos da Nunca Mais apenas por colidir com seu braço.

Você vai morrer, penso em avisá-lo.

— Como fugiu do hospício? — roufenha ele. — Esquisitona dos infernos.

Afasto-me sem dizer uma palavra.

O sino acima da porta do café toca quando a abro e logo três pares de olhos pousam sobre mim. Conforme previsto, tem um morador local atrás do balcão.

Para testá-lo, encaro a máquina de café *espresso* até ele me notar. O atendente quase dá um pulo de susto quando me nota, mas se vira de frente para mim em seguida. *Ele vai servir,* penso. Para a fase dois, pelo menos.

— Quero um *quad* com gelo — digo. — É uma emergência.

Parecendo recuperado, ele gesticula para a máquina massiva arrotando vapor entre nós.

— Desculpe, a máquina de *espresso* tá dando pau. Só poderei fazer um *quad* quando ela for consertada.

— Qual é o problema da máquina? — pergunto, já catalogando as peças e a localização da emissão de vapor.

— É uma fera temperamental com vontade própria — diz o garoto. — Sem mencionar que as instruções estão em italiano.

Ele me observa passar para trás do balcão para me postar a seu lado. Como se um balcão que se levanta fosse realmente tão difícil de operar com pressa.

— Preciso de uma chave de fenda triangular e uma chave Allen de quatro milímetros — informo para ele, já retirando a frente da máquina para acessar o mecanismo interno.

O funcionário apenas me olha, boquiaberto. Típico.

— O negócio é o seguinte — explico, devagar. — Vou consertar sua máquina de café. Você faz o meu café e me chama um táxi.

Ele sacode a cabeça, mas pelo menos pega as ferramentas para mim.

— Não tem táxis em Jericho — diz ele. — Tentou um Uber?

Eu o dispenso com um gesto.

— Não tenho celular. Me recuso a ser escrava da tecnologia. E quanto aos trens?

— A estação fica em Burlington, a meia hora daqui — responde.

Bingo. O problema com a máquina é razoavelmente fácil de resolver. Eu mexo por ali mais do que o necessário, só para deixar aparente que estou mesmo lhe fazendo um favor. As pessoas não dão tanto valor à eficiência quanto deveriam. Especialmente quando ela vem em pacotes diminutos com duas tranças nos cabelos.

— Problema com a válvula — digo, afinal. — É a mesma coisa que a minha guilhotina a vapor teve. Minhas pobres bonecas estavam condenadas à decapitação parcial até eu descobrir do que se tratava.

O vapor para. A menção de bonecas decapitadas não parece abalar o garoto, que chacoalha a cabeça cheio de gratidão.

— Geralmente o pessoal da Nunca Mais não gosta de meter a mão na massa. Eu me chamo Tyler, aliás.

— Wandinha.

— Que tal eu te dar uma carona até a estação de trem para demonstrar minha gratidão? Eu saio daqui a uma hora.

Minha tentativa de subornar Tyler, o Morador, a sair mais cedo do trabalho — antes que Weems possa me encontrar neste local muito previsível — não me leva a lugar algum. É uma inconveniência para mim, mas fico minusculamente impressionada pela resolução dele. Isso é raro o bastante em rapazes adolescentes a ponto de ser digno de nota.

Sento-me com meu café numa mesa de canto junto da janela. Estou tão atenta à possibilidade da aparição de Weems que mal reparo nos garotos Amish estranhamente agressivos que cercaram minha mesa.

— O que uma aberração da Nunca Mais está fazendo à solta? — pergunta um deles. — Esta mesa é nossa.

Fica claro que estão tentando me intimidar, mas não consigo superar seus figurinos. Calças pretas, camisas com colarinhos largos e engomados. Cartolas com topo achatado.

— Por que vocês estão vestidos como fanáticos religiosos?

Sei que provavelmente vou me arrepender de ter mordido a isca, mas tenho tempo de sobra mesmo.

— Somos peregrinos — responde um deles, e encolho os ombros como se para indicar que não vejo muita diferença entre as duas designações.

— Trabalhamos no Peregrinos — diz outro, virando o cardápio do café para me mostrar uma propaganda do estabelecimento. Pessoas em trajes de peregrinos semelhantes, sorrindo amplamente na frente de lojas decadentes com fachadas temáticas da era colonial. Tem qualidade de propaganda local. As fotos são granuladas, os sorrisos forçados.

— Uau — digo, analisando-a com cuidado. — Tem que ser muito estúpido para dedicar um parque temático inteiro a fanáticos responsáveis por um genocídio em massa.

Digo isso alto o suficiente para garantir que todos me escutem. Como falei, estou com tempo de sobra. E se esses imbecis não estiverem me perturbando, talvez passem para alguém menos capaz.

— Ei! — grita o terceiro deles. — Meu pai é *dono* do Peregrinos! Quem é que você está chamando de estúpido?

— Se o sapato afivelado serviu... — entoo. Então me levanto, sentindo que trocar farpas verbais não é tudo que esses três querem. E, para ser honesta, depois de meu fracasso na esgrima com Bianca, não me importaria de vencer alguém só para variar.

— Diz aí, bizarra — diz o Peregrinos Júnior, o rosto próximo do meu. — Você já ficou com um padrão?

Ignorando a implicação repelente das palavras dele, sustento seu olhar. Seu medo é ácido no ar. Ele só está fazendo um showzinho para os amigos, que estão de pé atrás de mim em caso de eu sacar uma varinha mágica e transformá-los em sapos.

— Nunca encontrei um que desse conta — respondo. Em seguida, dou um passo adiante, entrando em seu espaço pessoal. — Bu!

É tudo de que preciso para aquele que está atrás de mim tentar pegar meu braço. Fecho os olhos brevemente, encontro meu centro; então uso seu próprio ímpeto para jogá-lo no chão sem nem olhar para ele. O segundo ataca. Eu os vejo em câmera lenta agora, com bastante tempo para reagir. Não há necessidade de utilizar a própria força quando o adversário deixa a dele tão fácil de usar como arma.

Quando o segundo cai no chão, decido me divertir um pouco. Digo, não sou uma pacifista de verdade, afinal de contas. O chute giratório acerta o terceiro no queixo. Tombou antes que pudesse dar seu próprio ataque atabalhoado.

Vários dos clientes reunidos ali murmuram, preocupados. A maioria nos encara, em choque. Talvez seja o maior entretenimento que eles têm há anos, se o Peregrinos serve de indicação.

Sorrio maldosamente quando vejo Tyler de pé a alguns metros de mim, as mãos esticadas como se esperasse que eu precisasse ser salva.

— Não se preocupe — digo a ele. — A guilhotina a vapor para minhas bonecas não foi a única arma da minha infância.

— Pelo visto, não mesmo — murmura ele.

Estou prestes a usar essa ceninha para conseguir uma carona antecipada para o trem quando uma complicação entra pela porta na forma do xerife de Jericho.

— Pai? — diz Tyler, e meus olhos vão de um para o outro. *O filho de um xerife,* penso. A trama se complica.

— O que tá rolando aqui, Tyler? — pergunta o pai dele. Dessa vez, acho sábio permitir que Tyler saia em minha defesa.

— Eles estavam assediando uma cliente — explica ele, gesticulando para os peregrinos caídos e gemendo pelo piso do café. — Ela mostrou quem é que manda.

Via de regra, tento evitar o olhar de oficiais da lei a todo custo, mas não tenho muita escolha a não ser deixar o xerife me avaliar. Quando ele fala, dirige-se a Tyler, como se eu nem estivesse ali.

— Essa coisinha derrubou três meninos?

Uma segunda complicação segue o xerife porta adentro.

A diretora Weems está corada, o cabelo bagunçado pelo vento. Presumo que o alívio real em seu rosto esteja ligado diretamente às finanças da diretoria da Nunca Mais.

— Perdão, xerife — diz ela, despreocupada. — Essa aí escapuliu de mim. Venha, srta. Addams. Hora de ir.

Lanço um olhar de *talvez em outra vida* para Tyler enquanto me preparo para ser transportada de volta para o manicômio. Mas o xerife nos faz parar.

— Você é uma Addams? — pergunta ele. *Agora* ele me vê. — Não me diga que Gomez Addams é o seu pai.

Ele me pediu para não dizer, então não digo. Tenho o direito de permanecer em silêncio, afinal.

— Ele tinha que estar atrás das grades, por homicídio — exclama o xerife, cheio de acusação. — Parece que filho de peixe, peixinho é. Vou ficar de olho em você.

Eu o encaro carrancuda, outra diatribe já na ponta da língua, mas a maldita diretora Weems e sua força superior já me levaram porta afora antes que eu possa dizer uma palavra sequer.

No elegante utilitário preto, minha estimada diretora-chofer está me dando uma bronca porque eu deveria manter a discrição com os oficiais da lei locais.

Eu interrompo, lembrando que ela frequentou a escola com meus pais.

— O que ele quis dizer? — pergunto. — Sobre meu pai?

— Não faço ideia — responde ela, embora eu não saiba bem se acredito. — Mas posso lhe dar um conselho?

Erguendo uma sobrancelha, espero por essa dica que vai mudar minha vida.

— Pare de fazer inimigos e comece a fazer alguns amigos. Você vai precisar.

Antes que ela possa dizer mais, vejo um caminhão familiar virado sobre a lateral na estrada. Há maçãs derramadas nas duas vias. O fazendeiro na minha frente. Seu hálito azedo na minha cara. *Esquisitona dos infernos.*

— Espero que o motorista esteja bem — diz Weems, desacelerando ao passar.

— Ele está morto — digo, sem pensar. — Quebrou o pescoço.

Levanto a mão discretamente para tocar o talismã de obsidiana que minha mãe me deu. Aquele que venho escondendo debaixo da camisa.

— Como viu desse ângulo? — pergunta Weems.

Mas não respondo. Já falei demais.

CAPÍTULO CINCO

De volta ao dormitório, levo meu violoncelo para fora a custo. Enquanto toco, tento me acalmar para exorcizar a sensação que as visões sempre conjuram em mim. A sensação de que sou diferente de todas as pessoas deste mundo. Que estou destinada a me mover por ele sem que uma única pessoa sequer me compreenda.

Eu me permito remoer por uma execução de um arranjo de orquestra para "Paint It Black"; depois, estou de volta ao trabalho.

Só não me dou conta que, conforme derramo toda a minha solidão fútil e prosaica em meu instrumento, já comecei a causar repercussões na pequena comunidade de Jericho. Já me prendi a mais de um ator no grande mistério se desenrolando sem minha ciência.

Não vejo Rowan Laslow descendo para uma biblioteca secreta sob a escola enquanto toco. Retirando da estante um livro com os poderes que ele acredita serem o que o torna um Excluído aqui. Não o vejo abrir o livro no desenho de uma garota com uma saia listrada e uma camisa preta, de pé na frente de um fogo intenso. Uma garota que se parece estranhamente comigo — magra, mortalmente pálida, feições severas e sobrancelhas escuras. Cabelo loiro-acinzentado em duas tranças distintas...

Durante o primeiro crescendo, não vejo Tyler Galpin, o barista da cidade e filho do xerife, escavando a pilha de arquivos do pai sob a luz de uma lanterna. Puxando um arquivo com meu sobrenome na etiqueta.

Durante meu *pizzicato* de Bartók, executado de forma excelente se me permitem dizer, não vejo o bom xerife. Levado pela bebida. Aproximando-se de um quadro de avisos em seu escritório, cujo conteúdo se tornará bem familiar para mim nas próximas semanas. É uma série de histórias de jornais e fotos de residentes e visitantes de Jericho mortos em supostos ataques de animais...

Enquanto minha música paira sobre o campus da Nunca Mais, não a vejo chamar a atenção de Xavier Thorpe, da diretora Weems e da srta. Thornhill, mas todos também se sentirão tocados por ela. Apenas mais uma prova de que a forma como a maioria das pessoas pensa na comunicação humana é falha ao extremo. É para isso que serve a arte.

Mãozinha aparece no topo do meu suporte para virar a última página da minha partitura. Finalizo numa nota confiante que poderia ter levado meus primeiros instrutores às lágrimas. Contudo, sem o conhecimento da trama se complicando em Nunca Mais, sinto-me insatisfeita. Meus instintos me dizem coisas que ainda não tenho provas para sustentar.

Sente-se melhor?, gesticula Mãozinha.

— Não, não me sinto melhor, na verdade. Tem *algo* errado neste lugar. E não é só por ser uma escola — insisto.

Antes que possa continuar a juntar os pontos, a janela se abre atrás de mim. Nunca, nem em um milhão de anos, admitirei que fico feliz por ver Enid — que parece estar tentando ganhar um concurso de *quantas cores contrastantes alguém consegue vestir de uma vez só.*

— Como é que você conseguiu passar esse violino gigante pela janela? — pergunta ela.

Posso ver que ela está tentando se agarrar à irritabilidade gerada por nossa picuinha anterior, mas estou exausta. E, francamente, tenho problemas maiores no momento. Problemas que poderiam se beneficiar com uma aliada a mais.

— Tive uma mãozinha — digo, e Mãozinha acena para Enid.

Fico contente por não ter subestimado Enid, que se aproxima depois de notá-lo.

— Uau — diz ela. — Cadê o resto dele?

Sorrindo, lembro de ter feito a mesma pergunta para meus pais assim que entendi que Mãozinha era uma mão exatamente como as minhas, que não se soltavam dos punhos — uma decepção.

— É um dos grandes mistérios da família Addams — explico.

Estou prestes a introduzir minha solicitação de auxílio quando ouço o som inconfundível de homens e mulheres lobo adolescentes brincando do lado de fora do dormitório. Lá no alto, as nuvens sempre presentes se abrem para revelar uma lua cheia, pesada e baixa no céu.

Enid suspira, mas pelo menos dessa vez não começa a falar de imediato.

— Por que não está se transformando? — pergunto. Estou curiosa sobre o que poderia deixar essa garota popular e animada se sentindo tão melancólica.

Ela leva um longo tempo para responder. Também atípico.

— Não consigo — responde ela, enfim, expondo as garras multicoloridas de que tanto se orgulha e movendo-as como um canivete. — Só tenho isso.

Enid suspira, fitando a lua cheia, ouvindo uivos de seus pares. Ocorre-me o estranho pensamento de que temos algo em comum hoje: ambas estamos separadas da sociedade por nossos poderes se manifestando erraticamente.

— Minha mãe diz que alguns lobos amadurecem mais tarde — diz ela. — Mas já fui à melhor licantropista... tive que ir de avião para Milwaukee, você acredita? — Ela abre um sorriso, uma coisinha triste. É evidente que está tentando disfarçar a profundidade de seu desespero. — Ela disse que existe uma chance de que eu nunca... sabe.

Isso é algo que não tento há muito tempo, mas me empenho ao máximo para imaginar como Enid deve ter se sentido ante a ideia de fracassar em atingir seu status no grupo a que pertence. A experiência não é agradável, e também não me ajuda a entender melhor seu cenho franzido. Pela vigésima vez em minha vida, no mínimo, prometo abrir mão da empatia.

— O que acontece se você não...? — pergunto.

— Eu viro loba solitária — explica Enid, olhando cheia de anseio para a lua cheia.

— Parece perfeito — retruco.

Estou pensando em minha família intrometida. Se eu pudesse escapar de minhas visões crescentes e me livrar de toda essa pressão, eu daria uma festa. Algo discreto. Música de órgão, potencialmente um serrote.

— Tá me zoando? — diz Enid, claramente chateada. — Minha vida vai oficialmente acabar. Nada de matilha da família. Nenhuma perspectiva de encontrar um companheiro... Eu poderia morrer sozinha.

— Todos morremos sozinhos, Enid.

Isso sai mais áspero do que eu pretendia, e sei que estou falando comigo mesma tanto quanto com ela.

Para minha surpresa e horror, Enid começa a chorar.

— Sabe, você é muito ruim nisso de animar pessoas — diz ela.

Sou atingida por duas vontades simultâneas: a de fugir para o mais longe possível deste lugar, e a de... reconfortá-la? De alguma forma? Embora isso demandasse uma habilidade que nunca me dei ao trabalho de desenvolver e é extremamente improvável que vá aprender nos dez segundos que estimo me restarem antes que esse gesto se torne inapropriado.

Enid funga, enxugando os olhos.

— O que foi? Você nunca chorou? Ou está acima disso também?

A lembrança da última vez que chorei está facilmente acessível — mantenho todos os meus traumas por perto, por segurança. Normalmente, eu faria um comentário mórbido e desanimador e me afastaria pisando duro. Entretanto, Enid expôs sua vulnerabilidade comigo hoje. Talvez não fosse tão horrível devolver o favor.

— Eu tinha seis anos — comecei. — A semana depois do Dia das Bruxas. Levei meu escorpião de estimação, Nero, para passear à tarde e fomos atacados.

Espero que Enid se encolha, ou fale mal de minha escolha de bicho de estimação. Para minha surpresa, porém, ela não faz nenhum dos dois, então prossigo.

Conto a ela sobre os meninos que me chamaram de aberração quando eu passeava pela cidade. Como me seguraram contra a parede de uma loja e me fizeram assistir enquanto passavam por cima de meu precioso Nero várias e várias vezes com os pneus de suas bicicletas.

— Estava nevando quando enterrei o que sobrou dele — falo baixinho, e por um instante, tenho seis anos de novo. Sentada diante da sepultura de Nero no cemitério da família Addams. — Meu coraçãozinho sombrio se acabou de chorar.

Neste ponto, com a lembrança da pequena Wandinha e seu rosto manchado de lágrimas, eu tranco a minha autopiedade de vez. É catártico relembrar do voto solene que ela fez naquele dia, e eu o compartilho com Enid agora.

— Mas lágrimas não resolvem nada — digo. — Então jurei nunca mais chorar.

Lá fora, na propriedade Nunca Mais, risos se transformam em rosnados e uivos. Enid olha para mim, e não vejo o julgamento ou o desgosto com que a maioria das pessoas me enxerga.

— Seu segredo está seguro comigo — diz ela. — Mas ainda te acho superesquisita.

Desvio o olhar do dela, sentindo o momento de vulnerabilidade entre nós se fechar com um claro alívio.

— O sentimento é incrivelmente mútuo.

Ela não está mais chorando, então decido que este é o momento certo para fazer meu pedido.

— O que você acha de ter o quarto só para você? — pergunto a ela, aliviada de novo quando suas sobrancelhas se erguem com aparente interesse. — Só precisa me mostrar como usar o computador.

Quando Tyler Galpin atende minha chamada em vídeo e aparece na tela do computador de Enid, sou forçada a admitir que dois aliados são consideravelmente mais eficazes do que um. Em especial quando um deles tem uma forma humanoide e pode se comunicar verbalmente.

— Hã... oi — diz ele, claramente abalado.

É compreensível. Enquanto eu contava os detalhes macabros da morte de Nero para Enid, Mãozinha havia encontrado a casa dos Galpin e entrado lá. Imagino que ter uma mão sem corpo surgindo na sua janela para combinar uma videochamada de última hora pode deixar a pessoa meio nauseada, se ela não estiver acostumada a isso.

— Esse é o Mãozinha — digo, como explicação. Ele me dá um aceno do que parece ser o quarto de Tyler.

— Ele é, tipo, seu bichinho?

Quase consigo ouvir o gesto que o Mãozinha deve estar fazendo ao fundo. Um que exige apenas um dígito, localizado centralmente.

— Ele é sensível — afirmo, quando o olhar de Tyler confirma minha suspeita. — Você ainda está disposto a me ajudar a fugir?

— O que aconteceu com aquela coisa de não ser escrava da tecnologia? — pergunta ele.

Dou de ombros.

— Momento de desespero. E então? O que você acha? Esse final de semana. O Festival da Colheita. Nossa presença é obrigatória; isso será perfeito como cobertura. Se você estiver disposto a me levar até a estação de trem, vou fazer com que valha a pena.

Posso ver Tyler começando a hesitar, mas ele logo se decide. Descubro que gosto disso nele.

— Eu topo — diz ele. — E… sem cobranças. Uma amostra grátis.

Fico na defensiva de imediato. Ninguém faz nada de graça. Não é como a natureza humana funciona. As pessoas que são diretas sobre o que querem merecem confiança, mas na minha opinião, aquelas que escondem o preço de sua ajuda com frequência estão cobrando muito mais caro.

— Por quê? — pergunto.

Ele parece melancólico por um instante. Mentalmente, retiro o que disse sobre gostar dele. Melancolia não é uma boa qualidade em um aliado.

— Porque eu queria poder ir com você — confessa ele. — Pelo menos um de nós vai fugir deste buraco de cidade.

CAPÍTULO SEIS

O Festival da Colheita deveria ser uma oportunidade para os moradores de Jericho e os alunos de Nunca Mais confraternizarem. Construírem conexões. Aliviarem tensões. Mas fica claro de imediato onde estão as linhas divisórias, mesmo em meio à decoração brega com abóboras e as fileiras de luzinhas cintilando na escuridão. Posso ver que estão prontas para se romper.

Enid está de pé ao meu lado enquanto procuramos por Tyler pelo espaço cheio de jogos de parques de diversão. Por fim o vejo, ao lado da viatura de seu pai, envolvido em algum desentendimento parental. Pelas poucas palavras que consigo ouvir, é a meu respeito.

— Tem certeza que dá pra confiar nesse padrãozinho? — pergunta Enid, cética.

— Confio que consigo me virar — digo. Mas algo naquele xerife me irrita de verdade. E não é o fato de que ele insultou meu pai. Não *só* por isso, pelo menos.

— Bem — diz Enid, suspirando. — Boa sorte e boa viagem.

Ela estende os braços em uma tentativa de me abraçar. Eu me esforço para não sibilar para ela em resposta.

— Ainda não curte abraços — diz ela, quase afetuosamente. — Tô ligada.

Quando ela está saindo, recebo o primeiro susto da noite. Weems está sentada em uma mesa a apenas alguns metros dali, e me observando com uma expressão que diz que não vai tirar os olhos de mim pelo resto da noite.

Eu planejava me encontrar com Tyler o mais depressa possível, mas em vez disso, sorrio (é mais um esgar) para Weems e me viro para os jogos. Talvez se ela me vir agindo como uma frequentadora normal de parques de diversão, vai deixar a peteca cair. Esse será meu momento de atacar.

É claro, ser observada nunca acontece apenas uma vez. Assim que me ajeitei em um jogo de arremesso de dardos para estourar balões, Xavier Thorpe me aborda.

— Devo avisá-lo que estou esperando uma pessoa — digo, antecipando seja lá qual comentário com que ele planejasse começar.

— Ah, é? — pergunta ele, casualmente. — Quem é o sortudo?

Eu o encaro, pétrea.

— Ou sortuda — corrige ele.

— Por que se importa?

Isso não deve passar de uma nostalgia compartilhada por causa de uma experiência esquecível em nossa pré-adolescência, então o que Xavier quer de mim? E por que seu timing é tão ruim?

Ele está prestes a responder quando Tyler se aproxima, claramente confundindo meu alívio em terminar a conversa com Xavier por entusiasmo ao vê-lo. Ele sorri. Xavier derrete à distância — talvez para ruminar junto de alguma outra figura vagamente feminina.

— E então, qual é o plano? — pergunta Tyler.

— Tenho que distrair Weems — digo, gesticulando para onde ela está comendo um hambúrguer e olhando na minha direção. Como se não tivesse centenas de outros alunos para administrar essa noite. — Me encontre atrás do estacionamento quando começarem os fogos de artifício.

Subornar o cara na barraca dos dardos para atrair Weems a participar de um insípido jogo de dardos se prova fácil e eficaz. Cheguei adiantada para o encontro com Tyler, mas ele me surpreende, já estando lá também. À minha espera.

— Oi — diz ele, quando me aproximo. — Antes de irmos… Eu queria que você ficasse com isso. — Ele me entrega um envelope de papel pardo estampado com o logotipo do Departamento de Polícia de Jericho. — É a ficha do seu pai de quando ele esteve em Nunca Mais. Acho que é o motivo pelo qual meu pai o odeia.

Pego o arquivo, que se provará muito útil, mas o verdadeiro mistério é o garoto me passando o envelope. Tento outra vez entender suas motivações. Por que ele se colocaria em risco para me dar isso, quando mal me conhece? Eu não lhe dei nenhuma razão para me oferecer lealdade.

— Você está bem? — pergunta ele.

— Estou — respondo, encarando os olhos dele de novo como se o segredo para sua boa vontade estivesse escrito ali. — Eu… não estou acostumada com as pessoas se envolvendo comigo. A maioria, ao me ver, atravessa a rua.

— Você não me assusta — diz ele, sustentando meu olhar.

Tem algo ali, nos olhos dele. A maioria das pessoas é muito fácil de ler, mas Tyler Galpin é um enigma. Não consigo decifrar o que ele está pensando, e odeio um mistério sem solução…

Mas não há tempo. Fecho esse caso metafórico em minha mente.

— Meu trem sai daqui a uma hora — digo. — Estamos desperdiçando a luz da lua.

Infelizmente, a obsessão de Weems e as motivações obscuras de Tyler parecem ser os menores dos obstáculos reservados para mim esta noite. Assim que alcançamos o carro de Tyler, os peregrinos do café em que nos conhecemos se abatem sobre nós. Só que, essa noite, aqueles peregrinos estão vestidos de forma mais prática. Sem mencionar que estão pesadamente armados com bastões de beisebol.

Minha mente já está entrando no modo combate, catalogando pontos de pressão e fraquezas, imaginando-os no chão amaldiçoando meu nome pela segunda vez nessa semana.

Tyler, porém, tem outros planos. Ele puxa minha manga, insistindo que é melhor se os perdermos na multidão. Por mais que eu odeie recuar de uma luta, não posso negar que ele tem razão. Será difícil neutralizar três deles sem chamar atenção, e uma briga cheia de ódio com moradores violentos está longe de ser meu objetivo principal hoje.

Abrimos caminho entre as luzes piscantes e os risonhos participantes do festival com os peregrinos logo atrás. Quase os perdemos na borda da floresta, quando me choco com uma silhueta desconhecida em meu caminho. Tenho uma fração de segundo antes que a dor em minhas têmporas se instale.

A última coisa que sinto antes de desmoronar é um par de braços fortes me segurando enquanto caio, e então me perco na força da atração daquele outro mundo. O futuro que não consigo controlar.

Em termos de visões, esta tem a clareza da lama. Um livro antigo com um símbolo arcano na capa. O olho de um animal. Uma fonte com um cadáver boiando nela, pegando fogo de maneira dramática. Um corvo crocita. O livro cai num piso azulejado, decorado com o grande emblema branco de uma flor desabrochada, como que caída ali.

E então, bem no final, o evento incitador. A boca de Rowan escancarada em horror enquanto o próprio sangue respinga em seu rosto.

Quando recobro a consciência, Tyler está me aninhando em seus braços, parecendo preocupado. Levantei, olhando em volta, procurando a pessoa com quem havia me chocado. A que causara a visão. Quando vejo Rowan se afastando na periferia da multidão, olhos nervosos, cheios de medo, meu coração afunda. Nunca consegui impedir as visões de se realizarem, mas e se, só dessa vez…

Dou um passo na direção de Rowan, planejando alertá-lo, fazê-lo voltar para a escola, quando ele se assusta. Olha para mim como se eu fosse a ceifeira e não o santuário, e sai correndo.

Tyler está puxando minha jaqueta de novo, lembrando que nosso tempo está se esgotando. Mas eis aí, mais uma vez. Descubro que não posso deixar Rowan morrer. Não sem ao menos tentar impedir a visão de se realizar.

— Tyler, fique aqui.

Enquanto disparo atrás de Rowan, deixando um Tyler estupefato atrás de mim, sei que posso estar condenando minhas chances de fuga. Mas o persigo mesmo assim, saindo do festival, entrando nas profundezas da floresta, chamando seu nome conforme ele tropeça e ofega pela escuridão.

— Rowan, volte aqui! — grito, quando ele para em busca de seu inalador.

— O que você quer? — grita ele, recusando-se a virar. — Por que está me seguindo?

Nunca tentei explicar as visões. Não imagino que ele vá aceitar muito bem.

— Não tenho tempo para explicar — digo. — Mas você está correndo perigo.

A última coisa que espero é que Rowan comece a rir, mas é o que ele faz, quando enfim vira de frente para mim.

— Acho que você entendeu errado — solta ele, antes de estender um braço. — É você quem corre perigo.

E assim descubro que seu dom de Excluído é a telecinesia. É uma sensação realmente estranha, a pressão me envolvendo a cintura como uma mão gigante invisível. Prendendo-me ao carvalho imponente atrás de mim.

— O que você está fazendo? — pergunto, totalmente confusa. De todos na escola, por que *Rowan* estaria me atacando?

— Salvando todos de você! — grita ele, claramente gastando toda a sua energia para me segurar contra a árvore. — Tenho que te matar.

Mesmo em meio à minha perplexidade, algo se encaixa no lugar para mim.

— A gárgula — digo. — Aquilo foi você?

Ele anui. São sempre os quietinhos.

Um sopro de ar empurra meu cabelo para longe do rosto. Levo um instante para perceber que Rowan enviou uma folha de papel, uma página arrancada de um livro, para o nível dos meus olhos. Luto para decifrar a página no escuro, mas parece ser um desenho de uma silhueta esguia em listras pretas e brancas, de pé na frente do fogo.

— A garota do desenho? — grita Rowan. — É você!

— Você quer me matar por causa de um desenho? — pergunto, pensando que deveria ter deixado Bianca fazer espetinho com esse pirralho na primeira vez que o vi.

— Minha mãe fez esse desenho vinte e cinco anos atrás, quando era uma aluna de Nunca Mais — anuncia Rowan. É evidente que ele está bem aflito e acredita profundamente no que está dizendo. — Ela era uma vidente poderosa; me contou tudo a respeito antes de morrer.

— Me solte — digo, em minha voz mais autoritária.

— Não! — grita ele, e sei que tomei a atitude errada. — Minha mãe disse que era meu *destino* deter essa garota se ela um dia viesse para Nunca Mais, porque ela vai destruir a escola e todo mundo nela!

Seu poder aumenta. O vento açoita ao nosso redor. A pressão empurra minha cabeça para trás na árvore e se aperta em volta da minha garganta. Se eu não descobrir um jeito de o impedir, ele vai me despedaçar, e sua mãe vidente vai conseguir realizar seu desejo de vinte e cinco anos.

Chamo o nome dele mais uma, duas vezes. Mas é inútil. Fecho os olhos e, por um momento que depois negarei até minha morte real, desejo poder alcançar o pendente de minha mãe…

Porém, de súbito, a pressão diminui. Abro os olhos e vejo o rosto de meu agressor em uma máscara de medo, e uma silhueta enorme caindo sobre ele. Olhos arregalados cintilando à luz do luar. Pele cinza e sem pelos. Presas. Garras afiadas como navalha, com mais de dez centímetros de comprimento. A coisa tem pelo menos três metros de altura e é absolutamente monstruosa.

— Rowan! — grito mais uma vez, enquanto a fera ataca.

A telecinesia dele falha, e caio para a base da árvore, onde posso enfim ver o resultado de minha visão. O rosto de Rowan retorcido em horror e respingado de sangue.

Quando chego ao seu corpo, a fera já sumiu há muito tempo. Lentamente, o vento arcano ainda rodopiando na clareira, a página que começou tudo isso desce, pairando para aterrissar no peito lacerado de Rowan.

A garota. Os cabelos compridos em duas tranças. Assistindo a Nunca Mais queimar.

CAPÍTULO SETE

Acordo em meu quarto ao som da minha bola de cristal tocando. Não tenho registro de como cheguei aqui. A última coisa de que me lembro é sair trôpega da floresta, com relutância deixando para trás o corpo destroçado de Rowan.

Bianca Barclay, lembro vagamente. Foi a primeira pessoa que vi. Eu lhe pedi para buscar ajuda. Muito provavelmente, perdi a consciência depois disso. Não é meu momento de maior orgulho, mas o corpo faz coisas estranhas para se proteger de traumas. E por mais que eu tenha ficcionalizado a morte no passado, o assassinato de Rowan foi a primeira vez que vi alguém ser despedaçado na minha frente.

Com sorte, não a última.

— Olá, minha nuvenzinha escura! — exclama meu pai, conforme aceno para a bola de cristal para atender a ligação.

Minha mãe também está lá, é claro, empurrando-o para fora do enquadramento.

— Conta, filhinha — diz ela. — Como foi sua primeira semana?

Eu me lembro de tudo o que aconteceu desde que fui deixada em Nunca Mais. Parece que se passou muito mais do que uma semana. Escapei da morte duas vezes, descobri que meu pai pode ser um assassino, soube que potencialmente posso destruir a escola e fui misteriosamente salva por um monstro assassino.

— Por mais que me doa admitir — começo —, você tinha razão, mãe. Acho que vou adorar isso aqui.

Meus pais abrem sorrisos radiantes. Eles querem detalhes, mas quero tirá-los da bola de cristal o quanto antes. Preciso falar com Weems e o xerife imediatamente. Descobrir o que eles já sabem. Oferecer meu relato em primeira mão...

— Wandinha — diz Weems, com alarme nas feições maquiadas quando flagro ela e o xerife passando pela entrada no prédio principal. — Tenho que falar com você depois. O xerife e eu estamos a caminho da minha sala para discutir...

— O assassinato de Rowan — interrompo. — Eu estava lá. Eu o vi morrer.

O xerife já estava balançando a cabeça.

— Aquela garota nos contou o que você disse, e nós procuramos a noite inteira. Entretanto, não há provas de um assassinato. Nenhum corpo, nenhum sangue, nem sinal de luta. Nada.

De súbito, estou de volta ao local. Como se estivesse acontecendo bem na minha frente outra vez. Rowan, os olhos arregalados de pavor. O sangue respingando para todo lado. Nenhuma prova... penso. Mas como pode ser?

— Seu grupo de buscas deve ter deixado os cachorros-guia em casa — disparo. — Eu vi aquele monstro matar Rowan na minha frente.

O xerife faz uma pausa no patamar da escadaria na entrada de Nunca Mais. Quando ele olha para mim, vejo a mesma suspeita em seus olhos que percebi no restaurante, e sei que ele está vendo meu pai quando jovem. O que eu não daria para saber o que mais suas lembranças lhe mostram.

— Você deu uma boa olhada nesse tal monstro? — pergunta ele.

Peludo, massivo, grandes olhos amarelos refletindo o luar, estranhamente inteligentes para um bruto.

— Não fiquei por perto para conversar — respondo. Não vou compartilhar informação se não receberei nada em troca. Essa interação é uma transação, pura e simples.

— Pode ser um dos seus colegas de classe — afirma o xerife, se aproximando. Os olhos dele estão injetados. *Pesar,* penso. Ou duvidando de si mesmo. Algo o está consumindo por dentro.

— Xerife, acho ofensiva essa sugestão! — exclama Weems, escoltando-nos mais para cima nas escadas, rompendo a estranha disputa de encaradas em que nos envolvemos.

— Eu não ligo — rosna Galpin. — Tenho três outros cadáveres no necrotério. Mochileiros em pedacinhos na floresta.

Carne sendo rasgada. Rowan gritando. Sangue respingando.

Quando estamos a salvo na sala dela, Weems volta um olhar crítico para o xerife.

— O prefeito diz que foram ataques de urso — diz ela, incisiva.

Galpin enfim desvia o olhar de mim para se concentrar em Weems — ela se eleva pelo menos trinta centímetros acima dele, mas o xerife não parece nem um pouco intimidado.

— Bem — diz ele —, eu e o prefeito não concordamos nisso.

Assisto como se estivesse numa partida de tênis. Weems se apruma, alcançando sua altura plena.

— Ah, então você automaticamente presume que um aluno de Nunca Mais seja o assassino, embora sem nenhuma prova de que um crime foi cometido.

O xerife Galpin solta um grunhido.

— Desculpe, me esqueci. Vocês só dão aulas para os *bons* Excluídos aqui. Certo?

O momento de tensão perdura entre eles mais do que um instante. A sensação é de que é espesso, cheio de camadas. Pergunto-me que história existe entre esses dois. Será que é só Weems levando a defesa dos Excluídos até o último grau? Ou será que tem mais coisa aí…?

Mas então, antes que eu possa conjecturar mais, Weems deixa para lá. Seu semblante volta ao friamente profissional.

— Meu palpite é que Rowan fugiu. A polícia estadual soltou um alerta e eu entrei em contato com a família dele. Eles também não tiveram notícias.

Meu peito, comprimido pela telecinesia. O desenho de Rowan. Seus olhos determinados, cheios de lágrimas…

— Os mortos são conhecidos por não retornar ligações — falo, e o xerife parece enfim se lembrar de que estou aqui.

— O que *você* fazia na floresta com ele, afinal, srta. Addams?

— Ouvi um barulho na floresta e fui investigar — respondo, de pronto. — Foi quando me deparei com o ataque.

Mentir para figuras de autoridade nunca foi um problema moral para mim. Além do mais, se o xerife Galpin pensa que sou uma Excluída agora, duvido que detalhar as anomalias neurais que causam minhas visões vão fazer com que se afeiçoe a mim como fonte confiável.

— E depois, o que aconteceu? — pergunta ele.

— Saí rapidamente da floresta, encontrei com Bianca Barclay, senti que estava ficando tonta pelo choque, e disse a ela para buscar ajuda. A próxima coisa de que me lembro foi acordar no meu quarto.

— Acho que a srta. Addams terminou agora — diz a diretora Weems, num tom que sugere que está me fazendo um favor.

— Na verdade — interfiro —, eu gostaria de falar com o xerife Galpin. Sozinha.

Weems estreita os olhos perigosamente.

— Receio que posso permitir isso.

No entanto, o interesse do xerife foi despertado.

— Posso levá-la à delegacia e pegar um depoimento formal. Venha comigo, srta. Addams.

Estou para me submeter calmamente a uma escolta policial pela primeira vez na vida e Weems cede feito um guardanapo.

— Você tem cinco minutos — diz ela, caminhando bruscamente para a porta. — E tudo é extraoficial.

Na porta, ela foca o xerife com aqueles olhos estreitados intimidadores.

— Jogue limpo, ou vou ligar para o prefeito.

E então ela se vai.

Sei que preciso aproveitar bem meu tempo, então me viro para Galpin de imediato.

— Alguém está tentando encobrir o assassinato de Rowan — disparo. — É o único motivo para limparem a cena do crime.

Ele parece cético, para dizer o mínimo.

— Por mais convincente que seja a opinião da filha de um assassino, acho que deixarei isso por conta da minha equipe forense. Foi uma longa noite.

Mas ele não se move para me dispensar nem para deixar o recinto.

— Você quer rejeitar o que estou afirmando, mas não pode — aposto, sem permitir que ele abandone o contato visual.

— Por quê? — indaga ele.

Eu me aproximo, abaixando a voz para que ele precise se inclinar para ouvir.

— Porque nós dois sabemos que tem um monstro à solta. E o Rowan foi a última vítima.

Uma sensação de poder me percorre, elétrica, quando a expressão do xerife registra sua concordância. É quando sei que o tenho nas mãos. Que, com sua ajuda, posso descobrir o que aconteceu de verdade com Rowan. O que é aquela fera. Por que ela me salvou, e...

— Xerife? — Vem a voz da policial, abrindo a porta da sala.

— O que foi? — dispara ele, ainda sem tirar os olhos de mim.

— Você vai querer ver isso.

A porta se abre mais e não consigo evitar de seguir o olhar dele, apenas para descobrir ali *Rowan*. Camisa xadrez, moletom de capuz, óculos, um sorriso envergonhado no rosto. Ele acena e, num estalar de dedos, perdi o xerife. Perdi minha teoria. Perdi tudo, exceto minha citação preferida de Edgar Allan Poe: *Não acredite em nada do que ouvir, e em só metade do que vir.*

Poe é o ex-aluno mais famoso da Nunca Mais.

Não admira ter virado um doido destruído pelas drogas.

Estou saindo do consultório da dra. Kinbott no dia seguinte, pronta para expurgar meu cérebro torturado de seus chavões e clichês, quando trombo com Tyler Galpin ao me dirigir para a porta.

— Ei — chama ele. — Estou vendo que resolveu ficar por Jericho, então? Você também é paciente da dra. Kinbott?

Não me dou ao trabalho de parar de caminhar. Minha cabeça está cheia da boa doutora me dizendo que manter as pessoas à distância vem do medo da rejeição. Revolucionário. A verdade é que Tyler é filho do xerife Galpin. E não quero ouvir que ele acha que eu sou maluca, assim como seu pai.

— Você precisa saber que sou legalmente obrigada a vir — afirmo, quando ele me segue para o outro lado da rua.

— Eu também — responde ele. Sorrindo sem nenhum motivo que eu possa identificar. — Ordem judicial.

— Olha só para nós — digo, sem olhar para ele. — Um casal de desordeiros.

Ele ri, sem captar minha pista nada sutil para me deixar em paz.

— Então, quando você saiu correndo ontem à noite no Festival da Colheita, fiquei sem saber direito o que aconteceu. Mas aí ouvi falar...

Tyler se cala. Ele quer que eu complete a frase em seu lugar. Admita que eu fiz aquilo para chamar atenção. Prove que ele tinha razão sobre os Excluídos e os esquisitões e Nunca Mais.

Enfim me viro de frente para ele. Se ele vai forçar a mão nisso, não vou facilitar para ele.

— Todos, inclusive seu pai, acham que inventei tudo.

O celular de Tyler toca. Salvo pelo gongo.

— Tenho que ir — diz ele. — Hora de encarar meu rebelde interior.

Estou dando meia-volta, já queimando a página com o nome dele de minha história pessoal, quando ele diz a última coisa que eu esperava ouvir:

— Sabe, só para constar... acredito em você.

Por mais que eu odeie admitir, a confiança de Tyler — seja qual for o motivo para oferecê-la — me encoraja. Não existem razões para ele acreditar em mim, e no entanto, se tem algo que meus primeiros dias em Nunca Mais me ensinou, é que as pessoas precisam de aliados para alcançar seus objetivos.

Se Tyler insiste em ser um, talvez eu não tenha perdido meus outros também.

Mãozinha, é claro, está jurado eternamente a meus serviços sob pena de pele e cutículas ressecadas. Desnecessário confirmar se ele ainda está do meu lado. Enid, por outro lado, não estava em nosso quarto quando acordei hoje cedo. Como rainha da fofoca de Nunca Mais, ela será essencial para garantir que eu saiba tudo sobre todos os suspeitos — e vítimas também, já que elas parecem estar andando, falando e frequentando reuniões com a diretora Weems por esses dias.

Encontro Enid do lado de fora, gritando com um grupo de meninas com jeitão fajuto de artista seguindo as ordens dela. Ordens essas que pareciam envolver a espoliação de uma canoa perfeitamente boa com tintas acrílicas.

— Se a Bianca Barclay ganhar de novo esse ano, eu vou *literalmente arrancar meus olhos com as minhas unhas* — berra Enid quando me aproximo.

— Eu até que pagava para ver — digo.

Ela dá meia-volta, seu sorriso adoravelmente canino. Posso ver que ela está fazendo um esforço hercúleo para não me abraçar fisicamente, e fico grata por isso.

— E aí, colega — diz ela. — Que bom que resolveu ficar.

Essa é a segunda vez hoje que sou surpreendida pelo desejo de alguém em continuar me vendo socialmente. No entanto, isso não significa que ela acredite em mim. E isso é o mais importante, no que diz respeito a aliados.

— E aí, por que mudou de ideia? — pergunta Enid, virando para me acompanhar para um ponto além de suas lacaias artísticas.

— Me recuso a ser só um peão no joguinho corrupto de outra pessoa — digo, pensando na cara de cachorro sem dono do xerife Galpin. A desconfiança no olhar dele. A ferida que ainda preciso descobrir.

— Quer dizer... do Rowan? — pergunta Enid. Sua expressão parece cheia de pena. A terceira emoção de que menos gosto.

— Eu o vi ser morto, Enid.

Duas vezes.

Ela sorri. Com pena, de novo.

— É só que... a gente viu ele hoje cedo. E ele estava bem vivinho.

Meus punhos se fecham em frustração com esse lembrete. Meus instintos, muito aguçados depois de anos observando as partes mais sombrias do submundo da sociedade, gritam que Rowan foi despedaçado diante de meus olhos ontem à noite. Tenho os leves tremores secundários do transtorno de estresse pós-traumático para comprovar.

Portanto, a pergunta é: aconteceu algo paranormal para ressuscitar Rowan — ou meus poderes estão saindo de controle?

— Eu sei — admito, por fim. — Eu também vi. Mas sei que tem mais coisa nessa história. Mesmo que seja só eu enlouquecendo, e estou me divertindo muito menos do que imaginava no processo.

Enid sorri de novo. Posso ver que ela quer me ajudar, ainda que não tenha superado sua descrença. Isso ainda a qualifica como aliada, suponho.

— Você é a rainha de Nunca Mais — constato, agora que estou quase convencida de que ela está do meu lado. — Qual é a história do Rowan?

— Tirando o fato de ele ser um esquisitão solitário — responde ela —, ele é colega de quarto do Xavier Thorpe. Sabe, se você tivesse um celular, poderia enviar uma mensagem de texto para ele e perguntar...

Eu me recuso a fazer a ginástica mental requerida para decifrar essa bobagem, mas não leva muito tempo antes que Enid preencha o silêncio.

— Yoko! Vamos lá! Arruma esses bigodes! A Copa Poe não se curva pra ninguém!

— O que é a Copa Poe, afinal? — pergunto.

Fui informada que é socialmente apropriado fingir interesse pelos hobbies de seus contemporâneos sociais. Especialmente quando eles acabam de lhe dar uma pista potencialmente vital.

— É só meu único motivo para viver agora! — exclama Enid, entusiasmada. — É parte corrida de canoa e parte perseguição a pé. Sem regras. Cada dormitório se inspira em um conto de Edgar Allan Poe.

Assinto vagamente diante da referência óbvia a "O gato preto", o que Enid assume como curiosidade sobre o processo sociável de pintar um barco.

— Você pode pegar um pincel — oferece ela. — A srta. Thornhill pediu pizza para nós. A faca e o queijo na mão para socializar.

As palavras que a dra. Kinbott disse mais cedo ressurgem então. Meu suposto medo da rejeição. Mas há uma diferença entre temer rejeição e ter coisas melhores para fazer. O mistério do desassassinato de Rowan é muito mais importante do que vínculos sociais. Ainda mais quando a colaboração de Enid já está praticamente assegurada.

— Eu gosto de uma faca — comento. — Da parte de ser sociável, nem tanto.

— Sem problemas — responde ela. — Desde que esteja nas margens, nos empurrando para a vitória no dia da corrida no lago!

Faço meu melhor para demonstrar, só pela expressão facial, o quanto é improvável minha participação nesse evento, mas me afasto com a suspeita de que a esperança de Enid será mais difícil de conter do que imagino.

Por algum motivo, não vou procurar Xavier de imediato. Pode ser porque ele é minha única pista. Se não der certo, estou de volta à estaca zero.

De volta ao nosso quarto, pego o desenho que Rowan me mostrou antes de morrer e o analiso de novo. Não há nada mais ali do que havia ontem à noite. Uma garota estranhamente parecida comigo, de pé na frente de uma muralha de chamas. Porém, quando o levanto contra a luminária de mesa num impulso, descubro algo. Um símbolo, gravado muito de leve no canto.

Só existe uma pessoa capaz de me explicar isso. E que tipo de detetive seria eu se ignorasse minha melhor pista só porque ele, *por acaso*, tentou me matar menos de vinte e quatro horas atrás?

Quando não encontro Rowan no quadrado, no salão de treino de esgrima nem na biblioteca, faço minha segunda visita do dia à sala de Weems. Ela não parece chateada quando irrompo pela porta. De fato, ela nem sequer pausa a carta que está escrevendo.

— Preciso falar com Rowan — demando, em meu tom mais autoritário. — Não consigo encontrá-lo.

Weems, os olhos na carta, entrega o golpe devastador que vem a seguir num tom totalmente casual.

— Infelizmente é impossível. Ele foi expulso.

— Por quê? — pergunto, incrédula.

Como é que podem *expulsar* meu pretenso assassino antes que eu pudesse sequer interrogá-lo?

— Não é da sua conta — responde Weems. — Ele parte no primeiro trem da tarde.

Ela fala comigo como se eu fosse uma desobediente aluna do primário, e não uma quase adulta central para essa investigação. Pelo menos ela agora olha para mim, avaliando.

— O que *você* estava fazendo na floresta com ele?

Eu me endireito. Cruzo os braços.

— Eu já disse. Ouvi um barulho e fui investigar.

Ela solta uma fungada zombeteira. A carta que tanto prendia sua atenção quando entrei está claramente esquecida.

— Essa desculpa pode ter apaziguado o xerife, mas você não me engana. Teve uma visão psíquica, não foi?

Entre todas as possibilidades de descrédito para as quais eu preparei resposta, essa não constava. Sinto-me travar. Sinto a monstruosidade de obsidiana de minha mãe pesar em torno do meu pescoço. Eu já sei que é tarde demais para negar. Que meu segundo de hesitação falou por mim.

— Percebi que podia ser isso no outro dia no carro, quando você sabia que aquele pobre fazendeiro tinha quebrado o pescoço.

Maldita esquisita.

— Sabe, a sua mãe começou a ter visões por volta da sua idade — disse ela, direta. — Eram notoriamente duvidosas e perigosas.

Isso é novidade para mim, embora eu tente não demonstrar. Não vou permitir que Weems use seu relacionamento adolescente com minha mãe para forjar uma conexão fajuta comigo. Em especial quando ela está obstruindo minhas tentativas de buscar respostas. Justiça.

— Eu me lembro que, no começo, ela achou estar enlouquecendo — reflete Weems. — Falou com ela sobre isso?

Claro que não. A última coisa de que preciso é minha mãe montando uma abominável sessão mediúnica para celebrar minha maturidade, arranjando outra desculpa para agir como se eu fosse exatamente igual a ela. Não, obrigada.

— Ah — solta ela, respondendo ao meu silêncio de novo. — Pelo visto, a pessoa que está omitindo informações aqui é você.

— Posso ir agora? — digo, brusca.

Por mais enfurecedor que isso seja, agora sei que há um cronômetro correndo contra qualquer chance que eu tenha de falar com Rowan. De decifrar o símbolo no canto do desenho de sua mãe.

Weems segura a página em que escrevia quando entrei e a estende para mim.

— Não antes de escolher sua atividade extracurricular — afirma ela, animada. De volta ao modo diretora, fácil assim. — Tomei a liberdade de montar uma lista de clubes com vagas.

— Que atenciosa — falo, entredentes.

O único motivo pelo qual fiquei nesse embuste de escola é para investigar um assassinato. Não para me tornar uma integrante de fraternidade. No entanto, sei que qualquer insubordinação apenas limitará minha parca liberdade, então pego a lista.

Assim que estou distante dos ouvidos dela, abro minha bolsa e deixo Mãozinha sair para o piso de parquê.

— Weems está de olho em mim, então preciso que *você* fique de olho em Rowan. Entendeu?

Mãozinha me saúda e sai pela porta.

O lado bom disso tudo é que dois dos clubes na lista são administrados por pessoas de quem preciso pegar depoimentos de qualquer forma. Pelo menos não será um desperdício total de tempo.

CAPÍTULO OITO

Bianca Barclay, obviamente, lidera o grupo *a capella* da escola. Eu os abordo no pátio, onde Bianca está segurando um bastão de maestro. Ela se vira de frente para mim, deixando o coro seguir cantando, a expressão indiferente.

— Weems disse que você passaria por aqui — diz ela, me olhando de cima a baixo. — Mas depois da sua atuação no Festival da Colheita, acho que teatro é mais a sua praia.

Não tenho tempo para farpas da mandachuva. Eu me aproximo diretamente e pergunto baixinho. Com urgência.

— Depois que desmaiei, para quem você contou? O xerife?

Bianca olha para mim como se eu tivesse uma cabeça a mais.

— Acha que confio em um policial padrão? — diz ela, num tom definitivo. — Fui direto para a Weems e deixei que ela cuidasse de tudo.

Weems, penso. Ela não mencionou que Bianca a procurou. Será que ela contou ao xerife antes de eu chegar hoje cedo? Ou mesmo ontem à noite? As duas histórias não batem — e com frequência percebo que a sobreposição é o ponto onde os mistérios são solucionados. Só preciso ficar de olho nas duas.

Xavier Thorpe está de pé diante de uma fileira de alvos de arco e flecha, fingindo não olhar para mim quando chego. O edifício gótico de pedra da Nunca Mais forma uma figura imponente contra o céu cinzento. As árvores estão mudando para o outono, os pássaros voando delas em migração.

É lindo. Tire todas as outras pessoas daqui e eu poderia ficar para sempre.

— Olha só — diz Xavier. — Você veio mesmo. Já atirou com arco e flecha antes?

Lanço meu olhar mais fulminante.

— Só em alvos vivos.

Ele não parece nem um pouco perturbado. Entre ele, Tyler e Enid, terei que renovar meu estoque de frases de efeito se quiser intimidar alguém por aqui.

— Postura a noventa graus — instrui ele, assumindo posição na linha com o pé esquerdo adiantado demais. — Carregue a flecha assim, com o lado amarelo para fora.

Sua pegada está tensa demais. Ele está corrigindo demais.

— Três dedos. Puxe para trás. — Longe demais. Ele não terá controle suficiente. — E dispare.

A flecha atinge um dos anéis externos do alvo, exatamente onde eu previa.

— Alguma pergunta?

Tenho várias perguntas contundentes sobre arco e flecha, mas não muito tempo, então me concentro no que importa.

— Quando viu Rowan pela última vez?

O olhar que ele me dá é metade zombaria, metade pena. Seu cabelo está preso para trás. A jaqueta lhe cai bem. Contra as folhas mudando de cor, ele poderia estar na capa do catálogo da Nunca Mais — e não digo isso como elogio.

— Você diz, aquele que foi morto por um monstro?

Conto regressivamente a partir de dez na minha mente. Raiva fervente e armas são uma combinação ruim. Se algum dia eu matar alguém, será a sangue-frio, não quente.

— No Festival da Colheita — responde ele, quando aparenta estar satisfeito com o fato de que não vou dignificar sua tentativa de humor com uma resposta. — Não falei mais com ele, mas o lado dele no quarto estava todo arrumado hoje cedo.

Não vou contar para Xavier sobre a expulsão. Ele descobrirá em breve, e não quero que fique com a ideia errada sobre a rapidez com que as informações viajam nessa rodovia.

— Rowan sempre foi um pouco… desligado — explica ele, mordendo a isca que meu silêncio ofereceu. — Mas nas últimas semanas estava mais instável. A telecinese pode bagunçar a cabeça da pessoa, sabe, começou a me assustar.

Algumas semanas atrás, tomo nota. Provavelmente quando Rowan encontrou o desenho da garota e do fogo e jurou colocar em prática a *vendetta* de sua falecida mãe. Interessante.

— Então, qual é o lance entre você e o Tyler? — pergunta Xavier enquanto pego o segundo arco, examinando-o em busca de falhas estruturais.

Levanto uma sobrancelha na direção dele, o que me parece uma opção melhor do que levantar a arma em minhas mãos. Quase consigo sentir Weems me observando de uma janela alta em algum lugar.

— Ah, foi mal — diz Xavier. — Você é a única que pode fazer perguntas nada a ver com arco e flecha?

Não é uma análise injusta. E a informação que ele está me pedindo é irrelevante, então não vejo motivos para ser antagônica.

— Não tem lance algum — esclareço. — Ele estava me fazendo um favor. Ia me tirar desta cidade.

Escolho uma flecha com cuidado.

— Tá, quer um conselho? Fica longe. Tyler e os amigos dele são uns babacas. Eles não suportam o fato de que esta escola sustenta a cidadezinha atrasada deles.

Estou mirando no alvo, mas sou forçada a me virar para ele, surpresa.

— Não há necessidade de ser um esnobe elitista — afirmo, calmamente. Em seguida, pego uma das maçãs à disposição para treino de tiro ao alvo, jogo-a para o alto e levo o meio segundo em que ela cai para atingi-la exatamente no centro com minha flecha.

No alvo.

Agora que minhas entrevistas terminaram, suponho que deva de fato encontrar uma atividade extracurricular. É óbvio que o grupo de canto de Bianca está fora, e Xavier não tem nada para me ensinar sobre arco e flecha, nem sobre a vida, a despeito do que ele possa pensar.

Pulo para o fim da lista, presumindo que seja lá o que Weems tenha pensado ser a menor prioridade será aquilo que mais combina comigo.

Infelizmente, a atividade é apicultura. Ela é realizada a cerca de um quilômetro e meio do campus, numa área lamacenta e coberta de mato. E é organizada por um garoto ainda menor e mais dado a fungadelas do que Rowan.

— Está interessada na antiga arte da apicultura? — pergunta o garoto.

É uma tentativa de soar pomposo, acho, mas imagino que seja difícil para ele ser algo além de angelical com as bochechas e os cabelos em cachinhos perfeitos. Aqueles olhos de personagem de desenho animado.

— Eugene — diz ele, estendendo uma das mãos. — Eugene Ottinger. Fundador e presidente dos Zunzuns de Nunca Mais.

— Wandinha Addams — apresento-me, esticando o braço para apertar sua mão. Olho ao redor, embora não esteja mesmo esperando uma multidão. — Cheguei atrasada? Ou é só você?

Há um tom de pesar em seu rostinho bem-humorado quando ele diz:

— A vida da colmeia não é para todos. A maioria dos jovens tem medo de insetos venenosos. — Ele dá um passo adiante, sorrindo e revelando um aparelho nos dentes, o que explica a língua presa. — Está disposta a sentir o agulhão?

Ao assentir lentamente, acho que encontrei a única pessoa em Nunca Mais que não é uma fraude completa de uma maneira ou de outra. Possivelmente, contando comigo.

Estou vestindo um traje completo de apicultor alguns minutos depois, fazendo a ronda conforme Eugene explica a sociedade matriarcal das abelhas. O modo como trabalham juntas para atingir suas metas. É interessante até eu ver Mãozinha gesticulando para mim entre dois vasos de flores.

Ele sinaliza que é urgente, e sei que ele encontrou Rowan. Presumindo que Eugene não vá parar para tomar fôlego por no mínimo mais uma hora, saio discretamente assim que ele vira a cabeça. Vou compensar na próxima reunião dos Zunzuns. Presumindo que eu esteja viva até lá.

É bom que eu não tenha esperado por um ponto conveniente para interromper o discurso de Eugene, porque Rowan já está carregando sua bagagem no espalhafatoso fusca roxo da srta. Thornhill — que destoa horrivelmente com aquelas botas vermelhas que ela insiste em usar para todo lado — quando eu chego na frente da escola, sem fôlego.

— Rowan! — chamo, e ele se vira.

Ele trava o olhar no meu pela primeira vez desde que me segurou contra uma árvore e ameaçou me matar. Posso ver seus olhos mortos e frios enquanto os encaro, inconfundivelmente vivos. Vejo as lacerações por seu peito. Sinto sua pulsação desacelerar até parar...

— Não tenho permissão para conversar com ninguém — explica o garoto.

Faço um ruído de descrença.

— Você tinha muito a dizer quando tentou me matar ontem. — Seria minha imaginação? Ou os olhos dele se arregalaram mesmo por uma fração de milímetro quando digo isso? Como se ele estivesse... surpreso. — Você me falou que eu estava destinada a destruir a escola, lembra? Onde arrumou aquele desenho?

Ele não tem a chance de responder antes que a srta. Intrometida Thornhill se aproxime.

— Wandinha, não deveria estar aqui — censura ela.

— É — diz Rowan. — Caia fora, e me deixe em paz.

Ele já está dentro do carro antes que eu possa dizer mais alguma coisa, mas Mãozinha está um passo adiante. Ele se agarra ao para-choque do anacronismo motorizado da srta. Thornhill. Quando saem em disparada, ele vai junto. E agora, tudo o que posso fazer é esperar.

Posteriormente, naquela tarde, Mãozinha me relata o que consegue antes da minha aula com a srta. Thornhill, mas mesmo com sua estatura diminuta e seu pendor para a espionagem, ele não conseguiu ver tudo. Ele me conta que seguiu Rowan para dentro da estação e depois para um banheiro sem janelas.

Esperou do lado de fora para Rowan ressurgir, mas isso nunca aconteceu. Não havia janelas nem outras saídas. Assim, quando Mãozinha entrou para conferir como Rowan estava e encontrou sua mala empoleirada numa privada, abandonada, foi um beco sem saída frustrante e enfurecedor.

Com minha última pista me abandonando, desconto minha raiva em Mãozinha, dizendo para ele que uma canhota não teria me decepcionado. Ele sai correndo para lamber suas feridas conforme sou forçada a me sentar junto de Xavier Thorpe — ora, vejam só —, e esperar pela brilhante instrução de Thornhill sobre plantas carnívoras.

Sinto-me pior do que o pior ex-detetive. Rowan se foi e, com ele, minha última pista. Minha última razão para estar nesta escola idiota, para começo de conversa. Se eu não conseguir encontrar novas evidências, e logo, juro sair de Nunca Mais tão sem vestígios quanto minha presa perdida.

O restante da aula passa num borrão. Xavier está emburrado porque o chamei de esnobe, Bianca se empenha ao máximo para competir intelectualmente comigo e força a srta. Thornhill a interferir. Nem de perto é divertido, porque tudo em que consigo pensar é que *inferno* aconteceu com Rowan.

O que ainda não sei é o que Mãozinha *não viu* na estação de trem. Rowan, entrando na cabine do banheiro. Ajeitando o colarinho. *Mudando de aparência* com um pequeno gesto, tornando-se um homem de meia-idade com cabelos grisalhos num sobrecasaco.

Porque Rowan não era Rowan, de forma alguma.

Quem ele era, realmente? Mãozinha também não viu isso, tendo perdido o garoto que pensava estar vigiando. Na verdade, ninguém viu o homem de meia-idade entrar em um corredor deserto na estação de trem. Ninguém viu como ele mexeu no colarinho outra vez e se tornou a diretora Weems.

Porém, como eu disse, eu só descobriria esse pequeno enrosco na trama depois — quando já é quase tarde demais.

Mãozinha não está em lugar algum quando termino a aula da srta. Thornhill, então retorno para a área de pintura em canoas em busca de minha única outra aliada.

— Tenho que voltar à floresta — falo para Enid, sem preâmbulos. Por sorte, sua matilha de aias artistas parece ter resolvido ir para a aula pelo menos uma vez. — Mas Weems está me observando como um abutre rondando a carcaça.

Enid não levanta a cabeça de onde está pintando.

— E você quer cobertura para voltar à cena de um crime... que não aconteceu?

— Não tenho tempo para explicar tudo de novo — digo. — Tenho clube de apicultura hoje à tarde, e preciso de você como distração.

Enid faz uma pausa em seu esforço para garantir que a pupila de seu gato grotesco esteja perfeitamente redonda.

— Desculpe — diz ela, despreocupada. Como se isso fosse uma questão de importância menor. — Duas coisas contra. Estou ocupada, e abelhas me dão calafrios.

Estou me perguntando se contei errado quando a considerei minha segunda aliada quando ela olha para mim com uma expressão dissimulada.

— Por que você não pede ao Mãozinha? Ah, espera. Você não pode pedir, porque ele está bravo com você.

Sou momentaneamente distraída de minha urgência. Por que Mãozinha estaria aborrecido comigo? E por que Enid saberia disso antes de mim?

— Por quê? — pergunto. — Foi ele quem estragou tudo com Rowan. Se alguém merece estar zangado, sou eu.

Ela dá de ombros.

— Tudo o que sei é que passamos uma hora fazendo as unhas um do outro e ele se abriu comigo. Ele sente que você não o respeita como pessoa.

— Tecnicamente, ele é apenas uma mão — aponto, impaciente.

Neste momento, Enid abandona o pincel e a indiferença fingida de uma vez só.

— Wandinha! Ele é sua família! Ele faria qualquer coisa por você! — Ela empina o nariz, toda moralista. — Vá pedir desculpas para ele e *penso* se vou te ajudar.

Isso é absurdo, mas subo até nosso quarto sem dizer mais nada, mal-humorada. Se ela insiste em me fazer passar por esse teatrinho de pedir desculpas, quando a culpa nem é minha, tudo bem. Desde que eu consiga minha distração.

Encontro Mãozinha na cama de Enid, folheando uma revista. Ele nem registra minha chegada, um sinal certeiro de que está mortalmente ofendido.

— Fui grossa com você — começo, enquanto ele vira as páginas sem parar. Brilho labial. *Boy band.* Estrela de cinema photoshopada. — Vou pensar melhor no meu tom no futuro. Agora, anda logo antes que a nossa pista esfrie.

Estou a meio caminho da porta, esperando que ele me siga, quando ouço as páginas da revista de novo.

— O que é que você quer? — pergunto, exasperada por tudo isso. — Creme hidratante? Lixa de unha? Alicate para cutícula? Está resolvido.

Ele bate no espaço a seu lado na cama, convidando-me para sentar. Sinto-me tão tensa que estou pronta para estourar. Retirar meu pedido de desculpas e mandar a ajuda de Enid às favas e voltar a fazer as coisas sozinha, como estou habituada. Mas penso de novo no que Enid disse. Que Mãozinha me considera como sua família. Que ele faria — e tem feito — tudo o que pode para me ajudar.

Sento-me, suspirando.

— Sei que sou teimosa — digo. — Obstinada. Obcecada. Mas essas são características dos grandes escritores.

Mãozinha começa a sinalizar, mas já sei aonde ele quer chegar com isso.

— E dos assassinos em série, sim, eu sei — concedo. — Mas e daí? Não tenho nada para desabafar. Não vou me submeter a chantagens emocionais.

Ele batuca os dedos contra seu material de leitura, e sei que não vou sair daqui sem lhe dar alguma coisa. Esse é o problema com deixar as pessoas se aproximarem. Deixar elas se importarem. Elas esperam que você *compartilhe* as coisas. Que fique vulnerável. É exaustivo.

— Beleza — digo.

Retiro o desenho da mãe de Rowan da minha bolsa e o desdobro na frente de Mãozinha. Ainda não o mostrei para ninguém, nem admiti o que estou prestes a contar para ele. Se isso não bastar, juro que volto a ser uma agente solitária.

— Quando Rowan me mostrou isso, confirmou meu maior medo. De que serei responsável por algo terrível.

Por mais que nós, Addams, sejamos incentivados a ser obcecados com o sombrio e o macabro, nunca me considerei uma vilã. Apenas alguém que está disposta a olhar para o submundo mais sombrio para determinar qual é a verdade.

— Não posso deixar que isso aconteça — digo a Mãozinha. — É por isso que tenho que descobrir a verdade.

A empatia já está praticamente transbordando de seus poros. Isso já foi longe demais. Eu me levanto, olhando feio para ele.

— Se contar isso para alguém, eu acabo com você.

Ele me saúda, e sinto minha armadura se encaixar de volta no lugar.

CAPÍTULO NOVE

Assim que Enid está instalada com segurança — senão conforto — como minha dublê apicultora, parto rapidamente para a floresta. É uma caminhada de vinte minutos, o que não me dá muito tempo para investigar.

A floresta é sombria, tudo pingando verde sob a luz parca do final da tarde. Parece diferente durante o dia, penso. Tranquila. Não um lugar onde algo bem sinistro aconteceu ontem à noite.

Para minha surpresa, ela não está desocupada. O xerife está aqui com seu cão de caça, mas sem nenhum de seus oficiais, o que é interessante. Escondo-me atrás de uma árvore para observá-lo com mais atenção, mas o espaço atrás de mim também não está vazio.

Sou agarrada antes que possa reagir, com minha boca sendo coberta de modo insultante, como se eu fosse do tipo que grita. Não consigo me virar, mas os braços me prendendo a um torso alto e esguio não parecem estar tentando me sufocar até a morte.

— Desculpe — Tyler cochicha no meu ouvido. — Não queria que Elvis sentisse o seu cheiro.

Ele me solta assim que o xerife e o cachorro terminam de passar. Viro para o avaliar, me dando conta de que ele está aqui vigiando seu pai e que não parece muito contente com o que vê. Talvez ele esteja dizendo a verdade sobre acreditar em mim.

Ajusto minha contagem oficial de aliados para dois e meio, dependendo de mais investigações.

— Valeu — digo. — O que ele está fazendo aqui?

Gesticulo, indicando o xerife.

A expressão de Tyler diante da pergunta me faz pensar por um instante o que ele fez para acabar com uma ordem judicial que o obriga a ir à terapia. Não é algo que eu sequer tenha pensado em perguntar antes disso.

— Ele não me conta nada — afirma. — Tipo, mais cedo, ele só me enche o saco por causa da terapia. Me diz que está pagando por ela, então merece saber sobre o que estamos falando. E daí, quando conto que falo sobre a minha mãe, ele simplesmente se fecha. Pega o cachorro, não me diz para onde está indo. Estou sozinho para o jantar de novo, que surpresa.

Isso é uma abundância tão grande de palavras e emoções que fico aturdida por um momento, em silêncio. Levo um instante para processar tudo. A mãe de Tyler está morta. Emocionalmente, seu pai ficou só a casca. Cascas não são muito boas como pais solo.

Estou tentando pensar em algo reconfortante para dizer quando ele muda de assunto, pelo que fico imensamente grata. Minha conversa com Mãozinha mais cedo foi tudo o que eu tinha na minha conta emocional para essa semana.

— E aí, o que realmente rolou na noite do festival? — pergunta ele. — Eu juro que não vou contar nada para o meu pai.

Observo-o de novo, tentando detectar um motivo oculto. Não sinto nenhum de imediato, e como vem se tornando comum em minha vida, sinto-me compelida a devolver a confiança que ele demonstrou ter em mim falando sobre seus pais.

Além disso, pode ser legal se uma pessoa soubesse a verdade. Em especial alguém que já provou ter acesso aos arquivos pessoais do xerife.

— Achei que Rowan estivesse em perigo — explico, esquivando-me do como e do porquê. — Só que eu estava errada. Ele então usou a telecinesia para tentar me estrangular.

Tyler parece chocado, um pouco nauseado. Exatamente como gosto de ver os garotos. Continuo minha busca pela floresta enquanto ele me acompanha, atrapalhado.

— Puta merda — exclama ele. — Por que ele faria isso?

— Não faço ideia.

Também guardo a parte sobre o desenho para mim. Ainda não sei se o acesso a informações confidenciais é uma via de mão dupla na casa dos Galpin.

— Foi quando o monstro saiu das sombras e estripou ele.

— Uau — solto Tyler, claramente atordoado. — Então... você viu mesmo? E ele não tentou te matar?

Fico interessada por Tyler falar do monstro como algo que ele já soubesse que existia. Algo que ele não viu, mas acredita ser real. Isso me diz que eu estava certa quando blefei com seu pai na sala de Weems. Ele *sabe* que existe um monstro. O que torna o fato de ele estar aqui fora sozinho mais suspeito ainda.

— Não, não tentou me matar — confirmo, vasculhando o chão. As árvores. Nada. — Na verdade, ele *me salvou* do Rowan. É o que estou tentando solucionar. Vim para cá para encontrar algo que possa provar que ele foi assassinado. E que não perdi minha cabeça.

Tyler parece levemente intimidado por isso.

— Ainda — acrescento, agourenta, e então vejo algo cintilando no chão.

Algo que o xerife e seu cachorro — assim como seja lá quem estiver tentando manter o assassinato de Rowan oculto — obviamente não viram.

Os óculos com aro de tartaruga de Rowan estão virados para o céu em meio ao terreno coberto de hera. Há sangue em uma das lentes.

— Eu sabia que era uma farsa! — exclamo, estendendo a mão para pegar os óculos.

Acontece assim que encosto neles. A floresta desaparece, os óculos, Tyler, até meu próprio corpo. A visão me mostra Rowan no passado. Discutindo com Xavier sobre o comportamento obsessivo e sinistro de Rowan, que arremessa o colega de quarto contra a parede com sua telecinesia, da mesma forma que me prendeu junto à árvore.

Eu o vejo movendo a gárgula da janela de seu dormitório e sei que estou de pé logo abaixo dela, prestes a ser esmagada.

— *Fui eu* — diz Rowan para Xavier na visão, triunfante.

— *Você é doido!* — responde Xavier.

E então o livro roxo está de volta. Aquele da visão em que vi Rowan morrer. Só que, dessa vez, consigo ver a capa. Nela está o mesmo símbolo que havia no canto do desenho da mãe de Rowan. Só que, deste ângulo, posso ver as palavras também.

A Sociedade Beladona.

E num piscar de olhos, tenho minha próxima pista.

O público da biblioteca de Nunca Mais não faz nada para me desenganar de minhas ideias nada generosas sobre a escola. Os únicos seres (discutivelmente) vivos que vejo enquanto passo entre as estantes em busca do tom distinto de roxo da minha visão são dois alunos vampiros — que, é evidente, não estão aqui para aprimorar sua filosofia.

Mãozinha e eu abrimos caminho, afastando tomos em tons berinjela e lavanda na procura daquela cor precisamente igual à de um hematoma recente, quando a srta. Thornhill se esgueira atrás de mim.

— Ah! — diz ela, como se eu a tivesse assustado. — Não costumo encontrar alunos aqui realmente buscando livros.

Penso nos vampiros e em sua "pesquisa" decididamente extracurricular e contenho um tremor. Então me dou conta de que a srta. Thornhill talvez consiga me ajudar.

— Você já viu isso antes? — pergunto, pegando um esboço do símbolo no desenho de Rowan. O único que discerni em minha visão na capa do livro. — É a marca d'água de um livro que estou procurando.

A srta. Thornhill parece pensativa, ou tão pensativa quanto se pode parecer em um cardigã floral de crochê e o que ela considera sua assinatura, as botas vermelhas.

— Acho que é o símbolo de uma antiga sociedade de alunos — diz ela. — Hã... Beladona? Me disseram que o grupo foi dissolvido anos atrás.

Fico intrigada pelo nome — embora o nome de uma flor mortal seja tão provável de estar anexado a algo forçado quanto a algo legitimamente interessante por aqui.

— Alguma ideia do motivo da dissolução? — pergunto.

A srta. Thornhill encolhe os ombros.

— Não, desculpe. Mas já que tenho você aqui, fiquei muito impressionada com suas respostas na aula hoje.

É minha vez de dar de ombros.

Ela me deu a informação de que preciso. Estou ansiosa para sair daqui e continuar minha investigação. São poucas as chances de que uma sociedade secreta fosse manter material sobre seus integrantes na biblioteca, onde qualquer um poderia encontrar.

— Minha mãe é aficionada por plantas carnívoras — conto. — Meu dedo vermelho deve ter vindo dela.

A expressão no rosto da srta. Thornhill é estranhamente semelhante à da dra. Kinbott quando ela menciona Mortícia.

— Você e sua mãe são próximas? — pergunta a srta. Thornhill.

Eu me pergunto o que ela está imaginando. Chás da tarde assustadores. Cuidar do jardim juntas. Minha mãe me ensinando a aplicar uma linha dramática de delineador. Seja o que for, sei que está tão distante da realidade que não tenho como responder de uma forma que não vá decepcioná-la.

— Como duas detentas cumprindo perpétua no mesmo bloco. — É tudo o que consigo dizer.

— Sei que não deve ser fácil, começar no meio do semestre — pressiona ela. — Estou aqui há um ano e meio e ainda me sinto uma forasteira.

É provável que ela esteja se confessando apenas para me persuadir a fazer o mesmo. No entanto, isso me lembra de uma fofoca que Enid passou adiante enquanto eu fingia dormir.

— É porque você é a única padrão da equipe? — pergunto. Não é uma acusação.

— Para falar a verdade, nunca me encaixei em lugar nenhum — responde ela, com uma risadinha autodepreciativa.

Observo sua franja ruiva. Seus óculos grossos com aro de osso. Tudo parece impossivelmente triste, sendo uma professora.

— Esquisita demais para os padrões, não o suficiente para os Excluídos — prossegue ela. — Achei que a Nunca Mais seria diferente, mas ainda tem um monte de professores que mal me respeitam.

Eu me pergunto o que fiz para fazer três pessoas confessarem seus sentimentos mais íntimos para mim em questão de dias. Se eu puder descobrir, talvez possa reverter o processo para que nunca mais aconteça.

— Finjo não me importar se não gostam de mim — afirmo, ainda desacostumada com essa troca de momentos vulneráveis. — Mas lá no fundo...

Muitas possibilidades pousam na ponta da minha língua naquele momento, mas o rosto da srta. Thornhill é tão afável, tão focado em mim, que me vejo recuando.

— ... até que eu gosto.

— Nunca perca isso, Wandinha — diz ela, sorrindo.

— Perder o quê?

— A habilidade de não deixar que os outros te definam. É um dom.

As palavras escapam da minha boca antes que eu possa contê-las.

— Nem sempre parece ser.

Ela me dá um sorriso astuto e eu fico furiosa comigo mesma por revelar demais. Maldita seja essa estranha cultura de desencavar seus desejos e temores profundos sempre que alguém te pega parado.

— As plantas mais interessantes crescem na sombra — afirma ela, com a sombra de uma piscadela. — E se algum dia precisar conversar com alguém, a porta da estufa está sempre aberta.

Tomo nota mentalmente para evitar o local a todo custo. Por que eu iria procurar interlúdios emocionais, quando parece que tem um em cada esquina sempre a postos para me assustar?

No quarto de Xavier, vejo a toalha em cima da cama para seu banho após a corrida. Escondo-me no armário vazio de Rowan até ele chegar, pegar a toalha e desaparecer para o que espero ser um daqueles famosos longos banhos de adolescentes.

— O livro roxo deve estar por aqui em algum lugar — digo a Mãozinha. — E não temos muito tempo, então comece a investigar.

Mãozinha revira estantes e armários enquanto ataco a mesa. O caderno de desenho de Xavier está aqui. Há um desenho da gárgula que Rowan tentou empurrar para cima de mim. Aquela da qual ele me salvou contra minha vontade. Na página seguinte, para minha surpresa e absoluta confusão, há um esboço cuidadosamente desenhado de… mim.

Mais para evitar ter que confrontar as potenciais implicações disso do que por qualquer outro motivo, passo para a fase dois. Apagando as luzes, passo uma lanterna de luz negra pelas paredes, a moldura da cama, as tábuas do assoalho, até que… Bingo! Uma série de impressões digitais numa tábua do assoalho debaixo da cama revelam o esconderijo secreto de Rowan.

Lá dentro está uma máscara de baile. Uma que não reconheço.

— Rowan é cheio de surpresas — murmuro, antes que algumas batidinhas na porta me façam mergulhar debaixo da cama de Xavier para me esconder.

Ele sai do banho (totalmente vestido, ainda bem) e vai até a porta. Com a minha sorte, provavelmente é a Weems. Ou o xerife.

De algum jeito, porém, é melhor e pior simultaneamente.

— Não deveria estar aqui em cima — diz Xavier, puxando Bianca Barclay para dentro do quarto pelo ombro. — Como passou pelo responsável? Usou seus poderes de *sereia*?

Não precisei de nenhum poder para chegar aqui, apenas um pendor para as sombras e uma habilidade inata de prever quando alguém que está de guarda vai bocejar. Mas há um desdém na maneira como ele diz isso. Guardo essa informação.

— Não enquanto estiver usando isso — diz Bianca, mexendo em um pendente ao redor de seu pescoço. — Vai te matar não pensar o pior de mim para variar?

— O que você quer, Bianca? — pergunta ele. Seu tom é frio. Não há evidência alguma de que os dois já foram um casal. Ao menos, não da parte dele.

— Ver como você está — diz ela, valsando ao redor da cama e se postando de frente para ele. — Sinto muito pelo Rowan. Sei que eram amigos.

Amigos?, penso. Difícil de imaginar. Será possível que Xavier esteja encobrindo algo sobre Rowan por um senso deslocado de lealdade para com um velho amigo?

— Desde quando você se importa com o Rowan? — pergunta Xavier.

— Ei, foi você quem virou as costas para ele, lembra? Falou que estava com medo que ele fizesse algum mal a Wandinha. Não é por isso que você vem a seguindo como um cachorrinho carente? Ou tem algo mais?

A insinuação na voz dela é inconfundível, e tenho um desejo súbito e visceral de desaparecer pelo chão. Sei que a maioria de meus pares venderia um olho para poder ouvir o que as pessoas realmente pensam deles, mas eu não. Fico aliviada de verdade quando Xavier parece trancar essa linha de interrogatório mantendo seu silêncio pétreo.

— Sério, o que é que você vê nela? — pressiona Bianca. — De repente tá a fim de uma gótica trágica que se veste como se fosse da funerária?

Esse comentário eu arquivo. Não é sempre que você recebe um elogio de sua nêmese.

— Talvez seja porque *ela* não tentou me manipular — dispara Xavier.

Por mais que eu não queira fazer parte disso, é impossível não traçar um paralelo entre sua atitude negativa quanto aos poderes de sereia de Bianca e isto. Será que ela os utilizou nele? Tentou controlá-lo?

— Eu cometo um errinho e você não consegue me perdoar — diz ela. — *Ela* te trata feito lixo e você não se cansa de correr atrás.

— Por que essa fixação com a Wandinha? — pergunta Xavier.

Menino tonto, penso. Rainhas estão sempre obcecadas com subversivos. Nós as lembramos de que elas são vulneráveis.

— Porque ela se acha melhor do que todo mundo — responde Bianca, acalorada. — Eu tô doida para acabar com o Prédio Ofélia amanhã e ver a colega lobisomem dela desmoronar. Vai ser mesmo uma Copa Poe inesquecível.

De súbito, me vejo em alto alerta para o que ela dirá em seguida. Não vou deixar que ela castigue Enid pelo crime de confraternizar comigo.

— Não quero nem saber o que você planejou — pontua Xavier, balançando a cabeça.

— Ah, meu jogo já começou — gaba-se Bianca. — Gosto de ganhar. O que tem de mal nisso?

Levo uma eternidade para escapar do quarto de Xavier, mas no instante em que saio, corro o mais depressa possível para o Prédio Ofélia, temendo pela segurança de Enid. Eu a encontro chorando na cama e meu coração afunda. Está claro que Bianca já a alcançou.

— Você está machucada? — pergunto, e ela levanta o rosto marcado de lágrimas para olhar para mim.

— Por onde você andava? — grita ela. — Estou literalmente tendo um ataque cardíaco aqui. Yoko está na enfermaria!

É engraçado, penso; uma semana atrás, eu estava pronta para estrangular essa garota com uma de suas echarpes coloridas. Hoje, estou aliviada por ela não ter sido o alvo.

— O que houve?

Como se eu já não soubesse. Bianca sabotou a equipe do Prédio Ofélia. A única coisa que não sei é como.

— Um incidente com pão de alho no jantar — choraminga Enid. — Ela teve uma reação alérgica terrível. Está fora da Copa Poe, e estou sem copiloto!

Posso praticamente ver Bianca se aconchegando a Xavier, olhando para ele entre cílios. *Gosto de ganhar. O que tem de mal nisso?*

— Não foi um acidente — declaro, bruscamente. — Bianca está por trás disso.

Os olhos de Enid se arregalam.

— Como você sabe?

— Não importa.

De jeito nenhum vou explicar a sessão de briga entre Xavier e Bianca para a rainha da fofoca de Nunca Mais. Sua cabeça explodiria antes que tivéssemos a chance de fazer o que precisa ser feito.

— Nós duas vamos derrubá-la amanhã.

Para meu horror, os olhos de Enid — que estavam quase secando — se enchem de lágrimas de novo no mesmo instante.

— Você está disposta a se juntar às Gatas Pretas? Por minha causa?

Não tenho tempo para outro interlúdio emocional no momento. Ou para analisar meus estranhos sentimentos novos de preocupação e lealdade em relação a Enid. Neste momento, estou pensando apenas em

Bianca. Cruzando o *campus* e fazendo uma visita contrária às regras a seu namorado apenas para falar como sou melhor do que todo mundo.

Usando seus poderes de sereia para manipular Xavier, e seus poderes sociais para manipular todos os outros. Valentões como Bianca estão praticamente pedindo por um choque de realidade, e ela tornou isso algo pessoal.

— Quero humilhar a Bianca a tal ponto que o gosto amargo da derrota vai queimar a garganta dela — pontuo a Enid, que deu um passo adiante e está perigosamente próxima do alcance para um abraço.

Ela para quando eu dou um passo para trás, mas sua expressão não muda.

— Tá, mas você vai fazer isso principalmente porque somos amigas, né?

Amigas, penso. Não sei bem se já tive algum amigo. Não um humanoide que anda e fala, pelo menos. Não sei nem por onde começar a entender um. Enid é minha aliada. Alguém em quem confio mais do que nos outros. Isso é o bastante? Não tenho certeza, mas não quero forçar a barra perguntando.

— Como ela vive ganhando? — pergunto, em vez disso.

— É de queimar os miolos. — Enid abandona a postura pré-abraço e começa a andar de um lado para o outro no quarto. — Nos últimos dois anos, nenhum outro barco atravessou o lago sem afundar.

— Parece sabotagem — pontuo, pensando no colar que ela estava usando no quarto de Xavier. O modo como admitiu ter *cometido um errinho* no que dizia respeito a manipular os pensamentos e sentimentos dele. É evidente, Bianca não está acima do ato de usar seus poderes para se aproveitar.

— Não há regras na Copa Poe — Enid me lembra. — E ela *é uma sereia,* o que a torna mestra na água.

É essa frase que me dá uma ideia.

— Então vamos derrotá-la no jogo dela — declaro.

Na minha cabeça, já estou cruzando a linha de chegada e deixando Bianca na poeira.

CAPÍTULO DEZ

Se você me dissesse, antes do meu primeiro dia em Nunca Mais, que eu me veria num macacão preto coladinho com orelhas de gato assumindo meu lugar numa canoa pintada à mão pelos meus pares me unindo a um evento esportivo patrocinado pela escola... eu provavelmente teria te arrancado um olho.

E, no entanto, na manhã seguinte, é exatamente assim que me vejo.

Mãozinha e eu passamos a noite inteira acordados criando uma surpresa para o barco do Prédio Ofélia. Não contei nem a Enid. Mas, se funcionar, Bianca ficará humilhada e furiosa, e serei vingada.

Ela está no barco ao lado do nosso. Não fiz contato visual. Mas Xavier, do outro lado, se vira para olhar de relance para mim, e Bianca deve ver isso, porque ouço sua voz segundos depois.

— O que temos aqui? — pergunta ela. — A menor da ninhada.

Agora eu a encaro.

— Só para constar — declaro. — Não acho que sou melhor do que *todo mundo*. Só melhor que você.

Posso ver em seu rosto que Bianca ficou abalada. Citar ela mesma, de um momento em que acreditava estar sozinha no quarto de Xavier? Seu motorzinho está a toda enquanto se pergunta se eu ouvi de algum jeito ou se ele me contou.

Mesmo eu sei que não devo esperar que isso vá tirá-la dos eixos, mas não deixa menos divertido observar enquanto ela esperneia.

Weems pega o microfone e começa a apresentar as equipes conforme avalio os competidores. O barco de Bianca é uma clara referência a "O escaravelho de ouro", uma das poucas histórias de Poe a *não* terminar em assassinato ou loucura. Uma escolha realmente sem inspiração — não que eu devesse me surpreender com isso.

Ao nosso lado está um barco capitaneado por Ajax, o górgona que disse a Enid que eu era uma canibal no meu primeiro dia. Xavier também está a bordo desse barco, que está cheio de bobos da corte em homenagem a "O barril de amontillado". Não é meu conto preferido de Poe, mas é uma vasta melhoria em comparação com "O escaravelho de ouro" — que parece ser mais uma desculpa para Bianca e suas seguidoras usarem uma maquiagem confusa *à la* Cleópatra nos olhos.

O último barco é um modelo ao meu estilo. "O poço e o pêndulo". Reconheço os dois vampiros da biblioteca nesse, vestindo capuzes convenientes para bloquear a luz do sol. Pessoalmente, sempre achei que o personagem principal deveria ter morrido no fim. Mas isso é apenas minha preferência.

Weems explica as regras enquanto todos avaliamos o lago massivo e turvo que em breve vamos atravessar. Sem regras, remar até a Ilha Corvo, pegar uma bandeira da cripta de Crackstone. O primeiro a voltar sem afundar ganha a copa, direito a se gabar, e a oportunidade de derrotar Bianca Barclay.

Que comecem os jogos.

Quando a pistola dispara, nós também disparamos. Os Escaravelhos de Ouro ficam para trás rapidamente, mas sei que Bianca é complacente. Ela tem algum truque de sereia planejado. E de fato, o Poço e o Pêndulo logo é esmagado contra uma boia de um jeito que indica trapaça. Não perco tempo e procuro na água pelo culpado — a cauda de uma sereia em movimento seguindo as ordens de Bianca.

— Mãozinha — digo, baixinho, e ele sabe o que fazer.

Ele liga o interruptor que instalei ontem à noite na proa do barco e dispara um projétil com uma rede na direção da cauda da sereia. Miraculosamente, nenhum outro barco é afundado até chegarmos à ilha, e Bianca começa a parecer apavorada.

Na praia, ordeno a Enid para ficar com o barco antes de correr o mais depressa que posso para a cripta de Crackstone. Apenas os bobos da corte estão na minha frente.

A floresta aqui é escura e lúgubre. Ilha Corvo, à altura de seu nome. Posso ver como algumas pessoas podem achá-la enervante — a névoa, o silêncio, a escuridão que parece deslocada numa tarde de sol. Mas eu adoro. Tomo nota para voltar aqui quando estiver sozinha.

Neste momento, a coisa é séria. Xavier e Ajax estão à frente, tendo agarrado a bandeira deles. Nem sinal de Bianca, porém, se eu pegar nossa bandeira e o barco estiver inoperante, ainda temos uma chance.

A bandeira do Gato Preto está lá, e pulo para pegá-la, apoiando-me na parede de pedra.

É quando acontece. O estrondo em meus ouvidos. A sensação espremendo meu peito. Uma visão, e no pior momento possível. Estou desprotegida, Bianca está se safando, e eu…

… estou em uma floresta que lembra muito esta, só que tudo está em preto e branco. Ainda mais estranho: estou em meu próprio corpo. Normalmente, as visões são como uma TV mudando de canal depressa demais, mas nesta, consigo me levantar. Caminhar. Observar meus arredores à vontade.

Todos os sons são abafados aqui. Pareço estar sozinha. Viro-me, procurando por seja lá o que a visão estivesse tentando me mostrar, quando me vejo frente a frente com uma garota que não estava aqui segundos atrás. Ela é muito parecida comigo, só que mais fantasmagoricamente pálida. Seu cabelo é loiro-claro. Ela está usando roupas antigas e segura debaixo de um dos braços um livro massivo.

A familiaridade é tão alarmante que me esqueço da Copa Poe. Esqueço por completo que estou em uma visão. Estou travada no lugar quando nossos olhos se encontram, incapaz de desviar.

Ela se aproxima. Não consigo recuar.

— *Você é a chave* — declara ela, e então tudo se contrai e ela some.

Acordo de cara na terra, a bandeira ainda agarrada em minha mão. Para meu horror, Bianca está de pé sobre mim com uma de suas lacaias. A última pessoa que eu gostaria que me visse vulnerável, pela segunda vez.

— Tirando um soninho? — zomba ela, em seu tom desdenhoso. Então ela pega a bandeira dos Escaravelhos de Ouro e sai correndo. Rindo.

Com a lembrança da outra garota ainda recente, não consigo invocar a urgência que sentia antes. Quem era ela? Alguma ancestral distante? Uma versão de mim mesma em um universo paralelo? Uma alucinação trazida pelo estresse da Copa?

Eu me lembro da avaliação que Weems fez sobre as visões da minha mãe: perigosas e imprevisíveis. E, no entanto, a garota havia me chamado de chave. A chave de quê?

Olhando por cima do ombro ao me levantar, percebo o nome na sepultura: Joseph Crackstone. Quero entrar lá. Quero entender o que na pedra disparou a visão. Mas me lembro de Enid. Mãozinha. Não vou abandoná-los.

Esta sepultura está aqui há centenas de anos; com certeza ainda estará aqui quando a corrida terminar.

De volta ao barco, os Gatos Pretos estão em pânico. Todo mundo já deixou a praia. Volto o mais depressa possível e remo como se minha vida dependesse disso, a despeito da sensação pegajosa deixada após a visão.

Estamos em último lugar. Fora do alcance de qualquer plano brilhante de sabotagem. Mas noto que os Bobos da Corte parecem estar afundando.

Olho de esguelha para Enid — a única integrante da nossa equipe que teve acesso ao barco dos Bobos.

Ela abre um sorriso malicioso antes de se voltar para seu remo.

— Eu simplesmente me perguntei: oqwf? O que Wandinha faria?

Nunca direi isso para ela, mas fico emocionada. Pela confiança em mim. Mesmo que não humilhemos Bianca hoje, talvez valha a pena ser aliada de Enid de vez em quando. Com sorte, da próxima vez, não terei que vestir uma fantasia.

O naufrágio dos Bobos da Corte anima todo mundo. Estamos mesmo nos movendo bem depressa. Bianca e sua equipe não são remadoras fortes. Estão dependendo apenas dos próprios poderes. Mas tenho mais força nos braços que minha silhueta indica, e Enid andou treinando com as garotas. Somos atletas superiores. Em breve, estamos a uma distância boa para minha última arma secreta. Viro o interruptor, satisfeita quando os espigões de metal se estendem da lateral do barco conforme planejado.

Dormir três horas por noite tem seus benefícios.

Meu prazer tem vida curta. Sinto uma sacudida no barco. A sereia deve ter escapado da rede — ou Bianca tem mais de uma em sua folha salarial. Estamos nos aproximando da mesma boia que afundou o Poço e o Pêndulo quando vejo Mãozinha pular da lateral do barco.

Momentos depois, a pressão na embarcação se foi. Tomo nota para comprar para ele suplementos bem caros com óleo de vitamina E. Guiamos o barco ao lado do Escaravelho de Ouro e ouço o ruído de rasgo me informando que meus espigões encontraram seu alvo.

O barco de Bianca está se enchendo de água. Estamos navegando rumo à linha de chegada. Eu me sinto… eufórica. Negarei mais tarde, é claro, mas segurar a bandeira com Enid, atravessar correndo a linha de chegada… Quase posso ver por que as pessoas participam de atividades sociais como recreação.

Quase.

As trombetas estão soando. Bianca se arrasta para fora da água parecendo murcha. Enid sabe que não deve me abraçar, mas está claramente vibrando em uma frequência audível apenas para caninos.

— Esse é o melhor momento de toda a minha vida! — Ela se vira para olhar para mim, sorrindo, radiante. — Admita, você meio que entrou no espírito da escola.

Eu cedo e abro um sorrisinho para ela.

— Não disse que era um espírito sombrio e vingativo.

Três minutos depois de começar a cerimônia de premiação no quadrado, contudo, estou pronta para retirar tudo que falei de positivo, ou pensei, ou sequer sugeri internamente sobre os eventos escolares.

Weems está fora de si de orgulho ao fazer seu discurso, como se fosse ela mesma a timoneira. Enid saltita sem parar ao meu lado, seu cabelo multicolorido me escondendo parcialmente, mas não o bastante. As pessoas estão *olhando* para mim. Aplaudindo. É perturbador.

No instante em que Weems termina seu discurso e entrega o troféu para uma Enid extasiada e uivando, saio de fininho para o hall de entrada abençoadamente vazio e me sento aos pés da estátua de Poe para recuperar o fôlego.

Mal tive um momento para ponderar minha visão. O livro de Rowan. E ainda assim me sinto exaurida feito uma esponja velha.

Inclino a cabeça para trás para ver se o velho Poe tem algum conselho sobre como lidar com as pessoas subitamente tomando consciência da sua existência quando você prefere as sombras. Ele não tem, mas o que ele oferece é muito mais interessante.

Passei por essa estátua diariamente desde que comecei aqui — vi fotos dela em casa desde que tinha idade suficiente para olhar feio. Como é que nunca reparei no livro? E, o mais importante, o que ele tem na capa. O símbolo na Sociedade Beladona.

De repente, estou energizada de novo. Bem a tempo para Enid chegar correndo em meu santuário.

— O que está fazendo aqui embaixo? — pergunta ela.

Dou as costas para a estátua abruptamente.

— Me escondendo — confesso. — As pessoas ficavam sorrindo aleatoriamente para mim lá fora. É irritante.

— Isso se chama "ter sucesso" — afirma Enid, batendo o ombro no meu de um jeito inesperado e, ao mesmo tempo, não totalmente desagradável. — Você detonou a Bianca Barclay. Tenta curtir.

Nós voltamos para o quadrado. Um pouco da comoção já passou, felizmente. As pessoas estão separadas em seus grupos sociais de sempre nas mesas compridas, em vez de *circulando*.

— As meninas querem saber se você quer ficar com a gente mais tarde — diz Enid, esperançosa.

Deixo minha expressão falar por mim.

— Ah, o que é isso, não te mataria ficar.

Estou prestes a retrucar que talvez mate e que isso ainda seria preferível. Mas aí me lembro de Enid me chamando de sua amiga. *O que Wandinha faria?* São poucas as chances de que eu um dia vá me tornar o tipo de pessoa que Enid quer como amiga, mas se ela está disposta a me aceitar como sou de verdade, talvez eu possa chegar a um meio-termo com ela.

— Vou pensar — respondo.

Ela não pressiona, nem tenta me abraçar, para minha surpresa. É um bom sinal.

Quando ela sai animada para se reunir com a equipe — e o troféu gigantesco —, Weems se aproxima pelas laterais.

— É bom ver você se enturmando — declara ela. — Você me lembrou sua mãe lá.

— Minha mãe e eu somos duas pessoas e espécies totalmente diferentes — digo, depressa e resoluta.

— Hum — começa Weems. — Da última vez que o Prédio Ofélia venceu a Copa Poe, sua mãe era a capitã da equipe. E eu, a copiloto. Talvez vocês duas sejam mais parecidas do que você acha.

Ela se foi antes que eu pudesse lhe dizer que é impossível. Que embora minha mãe e eu possamos nos assemelhar fisicamente, qualquer similaridade termina aí.

Quando olho discretamente para a mesa de Bianca, vejo a sereia (de volta às duas pernas agora) com um olho roxo, cortesia de Mãozinha, e sei que jamais serei como ela. Jamais.

Assim que Enid pega no sono, seus braços em torno do troféu da Copa Poe como se fosse um urso de pelúcia, volto para o hall de entrada. A estátua.

Os enigmas de Edgar Allan Poe eram lendários, e quando subo na plataforma para ver as páginas do livro na mão dele, sou forçada a admitir que esse deve ser o melhor deles.

Mas não é um enigma, é uma série deles. Pego meu caderno e começo a respondê-los, um por um. Procurando um padrão. Algo para me convencer de que não é tudo coincidência.

O oposto da lua? Sol.
Ancestral protetor? Tótem.
Dois meses antes de junho? Abril.
O roxo mais claro? Lilás.
Um monte grande? Alto.
Epíteto de Artemis? Délia.

Guarda-cinzas. Urna.

Aquele que faz uma proclamação. Arauto.

Não tem pernas, mas anda. Sapato.

Quando todas as charadas estão respondidas, olho para minha lista. Não é um código, acho. E as palavras, quando soletradas de trás para a frente, não revelam nada. Mas a primeira letra de cada palavra... isso pode ser alguma coisa. Faço um círculo em volta de todas elas, uma por uma, e quando tenho minha resposta, mal posso acreditar.

A resposta gera um som agudo e rangente.

Estalo os dedos duas vezes.

À minha frente, a estátua de Edgar se torna subitamente móvel. Ele desliza para fora do caminho, revelando uma passagem secreta a seus pés. Uma entrada para o local onde Rowan encontrou o livro com o desenho de sua mãe. Aquele em que estou de pé na frente das chamas, destruindo Nunca Mais e todos aqui.

Esta é a minha chance de mudar o futuro que ela viu.

Desço a escadaria. Pinturas forram a parede na descida. Rostos nas penumbras. Sorrisos maliciosos. Sorrisos. Olhos semicerrados. Ninguém que eu reconheça.

No fim da escada, o piso é feito sob encomenda. Uma flor com um crânio. O símbolo da Sociedade Beladona. Há teias de aranha para todo lado. Minha lanterna pousa em um retrato de meus pais, e vou negar até a morte, mas isso me faz sentir um pouco menos sozinha aqui embaixo.

Em uma prateleira num recesso da parede há uma centena de volumes roxos como o mostrado em minha visão. Dou um passo à frente para pegar o que tem menos poeira diante dele. Ali, no centro. Uma página arrancada. A outra metade do desenho da mãe de Rowan.

Há uma agitação no ar. Uma antecipação. Depois de dias torcendo, será que por fim encontrei a resposta? Coloco o livro em minha bolsa e me viro para subir as escadas de volta.

É aí que o saco desce sobre minha cabeça e minha abdução inoportuna começa.

CAPÍTULO ONZE

Depois de ser colocada à força em uma cadeira no que parece ser o centro da sala, avalio a situação como sempre imaginei que faria quando, eventualmente, fosse sequestrada.

Saco na cabeça para maior desorientação? Confere. Pulsos amarrados com força suficiente para cortar a circulação? Confere. Não faço ideia se vou viver ou morrer, o que parece eletrizante depois de um dia de drama social no ensino médio.

Em resumo, exatamente como eu gosto de celebrar uma vitória.

Minha mente está zumbindo com as possibilidades. Será que é alguém conectado ao monstro que matou Rowan? Alguém conectado ao próprio Rowan? A mãe vidente dele? Ou é o xerife, preocupado com minha insistência no fato de que Rowan foi assassinado? Ele *estava* na floresta sozinho naquele dia em que encontrei os óculos de Rowan. Pensando bem, eu não deixaria Weems de fora da lista. Ela parece benevolente, mas nunca confio em gente que se veste tão bem.

O saco é arrancado de minha cabeça. Luzes cegantes brilham de todas as direções, me fazendo espremer os olhos, incapaz de enxergar quem está ali. Figuras encapuzadas, acho. Nem ideia de quantas. Se eu tiver sorte, talvez vinte. Não vou ser a primeira a quebrar o silêncio.

Depois de um longo instante, contudo, um de meus agressores fala, e minhas esperanças de muita intriga e uma fuga por pouco são esmagadas contra as pedras da amarga decepção.

— Quem ousa violar o nosso santuário?

A voz é inconfundível. Nossa abelha rainha residente, abafada por algum tipo de cobertura no rosto.

— Pode tirar a máscara, Bianca — digo, sem me dar ao trabalho de disfarçar meu pesar.

As luzes se apagam. Bianca, num robe roxo, retira uma máscara idêntica à que encontrei debaixo da cama de Rowan. Todos os outros também retiram as suas. É apenas a turma popular de Nunca Mais. Yoko, Xavier, Ajax. Uma porção de outros cujo nome nunca me incomodarei em aprender. Minha inimiga não é uma assassina psicótica decidida a torturas psicológicas antes do inevitável fim. Apenas uma porção de valentões de ensino médio se fantasiando.

— Como chegou aqui embaixo? — pergunta Xavier.

— Rowan me mostrou — respondo, indicando minha saia. — Bolso esquerdo.

Ele dá um passo adiante, para o óbvio e intenso desprazer de Bianca, e pega o desenho. Eu e as chamas.

— Pela marca d'água cheguei até a estátua de Poe — explico. — E resolvi o enigma.

— Espera, tem um enigma? — indaga um dos garotos, olhando para Bianca. É o sereia da Copa Poe dessa tarde, ainda com o olho roxo que Mãozinha lhe deixou. Acho que seu nome é Kent. — Pensei que era só estalar o dedo duas vezes.

— Bem, você é mesmo o mais esperto de todos.

Eu deveria estar encarando um assassino em série famoso vestido de palhaço ou algo assim a essa altura. Isso é um substituto bem pobre.

— Beladona é um clube social de elite — continua Bianca. — Ênfase no *elite*.

Praticamente consigo sentir Bianca medindo minha roupa. Como se todos nós não usássemos o uniforme de Nunca Mais.

— Temos festas no terraço, acampamentos, e às vezes nadamos pelados à meia-noite.

Essa garota reconheço como Yoko, aquela que Bianca mandou para a enfermaria ontem à noite com o incidente do pão de alho.

Lá se vão os elos duradouros do companheirismo, penso.

— E Yoko é uma mixologista amadora — diz outra garota do grupo, uma com um cabelo que vai até o ombro alisado para trás. Posteriormente fico sabendo que seu nome é Divina.

— Ela faz um mojito virgem de matar. A parada fica doida — acrescentou Ajax.

Quando muito, isso me faz odiar a camada social superior da escola ainda mais do que eu já odiava antes. Séculos de história, o peso de uma sociedade secreta, um esconderijo atrás de uma estátua de Edgar Allan Poe e tudo o que conseguem fazer é dar festas com coquetéis sem álcool? É patético.

— Uau — digo, nada impressionada. — E vocês não têm hora para dormir?

Bianca me lança um olhar de desprezo, mas não espero pela resposta sem imaginação que ela deve estar planejando.

— Pensei que a Beladona tinha se dissolvido.

Xavier se manifesta dessa vez.

— É, o grupo meio que perdeu sua licença trinta anos atrás, depois que um padrão morreu. Mas temos um longo legado de alunos ricos, então Weems finge não ver, desde que ninguém chame atenção.

— Assim como Rowan chamou atenção? — pergunto, cortante. Sei que ele já foi um integrante, vi sua máscara. Isso quer dizer que as pessoas aqui sabem sobre a mãe dele? Sobre a visão dela? Saiu de um desses livros, afinal...

— Expulsamos o otário no semestre passado — diz Bianca, arrogante. Lembro-me dela fingindo preocupação no quarto de Xavier ontem. — A questão é: o que faremos *com ela*?

Ela coloca a pergunta para os outros Beladonas como se fosse considerar a opinião de alguém, além da sua.

— Vamos convidá-la para entrar — sugere Xavier, ainda de pé ao meu lado. — Quero dizer, ela é herdeira.

Ele joga a luz da lanterna no retrato de meus pais na juventude. Minha mãe está em uma poltrona grande e circular. Meu pai de pé junto dela, segurando sua mão em idolatria.

Estou para dizer que eles ficariam decepcionados com a farsa diluída que essa organização se tornou, mas Bianca já está objetando.

— Depois daquela merda que ela fez na Copa Poe? Nem brincando. Falamos de não chamar atenção, mas Wandinha Addams é um tsunami.

Diversos alunos assentem, concordando. Xavier claramente está prestes a me defender, apesar de minhas instruções claras para não tentar me salvar de novo.

— Não tem que se incomodar — digo, antes que mais alguém possa se manifestar. — Não tenho interesse em entrar.

Yoko funga, zombando.

— Você vai *mesmo* nos rejeitar?

— Dá pra acreditar? — entoo, pegando emprestado o sotaque de garota de praia dela, embora saiba que meu sarcasmo passará despercebido.

Apenas Bianca parece satisfeita.

— Desamarrem ela — ordena ela, estalando os dedos para seu lacaio sereia.

Coloco-me de pé, estendendo-lhe a corda quando ele se aproxima.

— Eu me soltei cinco minutos atrás.

Todos assistem, incrédulos, enquanto pego o desenho de Rowan de Xavier e subo a escada. Pretendo deixá-los sem mais nenhum comentário, mas a meio caminho da subida, a decepção e a fúria são fortes demais para conter.

— Sabem — digo para o grupo patético reunido abaixo do corrimão. — São amadores como vocês que dão má fama para os sequestros.

Antes de ir para a cama, tiro o livro de minha bolsa, pensando que ao menos um de meus objetivos foi realizado nessa noite decepcionante. Desdobro o desenho que fez com que Rowan me atacasse e o encaixo na outra metade.

O temor usual me preenche quando vejo as chamas ao fundo, eu de pé, a expressão pétrea, no meio de tudo. Mas a segunda parte do desenho oferece uma pista importante de seu contexto. As chamas ardem, as sombras dançam, e de frente para mim está a silhueta de um peregrino.

Posso não conseguir decifrar exatamente o motivo para a mãe vidente de Rowan ter previsto essa cena pavorosa, mas talvez possa ao menos resolver o mistério do homem com quem estou destinada a dividir o palco.

Peguei o hábito de assombrar a mesa no quadrado com a perspectiva exata exibida no desenho. De imaginar tudo queimando. Hoje, estou pensando na garota de minha visão na cripta de Crackstone. Aquela que me disse que sou a chave.

Algum dia descobrirei sua identidade? Ou a do peregrino cuja silhueta está no desenho?

E se eu o fizer, será que isso bastará para impedir seja lá o que for de acontecer?

Infelizmente, minhas meditações são interrompidas quando a diretora Weems se adianta para dirigir-se à multidão de alunos alegremente ignorantes — muito mais preocupados com seus dramas sociais mesquinhos do que com algo tão catastrófico quanto a destruição de seu pequeno habitat.

— Todos os alunos devem comparecer a seus trabalhos voluntários às dez em ponto, seguido por um almoço comunitário à uma.

Guardo o livro por enquanto, movendo-me em frente para me juntar ao grupo. Na decepção de ser inadequadamente sequestrada ontem à noite, quase me esqueci sobre o Dia da Interação. Uma tentativa fútil de fundir Nunca Mais na cultura municipal de Jericho.

— Como vocês sabem, este ano o Dia da Interação culmina em um evento muito especial — prossegue Weems, soando como se realmente acreditasse nessa balela. — A inauguração de uma nova estátua comemorativa na praça da cidade, com apresentações de alunos da Nunca Mais!

Com a menção a apresentações, Enid se aproxima de seu jeito habitual e saltitante.

— Como representantes de nossa escola — alerta Weems, enquanto professores começam a entregar envelopes na multidão —, confio que todos vão mostrar seu melhor lado.

A srta. Thornhill nos alcança exatamente quando o discurso animador termina. Enid e eu pegamos um envelope cada e ela grita ao abrir o seu.

— É isso aí! Peguei os Peregrinos! O que você pegou, Wandinha?

Retiro o meu com alguma trepidação.

— Tralhas de Porão — leio em voz alta. — Seja lá o que for isso.

A expressão de desgosto de Enid me dá esperança.

— É uma loja de antiguidades sinistra — explica ela. — Mas você vai adorar. Tô cruzando as garras para que Ajax e eu possamos *interagir* muito juntos, se é que me entende.

Como sempre, não entendo. O interesse contínuo de Enid pelo górgona sem nada de especial continua a escapar de minha compreensão. Porém, antes que eu possa lhe pedir para explicar, Weems se aproxima com um sorriso que me dá a certeza de que vou me arrepender de fazer contato visual.

— Wandinha, não se preocupe com o seu violoncelo — diz ela. — Providenciarei para que ele seja levado para a praça da cidade hoje à tarde.

— Meu violoncelo? — pergunto, perplexa.

— Ouvi sua serenata no telhado na outra noite e ofereci seu acompanhamento para a Banda Marcial da Escola de Jericho na cerimônia de amanhã. Não deve ser muito desafiador tocar uma melodia edificante do Fleetwood Mac.

O aço em sua voz me diz que é inútil argumentar, e como atualmente estou investigando um assassinato bem debaixo do nariz dela, sei que escolher minhas batalhas é de máxima importância.

Faço um esgar que algumas pessoas confundem com um sorriso.

— Desde que prometa me enforcar como bruxa depois — murmuro.

Somos transportados para Jericho feito gado. Enquanto os adultos lutam para colocar tudo sob controle, vejo Xavier separado do grupo, fitando morosamente uma parede pintada de branco.

Ele não fala comigo desde que deixei o sequestro dos Beladonas. Não que eu sinta falta de sua atenção, em especial, mas mesmo um agente solitário precisa de aliados, e Xavier é o único membro da sociedade que sequer olha nos meus olhos.

Além disso, ele não pareceu surpreso quando lhe mostrei o desenho de Rowan durante meu breve cativeiro. Talvez haja algo ali.

— Por que está olhando um muro em branco? — pergunto, aproximando-me por trás.

Ele não levanta o olhar, só continua encarando a tinta, amargurado.

— Ela não estava em branco no último Dia da Interação.

Sem esperar por uma resposta, ele se vira e começa a voltar para o grupo de estudantes circulando.

Eu o sigo.

— Ainda está irritado por eu ter rejeitado o seu convite?

Ele dá de ombros, mas não nega.

— Botei a cara a tapa por você.

Meus olhos se reviram por conta própria, pensando na reunião. Os olhos de Xavier dardejando para Bianca e de volta toda vez que ele falava comigo ou sobre mim.

— Ah, por favor — censuro. — Eu sou só bucha de canhão na guerra fria que está travando com a Bianca. Me deixe fora disso. Tenho coisas mais importantes para pensar.

A indiferença fingida de Xavier some.

— Como o quê?

— Como encontrar o monstro que matou seu ex-colega de quarto — respondo, exasperada.

Parece que não sou a única se sentindo frustrada.

— Pela última vez — diz Xavier, jogando as mãos para cima. — Rowan foi expulso. Todos nós o vimos ir embora.

E desaparecer na estação de trem, deixando a mala para trás, penso. Mas planejo guardar só para mim esse detalhe obtido ilicitamente, por enquanto. Não preciso da Weems questionando minhas fontes.

Em vez disso, tiro o livro dos Beladonas da bolsa, o que faz Xavier parar de súbito.

— Acho que você pode acrescentar ladra a seu currículo — provoca ele. — Por que quer tanto isso, afinal?

Abro a página para o quadrado em chamas. Eu e o peregrino adornados pelo fogo.

— Você já viu isso antes, não foi? — pergunto para ele.

Xavier dá de ombros.

— Vi. Alguns dias antes do Festival da Colheita. Estava aberto na mesa dele. Eu sabia que ele tinha roubado isso depois de ser expulso da Beladona, então o confrontei. Ele ficou… puto comigo.

A cena se repete em minha mente sem precisar ser conjurada. A cena da minha visão. Xavier gritando com Rowan. Rowan o arremessando contra a parede. A gárgula se arrastando para a beirada. Na minha direção.

— Ele te jogou contra a telecinesia dele — afirmo.

Xavier olha para mim, claramente surpreso.

— Como você sabia?

— Só um chute.

Ele olha para a imagem com mais atenção, que é o que eu queria, claro. Mas a que preço? As pessoas e sua necessidade constante de compartilhar coisas. É exaustivo.

— É esquisito você estar nesse desenho. Esse diário tem mais de trinta anos. E que merda Crackstone está fazendo no desenho com você?

Nunca esperava que Xavier fosse me surpreender, mas isso me surpreende. Sinto o raio de uma nova pista reverberar em meus ossos.

— Você sabe quem é?

Xavier olha para mim como se eu tivesse deixado passar algo óbvio.

— Sei, é Joseph Crackstone? — diz ele. — O pai-fundador da cidade.

Ele gesticula para tudo ao nosso redor, onde uma equipe de funcionários pendura banners dos Peregrinos. Cada um deles apresenta um peregrino paternal de maxilar forte que — pensando agora — lembra mesmo o homem do desenho.

Peregrinos, lê-se nos banners. *Onde a história ganha vida.*

Agora de posse de uma missão mais específica, Mãozinha e eu deixamos Xavier e sua parede branca e nos unimos à multidão com gosto. Quando chego a Enid na frente do Cata-vento, já tenho um plano bem definido.

— Enid, preciso que troque de voluntariado comigo — peço, sem preâmbulos.

— O quê? Eca! — responde ela. — Tralhas de Porão não combinam *nada* comigo.

Tendo previsto essa resposta, sigo imperturbável.

— Ah, que pena — digo, dando as costas para ela. — Tenho certeza que *Ajax* e eu vamos nos divertir muito sem você.

Enid ataca. Sutileza não é seu ponto forte. Antes que eu perceba, ela já está com meu envelope do Tralhas de Porão, estou com o dela do Peregrinos, e ela está berrando em minha orelha de um jeito que provavelmente levará a perda auditiva seletiva quando eu ficar idosa.

Se eu viver tanto tempo assim.

CAPÍTULO DOZE

Difícil imaginar Tralhas de Porão (ou qualquer outro lugar no mundo) sendo pior do que o Peregrinos. Se já houve alguma população histórica que *não precisava* de um parque de diversões...

Obviamente, esta era uma vaga popular de voluntariado. Quase todo o grupo dos Beladonas está aqui, liderado por Bianca, que apenas finge ser liderada por Arlene, nossa guia turística vestida a caráter.

A trilha de terra batida se bifurca e dá em um grupo de chalés de sapé caindo aos pedaços. Há uma fazenda em miniatura, um ferreiro, uma porção de moradores locais fantasiados se preparando para o julgamento das bruxas das duas da tarde. Antes de hoje, eu não podia imaginar um destino pior do que crescer e ficar igual aos meus pais. Agora sei que estava enganada. Existe um único destino pior no universo, e Arlene o está vivendo.

— Ali, observai — diz ela, gesticulando adiante para um edifício dilapidado não muito diferente de um celeiro. — O Templo Religioso. Em seu interior há uma coleção de artefatos relacionados ao fundador mais amado e devoto de Jericho: Joseph Crackstone.

Consegui ignorar sumariamente quase todo o discurso de boas-vindas do Peregrinos, mas ao ouvir isso, me animo. A única razão pela qual não usar o Dia da Interação como uma cobertura conveniente para fugir é meu desejo de aprender mais sobre exatamente este homem.

Dando um passo à frente, eu me empenho ao máximo para falar segundo o estilo falso peregrino de Arlene, torcendo para cair nas boas graças dela.

— Eu tenho uma questão — falo com clareza.

Bianca revira os olhos. Arlene parece ter acabado de perceber que estamos aqui.

— Por favor, não demore.

— No Templo Religioso — começo, tentando disfarçar minha urgência como interesse casual. — Quais artefatos de Joseph Crackstone se encontram em exibição?

Arlene aparenta desejar estar em qualquer lugar, menos aqui, quando responde em um tom monótono e entediado:

— É um verdadeiro tesouro! Inclui ferramentas da fazenda, talheres, até mesmo o penico da família Crackstone.

— Parece fascinante — digo, enquanto os garotos atrás de mim soltam risadinhas. — Me voluntario para trabalhar lá.

— Impossível — responde Arlene, com um risinho superior que transforma minha pena em desprezo. — Aquela exibição está passando por reformas. Hoje, todos vós trabalharão no coração pulsante do Peregrinos.

Ela se vira, indicando o que está atrás dela como se revelasse um mimo incrível. Imagino que seja a casa da família Crackstone. Talvez a escola, ou o escritório particular de Joseph. Qualquer lugar onde eu possa obter informações sobre o homem com que estou destinada a compartilhar um evento apocalíptico.

Porém, quando olho atrás de Arlene, meu coração se afunda.

— A Velha Doceria? — exclama Eugene a meu lado, um tom de puro júbilo.

E realmente, estou cara a cara com uma combinação de loja de lembrancinhas e chocolateria — sem mencionar a morte da minha esperança de descobrir um contexto histórico para Crackstone para ajudar minha investigação.

Ao meu redor, meus colegas estudantes estão energizados, sem dúvida apreciando o futuro coma induzido por açúcar. Mais provas de que estou tão apartada deles quanto o chocolate está de qualquer tipo de relevância histórica.

Depois de recebermos nossos uniformes e instruções — *Amostras significam vendas! Os turistas têm sempre razão! Não se esqueçam de sorrir!* —, eles nos deixam à solta em um grupo de turistas da Alemanha. Melhor para mim, pois nem Arlene fala alemão fluente. Se não posso pesquisar Crackstone, posso ao menos lançar alguma luz sobre a farsa dessa operação chocolateira.

— Aproveitem seu "autêntico" chocolate peregrino — digo a eles em sua língua nativa. — É feito com grãos de cacau cultivados pelos povos oprimidos da Amazônia.

Eles começam a se entreolhar, incertos, enquanto prossigo.

— Toda a renda é destinada a manter esse branqueamento patético da história estadunidense.

Ofereço a bandeja de amostras de chocolates em palitos de dente como vejo Bianca e os outros alunos de Nunca Mais fazendo. Coloco um esgar macabro em meu rosto.

— Além disso — acrescento, ainda em alemão, quando um homem estende a mão para pegar um pedaço —, esse tipo de chocolate só seria inventado duzentos e cinquenta e oito anos depois.

Ele retrai a mão.

— Alguém quer? — pergunto para o resto do grupo.

Todos se afastam resmungando — principalmente sobre mim, mas alguns turistas estão questionando a validade do Peregrinos, o que é tudo o que posso pedir como uma humilde serva da verdade.

Bem, além disso, Arlene parece irritada quando todos saem da loja sem provar nem comprar nada da Força Vital do Peregrinos. Quando ela sai zangada — sem dúvida, para falar com seu supervisor —, consigo equilibrar minha bandeja num barril de armazenagem e sair escondida pela porta lateral.

No beco lá fora, tropeço na única cena que poderia me balançar de meu propósito. Eugene, coberto em vômito (o dele mesmo, presumivelmente), sendo atormentado por um grupo de idiotas. Reconheço os mesmos garotos que derrubei no Cata-vento em meu primeiro dia na cidade — entre eles Lucas Walker, filho do generoso proprietário do Peregrinos.

Eles estão se esforçando ao máximo para forçá-lo a ir para o tronco quando eu suspiro e mudo de rumo.

— Olá, peregrinos — digo, olhando feio.

Quanto mais intimidante conseguir ser, mais rápido posso acabar com isso.

Um dos jovens sem nome dá um passo na minha direção, mas posso ver o medo em seus olhos quando me reconhece. Imagino que o hematoma em seu pescoço esteja começando a sarar.

— Deixem ele em paz — afirmo.

— Quer acabar no tronco também? — pergunta ele, estreitando os olhos apavorados de roedor em uma amostra patética de resistência fajuta.

— Lembra-se do que aconteceu da última vez que fizemos essa dança? — pergunto, alto o bastante para os amigos dele ouvirem.

Isso tem o efeito desejado. Ele empurra Eugene para longe e mergulha em um ataque contra mim. Dali é uma rápida mudança de dinâmica — envolvendo um joelho nas partes sensíveis — para redirecioná-lo para o tronco. Enquanto meu alvo está debruçado e gemendo, baixo a tranca, prendendo-o na mesma armadilha que ele esperava usar contra Eugene.

Limpo e ordenado, exatamente como eu gosto.

— Aqueles que se esquecem da história estão condenados a repeti-la — entoo conforme ele rosna para mim, impotente.

Vai demorar um pouquinho até que alguém se dê conta de que ele não está atuando. Em especial com esses trajes. Tempo suficiente para Eugene e eu nos retirarmos em segurança.

O filho do prefeito e o outro lacaio estão debatendo o que fazer em seguida, é evidente, mas eventualmente, a cautela sai vitoriosa. O grupo deixa seu amigo sozinho e sai apressado para evitar mais encrencas.

Eugene, a meu lado, ainda está coberto em dejetos e parece prestes a chorar. *Se importar com as pessoas realmente nos atrasa*, penso, enquanto ajudo Eugene a ficar de pé. Então o levo para se limpar.

— Temos um Templo Religioso para invadir.

A presença de Eugene começa a valer o trabalho que deu quando percebo que deixei meu kit de gazuas no uniforme da Nunca Mais, no vestiário. Por sorte, a boca dele tem mais metal do que a maioria dos chaveiros, e ele fica contente em me passar seu aparelho depois de meu ousado resgate no tronco.

— E se a srta. Arlene nos pegar? — pergunta ele, preocupado.

— Código da colmeia — respondo quando o cadeado se abre. — Negue tudo.

Ele está tentando exclamar que a negação não é parte integrante do código da colmeia quando o deixo ali de vigia e me esgueiro para dentro da sala escura. Se tem uma coisa com que posso contar que Eugene vá fazer é soltar um ruído agudo e alto caso o perigo se aproxime.

Dentro do Templo Religioso, fachos de luz iluminam a poeira no ar. É uma sala comprida e estreita. Conforme o prometido, há, no mínimo, cinquenta artefatos da família Crackstone lotando as mesas, e pinturas antigas adornam as paredes.

No centro do recinto está uma figura de cera de Crackstone em tamanho natural. Ele está vestindo seus melhores trajes de peregrino e segura um cajado retorcido de carvalho. Acho que está na hora, quando me posto diante dele e de sua natureza escorregadia. Este homem viveu há centenas de anos, e uma mulher ainda assim previu que nós dois nos encontraríamos diante de um incêndio destrutivo.

Será que as respostas para o meu futuro estão no passado de Crackstone?

Interrompendo minha ruminação inoportuna, Mãozinha puxa minha saia de peregrina, dirigindo minha atenção para uma pintura grande presa à parede norte da sala. É uma propaganda, é óbvio, do tipo mais insidioso. Crackstone está de pé na frente de um grupo de peregrinos, abrindo os braços em boas-vindas a uma colônia de Excluídos na frente do Templo Religioso.

Não sei muito sobre a chegada de Excluídos em vilarejos desse tipo, mas o pouco que sei não sugere uma recepção cálida.

— Acho que está um pouco tarde para eu ser doutrinada — digo para Mãozinha. — E o que vem depois? Ação de Graças sem a varíola?

Enquanto continuo a estudar a pintura, vejo algo familiar. *Alguém.* É a garota da visão que tive durante a Copa Poe. A garota com cabelo comprido e loiro que se parece comigo.

— É ela! — exclamo. — A *doppelgänger* da minha visão!

E quando olho com mais atenção, vejo que ela segura o mesmo livro que segurava quando a vi. Um tomo de couro preto com um símbolo indistinto na frente.

De imediato, me viro para as mesas de artefatos. De alguma forma, sei que ele estará aqui. O livro da minha visão. A resposta. Posso sentir a eletricidade em minhas veias me dizendo que estou perto, me puxando adiante enquanto passo por pratos de argila e cestos trançados e... *ali*. Em uma caixa com tampa de vidro. Um livro preto encadernado em couro com um título em relevo dourado e aquele mesmo símbolo que agora parece muito mais com as pontas de um compasso do que com a cruz...

Nunca vou admitir isso em voz alta, mas meus dedos estão tremendo quando os estendo para pegar o livro. Ele é mais leve do que eu esperava.

— *Codex Umbrarum* — murmuro para o Mãozinha. — *Livro das Sombras* em latim.

Quando o abro, sei que estou contrariando todas as minhas regras e expectativas, e sou lembrada exatamente de por que as tenho quando vejo as páginas em branco. Não apenas isso, mas com certeza o papel é do tipo utilizado em impressoras a jato de tinta.

Com um poço se abrindo em meu estômago, eu o viro e encontro um adesivo de marca.

— É falso — afirmo, oca, virando o caderno para mostrar a Mãozinha.

Eu não deveria me surpreender por este lugar estar cheio de falsificações e fraudes. Também não deveria ficar surpresa quando Arlene irrompe pela porta segurando Eugene pelo colarinho sujo. É bem o tipo de dia que estou tendo.

— Sra. Arlene — digo. — O que ocorreu?

— O que ocorreu, de fato — dispara ela. — O que estás fazendo aqui, em nome de tudo o que é mais cacau? E do lado errado da cordinha de veludo?

Eu me viro, apertando o livro contra o peito com mais força.

— Não me ouviste proclamar que o Templo Religioso se encontra em reforma?

Eugene se manifesta nas garras dela, o rosto corado e os óculos tortos.

— Eu disse a ela que encontramos a porta destrancada e estávamos morrendo de curiosidade para aprender mais sobre Crackstone.

— Bom, você tá perdendo seu tempo — diz Arlene, por fim largando o personagem de peregrina, assim como Eugene. — O livro é uma réplica. Roubaram o original mês passado, durante o julgamento das bruxas das duas da tarde.

— Provavelmente era a única coisa autêntica aqui. E cobram 29,95 pelo ingresso?

Seja lá que camaradagem Arlene sentiu por um instante, ela sumiu rapidamente com um olhar incrédulo.

— Mas que audácia! — exclama ela. — Vou realocar os dois, para bater a massa do fudge!

Sentindo que tenho apenas segundos nesta sala, aponto para a pintura.

— O Templo Religioso original — digo. — Aquele na pintura. Onde fica?

Dessa vez, quando Arlene abandona a personagem, posso ver que ela está apenas cansada.

— Como é que eu vou saber? — pergunta ela. — Mudei de Scottsdale para cá em abril.

Lá se vai a cultura peregrina autêntica, penso eu, sendo conduzida para fora. Talvez esteja na hora de consultar um morador local de verdade. Se não consigo respostas para minhas perguntas aqui, precisarei descobrir onde conseguirei. E logo.

O Cata-vento não está movimentado, o que considero uma sorte, mas Xavier me recebe usando o avental vermelho, o que não considero uma sorte. Eu esperava ver Tyler.

— Não era para você estar no Peregrinos? — pergunta ele quando me aproximo do balcão.

— Desertei enquanto minha sanidade ainda estava intacta.

Ele assente sem mais perguntas, me levando a acreditar que vivenciou as maravilhas do Peregrinos em primeira mão.

— Quer um café? — pergunta ele. — Uma das muitas vantagens dessa tarefa maravilhosa. Já que claramente não é a companhia.

— Na verdade, vim ver o Tyler.

Xavier visivelmente se irrita com isso.

— Pensei que eu já havia te avisado que ele é encrenca.

Agora é a minha vez de me irritar.

— Avisou — digo. — Duas vezes. Mas eu falo com quem eu quiser.

Eu poderia dizer mais sobre isso, sobre esse desejo equivocado dele de me salvar, mas estou com pressa, então aperto a campainha de serviço.

Tyler aparece. Xavier solta um fungado. Não tenho tempo mesmo para isso.

— Quer o de sempre? — pergunta Tyler, vindo dos fundos.

— Quero, por favor. E um pouco de ajuda. — Pego um mapa de Jericho e da área circunvizinha que apanhei no quiosque de informações no Peregrinos, abrindo-o numa mesa vazia. — O Templo Religioso dos Peregrinos, o original, do século XVII... você sabe se ainda existe?

Tyler olha para o mapa.

— O que sobrou dele fica na floresta Cobham, mas são só ruínas.

Aponto para o mapa.

— Me mostre.

Tyler aponta para um local no fundo da área verde mais escura no mapa.

— Obrigada.

Dobro o mapa e, estranhamente, penso em Enid e Ajax juntos no Tralhas de Porão. As tramas constantes de Enid para se aproximar de um garoto que cheira como uma mistura de seis em um de sabonete/gel/spray/mousse.

É uma comparação desconfortável o bastante para me fazer virar e sair sem dizer mais nada.

— Espere — diz Tyler. — É... meio perigoso por lá. Invasores e viciados usam o lugar como abrigo temporário. Meu pai limpa a área a cada duas semanas. — Tyler se aproxima mais. — Do que se trata isso de verdade? Essa ida até lá? Sei que não é um projeto de história.

— Não é da sua conta — respondo.

Há um conhecimento nos olhos dele que me deixa bastante desconfortável. Talvez eu tenha revelado demais em minha tentativa de usar meu único aliado local. Resolvo encontrar outro. Espalhar as informações. Não preciso da preocupação dele, apenas de seu conhecimento da geografia de Jericho.

— Você está ficando bem obcecada com esse negócio de monstro na floresta.

Lanço-lhe um olhar que, tenho vergonha em admitir, ensaiei na frente do espelho depois de minha mãe usá-lo com tanta efeito em minha infância. Pelo menos sei que funciona.

— Você preferiria que eu ficasse obcecada por cavalos? *Boy bands*?

Tyler ri, meneando a cabeça. Parece encantado, o que me faz repensar meu olhar carrancudo.

— Definitivamente, jogaram fora o molde depois de você — diz Tyler.

Vou para a porta, avaliando que essa conversa se estendeu além de sua utilidade. Tyler, porém, não desiste.

— Escuta — diz ele. — As ruínas são meio difíceis de achar. Eu poderia te levar hoje à tarde… Meu turno acaba às duas.

Dessa vez, o tom e a expressão dele são inconfundíveis. Ele poderia muito bem estar me convidando para tomar um milk-shake depois do baile. Fico aliviada por ter uma desculpa já na ponta da língua.

— Weems vai me enforcar, arrastar e esquartejar se eu perder a inauguração da estátua. E de qualquer forma, sei me virar ao ar livre.

Já saí porta afora antes que ele pudesse preparar outra ofensiva. Xavier passa por mim ao entrar, com aquela cara de cachorrinho triste. Sou visitada pelo pensamento passageiro de que esses dois deveriam apenas sair um com o outro para tomar um milk-shake e me deixar de fora dessa.

CAPÍTULO TREZE

As ruínas estão exatamente onde Tyler disse que estariam — outro motivo pelo qual eu precisava ter cuidado para não dar razões para ele me abandonar por completo, assim como aos meus empreendimentos.

À primeira vista, o lugar não é lá grandes coisas. Apenas algumas paredes frágeis parcialmente cobertas em trepadeiras. Garrafas e latas aqui e ali. Mãozinha telegrafa seu desapontamento por meio da postura cabisbaixa e pelo desinteresse geral. Não posso dizer que o culpo. O lugar mal parece valer o esforço que despendemos para chegar.

— Eu também esperava mais — concordo.

Mas uma voz rosna em resposta antes que Mãozinha possa reagir.

— Com quem você está falando, garotinha?

Eu me viro e vejo um homem desgrenhado com cabelos compridos e barba, agachado sobre seu saco de dormir. Estou para perguntar qual é seu nome, ou se ele viu alguma coisa suspeita, quando Mãozinha se joga na direção do andarilho como se *ele* fosse o intruso, não nós. Ele foge para a floresta — uma reação natural ao ser atacado por uma mão desincorporada, suponho.

Levanto uma sobrancelha para Mãozinha.

— Isso era mesmo necessário? — pergunto. — Ele não estava fazendo mal a ninguém.

Mãozinha não se dá ao trabalho de responder, apenas sinaliza, impaciente. Um *non sequitur* total.

— Não, não posso apenas *tocar* em alguma coisa e ter uma visão — respondo, azeda, quando ele termina. — Minhas visões acontecem espontaneamente. E antes que você diga, *não vou* pedir conselhos para minha mãe.

Ele observa, nada impressionado. Lá no fundo, começo a sentir como se tivesse feito uma trilha de cinco quilômetros debaixo de chuva à toa, e as críticas de Mãozinha não estão ajudando em nada.

— Tá bom — disparo. — Eu vou te provar.

Eu me aproximo do último canto formado pelas paredes, coberto de líquen, e estendo as mãos teatralmente.

— Ó velha parede de musgo! Que segredos me contas?

Em seguida, vou para a lareira. O batente da porta.

— Não acredito que não está funcionando! Ah, espere, *isso* deve nos dar algum entendimento.

Pego um saco do Taco Bell coberto de musgo no chão e o seguro nas duas mãos, esbugalhando os olhos e fazendo careta.

Mãozinha está esperando meu showzinho terminar, batucando os dedos no chão.

— Satisfeito? — pergunto. — Falei que esses ditos poderes psíquicos são tão previsíveis quanto um ataque de tubarão.

A chuva cai com mais intensidade agora. Sinto-me bastante irritada comigo mesma por ter vindo aqui. O que eu esperava encontrar? Uma tábua de pedra entalhada com a informação exata de que eu precisava para desemaranhar o passado de Crackstone? Bem improvável.

— Vamos engolir esse prejuízo e voltar — digo para Mãozinha, que está se sacudindo feito um cachorro para se livrar da água.

Acontece quando estou voltando para a porta. Eu a toco ao abrir o portão de madeira pútrida e lá está. O fio conectado, eletrizando minha coluna, fazendo com que todos os músculos de meu corpo se enrijeçam conforme minha cabeça é jogada para trás contra minha vontade, os olhos forçados a se fecharem...

Estou de pé do lado de fora do Templo Religioso. Não está chovendo agora e a noite já caiu. A estrutura está totalmente intacta. Um novo tipo de eletricidade me preenche. Estou no passado. O passado de Crackstone.

O som de vozes atrai minha atenção para a clareira no exterior da estrutura. Há uma multidão de aldeões peregrinos ali, carregando tochas e forcados. Não é um bom sinal em era alguma. Não sei se podem me ver, então me mantenho nas sombras, escondida atrás de um barril, onde tenho uma visão melhor da vítima deles.

Só que, quando a vejo, quase desejo que não tivesse visto. É a garota. A da minha visão na cripta. Aquela da pintura no Peregrinos. A que, de uma maneira até sobrenatural, se parece comigo.

Os aldeões a estão jogando para lá e para cá pela multidão, violentamente, gritando e caçoando dela.

— Bruxa! Arrependa-se!

O contraste entre os rostos desdenhosos e furiosos e os sorridentes adornando a propaganda de Jericho não poderia ser mais pronunciado.

Isso é destacado ainda mais quando Joseph Crackstone caminha a passos largos pela multidão numa capa preta longa, segurando seu cajado retorcido. Os aldeões se afastam para ele passar, limpando seu caminho para a garota encolhida no chão. Não há nenhum traço da benevolência barata e cartunesca que satura seu personagem do Peregrinos na expressão do homem — apenas crueldade e perversidade distorcem suas feições quando ele para na frente da garota.

— Goody Addams! — grita ele, apontando para baixo. — Você foi julgada diante de Deus e considerada culpada.

Os aldeões gritam sua concordância.

— És uma bruxa! Uma feiticeira! A própria amante de Lúcifer! Por seus pecados, irás queimar esta noite e penarás com as chamas do fogo eterno do Inferno!

A garota, Goody, prova que somos ancestrais mais do que apenas no nome e no rosto quando joga a cabeça para trás e encara Crackstone, desafiadora.

— Eu sou inocente — declara ela, em um inglês com leve sotaque. Não consigo decifrar bem de onde é o sotaque, mas é distinto. Ele a separa dos peregrinos. — É você, Joseph Crackstone, quem deveria ser julgado.

O rosto dela se contorce em sua fúria justificada e me sinto eletrizada de novo. Orgulhosa de ser parente dela. Orgulhosa por estar aqui, testemunhando sua bravura.

— Nós estávamos aqui primeiro — afirma ela para ele. Para os aldeões em torno. — Vivendo em harmonia com a natureza e os povos nativos. Mas vocês roubaram nossa terra. Vocês massacraram inocentes. Nos roubou o espírito pacífico. O verdadeiro monstro são vocês. *Todos vocês.*

De meu poleiro atrás do barril, vejo o que ela planeja fazer antes que Crackstone o faça. E sei que não vai conseguir. Sei que a história continua a se desdobrar para este homem de pesadelos deixar suas digitais sangrentas por toda Jericho. Mas não posso deixar de torcer por Goody quando puxa da manga uma faca e parte para cima dele.

Ela acerta, abrindo um corte pelo rosto de Crackstone, que sangra fartamente. Mas ele é rápido demais na recuperação e lhe dá um tapa na cara com as costas da mão, soltando um rugido que ecoa pela floresta.

— O diabo nunca enviou um demônio assim — diz ele. — E vou te mandar de volta.

Ele a agarra e está claro que sua bravura — por incrível que fosse, considerando-se tudo o que ela está enfrentando — a abandona. Ele a arrasta pela porta do Templo Religioso. Sigo o mais discretamente que posso. Não posso perdê-la. Preciso saber o que aconteceu aqui naquela noite.

A cena dentro do Templo Religioso é de horror. A sala inteira está lotada de Excluídos, amarrados e acorrentados ao chão. Há pessoas de todos os gêneros, todas as idades. Crianças choram e são consoladas pelos pais. O lugar todo fede a medo. A morte, aproximando-se rápido.

É fácil sumir na multidão, manter meus olhos em Goody, a quem Crackstone agarra pelo cabelo, jogando no chão. Nunca me senti tão indefesa. Condenada a testemunhar o passado, incapaz de alterar o destino dessa gente. Minha gente.

— Vocês são abominações sob o controle do Diabo — exaspera Crackstone para o grupo reunido ali, a luz de sua tocha dançando loucamente em seus olhos. — Não vou parar até expurgar este novo mundo de todos os Excluídos! Criaturas ímpias!

Ele sai do Templo Religioso intempestivamente. Antes que a porta se feche, todos nós o ouvimos dizer:

— Coloquem fogo.

Lá dentro, o medo se espalha mais depressa do que as chamas. Continuo de olho em Goody enquanto ela corre até uma mulher acorrentada perto da parede, tentando soltar suas correntes.

— Mamãe — diz ela, a voz retesada de medo. — Eu vou te soltar. Precisamos escapar.

Posso ver o que Goody não pode. A resignação no rosto da mulher. A aceitação. Ela coloca a mão por cima das da filha para contê-las.

— Não dá tempo, filha. Me deixe. Salve-se. Salve os outros e salve nosso futuro.

— Eu não vou embora sem você! — berra Goody.

É inevitável para mim visualizar minha própria mãe. A mulher mais capaz que já conheci. Não posso imaginar um mundo no qual eu seja algum dia responsável por salvá-la.

A fumaça está enchendo a sala. As camas lambem as rachaduras nas paredes de madeira do Templo Religioso. Resta tão pouco tempo! As correntes de ferro não cedem. O horror toma conta de Goody por completo. De mim também. De todo Excluído preso neste lugar.

— Por favor, corra o mais rápido que puder — implora a mãe de Goody. — Você é nossa única esperança.

A força que ela deve precisar para se afastar, sabendo o que vai acontecer — o que já está acontecendo — é incomensurável para mim. Faz com que todo ato de coragem que eu já tenha demonstrado pareça brincadeira de criança.

Tento segui-la para dentro da lareira. A fumaça está em todo canto. Mal consigo respirar até ela levantar o alçapão e desaparecer lá dentro. Uma fuga não conferida às pessoas acorrentadas ao chão. Às paredes. Lanço um último olhar para elas.

A passagem leva a uma clareira um pouco afastada do Templo Religioso. Árvores assomam sobre nós. As estrelas cintilam, indiferentes.

Mas não há tempo para lamentar. Passos atrás de nós. Goody olha para mim, alarmada, nossos olhos se encontrando num choque de reconhecimento.

— Ele não vai parar até matar todos nós.

Gritos. Os passos estão mais altos agora.

— Ele está aqui — sussurra ela, e dispara.

— Espere! — chamo atrás dela, com um plano malformado de levá-la de volta comigo, de ajudá-la de alguma forma, um plano que morre antes que eu possa sequer começar a colocá-lo em prática.

Crackstone está na clareira. Ainda carrega a tocha.

Ele caminha para Goody com um propósito ameaçador. Vai matá-la. Sei disso. Jogo-me adiante, fora de mim, querendo fazer alguma coisa… mas tropeço numa raiz e caio no chão com força…

CAPÍTULO CATORZE

Uma mão agarra meu ombro. Grito, dando um tapa para afastá-la antes de me dar conta de que ela não está presa a um braço. Está chovendo. O céu lá no alto está claro.

A visão demora para ceder. Mãozinha sinaliza sua preocupação depressa, mas o ignoro com um gesto, lutando para me sentar.

— Estou bem — digo a ele. Fisicamente, pelo menos. — Eu a vi de novo. A garota da pintura. O nome dela é Goody Addams.

A mãe de Goody, lágrimas escorrendo pelo rosto. Goody nas mãos de Crackstone.

— E acredito que é minha antepassada de quatrocentos anos atrás…

Sou interrompida por um barulho vindo lá de fora. Um galho se partindo. Fico de pé, ainda instável, a visão me deixando assustadiça.

— Deve ser o homem barbado de mais cedo — falo, tanto para mim mesma quanto para Mãozinha. Atravesso para uma parte da parede e espio cautelosamente por uma rachadura. — Olá?

Não tem nada lá fora além de chuva e árvores. A lama se acumula em poças no caminho de volta para a estrada. Será uma caminhada longa e molhada no retorno a Jericho.

Mãozinha puxa a perna da minha calça e olho para baixo a tempo de vê-lo apontando, frenético.

Espio pela rachadura e encontro um par de olhos enormes, injetados de sangue. O choque inunda meu corpo, me deixando atrapalhada ao recuar, trôpega. O monstro, porém, não me persegue para dentro da ruína. Ele foge.

É a segunda vez que ele fracassa em me matar quando teve a chance. No entanto, não há tempo de pensar no porquê, não agora. Grito para Mãozinha, que salta para dentro de minha bolsa enquanto disparamos pela floresta atrás do monstro.

A princípio, a chuva obscurece tudo. Não sei dizer para que lado ele foi. Mas aí, no chão: pegadas — pegadas enormes, com marcas de garras. Eu as sigo sem considerar as consequências. Tudo o que sei é que Crackstone está no passado. O monstro está matando pessoas *agora*. Esta pode ser minha única chance para o impedir. Para impedir *qualquer coisa*.

As pegadas já levam para as profundezas da floresta. Começo a perceber que nunca o alcançarei quando noto algo estranho. Uma pegada humana, descalça. E outra. As pegadas do monstro acabaram. Eu me agacho para examiná-las e está cristalino. A transformação.

— O monstro... é *humano* — constato, revoltada, mas fascinada.

Pelo menos é possível alcançá-lo agora. Avanço, sem me importar por estar ensopada até os ossos e congelando. Outro ruído, porém, agora vindo de trás, me faz pular de novo. Dou meia-volta, pronta para enfrentar mais um arauto da morte certa.

Mas é apenas Xavier, segurando um guarda-chuva, um lembrete estranho e mundano do mundo neste lugar mítico.

— O que diabos você está fazendo? — pergunta ele, como se fosse dele o direito de estar irritado.

— Perseguindo o monstro — rebato.

Os olhos de Xavier se arregalam, olhando ao nosso redor.

— Você o *viu*? — pergunta. — Ele *está aqui*?

Assinto.

Ele me cobre com o guarda-chuva, tranquilo outra vez. Mas estou longe disso.

— O que você está fazendo aqui? — pergunto.

Xavier tem a gentileza de parecer envergonhado.

— Eu te ouvi dizendo que planejava dar uma olhada no antigo Templo. Lá no Cata-vento? Acho que foi sorte eu ter decidido me certificar que você estava bem.

As engrenagens em minha mente estão rodando quase depressa demais para acompanhar.

— É — concordo. — O timing perfeito.

Quase perfeito demais. O monstro vira humano e Xavier por acaso aparece se esgueirando no lugar onde as pegadas se transformam?

No mundo da investigação, não existe isso de coincidência.

— O monstro é humano — ofereço, tentando atraí-lo a confessar qualquer coisa que possa saber. — As pegadas mudaram de monstro para marcas de pés humanos descalços.

Não há culpa nem dissimulação no rosto de Xavier, apenas surpresa. Interesse.

— Me mostre — insiste ele.

Observo a trilha que acabei de seguir, mas agora há apenas uma poça d'água.

— A chuva apagou tudo. E antes que você levante a sua sobrancelha cética, eu sei o que vi.

Guarda-chuva que se dane, saio pisando duro na direção de Jericho sozinha. Xavier, porém, me alcança rapidamente.

— Estou tentando manter a mente aberta — diz ele, recolocando o guarda-chuva sobre minha cabeça.

— Por que agora?

Ele hesita. Paro de caminhar, querendo ver no rosto dele se uma confissão se aproxima.

— Acho que você pode estar correta quanto ao Rowan — diz ele.

— Ah, é?

Xavier balança a cabeça.

— Enviei uma mensagem de texto para ele, meio que uma armação. Disse a ele que a gente podia se encontrar para praticar *snowboarding* como fizemos nas últimas férias de primavera. Ele respondeu e disse que não poderia ir. Só que... não praticamos *snowboarding* no ano passado.

Esse garoto temperamental sobe meio degrau em minha estima.

— Esperto — comento.

— Agora tem que ser sincera comigo — diz ele, virando o jogo. — Por que você foi até o antigo Templo Religioso?

Depois de uma vida de isolamento, essa troca de vulnerabilidades está começando a se tornar quase algo comum para mim. Entendo que custou algo a Xavier vir para cá, me contar o que contou. Mas também tenho receio de dizer demais, especialmente depois de como Tyler se comportou hoje.

— Eu estava à procura de pistas sobre Crackstone — explico, honestamente. — Depois que você o identificou no desenho hoje, eu queria saber mais sobre a conexão dele com a visão da mãe de Rowan.

O brilho da compreensão. Duas pessoas num dia só. Cogito fazer moradia na caverna pela qual passamos. Nunca mais falar com outro ser humano.

— E você estava tentando usar seus dons psíquicos? — arrisca ele.

— Por que acha que tenho esses dons? — retruco, na defensiva.

— Palpite de sorte — responde Xavier, arqueando aquela sobrancelha, espelhando minha esquiva de mais cedo quando eu sabia o que havia acontecido entre ele e Rowan no dormitório. — Quando começaram?

Murcha, sei que não há razão para manter a farsa. Estou frequentando uma escola para Excluídos. É apenas uma questão de tempo até que as pessoas descubram meu diagnóstico.

— Há mais ou menos um ano — consigo dizer. — Quando acontecem, é como tocar num fio eletrizado. Costumo gostar da sensação, mas não nesse caso.

Xavier retoma a caminhada, talvez intuindo (corretamente) que prefiro não ser percebida de forma direta em meu momento de vulnerabilidade.

— Você não consegue controlar — pontua ele. — E isso te assusta.

Outro golpe direto. Sinto que estamos jogando uma partida de batalha naval psíquica e estou perdendo feio. Não digo nada, mas não posso evitar olhar para ele, procurando em seu rosto a fonte dessa percepção inesperada.

— Meu pai é vidente — diz ele, como explicação.

É claro, penso. Seu pai famoso.

— Vincent Thorpe — confirmo. — Meu irmão é o fã número um dele. Assistiu o especial de Las Vegas tantas vezes que estou surpresa que não tenha ficado gravado nas pupilas dele.

Xavier não morde a isca. Ainda temos uma longa caminhada à frente.

— Logo, morei com o autointitulado mestre — diz ele. — E a primeira coisa que consigo dizer é que visões psíquicas não são confiáveis. Elas mostram apenas uma parte do quadro.

— Vi Joseph Crackstone tão claramente quanto estou vendo você neste momento — argumento, tomando ciência apenas depois do fato de que estou entregando demais. Mas agora a visão está de volta, repassando em minha mente como uma dupla fantasmagórica e estranha. Não consigo evitar. — Ele trancou todos os Excluídos no Templo Religioso e os queimou vivos.

Por um momento, o único som é o de nossos passos chafurdando na lama. Então Xavier fala, não para me condenar nem para me dizer que estou louca, o que é um alívio.

— Certo, ele era um canalha sádico — concede ele. — Mas o que quatrocentos anos atrás tem a ver com o agora?

— Você viu o desenho de Rowan — digo. — Aquele é Crackstone de pé no pátio. Está tudo interligado. Se eu pudesse descobrir exatamente como…

— Não — argumenta Xavier. — Você está contando uma história na sua cabeça e usando essas visões como apoio. Elas estão te contando o que *você quer ver*.

Posso sentir assim que ele cruza a linha em minha mente, indo de confidente momentâneo para crítico não convidado.

— Uau, você vai mesmo me dar uma palestrinha sobre meus próprios poderes?

Ele joga as mãos para cima, exasperado.

— Não! Só estou tentando te dizer o que sei. Meu pai diz que o dom psíquico é baseado na emoção, não na lógica. Você não pode usar emoções como evidência. E, para ser sincero, emoção não é seu ponto forte mesmo.

A essa altura, me fecho por completo para ele. Tentar usar uma conversa sobre dons e investigações de Excluídos como trunfo para uma chantagem emocional são três pontos contra de uma só vez.

Jericho se ergue à frente, enfim. A chuva parou por enquanto e saio debaixo do guarda-chuva.

— Rowan tinha razão — digo a ele. — Algo *está mesmo* para acontecer. Algo que preciso impedir, antes que mais gente seja ferida por esse monstro.

Levanto minha sobrancelha cética para Xavier.

— Seja lá quem ele for.

Naquela noite, fico acordada na cama pensando em Goody. Em Crackstone e no esgar cruel de suas feições enquanto ele condenava uma sala ceia de Excluídos a uma morte dolorosa nas chamas. Em como Goody estava indefesa quando ele assomava sobre ela, e como me sinto indefesa no presente — os ataques do monstro, a previsão da mãe de Rowan, incapaz de impedir o que está por vir.

E amanhã, todo os alegres aluninhos Excluídos de Nunca Mais vão se reunir com os padrões preconceituosos de Jericho para celebrar o maldito genocida.

Como posso permitir que isso aconteça, sabendo o que sei?

O dia seguinte amanhece ensolarado e sem nuvens — o tempo perfeito para eternizar um psicopata. A praça da cidade de Jericho está forrada de arquibancadas, um lado cheio de moradores locais desconfortáveis, o outro com alunos entediados de Nunca Mais. A divisão apenas destaca o legado de medo e ostracismo de Crackstone.

A diretora Weems trouxe meu violoncelo e me apresentou à banda marcial conforme ameaçado, e me sento em minha cadeira serenamente, esperando minha deixa em mais de um sentido.

O prefeito Noble Walker, pai de Lucas, vai até o microfone com uma Weems sorridente a seu lado. A imagem da união e da tolerância. Ele pega o microfone enquanto sinalizo para Mãozinha esperar. Está quase na hora.

— Olá, Jericho! — chama o prefeito. — É uma honra celebrar o nobre antepassado de nossa cidade, Joseph Crackstone. Ele acreditava que, com um coração alegre e um ouvido atento, não havia nada que nossa cidade não pudesse conquistar.

Os gritos dos Excluídos vítimas de Crackstone ecoam por quatrocentos anos em minha memória. Cerro meus dentes.

— Juntos, como um só — continua o prefeito Walker —, nossa comunidade e nossos amigos da escola Nunca Mais construímos um monumento para celebrar a memória dele. Que o espírito de Joseph Crackstone possa ser lembrado por toda a eternidade!

Esta é a deixa, segundo o nerd de nariz escorrendo que me informou sobre os procedimentos. O maestro ergue sua batuta. A banda se remexe e se situa nas arquibancadas à medida que espero, travada em minha cadeira, o violoncelo entre meus joelhos.

Junto-me a eles com entusiasmo mínimo quando a banda começa uma versão muito amadora de "Don't Stop", do Fleetwood Mac — uma das piores ofertas em um catálogo que, de outra forma, é estelar, em minha opinião. Weems e Walker cruzam para um pódio no palco, posando antes que Walker aperte um botão com um sorriso brega e cheio de dentes que não chega a seus olhos.

A multidão se admira com *ohs* e *ahs* enquanto a fonte embaixo da escultura de bronze de Crackstone — em tamanho natural e sorrindo com benevolência para os moradores da cidade — entra em erupção, enchendo a fonte aos pés dele com um líquido transparente que todos presumem ser água.

Eu sei que não é. Enquanto toco minhas colcheias mecanicamente, observo Mãozinha correr para dentro da multidão desapercebido. Desse ponto de vista, não o vejo riscar o fósforo, nem acender o rastilho de pólvora que ele deixou ontem à noite em preparação, mas *todo mundo* vê os resultados.

A faísca viaja pela pólvora em meio à multidão, passando pelo palco da banda, serpenteando para a fonte, que está cheia não com água, como o prefeito planejava, mas com combustível. Ele se incendeia de imediato e gritos rasgam o ar quando as chamas saltam pelo corpo de Crackstone de maneira apocalíptica. Um tributo muito mais apropriado para seu legado verdadeiro, se é que posso dizer.

O caos irrompe na praça. A multidão corre em busca de abrigo, os moradores de Jericho e os alunos de Nunca Mais enfim confraternizando conforme se empurram para serem os primeiros a sair da zona de impacto. O prefeito, o sorriso de propaganda da campanha sumido há muito, empurra Weems para o lado e mergulha para fora do palco.

Fleetwood Mac vira "Inverno", de Vivaldi, a música perfeita para um ataque vingativo. O meu pode estar vindo quatrocentos anos atrasado, mas não há dúvidas de que é eficaz.

Ninguém está sequer olhando para mim enquanto me perco na música. Ninguém, corrijo um momento depois, além de Weems, que tenta me apunhalar com o olhar da lateral do palco. Talvez o Vivaldi tenha sido um sinal.

Assim que estamos de volta ao solo de Nunca Mais, Weems me leva até sua sala e me faz sentar placidamente em uma cadeira conforme ela anda de um lado para o outro e gesticula diante de sua massiva lareira de Medusa.

— Aquilo foi um desastre! — grita ela. — O prefeito está furioso! Perdi a conta de quantos telefonemas e e-mails raivosos recebi de moradores de Jericho, de alunos e pais. Eles querem respostas... — Ela se agacha para me encarar. — E eu também quero.

— Bem, parece que o Dia da Interação foi um sucesso, então — digo, inocente. — Os residentes e a escola estão do mesmo lado. Não era isso o que você queria?

Weems joga as mãos para cima, grunhindo de pura frustração, o que é agradável demais.

— Não posso provar que foi você — declara ela. — Mas estou te vendo, Wandinha. Você é um ímã para problemas.

Por um momento, está ali de novo. Um lampejo do desenho da mãe de Rowan. Crackstone e eu, nos encarando em lados opostos do quadrado com cinco lados de Nunca Mais, envoltos nas chamas.

— Se por problemas você quer dizer me opor a mentiras, então devo concordar — falo, pondo-me de pé como se meu metro e meio de altura fosse alguma coisa, comparado aos mais de um e oitenta dela. — Décadas de discriminação. Séculos tratando os Excluídos como cidadãos de segunda classe, ou pior.

— Do que você está falando? — pergunta Weems, cortante.

— Jericho! — exclamo. — Você deve conhecer a história real da cidade com os Excluídos. A *verdadeira* história de Crackstone.

Sua expressão a entrega antes que ela possa falar, e não posso acreditar que já houve um tempo em que eu pudesse admirar esta mulher. Sim, ela pode ter sobrevivido à minha mãe em sua adolescência, mas é uma covarde, simples assim.

— Se você sabe, por que ser cúmplice nessa enganação? — pergunto, ouvindo os gritos de novo, vendo o terror no rosto de Goody quando ela deixou sua mãe para trás. — Eles ainda nos odeiam em Jericho, nada mudou além das palavras vazias e dos sorrisos com que disfarçam. Se *você* não está disposta a lutar pela verdade...

Ela entra na minha frente, os olhos flamejando sob a luz do fogo.

— Você acha que não quero a verdade? — interrompe ela. — É claro que quero. Mas o mundo nem sempre é preto e branco. Às vezes, precisamos ceder.

Minha decepção só aumenta. Balanço a cabeça.

— Não há dois lados em algo assim — digo a ela. — Ou eles escrevem a nossa história, ou nós.

Pela primeira vez, estar sozinha não parece ser a solução. É inevitável imaginar como seria o mundo se mais pessoas soubessem. Pessoas no poder. Pessoas capazes de realmente mudar alguma coisa.

De volta a meu quarto, o humor de Enid — como sempre — não poderia ser mais diferente do meu. Ela está escolhendo entre um arranjo de roupas ofensivamente coloridas colocadas com cuidado na cama. Via de regra, subsisto bem com quatro horas de sono, mas no momento, sinto-me drenada. Exaurida.

Sento em minha mesa, tentando terminar o capítulo mais recente de meu livro, a cabeça doendo enquanto Enid relembra da estranha taxidermia do bicho atropelado que ela passou o dia arrumando com Ajax. O misterioso *artista local* que retira roedores mortos da estrada e os coloca em aventais médicos, roupas de casamento e uniformes de marinheiro.

— Parece o pano de fundo perfeito para o romance — solto, sarcástica, mas para minha surpresa, Enid cora.

— Estou tão feliz que meu encontro com Ajax é hoje — continua Enid, completamente alheia à minha repulsa pelo top rosa-choque em sua mão. — Vai me distrair daquele desastre de tarde. Acho que estou com estresse pós-traumático. Poxa, nem pude fazer meu número de dança.

— Que tragédia — murmuro, sem levantar a cabeça de minha máquina de escrever.

— Que tipo de psicopata perverso iria querer sabotar um evento tão positivo? — lamenta Enid.

Paro de escrever.

— Você vai se atrasar.

— Me deseje sorte — pede Enid, enquanto passa uma bolsa minúscula por cima do braço.

Desejo, apenas por um segundo brevíssimo, que alguma coisa pudesse me distrair dos horrores da minha investigação, minhas preocupações com o futuro, como um encontro com um górgona meio descerebrado consegue fazer com Enid.

— Se ele partir o seu coração, eu atiro nele — digo, após uma longa pausa. É o melhor que posso fazer.

Quando ela se vai, deito em minha cama enquanto a chuva escorre por nossa janela imensa. Minha proeza hoje com a estátua de Crackstone foi gostosa no momento, mas o que ela mudou de fato? Eu me sinto como uma ilha — normalmente, esse é um papel que aprecio, mas agora estou consciente demais do pouco que uma pessoa só pode realizar quando enfrenta todos os monstros do mundo.

Os monstros do passado, presente e futuro. Os literais e os figurativos. Os monstros se escondendo a plena vista. Os monstros que tememos estão dentro de todos nós, esperando sua vez.

No entanto, naquela noite, havia muito que eu não conseguia ver. Nominalmente, eu não era a única acertando as contas com o que havia de monstruoso conforme o céu se derramava em grandes torrentes. Deixe-me lhe dar um gostinho do futuro. Não muito, veja bem. Eu não iria querer estragar o suspense.

Enid, as garras cortesmente retraídas, espera por Ajax atrás da estufa enquanto ele, sem querer, se prende no espelho do vestiário dos meninos, nunca chegando ao encontro deles. Conforme a lua sobe no céu, o mesmo acontece com a ira de Enid, até que o monstro *nela* irrompe, as garras perfurando a lateral do ônibus da escola e rasgando o pneu.

A diretora Weems, relaxando de nossa interação com uma taça de vinho, folheia casualmente um livro do ano até chegar a uma foto de minha mãe adolescente ocupando metade de uma página. Arrancando a página do livro, ela a joga no fogo, reduzindo-a a cinzas.

Minha terapeuta santarrona, a dra. Kinbott, se debruça sobre uma bancada, costurando diligentemente um esquilo morto e empalhado, ao qual prende com cuidado um cachecol. Ao terminar, ela carrega o animalzinho para o outro lado da sala até um armário trancado e o coloca com cuidado entre trinta de seus irmãos aterrorizantes e de olhos vazios.

Tyler submerge em sua banheira em casa, apenas para gritar em silêncio, os olhos arregalados e injetados de sangue sob a água. Xavier sai de um barracão no *campus*, trancando-o após sua passagem, levantando a mão para tocar três marcas de arranhão em seu pescoço.

Pior de tudo, o homem barbado está sendo descoberto em pedaços no antigo Templo Religioso, o sangue ensopando o chão onde os Excluídos queimaram tantos anos atrás. O xerife Galpin levanta uma câmera das vísceras. Uma na qual restam apenas algumas fotos no filme.

Tarde da noite, as fotos são reveladas. Fotos que ainda levarei muito tempo para ver. Fotos do próprio monstro, olhando diretamente para a lente, sujo do sangue de sua vítima mais recente.

CAPÍTULO QUINZE

Em nossa sessão seguinte, a dra. Kinbott — que ainda não sei ser a arquiteta do casamento de esquilos atropelados na vitrine da Tralhas de Porão — me diz que eu deveria combater meu sentimento de isolamento *saindo mais*.

Acho que uma visita não sancionada ao necrotério não era bem o que ela tinha em mente, mas não posso negar que me sinto melhor depois disso. Em meu quarto, estou colando as novas informações ao crescente quadro de pistas e conexões quando Enid chega.

— Quando sugeri uma transformação no seu lado do quarto, não estava pensando em um Pinterest de um assassino em série.

— Crimes reais são para donas de casa entediadas que depositam mais humanidade nos assassinos do que nas vítimas deles — digo, sem levantar a cabeça. — Imagino que sejam os instintos de colonizadores nelas.

— Certo — diz Enid. — Mas o que é isso tudo? Essas fotos nojentas são o motivo para você ter saído escondida ontem?

— São — respondo, conectando a foto de um rim num pote a uma de um homem com o peito em pedaços. — Fui até o necrotério para copiar os arquivos de todas as vítimas do monstro.

Não digo a ela que ainda posso sentir o friozinho bem-vindo da gaveta de cadáveres em que me escondi para evitar o legista.

— Tem tantos níveis de *eca* aí que nem sei por onde começar.

— Enid, se quero parar esse monstro, tenho que entrar na mente dele. Tenho que descobrir os padrões e anomalias em seu registro de ataques. E já fiz uma grande descoberta.

Agora que todas as minhas conexões estão representadas fielmente, pego as fotos extras e me viro para mostrá-las a Enid.

— Olhe só isso. Todas as vítimas tiveram partes do corpo removidas. A primeira estava sem um rim, a segunda sem um dedo...

— Hã, Wandinha... — fala Enid, olhando para elas.

— Eu sei, a vesícula. Fascinante. E o homem do Templo Religioso estava sem dois dedos do pé. — Enid não responde de imediato, então continuo. — Você não vê o que isso significa? Os assassinatos não são obra de uma fera ou um animal. O monstro está coletando troféus como um assassino em série experiente.

Antes que eu possa apontar o potencial de prever a próxima vítima do monstro com base nos registros médicos de Jericho obtidos ilegalmente, ouço um baque. Enid e as fotos vão ao chão.

Vivencio uma pontada de culpa ao invocar Mãozinha.

— Busque os sais de cheiro... de novo.

Assim que Enid foi depositada em segurança na enfermaria para ser monitorada em busca de sinais de uma concussão, fujo para a aula da srta. Thornhill, imaginando que me entediarei até chorar com fatos de plantas carnívoras que minha mãe me ensinou antes do meu quinto aniversário.

Em vez disso, Xavier se prova uma distração, fazendo uma careta de dor ao pegar seu caderno.

Notando minha atenção, ele me dispensa com um gesto.

— Dei um mau jeito nas costas durante a esgrima — explica ele.

Entretanto, seus movimentos não condizem com o ato de evitar a ativação de um mau jeito muscular no meio do corpo. A careta parece mais consistente com um ferimento. Em algum ponto mais alto.

Estou prestes a perguntar quando a srta. Thornhill levanta a voz acima do burburinho.

— Certo, sei que vocês estão todos empolgados sobre a Rave'N no sábado à noite, e é por isso que eu *não vou* passar dever de casa.

Uma celebração geral irrompe das massas anti-intelectuais.

— Mas ainda preciso de voluntários para o comitê de decorações. Alguém?

Xavier se debruça em minha direção.

— Você não está animada por causa de uma bola disco e ponche batizado? — pergunta ele. — Vai ter até um DJ.

Reviro os olhos.

— Prefiro espetar agulhas nos olhos do que ir a um baile da escola. Pelo menos a acupuntura é famosa por promover acuidade mental e vitalidade geral. Ainda não me convenci dos benefícios à saúde trazidos pelo ponche batizado.

— Sabe — diz ele, fechando seu caderno —, você poderia apenas convidar alguém. Se divertir um pouco, pelo menos uma vez.

Acredito que Xavier tenha interagido comigo com frequência suficiente para saber que eu jamais iria de livre e espontânea vontade a um evento social, quanto mais convidar um colega para um encontro.

Minha ausência de resposta parece não o abalar. Ele vai guardar seu caderno, porém, quando se abaixa para o fazer, minha hipótese anterior se confirma. Lacerações profundas pela lateral esquerda de seu pescoço. Parece ter no máximo alguns dias.

Endireitando-se, ele levanta o colarinho para escondê-las. Baixo o olhar de propósito, para minhas próprias anotações, para que ele não suspeite que eu tenha visto alguma coisa, mas Xavier me observa por muito tempo antes de sair apressadamente da sala.

Não posso deixar isso passar. Os machucados em seu pescoço não parecem com nenhum acidente de esgrima que eu já tenha visto. Assim, acabo seguindo Xavier pelo terreno da escola, onde o observo entrar em um modesto barracão abandonado de jardinagem.

Mãozinha me questiona quando me escondo nas sebes próximas. Eu disparo:

— Temos que fazer isso, sim. Xavier não conseguiu aqueles arranhões praticando esgrima, e você viu o padrão deles, assim como eu.

É parecido o bastante com as fotos das vítimas para eu saber que ele está escondendo alguma coisa.

Xavier emerge, os olhos dardejando para cá e para lá, nervosos, antes que ele se afaste apressadamente. E ele deixou o barracão destrancado.

Lá dentro, tudo é luz e sombras. Há uma única lâmpada presa a uma corrente; eu a acendo, apenas para soltar um ofego. Estou cercada por imagens artísticas do monstro. Telas grandes, quase em tamanho natural, telas pequenas, mal do tamanho de um cartão comemorativo. Pelo menos cinquenta delas, e cada uma mostra seus olhos amarelos esbugalhados, as fileiras de dentes afiados como navalha.

Penso de novo em minhas interações com Xavier. Não vi nada que me leve a crer que ele seja capaz de matar alguém, mas já me enganei antes. Em raras ocasiões. Será possível que Xavier seja o monstro? Ele apareceu mesmo nas ruínas exatamente no momento em que as pegadas se tornaram humanas...

Depois de me ajustar ao choque do que encontrei, noto um padrão. Um vórtex escuro e circular atrás de, no mínimo, metade das obras de Xavier. Pego duas páginas do diário dele, as dobro e enfio em minha bolsa.

— Hora de ir — digo a Mãozinha, que apaga a luz, nos deixando na escuridão.

A porta está fechada após nossa passagem e estamos no caminho para a escola, mas dou apenas alguns passos antes de ouvir um farfalhar vindo da trilha.

— Wandinha? — chama Xavier, aproximando-se da porta pela qual acabo de passar. — O que você está fazendo?

— Nada! — respondo, entusiasmada. — Eu só... te vi saindo daqui.

Ele não me viu sair da barraca. Vou fingir que acabo de chegar e sair daqui o mais depressa possível.

— Tá, bem, esse aqui é o meu estúdio particular de arte. Weems disse que eu podia usar, desde que limpasse antes.

— Fantástico — digo. — Por que você não me leva numa visita guiada?

Sei que ele não vai concordar, mas estou curiosa para ver qual será sua desculpa. Ele já provou que não está acima de mentir com aquela história de machucado durante a esgrima mais cedo.

— Está meio que uma bagunça no momento — diz ele.

— Já acompanhei um fotógrafo de cenas de crime no verão passado — garanto a ele. — Não sou impressionável.

Xavier cerra o maxilar com mais firmeza ao dizer:

— Talvez em outra hora. — Em seguida, virando a mesa para cima de mim: — Por que estava me procurando, afinal?

Eu estava tão preparada para entrar na ofensiva nessa interação que nem cogitei uma defesa.

— Ah, queria repassar o dever de casa da srta. Thornhill.

Fácil.

— Ela não passou dever de casa — retruca Xavier, o que, é claro, é verdade.

Baile escolar idiota. Mas ele não parece desconfiado, nem zangado. Em vez disso, está... abrindo um sorrisinho malicioso?

— Certo — digo, me sentindo desprevenida. — Bem, vou andando.

— Espere um minuto. — Ele se aproxima, o sorriso estranho aumentando. — Isso tem algo a ver com uma certa *festa* que te dá vontade de furar os olhos com agulhas, talvez?

É este o momento em que sei que jamais vou entender as pessoas. Um garoto com um segredo me encontra, uma garota com óbvias tendências obsessivas em investigar, remexendo nas proximidades de seu estúdio de arte proibido e cheio de monstruosidades, e seu primeiro pensamento é o de que estou aqui para fazer uma proposta romântica absolutamente incompatível comigo? Por quê?

Mas, por mais desagradável que isso seja, ele está me oferecendo uma saída. Uma saída ampla, pavimentada e bem-iluminada, com uma única consequência negativa.

Como se não estivesse me matando fazê-lo, assinto com um gesto da cabeça.

O sorriso malicioso dele se transforma em um genuíno. À medida que ele se parabeniza, eu me consolo. Pelo menos terei a chance de passar uma noite com um potencial assassino em série. Com as defesas baixas, quem sabe o que posso descobrir?

— Sou todo ouvidos — diz Xavier.

Às vezes, intenções derretem diante de uma oportunidade inesperada. Se esta é a minha chance de ver bem de perto um potencial assassino em série, como posso recusar?

Fecho os olhos e respiro fundo.

— Você vai mesmo me obrigar a te chamar?

— Com certeza.

Ele se aproxima mais, todo inflado de orgulho masculino adolescente. Tenho que me segurar ao máximo para não murchá-lo com uma cutucada afiada. *Pistas*, relembro a mim mesma. *Um suspeito com as defesas baixas.*

— Você... poderia... — começo, entredentes — ... considerar ir à festa Rave'N... com... uma certa... — *pessoa que preferiria fazer quase qualquer outra coisa* — ... comigo?

A presunção cede a uma autêntica alegria pueril. Ele me faz lembrar de Enid quando ela tem uma paixonite, os olhos todos brilhando e propensa a ignorar os sinais de alerta.

— Sim, Wandinha — responde ele. — Eu adoraria ir à festa com você. Achei que não me convidaria nunca.

Dou meia-volta para me libertar dessa tortura social, aliviada por ele não me impedir.

— Eu também achei — resmungo baixinho.

A única coisa pior do que acidentalmente convidar Xavier para a Rave'N é contar para Enid que convidei Xavier para a Rave'N. Nem cubro meus ouvidos. Mereço a dor do berro-barra-uivo que preenche o quarto.

— *Ai, meu Deus,* Wandinha Addams vai à Rave'N! — exclama ela, quando volta à forma verbal. — Meu mundo inteiro se abalou.

— O meu também, e infelizmente não caí no frio do vácuo do espaço.

Enid ignora isso, dando as costas para seu armário ridiculamente lotado para me avaliar.

— Sabe do que você precisa agora? — pergunta ela.

— Uma bala na cabeça? — pergunto, em tom normal.

— Um *vestido* — corrige Enid. Como se isso devesse ser óbvio.

Para minha sorte, eu já havia previsto essa linha de questões e tenho uma refutação preparada.

— Já tenho um vestido.

Um, para ser precisa. Porém, agora que Xavier acredita que venceu minha resistência com seu suposto charme, duvido que minha roupa vá fazer muita diferença.

Para meu azar, eu subestimei o compromisso de Enid com a montagem de transformação.

— Ah, Wandinha. Não o vestido com que você chegou aqui. Aquilo era uma emergência de moda que nem um relâmpago conseguiria ressuscitar. Mãozinha, me ajude aqui.

Meu serviçal traidor cruza o quarto, ficando do lado de Enid conforme me arrependo profundamente, no mínimo pela quinta vez, do dia em que apresentei os dois.

— Você precisa de algo que grite: "Primeiro encontro, dê o fora, Bianca, eu *cheguei*!" — exclama Enid, com Mãozinha oferecendo um polegar para cima atrás dela.

Decido que roubar a atenção de Bianca, minha nêmese de fato, é um motivo convincente o bastante para ceder. A verdade é que tenho coisas a fazer em Jericho que não têm nada a ver com essa reunião social horrenda — exceto, talvez, para tornar relevante a informação que obtiver por lá.

Enid tagarela sem parar no caminho para a cidade enquanto rumino sobre meus motivos ocultos para acompanhá-la. Eu havia planejado lhe contar a verdade — que só estou acompanhando Xavier porque ele é um suspeito, que é tudo parte de uma trama maior —, mas a festa significa muito para ela, está óbvio. Às vezes penso que Enid é a única pessoa que conheci em Nunca Mais que gosta de mim de verdade, e não uma projeção minha que a pessoa inventou por conta própria.

Dessa forma, parece tanto desnecessário quanto cruel puxar o proverbial tapete sob seus pés. Se a noite de sábado for tão produtiva quanto estou imaginando, posso fingir que é tudo uma grande coincidência.

Enid chegou ao último quarto do alfabeto ao selecionar potenciais acompanhantes na ordem em que aparecem no livro do ano quando chegamos em Jericho. Ela me arrasta para a frente de uma loja para a qual eu não tinha olhado nem de relance até então. Parece o conteúdo do armário de Enid, com uma cobertura de confetes por cima.

— Nossa primeira sessão de compras como colegas de quarto! — grita ela em voz aguda, passando o braço pelo meu, o que suporto apenas porque planejo escapar das garras dela, e desse passeio, assim que possível. — O comitê da festa *sugeriu* ir de branco para combinar com o tema, mas nós não vamos seguir isso.

Ela dá um passo para dentro, mas finco o pé. Nossos cotovelos unidos são agora uma amarra.

— Enid, por mais que aprecie o gesto…

O sorriso dela é compassivo quando ela me solta.

— Essa realmente não é a sua praia, né?

Meneio a cabeça, como se não fosse dolorosamente óbvio mesmo sem minha confirmação.

— Se vou comparecer a um baile, gostaria de ao menos parecer comigo mesma fisicamente enquanto isso.

A decepção de Enid é palpável.

— Só pensei que a gente podia, sabe como é, se conectar — afirma ela, encolhendo os ombros. — Mas entendo. Não quero que você vire outra pessoa.

Um grupo de garotas de Nunca Mais com a mesma ideia de Enid passa por nós sem cumprimentar. Reconheço Yoko e algumas outras das Beladonas. Uma delas olha a roupa atual de Enid com aprovação.

— Um dia desses vamos encontrar uma atividade apropriadamente meio-termo para nos conectarmos — garanto a ela. — Enquanto isso, sinto que vou apenas te segurar.

A sombra de um sorriso é visível no canto de seus lábios cintilantes quando o elogio alcança seu alvo.

— Você é uma gazela — digo, visualizando-a nas compras. Graciosa. Confiante. — Eu sou um cervo ferido. Me deixe para trás e vá correr com o bando.

Enid sorri abertamente agora.

— Sabe, talvez a gente esteja se conectando, no fim das contas. Quero dizer, esse é o melhor elogio que você já me fez.

— O padrão foi estabelecido — digo. — Vivo para superar minhas próprias expectativas.

Ela bate seu ombro no meu, um gesto de afeição que acho muito mais tolerável do que abraçar ou passar o braço por dentro do meu ou andar de mãos dadas, coisas que as garotas da minha geração parecem encontrar ocasiões demais para praticar.

— Se eu encontrar algo funéreo, mando reservar para você.

— Obrigada — agradeço, e então dou-lhe as costas e me afasto antes que ela possa mudar de ideia e me arrastar para dentro.

Dirijo-me à delegacia de polícia, torcendo para que uma conversa com o xerife possa lançar mais luz sobre as atividades suspeitas de Xavier. Ao descer a rua, Mãozinha salta de minha mochila e com entusiasmo bate no meu ombro, apontando para algo além de mim.

— Não — digo a ele, irritadiça. — Vou ver o Galpin. Não vou parar...

Pauso no meio da frase. Diante de mim, na vitrine do Tralhas de Porão, está um deslumbrante vestido preto meia-noite. Um colarinho alto no topo de um decote enfeitado com renda preta franzida. A saia é construída em camadas do mesmo tecido, cascateando até o piso da vitrine. Fito a peça por mais tempo do que gostaria de admitir.

Considero um pequeno milagre quando chego ao escritório do xerife sem ser desviada outra vez. Lá dentro, está escuro e cheirando a bolor. Deprimente feito o cão.

Ele está em sua mesa, o começo de barba já se instalando em definitivo. Coloco minha melhor prova até o momento sobre a mesa.

Os olhos do xerife se arregalam por um momento. De imediato, ele tenta esconder sua surpresa, mas sou mais ligeira do que ele quer acreditar.

— Nós dois sabemos que um monstro está por aí — declaro, sem preâmbulos. — Se queremos impedi-lo, decidi que precisamos deixar nossas diferenças de lado e trabalharmos juntos. Travar uma aliança temporária.

Galpin parece achar graça, o que me deixa irritada. Ele tem sorte de eu sequer me dispor a me rebaixar a este ponto. Se eu tivesse acesso a meu próprio laboratório forense e equipe de busca, de forma alguma estaria aqui.

— Então esse desenho é a sua aposta para te deixar jogar? — pergunta ele.

— É, e a metáfora de jogo inspira bastante confiança, posso lhe assegurar.

Galpin estuda o desenho junto a outra imagem de um tipo diferente, comparando ambas. Não consigo ver o que é, embora tente sorrateiramente. Ele, de propósito, não mostra para mim. Dois podem fazer esse joguinho.

— Desculpe — diz o xerife. — Você terá que fazer melhor do que isso. Mas o seu desenho tem detalhes legais.

— Não fui eu quem desenhou — explico, quase distraída.

E acaba que é essa admissão que desperta o interesse do xerife.

— Preciso saber quem foi.

Balanço a cabeça.

— A não ser que troquemos informação, não posso dizer.

Ele está irritado agora. Vejo um pouco da bravata que deve ter feito dele uma barbada para esse emprego quando se debruça sobre a mesa.

— Escuta aqui, Velma, por que você e sua Turma do Scooby-Doo não cuidam do seu dever de casa e deixam a investigação para os profissionais?

Pego o desenho de sua mão. Nesse instante, seu telefone toca.

— *Xerife, é o prefeito na linha dois.*

Aceito isso como a minha deixa para ir embora.

— Ei, Addams — chama ele, quando já estou perto da porta.

Parar é toda a concessão a que estou disposta.

— A pessoa que desenhou isso. É o seu suspeito? — pergunta ele para minha nuca.

Eu dou de ombros.

—Traga-me mais evidências concretas e talvez a gente converse.

Eu saio, sem dignificar isso com uma resposta.

CAPÍTULO DEZESSEIS

Estou a caminho do Cata-vento para me encontrar com Enid, sem dúvida para sofrer as consequências de seu último passeio de compras, quando Tyler me encurrala do lado de fora da delegacia.

— Devo perguntar em que encrenca você se meteu agora?

— Nada que eu não consiga lidar — respondo, brusca, pensando em nossa última interação. A insistência de Tyler em me acompanhar para a floresta. Em seguida, por pura bondade, eu o alerto: — Seu pai está particularmente frustrante hoje. Evite.

Ele ri.

— Bem-vinda ao meu mundo.

Começo a passar por ele quando Tyler me faz parar com uma pergunta saída do nada.

— Vocês têm essa Rave'N neste fim de semana, certo?

Sou péssima em disfarçar minha surpresa e desconforto com a mudança de assunto.

— Só falavam disso no Cata-vento hoje — esclarece ele. Não é uma pergunta, mas ele ainda espera como se tivesse feito uma.

Toda essa conversa sobre o baile é exaustiva.

— Devo ser a única pessoa dessa cidade que não está obcecada com essa festa idiota.

Tyler sorri. Parece aliviado, o que é mais desconcertante do que qualquer outra coisa.

— Eu já deveria saber que você não vai.

Seria tão fácil deixar por isso mesmo. Sair andando e continuar o resto da minha vida sem ter a conversa que ele está querendo. Mas mentir para preservar os sentimentos insondáveis de alguém não é algo que eu faria, e não quero deixar que esse lugar, essas *pessoas* mudem quem sou.

— Na verdade, fui obrigada a chamar alguém como um ato de autopreservação — esclareço.

O rosto dele se contorce um pouco, como se estivesse sentindo uma cólica estomacal.

— Claro, acontece. Acho.

Está claro que ele não acredita. Até eu tenho que admitir que soa como algo improvável. Mas só se você não souber até que ponto em geral eu iria para evitar um evento desses.

— E então, quem é?

Escolhi a honestidade brutal como minha arma preferida desde antes do jardim de infância. Não abandonarei meus princípios agora por um garoto que se apegou a algo que não lhe prometi.

— Xavier — respondo.

Dessa vez, a expressão dele é menos cólica estomacal e mais soco na barriga. Ele não esconde bem.

— Entendi — consegue dizer, o rosto ficando muito vermelho. — Espero que vocês dois se divirtam.

Tyler se prepara para sair zangado, mais uma vez me dando a saída perfeita que eu, mais uma vez, não aproveito. Este dia foi um nó horrível de sentimentos dos outros. Xavier querendo que eu o convidasse para o baile, o bastante para ignorar os sinais claros de alerta. Enid me levando para aquela ridícula loja de vestidos. Agora o Tyler…

— Não sei por que você ficou chateado — digo, a frustração se derramando.

— É esse o problema — afirma ele, virando de novo para me encarar. — Pode me chamar de maluco, Wandinha, mas pensei que a gente gostasse um do outro.

Tem algo em seus olhos enquanto diz isso. Algo que transcende a categoria de barista tristonho da cidade em que o encaixei no dia em que nos conhecemos. Alguma guerra interna que descubro ser algo com que posso me identificar. Naquele momento, vejo alguém extremamente solitário, com medo daquilo de que é capaz, tentando fazer contato com alguém que ele acredita poder compartilhar sua dor.

Mas que dor secreta Tyler Galpin poderia ter?

Ainda estou intuindo quando ele reclama, exaltado:

— Quando você faz algo desse tipo, algo tipo convidar *ele* para esse baile, não faço ideia de onde me encaixo. Eu sou apenas algum lacaio que você procura quando precisa de conhecimento da geografia local ou de uma carona? Ou existe alguma chance de que um dia eu entre na área de mais do que amigos?

Não enquanto há um assassino à solta e a visão incendiária da mãe de Rowan com Crackstone e eu ainda paire. Mas não digo isso para ele.

— Estou lidando com muitas outras coisas neste momento — respondo a Tyler, tentando fazer com que entenda. — Tenho que priorizar…

Ele não me deixa terminar. Quando me dá as costas dessa vez, sei que é o fim da conversa. Talvez o fim desta amizade, se é que era o que tínhamos.

— Obrigado por esclarecer isso — diz ele, por cima do ombro. — Vê se me liga se eu subir na sua lista de prioridades.

E então ele se vai, e Mãozinha está saindo da minha bolsa com os dedos já em posição para me dar uma bronca, e eu estou pronta para cumprir meu destino de me mudar para as profundezas escuras da floresta e me tornar uma megera que assusta as criancinhas colhendo frutas silvestres.

— Nem. Um. Pio — falo a ele, e Mãozinha desaparece de volta dentro da bolsa.

Sumo do Cata-vento antes que Enid chegue, torcendo para que ela entenda minha necessidade de me distanciar da conversa desconfortável que acabo de ter com Tyler.

Levo um tempinho para voltar a Nunca Mais e, quando enfim alcanço meu quarto, Enid não está por lá. Em vez dela, tem um bilhete na minha cama.

Sem sorte pro vestido preto — vou pra Rave'N com Lucas Walker — por favor tire esse projeto de ciências nojento da minha vista antes que eu vomite. bjs Enid

Cada palavra é de uma cor diferente. Não sei bem qual notícia me horroriza mais: o fato de que Enid vai sair com *Lucas Walker* ou que meu precioso quadro de investigação em breve estará sem um teto.

— Venha — digo para Mãozinha, que ainda parece pronto para sua bronca. — Vamos tirar isso daqui antes que tenhamos que acordar Enid de um desmaio de novo.

Eugene e eu estamos na barraca dos Zunzuns, examinando meu quadro de pistas sobre o caso. Dessa vez, oriento a coisa toda em torno do mapa da floresta de Jericho onde Tyler marcou o ponto da Casa de Reuniões. Acrescento o local de cada ataque.

Aproximando-se atrás de mim, Eugene diz exatamente as palavras que eu estava pensando:

— O padrão dos ataques é bem agrupado.

— É, sim — confirmo, contente que ao menos uma pessoa com quem falei hoje tem suas prioridades em ordem.

Ele aponta para o desenho de Xavier. O monstro com o vórtex preto atrás dele.

— Presumo que esta seja a criatura que vem soltando sua fúria na floresta, não?

Outra surpresa. Dessa vez olho para Eugene, que está se debruçando para olhar o desenho mais de perto.

— Você ouviu falar sobre isso?

Eugene dá de ombros.

— Somente boatos. O sr. Fitts me proibiu de caçar insetos na floresta até segunda ordem. Ele afirmou que um urso estava à solta, mas eu sabia que era mentira. O padrão de ataques não combina com o calendário de hibernação deles.

— Exatamente o que eu disse — murmuro, enquanto Eugene pega sua bolsa da prateleira atrás dele.

— Falando em monstros de garras afiadas — diz ele, me entregando um pote de mel da colmeia lá de fora. — Poderia entregar isso para a sua colega de quarto e interceder a meu favor? O zum-zum na escola é de que ela está sem acompanhante para a Rave'N.

Se eu esperava mais percepções surpreendentes na investigação, o mundo havia acabado de se aprumar de novo. Eugene e todo mundo por aqui, obcecados por esse baile.

— Eugene… — digo, com toda a gentileza de que sou capaz. A despeito do meu compromisso anterior com a verdade dura e fria ao falar com Tyler, não consigo me forçar a contar a Eugene que Enid vai para o baile com ninguém menos do que seu torturador do Dia da Interação.

Existe honestidade, e existe brutalidade.

— Sei que as chances de ela me convidar são quase zero. — Ele me garante, embora a esperança em seu rosto fofinho traia seu sentimento sensato. — Vou apenas continuar a me arriscar até que ela me enxergue.

Os padrões da atração que Enid sente por homens nunca foram mais incompreensíveis para mim do que hoje, mas uma coisa sei com certeza. Eugene não está na lista.

— E se ela nunca enxergar? — pergunto.

— Ela vai — responde Eugene, de pronto. — Minhas mães dizem que as pessoas vão me apreciar quando eu for mais velho. Até lá, estou jogando a longo prazo.

A fina camada de bravata emitida por entre o aparelho arrebentado é basicamente a minha cota diária de triste e patético. Não culpo Eugene por cultivar sua esperança — longe de mim. Culpo uma sociedade que transformou regras exclusivistas no barômetro para a felicidade, quando elas são inalcançáveis para tantos de nós.

— Eugene — digo a ele. — Pessoas como você e eu… nós somos diferentes. Somos pensadores originais. Pioneiros. Desajustados intrépidos nessa fossa de adolescência. Não precisamos desses ritos de passagem fúteis para validar quem somos.

O rosto dele vai ficando mais esperançoso conforme falo, mas daí ele aponta para uma falha óbvia em minha hipérbole sem nem perceber.

— Então você também não vai para a Rave'N?

Meu coração afunda. Dessa vez, uma mentira por omissão não vai servir, e uma mentira descarada não é algo ético, então tudo o que posso fazer é dizer a verdade.

— Na realidade, vou, sim — digo. — Com Xavier.

Conforme previsto, a confiança momentânea de Eugene desaparece, deixando-o abatido e derrotado.

— Entendo. Então alguns de nós são do tipo diferente que acaba com o cara mais popular da escola levando a gente para o rito fútil de passagem, e outros são do tipo sem esperança, sozinho para sempre.

Naquele momento, tenho que me questionar se a informação que eu poderia obter indo a esse baile idiota com meu suspeito número um é uma dor de cabeça maior do que vale. Tyler, Enid, Eugene, até Xavier. Todos eles entenderam completamente errado por que estou fazendo isso.

Mas Eugene não parece interessado em meus potenciais motivos para não pular o baile da escola. Em vez disso, está olhando com seus óculos sujos para o desenho.

— Este círculo — diz ele, com uma voz distante. — Acho que sei onde fica.

Um disparo de eletricidade me percorre. Uma potencial descoberta investigativa, mais a chance de abandonar o assunto da detestável Rave'N? Eu chamaria isso de um milagre, se acreditasse neles.

— Me mostre — exijo, e Eugene me leva para fora da cabana dos Zunzuns para a floresta mais além.

Uma hora depois, Eugene está com o rosto corado e suando, e nós dois nos encontramos de pé diante de uma formação natural de rochas que é estranhamente similar ao vórtex nos desenhos de Xavier.

É uma caverna escondida na base de um afloramento tomado pelo mato. A única entrada tem pouco mais de um metro de largura. Grande o suficiente para o monstro se espremer lá para dentro. Levanto o desenho de novo para confirmar.

— Não há dúvidas de que bate — falo a Eugene, que está ofegante a meu lado. — O que você estava fazendo perdido por aqui?

O rosto de Eugene se ilumina de um jeito que só pode significar que factoides sobre insetos me aguardam.

— Coletando espécimes! Este lugar é o lugar ideal para pegar mariposas raras.

Uma coisa que aprendi com Eugene é a não fazer perguntas pedindo mais explicações no que diz respeito a insetos. Pego uma lanterna, espiando para a escuridão da abertura da caverna. Não consigo enxergar nada, mesmo com a luz apontada diretamente lá para dentro.

— Você acha que ele tá aí dentro? — pergunta Eugene, com um tremor na voz.

— Só tem um jeito de saber.

Dou um passo adiante, sentindo-me elétrica. Será que poderia ser simples assim? A toca do monstro, finalmente?

Eugene não se aventurou mais perto da entrada. Olho para ele, questionando. Quem iria querer perder uma oportunidade dessas?

— Não sou muito fã de locais confinados — admite ele. — Sou claustrofóbico.

Dou de ombros.

— Você que sabe. Se me ouvir gritando, não venha atrás de mim. Há uma boa chance de que eu esteja só me divertindo.

Quando entro na caverna, ouço as botas tímidas de Eugene me acompanhando e sorrio.

O interior da caverna não é grande, mas fica claro que algo tem morado aqui. Um estalo sob meus pés me faz redirecionar a lanterna, revelando um tapete de ossos.

Penso em Enid encontrando a roupa perfeita. O sorriso que se espalha até os olhos. Esta deve ser a mesma sensação.

— Este, definitivamente, é o covil dele — declaro, fazendo o melhor que posso para mascarar meu entusiasmo em deferência ao óbvio terror de Eugene.

— Isso aqui é… humano? — pergunta ele, cutucando com hesitação uma tíbia com o dedo do pé.

Estendendo a mão, recolho um crânio. Órbitas oculares fraturadas, tocos de galhadas.

— Parece que ele gosta de carne de cervo.

A caverna parece deserta, por isso me movo com mais ousadia para o meio dela, passando a lanterna pela parede para descobrir lá uma tapeçaria de arranhões frenéticos na pedra. Eles me lembram as marcas de arranhões deixadas pelos prisioneiros nas paredes de pedra de Alcatraz, mas seja lá o que tenha deixado estas, não estava consciente o bastante para estar contando os dias.

— Wandinha, olha isso — chama Eugene. Ele está segurando um grilhão preso a uma corrente pesada, chumbada à pedra.

Começo a me mover na direção dela, e é aí que percebo. Tem alguma coisa incrustada na parede no final de um dos arranhões mais fundos na pedra.

— Bingo — digo, pegando meu canivete para retirar o objeto da pedra. É uma garra. Tem pelo menos nove centímetros de comprimento. Quebrada no lugar em que deveria se conectar a um dedo. É branco-amarelada e a ponta é bastante afiada.

Sem ser convidada, a imagem do suposto ferimento de Xavier na esgrima volta à minha mente. Arranhões ao longo do pescoço. Quando vim para cá, tinha apenas uma vaga esperança. Agora tenho um plano — ou mais dois passos de um plano, pelo menos.

— O que é isso? — pergunta Eugene, aproximando-se.

Sorrio no facho de sua lanterna, os ossos debaixo de meus pés.

— Prova concreta — respondo.

Mãozinha e eu voltamos para a barraca antes que a luz terminasse. Estava deserta e destrancada. Fico quase embaraçada pelo descuido de Xavier quando entramos em seu estranho santuário para o monstro.

— Fique de vigia — instruo a Mãozinha antes de entrar. — Não vou demorar. Só preciso de algo para comparar com o DNA da garra.

Mãozinha me dá um polegar para cima e fecha a porta depois de eu passar. Dessa vez, não me arrisco com a lâmpada e acendo minha lanterna. Pelo menos cinquenta dos horríveis olhos amarelados do monstro me seguem ao me aproximar da lixeira.

Há tubos vazios de tinta, embalagens de doces, um pincel duro. Estou à beira de perder as esperanças quando vejo, perto do fundo da lixeira, um trapo sujo de sangue. Uso o pincel para extraí-lo de lá e colocá-lo no saquinho para espécimes que sempre me acompanha.

Entrada e saída em menos de três minutos. Às vezes surpreendo até a mim mesma.

Guardando rapidamente o saquinho, eu me levanto. Mas parece que mesmo meus três minutos foi tempo demais, porque a porta se abre e a silhueta ali é grande demais para ser do Mãozinha.

— Wandinha? — Xavier soa chocado, magoado. Quando ele fecha a porta, posso ver que sua expressão combina com a voz. — O que você está fazendo aqui?

Não há convite conveniente para um baile neste mundo que possa me tirar dessa. Em vez disso, lembro-me de algo que minha mãe disse uma vez. *A melhor defesa é o ataque.*

Aponto para as pinturas ao nosso redor.

— Como você sabe qual a aparência do monstro? — pergunto, em meu tom mais acusatório. — Ou isso tudo são *autorretratos*?

A mágoa e o choque persistem por mais um momento antes de se transformarem em raiva inconfundível. Ao menos desse jeito não teremos que nos enfeitar e desfilar na frente de nossos colegas de classe antes de eu obter minhas respostas.

— Você acha mesmo que *eu* sou o monstro? — pergunta ele. — Eu salvei a sua vida!

— O monstro também salvou — rebato. — Era você, não? Na noite em que Rowan foi morto? E de novo no antigo Templo Religioso. O monstro me deixa em paz e daí você misteriosamente aparece bem onde as pegadas dele voltam a ser humanas?

Xavier revira os olhos, como se tudo isso não fizesse todo o sentido.

— Você passou dos limites.

— Eu só estou tentando chegar à verdade — declaro. — E você deve admitir que essa amostra específica do seu trabalho não te favorece.

Ele dá um passo adiante, os olhos presos aos meus enquanto aponta para o monstro mais próximo.

— Essa criatura vem assombrando meus sonhos há semanas, tá? — explica ele, na defensiva agora, onde eu o queria. — Tento bloquear, mas não consigo. A única coisa que ajuda é pintar o que vejo. Várias e várias vezes.

Xavier vai até a maior tela, a que está mais perto de mim. Resisto ao impulso de me afastar um passo. Preciso olhar nos olhos dele para saber em definitivo.

— Quando eu estava pintando essa aqui... as garras saíram da tela e me atacaram. Foi assim que ganhei os arranhões. Eu ia te contar no baile.

Seu rosto e a linguagem corporal não exibem nenhum dos sinais clássicos de desonestidade — mas isso não quer dizer que Xavier não seja apenas muito bom na arte da enganação.

— Pensei que você podia controlar seu dom — pontuo, enrolando.

— Não no que diz respeito a essa coisa — diz ele, sobriamente.

— Talvez seja sua consciência pesada — retruco, sabendo que estou forçando a barra. Se eu o zangar o suficiente, será que ele vai se transformar aqui e agora? Acrescentar-me à lista crescente de vítimas do monstro?

— Eu te falei! — grita ele. — Não sou o monstro!

Mais uma vez, nenhum sinal óbvio de mentira. Os olhos não estão dardejando, não há tiques nervosos nem contrações nem suor. Mas isto é o mais próximo que cheguei de resolver este mistério em meses. Não posso recuar. Ainda há muita chance de que ele esteja escondendo algo.

— Você apenas desenha retratos do monstro, por acaso, acertando até a localização do covil na floresta? — pressiono. — Devem ser sonhos bem vívidos.

Contudo, em vez de uma expressão culpada, vejo a desconfiança desabrochar em suas feições angulosas.

— Espera aí — diz ele. — Você já esteve aqui antes, não foi? Quando te flagrei do lado de fora. A única razão para você me convidar para a Rave'N foi para tentar acobertar...

Dessa vez, não o encaro. Não tenho orgulho disso, mas uma investigadora brilhante não mede esforços para obter a verdade.

— Você é inacreditável — exaspera ele. Como se, de alguma forma, eu fosse o monstro nesse cenário.

— Não é nada pessoal — digo. A mesma coisa que venho dizendo a todos o dia inteiro. Tyler, Enid, Eugene...

— Com você, nunca é — responde ele, mordaz. — Você se importa de verdade com alguém? Ou somos todos apenas peões para você?

A pergunta é estranhamente similar à que Tyler me fez mais cedo. Eu também não soube como responder para ele então. Não somos todos apenas peões uns para os outros? Todo mundo não está apenas se movendo em direção a seus próprios objetivos e atabalhoadamente trombando uns com os outros pelo caminho?

Xavier funga, zombeteiro. Ele ainda está magoado, mas agora parece também decepcionado. Decepcionado com a pessoa que ele julgou que eu fosse — como se ele tivesse feito alguma tentativa de me separar de suas projeções.

— Sai daqui — ordena ele, e fico feliz em obedecer.

Na manhã seguinte, estou de pé antes do sol nascer para chegar à sala de Galpin logo cedo. Entro intempestivamente, parando apenas quando o escuto ao telefone. Escuto através da porta:

— Eu sei que ela está sempre trocando as pernas, mas ela não para de telefonar para o prefeito dizendo que tem luzes acesas na antiga casa dos Gates. É só passar por lá de carro, garantir que não tenha nenhum invasor.

Escancaro a porta sem bater antes.

O xerife nem parece surpreso ao me ver. Largo os saquinhos de provas na mesa dele.

— Essa é a garra do monstro — digo a ele, apontando. — E isso é sangue do meu suspeito. Faça um teste de DNA para ver se combinam.

Ele espreme os olhos para mim, irritado como sempre.

— Desculpe, você está com a impressão equivocada de que eu trabalho para você?

— Você disse para trazer evidências concretas. Eu trouxe. Qual é o obstáculo?

Suspirando, ele apanha os saquinhos, olhando para eles contra a luz da janela.

— Onde você conseguiu isso? E quem é o suspeito?

— Faça o teste — ordeno. — Depois eu explico tudo.

É claro, não tenho intenção alguma de fazer isso. Qualquer informação que Galpin me traga só vai adiantar minha própria investigação. Não tenho nenhuma intenção de ser útil para ele, apenas de torná-lo útil para mim.

— Não estou fazendo joguinhos, srta. Addams — rosna ele. Uma tática que poderia ser eficaz num reles mortal.

— Nem eu, xerife — retruco.

Ele pisca primeiro, depois suspira, apertando o botão do intercomunicador no telefone.

— Berenice, me traga um formulário de autorização para DNA.

A emoção da vitória é mais saborosa do que qualquer ponche aguado e batizado.

CAPÍTULO DEZESSETE

De volta ao quadrado, vou diretamente até Eugene, que olha cabisbaixo para o espelho d'água. O local está lotado de estudante tagarelando à toa sobre as festividades desta noite.

— Por que tão cabisbaixo? — pergunto a ele, como se já não soubesse.

— Vi Enid hoje cedo — diz ele. — Perguntei se ela recebeu meu mel.

Eu me sento ao lado dele.

— Eu tentei avisar.

— Ela disse que você e Xavier tiveram uma briga feia — fala Eugene, gesticulando para onde o suspeito em questão trabalha em um mural do outro lado do quadrado.

A última coisa que desejo é discutir dramas sociais com a única pessoa nesta escola que parece ter uma única prioridade razoável.

— Olha, já que nem eu nem você temos um par para esta festa...

— Vamos juntos! — exclama Eugene.

Não sou rápida o bastante para esconder minha surpresa ou o desprazer.

— Não! — exclamo. — Digo, eu ia sugerir ficar de tocaia para identificar o monstro...

Lanço um olhar sombrio para Xavier, que o devolve até se engajar com uma Bianca em desfile, flanqueada por suas sicofantas. *Perfeito*, penso, conforme Eugene fala sem parar sobre os planos para hoje à noite com uma tentativa passável de entusiasmo. Bianca e Xavier vão se reunir ao som de remixes para dançar e coquetéis sem álcool. Enquanto isso, eu estarei em meu devido lugar, numa tocaia, três passos à frente do xerife.

Tudo está correto no mundo outra vez.

Mais tarde, naquela noite, preparo-me para minha saída com Eugene. Enid foi mais cedo se encontrar com Lucas Walker. Falei a ela que seria cruel ainda estar lá quando Eugene chegasse. Em especial em um vestido como o que ela está usando — uma peça prateada e cintilante que termina acima do joelho, com pele no colarinho e nas mangas. Ela está luminescente. O coração dele não aguentaria.

Tenho tudo de que preciso e a batida abafada de um baixo de música pop sem muita imaginação chacoalhando o assoalho não faz nada para me livrar da opinião que escapar desse baile é a melhor coisa que já me aconteceu.

Há uma batida na porta. Eugene, bem na hora.

— Eu já vou — aviso. — Você trouxe a lant...

Levo um momento para processar a cena do lado de fora do meu quarto. Meu visitante não é Eugene, como eu previa, mas sim Tyler Galpin. Vestindo um terno branco. Segurando um ramalhete de rosas pretas.

— Não entendo — digo, sem expressão. Nossa última conversa foi aquela do lado de fora da delegacia. Tyler, saindo furioso e magoado depois de lhe contar meus planos com Xavier.

Ele levanta um bilhete que veio claramente da minha máquina de escrever.

— Recebi seu convite — explica ele, com um meio sorriso. — Eu... imagino que você tenha pedido para Mãozinha depositá-lo na jarra de gorjetas.

É neste momento que tudo se encaixa. Mãozinha, ouvindo minha briga com Xavier. A dissolução de meus planos para ir ao baile. Será que ele poderia ter feito isso comigo?

— Bom palpite — digo, entredentes.

— Depois de nossa última conversa, eu não sabia nem se ia conversar com você de novo algum dia — diz Tyler, e há algo suave em seus olhos. Tão diferente do jeito como ele estava na delegacia, como se estivesse guerreando com alguma dor secreta. — Mas o seu bilhete foi tão genuíno e... fofo. Me pegou totalmente de surpresa.

— É, a mim também — concordo, alto o bastante para Mãozinha me ouvir, seja lá onde ele estiver se escondendo no quarto.

— Agora que estou aqui, fico muito feliz por ter vindo — diz Tyler.

Sinto de novo neste momento: o alívio de me sentir normal por ceder a meus momentos mais fracos. Isso me faz pausar o bastante para considerar a situação por outro ângulo. Tyler tem sido meu aliado mais fiel desde que cheguei a Jericho, disposto a arriscar sua reputação e até a ira de seu pai para me ajudar, várias e várias vezes.

Tyler não entendia por que eu precisava fugir de Jericho no meu primeiro dia aqui, mas se ofereceu para me levar mesmo assim. Não entendia por que eu precisava investigar as ruínas do antigo Templo Religioso, mas se ofereceu para garantir que eu pudesse fazê-lo sem me machucar.

Não entendo por que ele quer me levar para esse baile. Há pouca chance de que eu vá entender algum dia. Mas já fui acusada duas vezes essa semana de usar as pessoas como peões, e tento sanar meus defeitos quando os descubro. Isso faz parte de uma aliança recíproca? Fazer coisas que são importantes para as pessoas, mesmo quando você não entende o porquê?

— Eu... ainda não estou pronta — aviso, depois de uma longa pausa. — Encontre comigo no térreo.

Assim que a porta se fecha, Mãozinha se esgueira para fora do armário parecendo culpado e satisfeito ao mesmo tempo.

— Genuíno e *fofo*? — censuro. — Como pôde fazer isso comigo?

Ele corre até uma revista aberta no piso do lado de Enid. A chamada visível diz: POR QUE ME ARREPENDO DE PERDER MEU BAILE DE FORMATURA DO ENSINO MÉDIO.

— Isso é um desastre — digo, revirando os olhos.

Com Tyler ainda à espera na porta, reviro meu armário freneticamente, em busca de algo que eu possa usar para essa ocasião pavorosa. Então Mãozinha estala os dedos e aponta para um vestido preto vintage, claramente exposto sobre minha cama. É o mesmo da vitrine da loja. Ele deve ter me visto observando a peça.

O tonto sentimental.

— Como pagou por ele? — pergunto.

Mãozinha levanta todos os dedos.

— Foi na mão grande. Mas é claro. Obrigada.

É um vestido que foi criado para descer uma escadaria à moda antiga. Posso sentir o tecido flutuando ao meu redor ao descer.

Infelizmente, parece ser uma imagem igualmente cativante para Tyler, que espera no pé da escada.

— Uau, Wandinha — diz ele. — Você está...

Tem algo suave e melancólico em seus olhos que me faz pensar em um animal segundos antes de um predador desapercebido romper sua coluna com os dentes. Eles nunca estão preparados.

— Irreconhecível? Ridícula? Como um exemplo clássico de objetificação feminina para o olhar masculino?

Tyler sorri. Ainda melancólico. Quase como se sentisse nostalgia por este momento antes mesmo de ele acontecer.

— Não, só queria dizer que você está linda — diz ele.

Estou prestes a lhe dizer que esse elogio não significa nada para mim. É exatamente o tipo de percepção no qual eu lhe pedia para que evitasse se envolver. Que eu preferiria ser chamada de brilhante, ou impiedosa, ou algo *significativo* de verdade.

Porém, antes que eu possa abrir a boca, Eugene aparece atrás de Tyler, e meu coração afunda.

— Eugene — cumprimento. — Oi.

Ele olha alternadamente para mim, no vestido, e para Tyler, segurando um ramalhete, parecendo compreender cada vez melhor. Eu estava tão focada no que Tyler queria que me esqueci de levar em consideração a promessa que havia feito ao meu aliado mais leal.

— E o lance da tocaia na caverna? — pergunta ele.

Eugene está vestido em calças camufladas e um casaco acolchoado. Está com uma mochila pesada. Em meio a todos os atrasados para a Rave'N em seus ternos e tecidos diáfanos, ele parece terrivelmente deslocado.

— Aconteceu um imprevisto — explico, e seu maxilar se retesa numa emoção que eu, pela primeira vez, posso entender. — Me desculpe, Eugene.

— Entendo — diz ele, tentando usar de bravata outra vez. — Vou sozinho, então.

A ideia de Eugene, tão frágil, sozinho na floresta com o monstro à solta me faz sentir algo próximo do pânico.

— Não ouse — digo a ele, severa. — É perigoso demais. Desista e vamos juntos amanhã à noite. Entendido?

Com outra olhada para o vestido, ele assente, relutante. Não me ocorre nem uma vez sequer que ele fará algo além de obedecer.

Quando ele se vai, Tyler arqueia uma sobrancelha.

— De tocaia na caverna? — pergunta ele.

— Um plano alternativo para a noite — explico. — Para o caso de você não vir.

Espero que ele aceite bem a mudança de assunto, mas seus olhos não estão mais suaves. Estão resolutos nos meus. Um pouco intensos demais. Prefiro imensamente essa expressão.

— Você não está caçando o monstro sozinha à noite com *ele*, né? — pergunta ele.

— O que eu faço é da minha conta — respondo. — Agora, vamos para lá antes que eu mude de ideia.

Essa possibilidade nunca pareceu mais provável do que quando olho pelas portas do salão de eventos. Está escuro. Luzes piscantes e música se despejam para o lado de fora, junto a fumaça sintética de uma daquelas máquinas alugadas.

— Preparada? — pergunta Tyler, ao encararamos a situação.

De modo geral, acho que eu preferiria a toca do monstro e sua ameaça de evisceração iminente a isto aqui.

Lá dentro, tudo é brutalmente branco e vagamente esfumaçado. O salão inteiro parece ter sido transformado em uma toca de gelo fumarenta. Todos os outros estão vestidos de branco, ou algum tom de azul-gelo.

Cabeças se viram para mim em número suficiente para me deixar pronta para fugir depois de um milissegundo, mas Tyler firma meu braço. Meus colegas de classe estão todos dançando, bebericando drinques azuis de aparência medonha, sorrindo uns para os outros. Até os professores estão arrumados para a ocasião.

Seguindo o tema, a srta. Thornhill se aproxima. Ela está vestida em uma monstruosidade antiquada, mas dá para ver que ela já foi bonita. Feições de raposa e olhos escuros.

— Mas que surpresa agradável — exclama ela.

Na floresta, a poucos quilômetros daqui, a toca do monstro está sem observadores. Eu me viro para a professora e digo, rígida:

— Srta. Thornhill, este é Tyler...

— ... Galpin — completa ela. — Eu sei.

Por um momento, fico surpresa. Como a srta. Thornhill conheceria um habitante local aleatório? Mas Tyler abre seu sorriso de barista e solta:

— Isso. Café grande. Sem espuma. Duas doses de baunilha.

A srta. Thornhill sorri, pesarosa.

— Difícil guardar segredos de alguém numa cidade desse tamanho.

Antes que eu possa tentar descobrir por que um pedido de café deveria ser um segredo, ouço Enid soltar um berro a alguns metros de distância e em breve sou bombardeada com as faíscas e plumas de seu traje, enquanto ela interrompe a srta. Thornhill sem pensar duas vezes.

— Vou buscar ponche para nós — digo, saindo na direção de Enid, postada junto ao bar, que parece ter sido esculpido de gelo sólido.

— Caramba, adorei o *visu*! — exclama Enid. — Não acredito que você resolveu vir. Tenho *tanta coisa* pra te contar! Você sabia que

Xavier está aqui com Bianca? Não acredito que ele iria para o lado dela depois de tudo o que aconteceu entre vocês.

Fazendo uma pausa para respirar, ela tem seu primeiro vislumbre de Tyler.

— … mas parece que você também fez uma escolha interessante de acompanhante — diz ela, com um sorriso maroto.

— Eu poderia dizer o mesmo de você, sobre a escolha de acompanhante — retruco. Lucas está sentado na mesa onde Enid provavelmente o deixou. — Você sabe que aquele peregrino já tem dois pontos contra, segundo minha conta.

Enid dá de ombros.

— Ele está tentando fazer ciúmes na ex. Eu estou tentando fazer ciúmes no Ajax. Todo mundo sai ganhando. Embora eu tenha me surpreendido! Ele gosta de hóquei e de filmes de *kung fu*, então estamos nos conectando, discretamente. Talvez ele só precisasse ver que somos gente como eles.

Reviro os olhos.

— Você parece a Weems com toda aquela porcaria de união. Tome cuidado, é tudo o que estou dizendo.

— Você também — diz Enid, virando a mesa quando pega Tyler encarando do outro lado do salão. — Aquele garoto te olha como se quisesse te devorar inteirinha.

— Se ele tentar, é com ele que você precisa se preocupar — declaro.

Enquanto Enid pede licença para voltar a seu acompanhante, fico ali de pé, esperando por Tyler. Não consigo parar de pensar em Eugene, sozinho em seu quarto, e a caverna do monstro sem ninguém de vigia, onde *qualquer coisa* poderia estar acontecendo, quando uma sombra atravessa meu caminho.

— Não acredito que você veio com ele — diz Xavier, olhando feio. — Deixe eu adivinhar: ele te pegou invadindo o quarto dele e vasculhando seu diário.

Dou meia-volta.

— Por que você ainda se incomoda? — pergunto a ele, cortante.

— Por que você veio até aqui só para começar essa conversa *de novo*? Como se essa festa já não fosse um saco.

A carranca dele só se fecha ainda mais.

— Você não perguntaria isso se soubesse o que Tyler fez comigo. Isso desperta meu interesse.

— Certo. Me esclareça, então.

Quando ouço a história sórdida de Xavier até o fim, peço licença e costuro por entre a multidão até abrir caminho para uma saída e um lugar onde sentar.

Não é como se algo no que Xavier me contou fosse particularmente chocante; é mais o fato de eu estar perturbada por existir um lado sombrio em Tyler. Meio que uma explicação para o que às vezes parece se esgueirar por trás de seus sorrisos bondosos.

Antes que eu possa analisar mais a fundo, o garoto em questão se aproxima.

— Foram os Iéti-tinis ou o ar rarefeito das montanhas o que te pegou? — graceja ele.

— Xavier me contou o que aconteceu no ano passado — revelo, conforme ele se senta ao meu lado no banco de pedra. — Que você, Lucas e seus amigos destruíram o mural dele no Dia da Interação.

Dessa vez, observo seu rosto com atenção. Não quero perder nada. Vejo o embaraço. Vergonha. Nada mais perverso.

— Mal posso acreditar que ele levou esse tempo todo para te contar — diz ele, olhando para os próprios sapatos. — Eu queria dizer que foi um acidente, ou que não foi tão ruim assim. Mas eu estaria mentindo. Foi ruim, sim. E ele poderia ter me ferrado legal, mas não ferrou.

— Por que fez isso? — pergunto. Ainda estou tentando conciliar a pessoa que conheci com um valentão preconceituoso que destruiria arte por pura ignorância.

Tyler suspira. Ele olha para o outro lado do quadrado, onde mal se vê a lua.

— Eu poderia te dar mil desculpas, mas a verdade é que ainda estou tentando entender. Terapia por ordem judicial, lembra?

Assinto, relembrando do dia em que nos conectamos por causa de nosso status de foras da lei. Eu não fazia ideia…

— Meu pai me mandou para uma escola no meio do mato para alunos problemáticos, e ao estar lá na floresta, me dei conta de que a pessoa que havia feito aquilo não era quem eu queria ser. Um morador local que joga a culpa em todo mundo por sua própria situação de merda.

Está na cara dele agora, clara como o dia. A guerra que às vezes o vejo lutando. A lembrança atormentada e o barista alegre e prestativo lutando pela dominância. Agora faz sentido. E mais do que isso, posso me identificar. Talvez Tyler e eu tenhamos mais em comum do que eu pensava.

— Fiz algo terrível — diz Tyler, encontrando meu olhar de novo. — Mas estou tentando não ser uma pessoa terrível.

Naquele momento, penso em meus próprios piores instintos. Tratar as pessoas como se fossem dispensáveis. Ser obcecada a ponto de me esquecer da humanidade daqueles à minha volta. Magoar Enid, Mãozinha, Xavier, Tyler... até Eugene.

— Eu acredito que as pessoas podem mudar, se quiserem — falo. — E que as piores escolhas que fizemos não nos definem.

Tyler sorri, parecendo genuinamente emocionado por minha crença mais embaraçosamente esperançosa. Em seguida, ele bate o ombro no meu.

— Você diz, tipo colocar piranhas numa piscina? — provoca ele. — Talvez eu tenha pesquisado a seu respeito depois que nos conhecemos.

Eu meneio a cabeça.

— Essa não é a pior escolha que já fiz. De fato, não sinto remorso absolutamente nenhum.

Ele sacode a cabeça. De volta à nostalgia suave.

— Eu sabia que havia um motivo para eu gostar de você.

Talvez esteja na hora de fazer alguma declaração sobre que tipo de *gostar* é permitido, mas neste momento, sinto algo que não sentia há muito tempo, se é que já senti. A sensação de uma alma afim. Alguém que está se esforçando bastante para não deixar que sua monstruosidade o defina.

Digo a mim mesma que haverá tempo para impor limites no futuro. Neste momento, prefiro o silêncio compartilhado.

Em algum ponto, eu me canso da assim chamada música para dançar e da miserável arapuca que são os sapatos em meus pés. Peço licença para me afastar da companhia de Tyler e saio do salão em busca de um pouco de ar e do bendito silêncio.

Meu santuário, o banco, já está ocupado por Bianca Barclay, que claramente não esperava que mais ninguém tentasse tomar seu lugar.

Gesticulo para os sapatos em minha mão.

— Seja lá quem inventou o salto alto fazia bico extra como torturador.

— Como minha querida mãe sempre diz: "O fogo é o teste do ouro, o sofrimento é o teste das mulheres".

— Falando em sofrimento, cadê o seu par? Pensei que você e Xavier estariam dando o que falar para nossos pares famintos por entretenimento.

Bianca levanta uma sobrancelha. Seus olhos são muito azuis, feito o mar num dia límpido.

— Tivemos uma briguinha — esclarece ela. — Sobre você, na realidade.

Não faz sentido algum que Bianca confesse algo vulnerável para mim. E no entanto, eis-nos aqui. Não tenho ideia do que dizer em resposta. Venho me esforçando para oferecer vulnerabilidade em troca de uma aliança, mas não consigo me forçar a fazer uma confissão para Bianca, então permaneço em silêncio.

— Você não sabe como é — diz ela, depois de uma longa pausa.

— Ser bonita e popular? — pergunto, cortante.

Ela chacoalha a cabeça, impaciente.

— Nunca saber quais são os sentimentos verdadeiros das pessoas. Nunca posso confiar que as pessoas gostam de mim por quem eu sou.

Pela segunda vez desde que me sentei neste banco, descubro que posso me identificar com a pessoa ao meu lado. As pessoas querem conquistar minha indiferença muito mais do que querem me conhecer. Tem sido assim desde que cheguei aqui. Elas querem que eu seja quem pensam que sou.

Contudo, com o poder de Bianca, isso seria muito mais literal. Eu me seguro quando me vejo prestes a sentir pena dela.

— Você tem sorte, sabe — diz ela.

— Como assim?

— Não se importa com o que pensam de você.

Mais uma vez, minha mente se volta para os amigos que alienei, as pessoas que magoei em minha obsessão.

— Francamente — digo —, às vezes eu queria me importar um pouco mais.

De volta ao salão, o DJ decide tocar música de verdade pela primeira vez, então entro na multidão e me permito dançar.

Sempre gostei de dançar, pelos mesmos motivos que gosto de praticar esgrima. Uma expressão física da tensão em meu corpo é muito mais fácil do que tentar expressar em palavras.

Tyler perde o olhar esperançoso com que me seguiu para a pista de dança e se contenta em se remexer na minha órbita. É neste ponto que é bom não ligar para o que as pessoas pensam, quando estou me movendo como me convém e The Cramps ecoa pelo salão.

Quando veem que não me importo com suas risadinhas, a maioria dos alunos se junta a mim. Enid bate os ombros com os meus depois que Lucas pede licença e, por um instante, não me arrependo de ter vindo. Por mais que eu dance sozinha em meu quarto, tem alguma coisa no movimento coletivo. Algo sobre sentir o ritmo da música como um todo...

— Oi, oi, oi! — chama o DJ quando a música vai chegando ao fim. — Está quase na hora de terminar, então corram para a pista de dança uma última vez antes que a Rave'N diga *Nunca Mais*.

— Essa é a minha deixa — falo para Enid conforme uma batida *house* substitui a excêntrica linha de baixo de "Goo Goo Muck". Ela, porém, se agarra a meu braço.

— Não vá! — grita ela. — Lucas ainda não voltou e é a última música da noite!

— Tá bom — concordo.

Estou cheia de endorfina de tanto dançar; essa é a única explicação que posso oferecer. Enid arfa, inclinando a cabeça para trás e me incitando a fazer o mesmo à medida que flocos de neve cintilantes começam a cair rodopiando de uma máquina escondida das traves do teto. A luz das bolas disco se reflete neles e o salão se transforma por um instante em algo quase mágico. Mesmo eu não fico totalmente imune.

Então o alarme de incêndio começa a soar e os sprinklers ganham vida. Pergunto-me se eles não foram um pouco longe demais. Não vou gostar de ser atingida por pedras de granizo reais, não importa o quanto queiram que esta terra das maravilhas invernais seja realista.

A primeira gota em meu rosto é morna, mas quando toco nela com o dedo, ele volta vermelho. Em breve a pegadinha é revelada, enquanto toda a fantasia e todos os trajes brancos contidos aqui se tornam uma paisagem sanguinolenta.

Chove sangue e as pessoas começam a gritar, tentando passar umas pelas outras aos empurrões e fugindo para as saídas.

Levo a gota de sangue à língua.

— Eles nem se deram ao trabalho de pegar sangue de porco — afirmo, antes de me dar conta que sou a única que não está correndo ou gritando. — Acalmem-se! — grito. — É só tinta!

Mas ninguém parece se importar com o que é. Rostos estão manchados com lágrimas de sangue, roupas tingidas de escarlate com sangue falso que não fica marrom conforme se oxigena. A despeito do baixo custo do material, é impossível negar que o efeito é espetacular.

Alguém me empurra por trás ao escorregar no piso agora empapado. Sinto mais mãos, mais corpos me empurrando. Vejo Tyler e Enid, mas nenhum dos dois para, e então, na ofensiva de contatos físicos, sinto um disparo muito familiar percorrer minha espinha.

Dessa vez, não sou transportada para um período histórico. Não tenho autonomia. Não tenho voz. Estou vendo tudo por óculos de visão noturna. Eugene. Ele está na floresta, na entrada do covil do monstro. Uma explosão de luz se sobrepõe a tudo. Chamas alaranjadas ondulam do interior da caverna. E então Eugene está fugindo para salvar a própria pele, tropeçando para trás na floresta, antes que o monstro caia sobre ele numa fúria rosnante.

Estou de volta ao presente antes que possa sequer memorizar sua localização. O pânico me domina enquanto os gritos e o sangue me dizem que não passei muito tempo fora de mim.

— Wandinha! — chama a srta. Thornhill, escorregando e deslizando a meu lado. — Você está ferida?

— Não! — respondo, acima do caos. — É o Eugene! Ele foi para a floresta sozinho. Ele está em perigo. Preciso encontrá-lo!

Não há tempo para esperar uma resposta. Não sei o quanto no futuro era a visão. Xavier, Weems e até minha mãe me diriam que estou sendo guiada pela emoção, não pela lógica, mas neste momento, isso não importa. Eugene foi para a floresta sozinho por minha causa. Seja lá o que acontecer com ele, será culpa minha.

Chego à caverna do vórtex, onde encontrei a garra, o mais depressa que posso. Tudo está quieto por ora, mas não há nem sinal de Eugene.

— Eugene! — chamo pela noite. — Onde você está?

Do outro lado da clareira, ouço ruídos.

— Wandinha? — responde a voz de Eugene.

O alívio me inunda. Disparo a correr na direção de onde veio sua voz. Não cheguei tarde demais. Meu vestido se rasga rapidamente na vegetação rasteira, mas não ligo, só preciso chegar até ele.

Porém, antes que consiga fazê-lo, ouço um rosnado. Familiar até demais agora.

— NÃO! — grito, correndo mais depressa, descalça sobre o tapete de folhas caídas. — Eugene! EUGENE!

Irrompo em uma clareira mais adiante e vejo uma forma inerte no chão. O monstro não se encontra em lugar nenhum. Eu me aproximo do corpo de Eugene me sentindo pesada tal qual cimento. Seu rosto está manchado de sangue, os olhos fechados. Não sei dizer se sua pulsação está fraca ou... se não está lá.

Mais passos entram na clareira. Levanto a cabeça de súbito, esperando o xerife, Xavier, ou até Tyler. Em vez disso, é a srta. Thornhill, ainda manchada de tinta da pegadinha no baile.

— Ah, meu Deus — ofega ela. — Ele está vivo?

Mas não posso responder, porque não sei. Tudo em que consigo pensar é que se ele não estiver, é tudo culpa minha.

CAPÍTULO DEZOITO

Os primeiros dias do coma de Eugene são difíceis para mim. Não vou fingir o contrário.

Eu me pergunto — conforme a chuva quase constante escorre por minha janela e até Enid torna escassa sua presença — se fui longe demais dessa vez. Se minha sede insaciável pela verdade vale os resultados, quando seus danos se estendem muito além dos monstros que estou caçando.

Mas quanto mais fito o campus de Nunca Mais envolto em névoa, mais definido se torna o meu problema, erguendo-se do lamaçal feito uma criatura do pântano vinda dos brejos em preto e branco de um antigo filme de terror.

Buscar justiça não é o problema. O problema surge quando tento encontrar um meio-termo entre meu fervor na busca pela verdade com o lodaçal das relações sociais, impossível de navegar. Se eu não estivesse determinada a dar a Tyler o que ele queria na noite do baile, jamais teria abandonado Eugene.

Se eu não tivesse abandonado Eugene, ele não estaria em coma deitado numa cama de hospital neste momento.

Um comprometimento com a simplificação de minha vida e a priorização da busca pela identidade do monstro basta para romper meu período de vários dias de estagnação; infelizmente, porém, todas as minhas provas estão na barraca dos Zunzuns, e maldito seja meu sentimentalismo — não consigo me forçar a entrar lá.

É inconveniente, mas suponho que investigadores mais experientes do que eu já tenham precisado de uma folga dos horrores. E com o Dia da Família chegando, acho que eu posso usar essa dita folga para resolver outro mistério, em vez disso. Um que vem me atormentando desde o momento em que o xerife Galpin pronunciou o nome de meu pai no Cata-vento, no meu primeiro dia em Jericho.

Para este fim, passo a manhã da chegada de minha família estudando o quadrado de Nunca Mais. Estou tentando replicar os eventos do relatório que Tyler roubou para mim. Aquele no arquivo de polícia sobre meu pai.

É a noite da Rave'N, 1990. Larissa Weems, então uma aluna do último ano em Nunca Mais, presumivelmente impopular, sai do baile segurando um guarda-chuva e testemunha um corpo caindo da sacada do segundo andar.

Ela grita, alertando os presentes no baile sobre a tragédia se desenrolando do lado de fora. Mas ela é a primeira a vê-lo. Meu pai, Gomez Addams, então um elegante adolescente num terno risca de giz. Segundo o depoimento dela, ele estava bem no lugar de onde o corpo caiu, segurando uma espada coberta de sangue, espiando por cima da sacada para a silhueta sem vida lá embaixo, horrorizado.

O relatório pula então para a entrada de carros de Nunca Mais. Meu pai é escoltado para uma viatura da polícia enquanto o xerife da época — um jovem prefeito Walker — toma o depoimento de Larissa Weems.

Há uma certa passagem que se destaca para mim. Uma digitada *verbatim* no relatório:

— Não quero denunciar ninguém, xerife Walker — quase posso ouvi-la cochichar isso —, mas é tudo culpa da Mortícia Frump. Eles estavam brigando por causa dela.

Meu pai é levado pela viatura depois disso. Apenas posso imaginar as coisas melodramáticas que minha mãe lhe disse enquanto o fizeram passar por ela algemado — acusado de assassinato...

— Srta. Addams! — A voz da moderna Weems interrompe minha recriação dramática.

O quadrado ainda está aqui, exatamente como era na noite ensopada de chuva em que meu pai foi preso. Só que hoje, o sol está brilhando, para variar. Minha mãe ficará horrorizada.

— Acabam de me informar que seus pais chegaram lá na entrada — diz Weems.

Estreitando meus olhos para ela, assinto, mas não posso evitar a especulação. Weems e minha mãe eram colegas de quarto. Amigas próximas, caso se acredite nas histórias de Mortícia. Então, o que levaria Weems a culpá-la pela morte do garoto padrão?

Posso não aguentar lidar com a investigação do monstro enquanto Eugene está preso a um respirador, mas planejo descobrir verdade de sobra esse final de semana mesmo assim. Começando com meu pai.

Weems é levada pela multidão e sou forçada a cortar o contato visual. Em vez de saudar meus pais na entrada, planejo esperar aqui. Com sorte, eles esgotam seu sentimentalismo durante a passagem pelo hall de entrada.

Enid me encontra em meio à massa antes que haja qualquer sinal de minha família e nos postamos juntas, ligadas por nossa ansiedade quando Weems começa seu discurso para a multidão de Excluídos e dos esquisitões que os geraram.

— Como todos vocês sabem, a Nunca Mais foi criada como um porto seguro para nossos filhos aprenderem e crescerem, não importando quem ou o que eles sejam — inicia ela.

Os pais aplaudem, fervorosos. Posso quase vê-los elevando-a como o padrão perfeito de educadora.

Entretanto, o passado dela borbulha de ressentimentos secretos...

— Sei que a maioria de vocês deve ter ouvido falar do infeliz incidente envolvendo um de nossos alunos — continua ela, num tom mais sombrio.

Murmúrios preocupados ondulam pela multidão. Meu estômago está embrulhado ao visualizar Eugene no hospital, onde não consigo me forçar a botar os pés. Fraco e indefeso — bem, mais do que o de hábito, enfim.

— Mas fico feliz em relatar que Eugene está em plena recuperação e espera-se que se cure por completo. Então vamos focar o lado positivo e fazer deste Dia da Família o nosso melhor até hoje! — Empolga-se Weems.

Todos os pais são tranquilizados por esse sanduíche diplomático da tentativa de assassinato de Eugene. Eu fungo, desgostosa.

— "Em plena recuperação"? — digo baixinho para Enid. — Que tal "em pleno coma"? Ela só fala merda.

— Você foi visitá-lo? — pergunta Enid, cheia de compaixão. Ela está nervosa, à procura de seus pais também, e não posso evitar notar que suas garras estão expostas.

Lanço um olhar para ela.

— Ele é seu amigo — censura Enid, gentilmente.

— Eu também sou a razão pela qual ele está no hospital — retruco. — Não parece correto que eu vá aplacar minha consciência com uma visita chorosa quando ele nem saberá que estou lá.

Com isso, consigo a atenção plena de Enid.

— Isso *não é* culpa sua, tá bom? E olhando pelo lado bom, aquele monstro não atacou mais ninguém em uma semana. Quem sabe você o afugentou.

Olhando ao redor, localizo Xavier na sacada e Bianca no pé da escadaria. Ainda não descobri qual de meus colegas ensopados de sangue disparou minha visão durante a Rave'N, mas alguém neste quadrado sabe mais do que está deixando transparecer — disso, ao menos, tenho certeza.

Conforme analiso a área, enfim vejo minha família. Minha mãe no vestido preto de parar o trânsito pelo qual é infame. Meu pai naquele mesmo terno risca de giz. Meu irmão, Feioso, de camisa listrada e shorts preto. Ele está mais alto, mas parece ainda mais fraco, de alguma forma.

— Talvez o monstro tenha se escondido para evitar esse final de semana — digo para Enid, projetando loucamente.

Ainda que o monstro *tivesse* família, duvido que ela seja tão embaraçosa quanto a minha.

Um uivo me arranca de minha contemplação deles. Sigo o olhar de Enid para uma matilha de lobos do lado oposto do quadrado. Três garotos, todos uivando. Dois progenitores, observando com orgulho.

— Olha só pra eles — diz Enid, com uma voz menor do que o normal. — Falando em mentalidade de matilha tóxica. Dou trinta segundos para minha mãe botar as garrinhas críticas de fora.

Ela suspira.

— Vamos acabar logo com isso.

E seguimos nossos rumos diferentes por enquanto.

— Aí está ela! — chama meu pai quando me aproximo, guardando o arquivo da polícia na bolsa para poder causar um choque mais tarde. — Como sentimos saudade desses olhos acusadores e da zombaria juvenil.

Minha mãe abre os braços para um abraço.

— Como vai você, minha nuvenzinha de chuva? — pergunta ela com preocupação e afeição maternais.

Eu dou um passo para trás, cruzando os braços.

— Por que perguntar? Pensei que *Mãozinha* estivesse te contando todos os meus passos — declaro.

Eles se entreolham, culpados.

— Sim, descobri seu fraco subterfúgio quase que de imediato.

Minha mãe levanta as sobrancelhas para meu pai como se dissesse: *Você lida com ela.*

— E aí, como é que tá o carinha? — pergunta ele. — Ainda está com todos os dedos?

Reviro os olhos.

— Relaxe — digo para ele. — Ele está seguindo minhas ordens agora. Vai se juntar a nós mais tarde.

— Encantador — diz minha mãe, agora que qualquer possibilidade de recurso ficou para trás. — E então, conte-nos tudo. Deixei pelo menos doze mensagens na bola de cristal. Você nunca liga de volta.

— É — falo, enquanto o restante da escola circula ao nosso redor, distraídos com os próprios minidramas familiares. — Andei bem ocupada sendo caçada, assombrada e alvo de uma tentativa de homicídio.

Os olhos de meus pais se arregalam. Meu pai leva a mão ao coração.

— Ah, Nunca Mais — exclama ele, em tom de enlevo. — Como eu te amo!

À medida que meus pais distraem um ao outro com histórias nauseantes de seu romance adolescente no interior dessas mesmas paredes de pedra, observo meus colegas de classe e suas famílias. Todos parecem uma versão menor e mais incerta de si mesmos hoje. Uma marca dos caixões em que nossas famílias trancafiam todos nós, se não tivermos cuidado.

A mãe de Bianca é uma sereia atordoante num vestido dourado que apaga até o brilho de Bianca na comparação. A mãe de Enid mal lhe dá um centímetro de espaço, sussurrando pergunta após pergunta conforme sua filha se encolhe cada vez mais para dentro de si mesma.

Apenas Xavier está sozinho, ainda na sacada superior onde meu pai foi um dia visto com uma espada ensanguentada. Ele está sozinho, fitando todas as famílias felizes lá embaixo, mal-humorado. No entanto, não posso deixar de pensar que talvez seja ele o sortudo.

Eventualmente recebemos um *convite especial* que nos leva à sala de Weems antes do almoço.

Sento-me rigidamente em minha cadeira enquanto minha mãe admira o anuário sobre a mesa da diretora. Há um fogo ardendo na lareira com a boca de Medusa, e o mogno e o couro disso tudo são tão pretensiosos e irritantes como sempre.

— Nosso antigo anuário — revela ela, naquela sua voz sonhadora. — Não vejo isso há mais de vinte anos. A gente se divertiu tanto, não foi, Larissa?

Dessa vez, sei que devo me atentar ao retesar no maxilar de Weems. O leve estreitar de seus olhos.

— Algumas mais do que outras — afirma ela, num tom leve.

— Não seja modesta — diz minha mãe, agitando a mão na direção dela. — Você sempre preenchia a sala com sua presença. Como uma imponente árvore sequoia.

Então eu estava certa sobre a falta de popularidade de Weems. Se eu não detestasse essa mulher, talvez me compadecesse.

— E suponho que isso faça de você a lenhadora — retruca a diretora.

Dessa vez, a mordacidade em seu tom é inconfundível. Eu não deveria me surpreender, depois do que li no relatório da polícia, mas a questão é: o que veio primeiro? O ódio de Weems por minha mãe, ou a acusação de assassinato?

— Eis aí aquele senso de humor mordaz que sempre adorei — diz minha mãe, alheia, como sempre, a qualquer coisa que não seja elogio. — Ah, não! — exclama ela em seguida, olhando de relance para o livro do ano outra vez. — Minha foto sumiu!

— É mesmo? — pergunta Weems, tranquila. — Que estranho.

Não posso ter certeza, mas eu juraria ter visto os olhos dela irem para baixo e para a esquerda quando ela diz isso. O que significa que a diretora Weems sabe exatamente o que aconteceu com a foto da minha mãe no anuário. Mais um segredo para a lista.

— Vamos falar do assunto em pauta, sim? — pergunta Weems então, passando para o modo brusco da diretora de escola. — Infelizmente, a integração de Wandinha tem sido, no melhor dos casos, instável.

Enfim, hora de discutir o ódio de Weems por mim, em vez de por Mortícia.

— Porque me recuso a aceitar a cultura de desonestidade e negação que permeia esta escola — digo em minha defesa, levantando-me. — A começar com o monstro que matou Rowan e levou Eugene para a UTI. Apesar de eu ter ouvido dizer que ele está *em plena recuperação*.

Olho feio para Weems durante essa última parte, e ela corresponde ao olhar. Meu pai, sempre um diplomata, tenta interferir e neutralizar a situação.

— Sempre encorajamos Wandinha a falar o que pensa — diz ele. — Às vezes sua língua afiada pode cortar fundo, mas ela sempre chega ao âmago da questão. Não é, minha morceguinha vampira?

Weems não me dá a chance de responder.

— Ao que parece, a terapeuta de Wandinha acha que ela não tem se aberto muito ao processo. O tempo que passam juntas não rendeu os resultados que esperávamos.

Dra. Kinbott, sua traidora, penso. Discutindo minhas sessões com essa cobra de duas caras.

— Não sou uma cobaia — solto, inexpressiva.

Weems faz que nem ouviu isso.

— A dra. Kinbott e eu conversamos, e ambas concordamos que seria muito benéfico para todos vocês comparecerem a uma sessão de terapia familiar enquanto estiverem por aqui. Ela pode encaixá-los esta tarde.

Minha reação inicial é recusar logo de cara, mas daí vejo o quanto meus pais parecem desconfortáveis. Terei que conversar com a boa doutora, estejam eles comigo ou não. Pelo menos assim eu posso vê-los se contorcendo para variar.

— Temo que não teremos tempo — afirma minha mãe, graciosamente. — Afinal, só estamos aqui para o final de semana.

Mas meu pai deve ter visto a concordância em minha expressão, porque muda de abordagem rapidamente.

— Ah, o que é isso, que mal pode fazer? Sempre fui grande fã de abrir a cabeça.

— Não é esse tipo de abrir cabeça, querido — corrige minha mãe.

— É verdade... Mas fazemos qualquer coisa pela nossa garotinha, certo, Tish? — pergunta ele.

Para minha surpresa, ela assente.

De minha parte, estou mexendo no arquivo policial em minha bolsa, pensando que acho que encontrei o pano de fundo perfeito para o tão aguardado confronto com meus pais.

— E então, quem quer começar?

A dra. Kinbott está sentada na frente dos Addams, com a mesma aparência de sempre — alegre demais para a situação em suas mãos. Já estamos aqui há dez minutos, dos cinquenta que nos foram designados. Ninguém disse uma palavra sequer, e essa pergunta não incentiva ninguém a mudar isso.

— Talvez possamos discutir como é ter Wandinha longe de casa — sugere ela.

Ainda nada. Feioso estende a mão para a tigela de pot-pourri no centro da mesa entre nossa família e a terapeuta e pega um punhado, mastigando como se fosse batata frita.

Contenho uma risada.

— Quero dizer, para mim... — começa ele, depois de engolir metade de uma pinha cheirando a canela.

— Sim, Feioso? — pergunta a dra. Kinbott, com entusiasmo excessivo.

— Tem sido bem difícil não ter a Wandinha por perto — responde ele. Seu lábio inferior está tremendo. — Eu... nunca pensei que sentiria tanta saudade de ser torturado.

Outra vez, tenho que suprimir um sorriso. Nós sempre teremos nossas lembranças.

— Certo! — Está evidente que a dra. Kinbott está chegando a seu limite. — Mortícia, Gomez? Como vocês têm lidado?

Minha mãe se debruça para a frente em sua poltrona. Posso sentir uma cena vindo.

— Para nós também tem sido *uma tortura* — diz ela. — Nós realmente tivemos que *nos apoiar* um no outro.

Com isso, meu pai estende a mão sobre mim, pegando a mão de minha mãe e a beijando apaixonadamente.

— Momentos assim realmente destacam a força da nossa conexão, não é, *mi amor*?

— Absolutamente — suspira minha mãe.

As carícias dele se tornam mais entusiásticas conforme a sala ao redor desaparece para o casal de novo. Eu poderia muito bem não existir, quanto mais a dra. Kinbott e sua esterilizada sala de terapia.

— Já chega! — grito, sobre os ruídos de beijos apaixonados. — Eu tenho algo a dizer.

— Maravilha, Wandinha — exclama a dra. Kinbott. — Não sei se algum dia você já ofereceu voluntariamente informações nesta sala.

Ignorando-a, eu vou até a frente da sala com o arquivo policial de Gomez na mão.

— Já passou da hora dos meus pais encararem a realidade — digo. — Parece que eles têm mentido para mim por anos. Guardado segredos. Segredos assassinos, que precisam ser expostos.

Brando o arquivo à minha frente, aberto numa foto da suposta vítima de meu pai. Ele parece ser o esportista típico, edição de 1990. Seu cabelo é jogado. Ele dá sorrisos maliciosos.

— Quem era Garrett Gates? — exijo saber. — E por que você foi acusado de matá-lo?

Meu pai nunca, nem uma vez, deixou de fazer um comentário, ou trocadilho, ou uma piada, ou um novo apelido de qualquer coisa que eu dissesse. É quase satisfatório vê-lo sem palavras.

— Essa acusação foi retirada — retruca minha mãe, seu rosto uma máscara. — Seu pai é um homem inocente.

— O xerife não está convencido — acrescento, pensando na expressão no rosto do xerife Galpin quando ouviu meu nome pela primeira vez. *Seu pai é um assassino* ecoando em minha mente por meses.

— Uau — exclama Feioso, olhando entre meus pais em busca de explicação.

— Wandinha, exijo que você pare com isso agora mesmo — ordena minha mãe. A máscara está rachando. — Este não é o momento, nem o lugar.

— Na verdade — interrompe a dra. Kinbott —, acho que este é *exatamente* o lugar. Essas sessões são...

— Doutora, isso não lhe diz respeito — dispara minha mãe. A temperatura na sala parece cair dez graus, um efeito ao qual estou habituada. — Wandinha, eu me recuso a discutir uma caça às bruxas de décadas atrás com você agora.

Ela se levanta, assomando sobre mim, meu pai, a dra. Kinbott, todo mundo. Pega seu vestido comprido em uma das mãos. Mantenho minha posição, embora me sinta encolhendo por dentro. Os instintos gritam que minha causa está perdida. Que ceder é minha única opção.

— Querida — oferece meu pai. — Talvez devêssemos...

— Não. — Ela paira até a porta feito um morcego supercrescido, levando todo o ar da sala consigo. — Esta sessão acabou.

— Como quiser, mamãe — solto, quando ela alcança a porta. Enfio a foto e o arquivo de volta em minha bolsa. — Mas se você não me contar a verdade, terei que desenterrá-la eu mesma.

Ela me dá um olhar fulminante e então se vai. Se eu estivesse em qualquer outro lugar que não o maldito consultório da dra. Kinbott, talvez tivesse me escondido até ela ir embora, mas nunca enrolei para sair deste lugar e não vou começar hoje.

Infelizmente, Mortícia está à minha espera junto do carro, definitivamente vibrando de fúria.

— O que você estava pensando? — demanda ela, na frente da rua toda. — Como pôde emboscar seu pai desse jeito? Na frente de uma desconhecida. Uma *terapeuta*, ainda por cima.

— Como pude? — pergunto, aproximando-me. — São vocês que estão me enganando. Vocês insistiram que eu viesse para esta escola; vocês sabem quem eu sou. Acharam mesmo que eu não experimentaria as consequências das suas transgressões passadas?

— Você não conhece a história toda — declara minha mãe, imperiosa. — Seu pai não fez nada de errado.

Mas ela não elabora além disso. Porque não confia em mim para ouvir a verdade.

— Eu decido isso — respondo, e quando ela se joga no carro fúnebre da família, não a sigo.

— Preciso de um pouco de espaço — falo, brusca, antes de sair intempestivamente pela rua.

Passando por todos os alunos de Nunca Mais e de suas famílias que, tenho certeza, *acham* que estão passando momentos terríveis. Mas nenhum deles faz ideia.

Tento me refugiar no quarto de Eugene no hospital pela primeira vez, levando para ele o pote de mel que colhi da Colmeia Três. Mãozinha está no quarto de vigia, mas em breve as duas mães de Eugene se juntam a mim, chorosas, chamando-me de amiga dele.

Depois disso, tenho que pedir licença rapidamente. Ele não merecia isso, e não mereço os agradecimentos e a afeição de suas mães. É culpa minha ele estar aqui. Não posso me esquecer disso.

Expulsa da segunda localização mais detestada por mim nesta cidade, volto, temendo o jantar em família desta noite. Paro ao chegar à estátua de Crackstone, derretida e pavorosa depois do fogo. Ouvi dizer que a cidade não tem dinheiro para substituí-la, então ela ainda está aqui, fazendo uma declaração muito mais poderosa do que a original.

Um movimento do outro lado da praça chama minha atenção. Ou talvez todas as filhas sejam levadas até suas mães por alguma impressão magnética biológica. De qualquer forma, eu a vejo descendo a rua sozinha, segurando uma única rosa, e é inevitável segui-la.

Ela me conduz a um cemitério — um em que nunca estive antes. Um portãozinho rangendo, túmulos desmoronando. Escondo-me atrás de um deles e observo, sem saber o que estou esperando.

Mortícia para na frente de uma das sepulturas e fica ali, imóvel, pelo que parece uma hora. Quando termina, retira a cabeça da rosa que trouxe e joga o caule vazio sobre o túmulo antes de escapar por outra saída.

Só quando tenho certeza de que ela se foi é que abro caminho até a sepultura que ela veio visitar.

GARRETT GATES, lê-se. AMADO FILHO E IRMÃO. LEVADO CEDO DEMAIS. AMOR ETERNO.

CAPÍTULO DEZENOVE

Em Nunca Mais, minha família se reúne para, junto com a multidão, participar do grande jantar do Dia da Família. Há uma refeição farta, é claro. Weems jamais economizaria em um fim de semana tão importante para os alunos.

— Querida, você não está com fome? — pergunta minha mãe enquanto eu sento com os braços cruzados na frente do bufê.

— Meu apetite me escapa, mãe. Exatamente como a verdade. Talvez você queira me esclarecer.

Ela não exibe nenhum sinal de concessão, mas meu pai se debruça e murmura — como se eu não soubesse ler lábios desde que tinha cinco anos.

— Precisamos contar para ela.

Então eu tinha razão. Existe algo a ser contado.

Minha mãe vira a cabeça para o outro lado, mas ainda consigo entender seu cochicho em resposta. *Ela jamais vai acreditar em nós.*

Estou prestes a lançar um novo e incansável ataque contra o bloqueio deles, mas neste ponto, todas as cabeças se viram para olhar algo atrás de mim. A conversa se silencia. Ouço o ruído das botas do xerife Galpin antes de vê-lo, flanqueado por três policiais.

Weems tenta desviá-lo dali, a voz ressoando pelo quadrado ao perguntar:

— Do que se trata, xerife?

Eu não deveria ficar surpresa quando os olhos dele encontram nossa mesa. Meu pai, em particular. O xerife vem alimentando essa mágoa há muito tempo.

— Gomez Addams! — chama Galpin, ignorando as tentativas de Weems de passar isso para um lugar mais privado.

Meu pai se levanta, uma expressão levemente divertida no rosto.

— Em que posso ser útil, xerife? — pergunta ele, jovial.

Posso ver na cara patética e fracassada do xerife Galpin. Ele está saboreando este momento. A multidão. A humilhação.

— Você está preso — declara o xerife Galpin. — Pelo homicídio de Garrett Gates.

Minha mãe arfa dramaticamente, como se não tivesse visitado a sepultura da suposta vítima apenas uma hora atrás. Meu irmão parece a ponto de chorar. Sinto um ódio azedando dentro de mim. Por Galpin e por todos que poderiam ter me ajudado a entender e não o fizeram.

Galpin lê para meu pai seus direitos. Enid olha para mim compassivamente, enquanto Bianca encara, incrédula. Tenho certeza que ela mal pode esperar para espalhar a notícia de que Wandinha, a Esquisitona, tem um assassino como pai. Embora para quem ela vai espalhar isso, não sei. Todo mundo já está aqui.

Meu pai é algemado na frente de todos que vieram para o Dia da Família. Não há nada que eu possa fazer para ajudá-lo. Então os policiais o acompanham para fora.

Chego à patética versão de cadeia de Jericho antes que eles sequer tenham processado a prisão de meu pai. Tenho que esperar em uma cadeira de plástico moldado, fervendo, até me deixarem entrar para vê-lo.

Mãozinha me acompanha, convocado de volta do hospital no momento de necessidade da família.

— Minha pequena tormenta — fala meu pai, ao se sentar rudemente do outro lado do vidro. — Como está a sua mãe?

— Arrasada — respondo. — Ela odeia te ver de laranja.

Ele sorri.

— Ela está correta. É uma cor de realce.

Não tenho tempo nem paciência para me engajar em mais conversa à toa.

— Eu a flagrei depositando uma rosa num túmulo — informo a ele. — A lápide dizia ser de Garrett Gates. Exatamente o garoto que fez você ser preso por tê-lo assassinado. Quer me explicar?

Essa é a melhor chance que tive o final de semana inteiro para descobrir a verdade. Meus pais são uma frente unida, mais forte do que as barras desta cadeia ou de qualquer outra. Mas sem a vontade férrea de minha mãe para fortificá-lo, meu pai sempre cedeu com surpreendente facilidade.

— Garrett estava apaixonado pela sua mãe — começa ele. — Eles se conheceram no Dia da Interação e ele confundiu a gentileza dela com interesse. Ela lhe disse, educadamente, que era comprometida; nós estávamos juntos havia mais de um ano. Mas ele era rico. Mimado. Isso não o dissuadiu. Sua paixonite virou obsessão. Ele começou a persegui-la.

Por mais que eu esperasse ver meu pai ceder fácil, isso surpreende até a mim.

— Por que não procuraram a polícia? — pergunto.

— Nós tentamos — garante meu pai. — Mas a família de Garrett era a mais rica e mais antiga de Jericho. Não conseguimos convencê-los a nos levar a sério.

Os olhos dele se anuviam ante a lembrança dessa injustiça passada. Espero meu pai continuar.

— Tudo chegou a um impasse na noite da festa Rave'N — diz ele, e me lembro do relatório. Weems descobrindo o corpo caindo da sacada. — Sua mãe e eu subimos escondidos para recuperar o fôlego. Foi aí que eu o vi.

Posso visualizar Garrett, o garoto bonito da foto, assistindo meus pais se atracarem. Isso se encaixa quase que de modo perfeito à imagem que criei esta manhã com o arquivo criminal.

— Ele havia invadido a escola — explica meu pai. — E gritou meu nome, os olhos cheios de um propósito nefasto.

Conforme ele prossegue, posso ver em minha mente a cena se desdobrando. Garrett pegando um sabre cerimonial de esgrima na parede ornamentada de Nunca Mais. Avançando sobre meus pais adolescentes, cheio de ciúme e fúria.

Meu pai bravamente se colocando na frente da minha mãe, até ela implorar para que ele a deixasse falar com Garrett, a fim de acalmá-lo. Gomez, incapaz de recusar qualquer coisa pela amada, saindo pela escadaria, mas sem ir muito longe, caso ela precisasse dele.

— Ela gritou meu nome — diz meu pai. — E eu sabia que ele estava vindo atrás de mim. Chovia na sacada do segundo andar, raios retumbando à distância. Eu sabia que era lutar contra ele ou morrer, e faria qualquer um dos dois pela sua mãe, mas ela jamais me perdoaria por deixá-la.

Quase posso ver Garrett, o atleta superior, ganhando terreno contra meu pai depressa. Forçando-o contra uma coluna, mas deixando o sabre cair no processo. A espada rolando na direção da beirada conforme a chuva continua a cair.

A luta com os punhos, então. Cada vez mais próxima do andaime que levava para o quadrado lá embaixo. Garrett surrando meu pai até quase à inconsciência.

— Empurrado pelo ódio e pela fúria, ele tinha a vantagem — diz meu pai. — Minha vida passou diante dos meus olhos como um poema épico, destinado a permanecer inacabado, quando os deuses interferiram.

Relâmpago, bifurcando o céu, atingindo o metal do andaime e disparando faíscas cegantes para o alto. Meu pai, habilidoso, usando a distração para se livrar. Para recuperar a espada. Para apontá-la para o garoto decidido a destruí-lo.

— Pedi a Garrett para parar — conta meu pai, mal acima de um sussurro. — Mas ele me atacou. Não tive tempo de tirar a lâmina do caminho. Ela o atravessou direto.

Nossa história chega ao ponto do depoimento de Larissa Weems no arquivo da polícia. Atravessando o quadrado com seu guarda-chuva enquanto Garrett cai para a morte, meu pai de pé acima dele com a espada sangrenta.

— Agora você conhece a verdade — declara meu pai, pesaroso.

Sendo objetiva, a confissão dele soa razoável. Sincera.

— Obrigada por ser *honesto* comigo — digo, e ele anui, magnânimo. Mas tem a questão dos cacoetes dele a ser examinada.

O jeito como alisa o bigode. Levanta uma sobrancelha. Dá uma piscadinha na hora certa. Venho jogando roleta-russa com ele desde que tinha doze anos. Eu os conheço bem.

— Desculpe não ter sido um pai melhor — diz ele, e as lágrimas em seus olhos agora não são de crocodilo.

— Você poderia pegar mais leve nas demonstrações escancaradas de afeição e emoção — peço, honestamente. — Mas quantos pais dão um sabre de esgrima para a filha aos cinco anos?

— Seus golpes de sabre são uma amostra de perfeição — elogia ele, o rosto se iluminando mesmo com a horrível cor alaranjada desbotando o tom de sua pele naturalmente radiante.

— ... ou ensinam a filha a nadar com tubarões? — pergunto.

— Eles te acham tão sangue-frio quanto eu.

— ... ou mostram para ela o jeito certo de esfolar uma cascavel?

— Elas têm gosto de frango quando preparadas adequadamente.

Eu me preparo para a sinceridade que estou prestes a exibir. Em especial sabendo o que sei. Mas ele merece, a seu próprio modo.

— A questão é que você me ensinou a ser forte e independente — digo a ele. — A como lidar com um mundo cheio de traição e preconceito. Me mostrou que, não importa o quanto as pessoas pensem que você é estranho, ser verdadeiro consigo mesmo é a maior das forças.

Ele olha para mim com uma emoção muito genuína no rosto. Lágrimas se acumulam novamente nos cantos dos olhos dele.

— No que diz respeito a pais... — Lá vem o *coup de grâce*. — Eu diria que você tem sido mais do que adequado.

— *Gracias,* Wandinha — agradece ele, a voz se entrecortando no meu nome.

Um oficial de polícia vem nesse momento, nos separando e me deixando sozinha com meus pensamentos. Todo novelista policial sabe que a confissão voluntária de um assassino não é o fim da história. É apenas o começo. Este fato, combinado com o quanto conheço Gomez Addams, me faz suspeitar que ele esteja mentindo desbragadamente.

A única dúvida que me resta é por quê.

— Precisamos conversar — afirmo, aparecendo na porta da sala do delegado antes que ele me note. Ele dá um pulo, quase derramando seu café.

— Porcaria, Addams, você não pode simplesmente se esgueirar aqui desse jeito.

O xerife Galpin não parece surpreso em me ver. Irritado, sim. Mas não surpreso. E não me importo de ser uma pedra no sapato de um policial amargurado.

— Meu pai não matou Garrett Gates — informo, sem me dar ao trabalho de explicar por que a mesa da recepção estava desocupada.

— Não tenho tempo para isso — diz o xerife. — Tenho a confissão dele, assinada, e ele identificou a arma do crime. Estou prestes a entregar as duas coisas para a promotoria pública.

— Por que agora? — pergunto, dando um passo adiante e bloqueando sua passagem. — O que você encontrou que lhe permitiu ir atrás dele neste fim de semana especificamente, depois de décadas guardando rancor?

O xerife Galpin suspira, esfregando a mão no rosto.

— O legista se matou ontem à noite. Sabia disso? — pergunta ele.

Eu não sabia, mas me empenho para não demonstrar meu choque. Vi o legista na semana passada, quando Mãozinha e eu entramos escondido no necrotério. Ele estava se gabando de sua aposentadoria iminente. O cruzeiro em que levaria sua esposa. Dificilmente um homem planejando sua própria morte.

— Por quê? — pergunto, odiando ter que depender dele para obter informação.

— Culpa — explica. — Por um caso de décadas atrás. Pelo jeito, ele falsificou um relatório. Deixou um culpado por assassinato sair livre. Três palpites para que caso foi esse.

Para mim, está claro de imediato que alguém matou o legista. Falsificou o bilhete de suicídio. Mas por quê? Não tenho muito tempo para desfazer esses nós, não com o xerife me conduzindo, sem muita sutileza, na direção da porta.

— Você não acha o momento disso um tanto conveniente demais? — pergunto, enrolando.

— Como assim? — pergunta Galpin.

Não sei bem o que vou dizer até que o digo, mas o caminho se ilumina à minha frente um passo de cada vez, e tudo se encaixa. Parece que a história do meu pai não será bem o desvio da caçada ao monstro que eu previa antes do ataque de Eugene.

— O legista, por um acaso, "se mata" por remorso por um caso de assassinato de décadas atrás no exato final de semana em que meu pai, seu principal suspeito, ousa voltar para a cidade?

O xerife interrompe, levantando a mão.

— Tudo o que vejo é um sujeito culpado que enfim vai pagar por seu crime. O fato de que pude pessoalmente algemá-lo foi só a cereja do bolo.

Mal resisto ao impulso de bater o pé no chão por pura frustração.

— *Acorda*, xerife! — grito. — Alguém está tentando arruinar minha investigação. Eu encontrei a caverna do monstro, te dei as provas de DNA. Você se deu ao trabalho de testá-las?

Galpin torna a sentar atrás de sua mesa. Posso ver pela cara dele que não vou gostar da resposta, mas espero por ela mesmo assim.

— Eu sei que isso vai ser um choque, mas tenho outras coisas para fazer além de seguir seus palpites adolescentes, srta. Addams. — Ele puxa um arquivo de sua mesa, deslizando-o para mim. — O DNA voltou. Inconclusivo. Não combinam.

Isso me faz parar. É a última coisa que eu esperava. Xavier, os desenhos do monstro, os arranhões no pescoço. O modo como ele surgiu nas ruínas logo após o monstro virar humano. Algo não está certo.

— Você acha mesmo que isso é tudo coincidência? — pergunto, quase incrédula. — Seja lá quem machucou Eugene, também matou o legista. Alguém não quer que essa verdade seja exposta.

Há uma faísca no olho do xerife Galpin quando ele se debruça sobre o relatório.

— Eu gostaria de te ajudar a provar isso, mas *alguém* sabotou a câmera de segurança do necrotério, então não tenho como saber. A pessoa colocou chiclete na lente. Chiclete *preto*. Talvez eu devesse testar o DNA no chiclete.

Odeio aquele sorrisinho malicioso na cara dele.

— Alguém quer me atrapalhar. Me impedir de descobrir a verdade. Essa acusação ridícula contra meu pai é a prova de que estou chegando perto demais. Que me querem distraída.

O xerife está de pé outra vez, e agora posso ver que ele não vai parar até eu estar na calçada, do lado de fora. Ele ergue a confissão de meu pai, como se isso provasse alguma coisa.

— Isso é a justiça sendo cumprida — declara ele. — A família de Garrett Gates merece ter um desfecho. Mesmo que nenhum deles esteja por aqui para se reconfortar com isso.

Mais para adiar minha inevitável ejeção do que por qualquer outro motivo, pergunto:

— O que aconteceu com eles?

Há uma expressão atormentada nos olhos do xerife quando ele responde — deixando mais perguntas do que respostas.

— A mãe dele se enforcou no quintal; o pai morreu cedo de tanto beber. Até a irmã mais nova de Garrett não escapou. Quando ficou órfã, ela viajou para o exterior. E se afogou. Cada um deles se foi. Seu pai não tem apenas o sangue de Garrett nas mãos; tem o sangue da família inteira.

Penso na desafortunada família de Garrett por todo o caminho de volta a Nunca Mais. A mãe na forca. A irmãzinha afogada. Mas penso no que meu pai disse sobre eles serem uma das famílias mais poderosas e influentes em Jericho.

Algo não está batendo. Eu só queria saber o quê.

E aí temos meu pai e sua confissão esfarrapada. Se aprendi uma coisa na vida é que qualquer um que confesse voluntariamente um crime que não cometeu está escondendo algo pior...

E só existe uma pessoa no mundo que com certeza saberá do que isso se trata.

Porém, antes que possa encontrar minha mãe, está na hora de um papo sincero com meu irmãozinho.

Eu o encontro sentado na doca, as famílias felizes de Nunca Mais socializando ao fundo.

— Vai embora — diz ele, quando me aproximo.

— Você esqueceu suas tralhas de pesca — falo, entregando uma bolsa que encontrei no meu quarto.

— Pare de tentar ser legal — diz ele, aborrecido. — Não combina.

Ele está certo, é claro, mas meu irmão é o único por quem já tentei me suavizar.

— O papai trouxe sua isca preferida — digo a ele.

Ele abre a bolsa, encontra as granadas que sempre foram o segredo testado e comprovado de meu pai para a pesca, e sorri de leve.

Tomo isso como um convite para me sentar. Ele não objeta. Nada como alguns explosivos para unir uma família.

— O que vai rolar com ele agora? — pergunta Feioso, olhando para a água sob seus pés balançando.

— Bom, ele confessou, então não haverá julgamento — explico. — Depois que ele for sentenciado, será enviado para uma penitenciária estadual, onde vai enlouquecer separado da mamãe.

A ideia é revoltante. Os dois ansiando um pelo outro é quase pior do que o jeito como se comportam quando estão juntos.

Feioso parece não ter uma opinião. Nunca perguntei a ele como se sente com as exibições constantes e extravagantes de afeição entre nossos pais, e acho que hoje não é o dia em que perguntarei.

— Você sabia que não passaram uma noite separados desde que se casaram? — pergunto a ele.

Mas Feioso tem outra coisa em mente.

— Sempre pensei que seria o primeiro da família atrás das grades — diz ele, melancólico.

Assinto.

— Tropeço e eu tínhamos uma aposta — falo para o animar. — Venha, vamos ver se os peixes estão mordendo.

Feioso olha tristemente para a granada e tenho certeza que está pensando em todas as vezes que puxou um pino com meu pai a seu lado. Não devo ser uma substituta à altura, mas ele acaba puxando o pino mesmo assim, arremessando o explosivo bem no centro do lago, onde o artefato explode de modo bem satisfatório.

Os métodos de meu pai são eficientes, isso é indiscutível. Um cardume de peixes com escamas prateadas flutua na superfície do lago.

— Uma bela pescaria — digo a Feioso.

Ele olha para mim com aqueles olhos meigos e desesperadamente tristes que me levaram a esvaziar um saco de piranhas numa piscina em nome dele.

— Vou sentir saudade dele, Wandinha — declara ele.

— Ainda não terminou — digo, tentando ser revigorante. — Ele é inocente.

— Bem, se tem alguém que pode descobrir quem cometeu o crime, é você. Precisa descobrir a verdade e libertar o papai.

Penso nas tentativas que fiz para conseguir exatamente isso. A frustração de ser obstruída pelo próprio criminoso muito erroneamente condenado que estou tentando libertar.

— Até que isso ocorra, nós dois sabemos que a mamãe estará desmoronando — falo a ele, esquivando-me do assunto. Não quero fazer uma promessa que não possa cumprir. — Temos que ser fortes. E por *nós*, quero dizer você.

Seu maxilar se retesa teimosamente e ele anui uma vez com a cabeça. Com sorte, essa tarefa de homem da casa o impedirá de desmoronar também.

— Agora me passe uma dessas — ordeno, estendendo a mão para pegar uma granada e puxando o pino.

Assistimos juntos enquanto ela explode. Conexão, suponho.

Mas posso sentir esse momento acalentador entre irmãos chegando ao fim. Feioso pode precisar de mim, mas ele não tem a informação que pode me ajudar a provar que meu pai fez uma confissão falsa. Apenas uma pessoa a detém. A mulher para quem ele conta tudo.

— Cadê a mamãe, afinal? — pergunto para Feioso, tão distraidamente quanto posso.

— Ela disse que queria ficar sozinha — diz ele, confuso. — Em algum lugar onde ninguém a encontrasse.

E onde mais desaparecer, penso, sombria, *do que na biblioteca de uma sociedade secreta...*

O hall de entrada está deserto, todas as famílias Excluídas felizes saltitando pela área da escola e em torno de outro bufê, cortesia de Weems. Sei que meu irmão está por aí lamentando a prisão de nosso pai, mas Mortícia jamais enfrentaria os plebeus imundos sem meu pai como sua guarda de honra.

Por mais que eu afirme ter sido sequestrada ou trocada ao nascer, provavelmente não é uma coincidência o fato de eu a encontrar no primeiro lugar em que procuro.

Ela parece em casa na biblioteca das Beladonas enquanto analisa as recordações pela sala.

— Olá, mamãe — saúdo.

Minha mãe se vira de imediato ao som da minha voz.

— Olá, Wandinha. Então você é uma Beladona. Isso foi rápido.

— Na verdade, eu recusei — digo, casualmente.

— Por quê? Porque eu fui membro?

É claro que essa é a maior parte da razão, mas por algum motivo, sinto que confessar isso para ela apenas me fará parecer mesquinha e infantil.

— Nunca chegarei à altura do seu legado aqui, então por que tentar? — pergunto. — Eu venço a Copa Poe, você a conquistou quatro vezes. Entro para a equipe de esgrima, você era a capitã. Por que você me enviaria para um lugar onde eu só poderia existir à sua sombra?

Provavelmente é o mais vulnerável que já me permitir ser com ela.

— Não é uma competição, Wandinha — diz ela, em tom de censura.

— *Tudo* é uma competição, mãe — retruco a ela.

Por um longo instante, apenas nos avaliamos à luz de minha admissão. Eu cedo primeiro. Dessa vez, nem me condeno por isso.

— Mas eu os rejeitei porque as Beladonas são um clube social trivial.

Ela aceita a oferta de paz, virando para olhar para a sala com nostalgia.

— Nós éramos muito mais que isso — afirma ela, saudosa. — Nossa missão era proteger Excluídos de todo mal e preconceito. De fato, o grupo foi fundado por uma ancestral de seu pai vinda do México. Uma das primeiras colonas nos Estados Unidos.

Meu queixo cai. Tudo está conectado?

— Goody Addams? — pergunto, ansiosa, antes de me lembrar que nunca contei para minha mãe sobre minhas visões.

Ela arqueia uma sobrancelha como se para sugerir que estou escondendo alguma coisa. Mas não vim até aqui para entregar meus segredos. Vim extrair os dela.

— Vi numa pintura no Peregrinos — minto.

Mortícia aceita isso naturalmente.

— Irônico — diz ela. — Já que foi ela quem matou Joseph Crackstone. A Beladona foi sua resposta secreta e mortal à opressão dele.

— Como o veneno que cedeu o nome ao grupo — comento, pensando que é ainda mais deprimente o que Bianca e sua laia fizeram com este grupo e seu legado.

Minha mãe está me observando. Sei que preciso perguntar o que vim aqui para perguntar, mas me ocorre que ela sabe mais do que eu acreditava saber. Mais do que apenas a verdade sobre meu pai, mas também, possivelmente, a verdade sobre mim. Sobre minhas visões, e Crackstone, e Goody...

— Eu sei por que você veio para cá, Wandinha — declara ela, sua voz ecoando estranhamente no piso quadriculado. — Então vá em frente. Pergunte.

Não haverá um momento melhor. Coloco o restante de lado e sustento o olhar dela.

— O papai não matou Garrett Gates, não é?

Ela fica quieta por um momento, os olhos distantes como se estivesse revivendo algo doloroso. Em seguida, ela retorna ao presente. Para mim.

— Não — responde ela. — Fui eu.

Eu mal tenho tempo de processar isso antes que ela comece sua história, mas quando ela o faz, me dou conta de que esta era a resposta óbvia. É claro que meu pai faria qualquer coisa por ela. Até confessar um crime que não cometeu e arriscar prisão perpétua por isso. É claro.

— Quando cheguei no segundo andar, eles já estavam se engalfinhando — conta minha mãe, naquela voz distante.

Sei que ela está vendo a cena, assim como eu. O jovem Gomez e Garrett lutando por dominância na chuva, na beira da sacada sem amurada.

Posso vê-la também. Chegando na cena. Seu amor verdadeiro, defendendo sua honra.

— Garrett ganhou a vantagem — continua ela. — O trovão retumbava por todo lado, mas naquele instante um raio atingiu o teto acima de nós. Caos.

Intervenção divina, foi como meu pai chamou isso. Mas não foi divina. Foi minha mãe.

— Gritei para ele deixar seu pai em paz. Para parar com tudo isso. Mas ele não me dava ouvidos. Nem levantava a cabeça de onde estava tentando chutar seu pai para fora do andaime. Só mudou quando eu peguei a espada.

É fácil visualizá-la em seu longo vestido preto, jovem, linda e trágica. Ela sempre foi uma exímia espadachim. Garrett teria levantado a cabeça e a visto ali de pé, os raios refletindo na lâmina, disposta a fazer qualquer coisa para salvar meu pai.

— Nunca vou me esquecer do jeito como ele me olhou — diz ela. — Foi como fitar os olhos de uma fera com muita raiva. Ele estava até espumando pela boca em sua fúria ciumenta.

Este detalhe me puxa do passado de volta ao presente. Espumando pela boca? Já vi alguns garotos ciumentos, mas a boca espumando geralmente não é um sintoma de ciúmes, até onde sei…

— Ele me atacou. Tudo o que fiz foi manter a lâmina firme. Quando ele tombou, seu pai veio até mim, me disse para correr de volta para meu quarto e trancar a porta. Eu estava com tanto medo, mas sabia que ele jamais deixaria que algo de mal me acontecesse. Foi naquela noite que eu soube que o amaria para sempre.

Uma lágrima escorre por seu rosto enquanto ela se lembra. Recolocando a espada, voltando para trancar a porta. Tem algo nessa história que coloca o amor de meus pais em contexto para mim. Seria difícil não se unir por causa de algo assim.

— Seu pai levou a culpa para me proteger — revela ela, mais lágrimas se juntando à primeira. Silenciosas. Até seu choro é, de alguma forma, lindo. — Fiquei tão grata quando ele foi inocentado de qualquer delito. Mas sabia que algum dia isso voltaria para nos assombrar.

A flor de beladona no meio do piso retira minha atenção dela. O símbolo da sociedade secreta. Reviro os detalhes da história de minha mãe na minha mente como se fosse um cubo mágico até algo se encaixar.

— Você disse que Garrett estava espumando pela boca — relembro. — Que os olhos dele não pareciam humanos.

— Isso — suspira minha mãe. — Nunca vi alguém tão cego pela raiva.

— Talvez não fosse raiva — sugiro, sombria.

Ela olha para mim, confusa, mas não desdenhosa.

— Como assim?

— Saliva espumando — digo, contando nos dedos —, pupilas dilatadas, confusão mental. São sintomas clássicos de quê?

Eu sei que ela sabe. Foi ela quem me ensinou.

Minha mãe leva um instante, perdida como está no passado, mas eventualmente ofega, levando a mão à boca.

— Mas... como pode ser? — pergunta ela.

Sorrio, levantando a mão.

— Só tem um jeito de descobrir.

CAPÍTULO VINTE

O cemitério é tranquilo a essa hora da noite. Uma meia lua congelada pende no céu sem estrelas. O cheiro de terra me cerca, reconfortante, enquanto escavo com eficiência impiedosa.

Minha mãe está do lado de fora da sepultura, observando conforme me aproximo do alvo.

— Isso me lembra de quando você ganhou seu primeiro kit de exumação — diz ela, nostálgica. — Você ficou tão feliz que quase sorriu.

Levanto a cabeça, enxugando a testa suada com a manga do suéter.

— Tem certeza que não quer ajudar? — pergunto. — O exercício é revigorante.

Ela examina as unhas com carinho antes de balançar a cabeça.

— Eu adoraria, filhinha — diz ela. — Mas não quero estragar sua diversão.

Não precisa me dizer duas vezes. Em mais dois minutos, a pá bate satisfatoriamente numa tampa de caixão. Um de meus sons preferidos.

— Hora da verdade — digo para minha mãe.

Usando a ponta da pá, abro o selo de vinte anos. Sou consumida pela vitória ao ver o rosto incomumente bem-preservado de Garrett — o tom azulado, a ausência de decomposição, está tudo ali.

— Eu estava certa — murmuro.

Porém, antes que minha mãe possa olhar para o que encontrei, o facho de uma lanterna banha o cemitério, arruinando por completo o momento. Meu único conforto é que é a oficial Santiago, não o xerife Galpin, quem nos encontra.

— Recebemos uma chamada de que alguém estava escavando uma sepultura — avisa ela, passando a luz entre minha mãe e eu. — As duas estão presas.

Enquanto minha mãe levanta os braços em rendição, tenho alguns segundos sem nenhum olhar sobre mim. Enfio a mão no caixão de Garrett para garantir a prova de que preciso para inocentar meu pai — então, e apenas então, eu vou voluntariamente.

Sempre achei que não havia nada pior do que assistir a meus pais se atracando em casa, ou no carro, ou no mercado. Acaba que é pior ainda por entre as grades de uma cela.

Minha mãe e eu estamos presas em uma, enquanto meu pai habita a cela ao lado. Mesmo de olhos fechados, posso ouvir os sons de sua reunião apaixonada.

— Mesmo o longo braço da lei não pôde nos manter separados! — exclama meu pai, enlevado.

— Pelo menos poderemos passar esta última noite juntos antes que te levem embora — geme minha mãe.

É a última gota.

— Eu já vi chacais com mais autocontrole que vocês dois — disparo.

Eles se viram para olhar para mim, meio culpados. Não vai durar, mas ao menos agora posso explicar meu plano, já que voltaram a ser duas criaturas sencientes em sua maior parte.

— Nenhum de vocês foi feito para aguentar a cadeia — solto, fulminante. — E graças a mim, não terão que descobrir isso do jeito mais difícil.

A atenção de meu pai está totalmente em mim agora.

— Eu sabia que a minha pequena detenta teria um plano de fuga! Ele envolve um país sem trato de extradição?

— Eu sei de vários — digo. — Mas, por sorte, essa fuga será perfeitamente legal.

Retiro meu lenço do bolso. O dedo sobrenaturalmente azul de Garrett repousa sobre ele. Entrego-o para minha mãe.

— É um suvenir do passeio desta noite. Peguei emprestado com Garrett.

Conforme os dois o examinam, um pouco confusos, narro:

— *Atropa belladonna.* Envenenamento por beladona. A notável preservação do tecido mole e o tom azul confirmam.

A compreensão aparece primeiro no rosto de minha mãe.

— O que significa que Garrett já estava morrendo...

— ... *antes mesmo* que você o atingisse — confirmo.

A expressão no rosto dela é uma que nunca vi antes. Não é uma performance, não é um sorriso malicioso, não é decepção. Apenas alívio. Vinte anos de alívio, deixando-a exposta.

Os braços de meu pai a envolvem de novo por entre as grades.

— Está até mais arrebatadora como uma mulher inocente! — grita ele.

Gemendo alto, me aproximo dos dois.

— Pelo menos uma vez, será que dá para vocês pararem de se pegar e *se concentrarem*?

Estendo a mão para pegar de volta o dedo, mas quando me movo, eu o toco pela primeira vez sem a barreira do lenço.

Eletricidade subindo por minha coluna vertebral. Meu corpo todo fica rígido. Antes que me dê conta, estou na traseira de uma picape, no escuro. Garrett Gates está sentado no banco da frente. Um homem mais velho, raivoso, que só pode ser o pai dele lhe entrega um frasco de líquido azul brilhante. Elixir de beladona.

— Pare de choramingar por uma garota Excluída! — exclama ele, enquanto o filho se encolhe no banco a seu lado. — Eu te disse, eles não são humanos. Prove para mim que você ainda é digno de ser chamado de meu filho. Entre escondido naquele baile e jogue isso no ponche. Mate todos eles, garoto.

Um lampejo e estamos do lado de fora dos portões de Nunca Mais, Garrett e eu. Ele pula o muro e se aproxima da escola, magnífico sob o luar, a chuva apenas uma ameaça lá no alto.

Garrett olha rapidamente para o frasco em sua mão, depois o coloca no bolso em seu peito, bem quando o céu se abre e a chuva começa a se despejar.

Outro lampejo, dessa vez por um raio. Estamos no telhado e meu pai, de dezessete anos e muito ágil, joga Garrett contra uma coluna próxima. Dentro do bolso dele, o frasco se arrebenta contra sua pele. O elixir de beladona começa a encharcar o tecido. Envenenando-o antes que ele tenha a chance de envenenar toda uma geração de Excluídos...

Ofegante, retorno ao presente. A cela na delegacia. Os olhares preocupados de meus pais.

— Wandinha, você teve uma visão? — pergunta minha mãe.

Neste momento, nem me lembro que estou tentando esconder as visões de minha mãe. Que temo que isto seja apenas outra maneira de nunca alcançar suas expectativas. Só sei que preciso expurgar o que descobri, como se fosse eu quem tivesse sido envenenada.

— Garrett... naquela noite — começo. — Ele não estava lá apenas para matar o papai. Ele planejava usar o veneno de beladona para assassinar a escola inteira.

Minha mãe e eu somos liberadas na manhã seguinte sob fiança. Pelo menos uma vez, estamos unidas em nosso propósito quando entramos no gabinete do prefeito, o dedo de Garrett ainda guardado com cuidado em minha bolsa.

— Obrigada por nos receber tão em cima da hora, sr. Prefeito — diz minha mãe, com voz lisonjeira e sedutora.

O prefeito não parece ser suscetível aos encantos dela. Em vez disso, olha feio para mim.

— Ameaças veladas têm esse efeito — diz ele. — Agora, do que se trata?

Em vez de explicar com palavras, eu me adianto e deposito o dedo de Garrett sobre a importante papelada de prefeito dele. Assim como eu esperava, ele se retrai, enojado.

— Garrett Gates não morreu por uma espada — informo, embora ele já saiba, é evidente, tendo sido o xerife no dia da morte de Garrett. — Ele estava morto antes daquela lâmina sequer encostar nele.

Minha mãe se move adiante agora, olhando para o prefeito Walker com sua expressão mais arrasadora.

— O tom azulado é um sinal certeiro de envenenamento por beladona.

— Mas você já sabia, não é? — pergunto a ele, juntando-me a minha mãe e sentindo sua aura ameaçadora envolver nós duas pela primeira vez. Sinto-me dez centímetros mais alta enquanto encaro o prefeito, esperando ele ceder.

É uma longa disputa de olhares, mas ele acaba murchando em cima do dedo.

— O pai de Garrett, Ansel Gates, odiava os Excluídos e Nunca Mais. Ele afirmava que o terreno sobre o qual a escola foi construída foi roubado de sua família mais de duzentos anos antes. Garrett foi para lá naquela noite para matar todos que estivessem naquele baile. Ansel confessou a coisa toda para mim no torpor da embriaguez.

Uma coisa é saber dessa informação. Outra é ouvir um representante eleito confirmar.

— Por que você instruiu o legista a falsificar o relatório da autópsia?

O prefeito Walker parece ter envelhecido dez anos em questão de minutos.

— Como eu poderia punir Ansel Gates mais do que a perda de seu filho? Meu trabalho era manter a paz. Se houvesse um julgamento público, as reputações de Jericho e de Nunca Mais iriam para o lixo.

Estou para interferir, mas minha mãe chega antes.

— Acho que a única reputação que você estava preocupado em não arruinar era a sua — diz ela. — Garrett se gabava para mim que o pai dele tinha o xerife no bolso. Um ano depois, você foi eleito prefeito. Sem dúvida com todo o apoio da proeminente e respeitada família Gates.

O pouco que restava da coragem do prefeito Walker parece retornar com isso.

— Eu fico ofendido com a sua insinuação — diz ele.

Mas minha mãe se debruça sobre a mesa de mogno, os olhos faiscando.

— Já *eu* que me ofendo do fato — diz ela, numa voz baixa e perigosa — de que você poderia ter evitado tudo isso se tivesse feito seu trabalho quando apresentei minha queixa de que Garrett estava me perseguindo. Mas homens como você não fazem ideia de como é a sensação de ninguém acreditar em você.

Neste momento, pela primeira vez vejo minha mãe como mais do que um padrão impossível de alcançar. Um padrão segundo o qual me meço, uma decepção constante. Eu a vejo como a garota que ela foi. Os eventos que a moldaram nesta mulher que não se dobra.

O prefeito não está à altura dela. De forma alguma.

— O que vocês querem? — pergunta ele, destruído.

Estou começando a me sentir uma auxiliar nessa conversa. Na coisa toda. Contudo, para minha imensa surpresa, minha mãe cede o palco para mim.

— Todas as acusações retiradas — falo, sem hesitar. — Meu pai libertado de imediato, com um pedido de desculpas total e categórico seu e do gabinete do xerife. Temos um acordo?

Nem preciso esperar por uma resposta. A postura dele já diz tudo.

Abrimos caminho até o fórum em silêncio. Mas não do tipo antagônico; do tipo que abre espaço para ajustes dentro dele.

— Você foi bem impressionante lá dentro — digo, quando chegamos. Feioso e Tropeço vêm na limusine, mas pela primeira vez, minha mãe se digna a caminhar comigo.

Minha mãe sorri para mim, mas sei que um elogio não vai me livrar da pergunta que ela está para me fazer.

— Quando suas visões começaram? — pergunta ela, não sem gentileza.

Não faz sentido mentir. Não agora, quando a orientação dela poderia mesmo me ser útil.

— Há poucos meses — confesso. — Antes de vir para Nunca Mais.

Ela se recosta no muro, cercada de flores. É um dia lindo e ensolarado em Jericho. Um belo contraste com a odisseia sombria pela qual passamos nas últimas vinte e quatro horas.

— Lamento por você sentir que não podia me contar — diz minha mãe. — Sei que tivemos dificuldade para navegar pelas águas de nosso relacionamento de mãe e filha ultimamente, mas estou sempre do seu lado, Wandinha.

Então revelo coisas que não fui capaz de resolver sozinha. Meu próprio tipo de oferta de paz.

— Às vezes, quando toco alguém ou algo, tenho um vislumbre de coisas violentas no passado ou no futuro. Não sei como controlar.

Minha mãe me olha com bondade. Sem julgamento.

— Nosso dom psíquico é filtrado pela lente de quem somos. Dada minha natureza, minhas visões tendem a ser positivas, o que me torna uma Pomba.

Não é preciso perguntar se também sou uma Pomba, penso, agradecida.

— E alguém como eu? — pressiono. — Que vê o mundo por lentes mais escuras?

Dessa vez, há orgulho nos olhos dela quando responde.

— Você é um Corvo — explica ela. — Suas visões são mais potentes, mais poderosas. Mas sem o treinamento adequado, as coisas que você vê podem te levar à loucura.

Penso em Rowan, levado ao assassinato por sua telecinesia. Sua mente o deturpando de dentro para fora até ele não saber mais a diferença entre usar seu poder e abusar dele.

— Por mais tentador que isso soe, eu gostaria de aprender a dominar esse poder — declaro.

Do jeito que as coisas têm acontecido este final de semana, considero aprender com minha mãe. Não parece bem a tortura que eu presumiria ser na semana passada.

Minha mãe me olha com mais atenção. No topo da escadaria, as portas do fórum continuam fechadas enquanto meu pai aguarda sua soltura.

— Se eu pudesse te ajudar, eu ajudaria — explica ela, com emoção real em sua voz. — Mas não somos treinadas pelos vivos. Alguém da nossa linhagem faz contato do além quando estamos prontas. Uma parente, com mais frequência, que compartilha de uma ligação específica.

Goody, penso. Sua estranha semelhança comigo. O jeito como ela pode me ver nas visões, quando ninguém mais consegue.

— Goody fez contato — conto para minha mãe. — Ela tem aparecido em minhas visões. Ela me alertou que algo terrível vem por aí.

Não há dúvidas de que isso é uma má notícia para minha mãe. Ela se mexe, vira para as portas do fórum, depois de volta para mim.

— Tenha cuidado, Wandinha — diz ela. — Goody foi uma bruxa de grande força, mas sua vingança a levou longe demais. Ela não pôde se salvar...

Nesse instante, as portas se abrem. Meu pai é escoltado para fora em seu terno risca de giz pelo xerife Galpin, que parece ter engolido algo amargo. Ele aperta a mão de meu pai e os dois trocam algumas palavras. Não consigo ver o rosto do meu pai, mas quando o xerife fala, posso entender *sua filha* e *meu filho*.

Faço uma careta.

Ambos apertam as mãos e então meu pai é devolvido para nós. O mistério da sua acusação de homicídio está solucionado. Mas o mistério do monstro se levanta, mais próximo do que nunca. E agora sei até onde alguém pode ir para me impedir de descobrir a verdade.

A única pergunta agora é: quem?

Há um alívio palpável no ar quando o Dia da Família chega ao fim. Na entrada para carros, alunos de todas as tribos se despedem de suas famílias. A minha está em frente do carro fúnebre da família, e é inevitável sentir que nos aproximamos durante o final de semana. Nada como prisões abusivas, visitas na cadeia e roubo a túmulos para unir as pessoas, creio eu.

Meu pai me aborda antes de entrar no carro, abraçando-me apertado, o que eu suporto, só dessa vez.

— Bem — diz ele, enquanto se afasta. — Não podemos dizer que o Dia da Família não foi arrepiante!

Eu o analiso, por minha vez.

— Sabia que não era capaz de ser um assassino.

Ele sorri, levando a mão ao coração.

— Por mais que isso doa, *gracias*, minha armadilhazinha mortal.

Meu pai entra no carro, meu irmão o acompanha com um aceno, e então somos apenas Mortícia e eu do lado de fora outra vez. Ela dá um passo adiante, segurando o anuário que pegou da sala de Weems no primeiro dia.

— Enquanto folheava as páginas deste anuário, eu me lembrei de todos os meus momentos maravilhosos aqui — diz ela, entregando-o para mim. — Mas foram só isso. Meus. Você tem que demarcar seu próprio caminho. Não quero ser uma estranha na sua vida, filhinha, então se precisar de mim para qualquer coisa, é só pegar a bola de cristal.

Pego o anuário e assinto, dando um passo à frente para aceitar seus clássicos dois beijinhos no ar. Algo mudou entre nós, mas ela ainda é a Mortícia, e eu ainda sou eu.

— Obrigada, mãe.

Quando o carro se afasta, abro distraidamente o anuário, folheando até encontrar minha mãe e Judy Garland numa página perto do meio.

Levo um momento. E então a verdade me atinge feito uma marreta.

Weems está na mesa dela quando entro pisando duro com o anuário, batendo-o na mesa dela, sem esperar por sua reação à minha presença.

— Eu sabia! — exclamo. — Vi Rowan ser morto naquela noite na floresta.

— Como é que é? — pergunta Weems, a imagem da superioridade britânica.

— Quando "Rowan" apareceu na manhã seguinte *era você*. — Espeto um dedo na foto de Judy no anuário. — Naquele show de talentos, você não fez apenas uma imitação de Judy Garland. Você *se transformou* nela. Você é uma metamorfa.

Na foto para a qual estou apontando, é inegável. A estrutura óssea, a textura da pele, a espessura e comprimento do cabelo. Tudo está diferente. Muito além da possibilidade de uma fantasia.

— Essa é uma teoria fascinante — diz Weems, serena.

Não permitirei que ela me despiste. Não dessa vez. Eu me aprumo, canalizando Mortícia o melhor que posso para encará-la, muito séria.

— Tenho certeza de que há muita gente interessada nos ataques do monstro que também se interessará em saber que você ajudou ativamente a encobrir tudo.

A fachada plácida enfim se rompe. A encarada intensa de Weems é muito mais animalesca do que a de minha mãe. Fogo, em vez de gelo.

— Você não vai contar a ninguém, srta. Addams — sibila ela.

— E não importaria muito se contasse. O pai de Rowan já sabe o que aconteceu, e ele apoia minha decisão de não envolver as autoridades.

Isso me dá uma pausa.

— Por que ele concordaria com isso?

— Porque Rowan não estava em seu juízo normal — esclarece Weems, como se isso justificasse suas ações. — Os dons telecinéticos o estavam enlouquecendo, e ele tentou te matar duas vezes. Sua morte trágica nos permitiu retificar a situação sem colocar a escola ou Rowan sob uma sombra desfavorável.

Sombra desfavorável, penso, a náusea se instalando diante da pura audácia desta mulher. De todos como ela, que priorizam a opinião pública acima da verdade. Acima da justiça.

— Você e o prefeito Walker são exatamente iguais, não? — pergunto, sem me incomodar em esconder meu nojo. — Enterrando corpos para encobrir seus segredos sórdidos.

Ela nem parece em conflito a respeito. Essa é a pior parte.

— Eu fiz o que era necessário para preservar esta escola de controvérsias e proteger os alunos de qualquer mal.

— O monstro que matou Rowan ainda está à solta! — grito, furiosa com a hipocrisia. — E por sua causa, será muito mais difícil encontrá-lo. Você diz que está protegendo os estudantes de Nunca Mais, mas e Eugene? Você não o protegeu; pelo contrário, você o colocou diretamente em risco com suas mentiras.

A princípio, penso que enfim a atingi. O rosto dela começa a exibir os primeiros sinais de preocupação enquanto minhas palavras pairam no silêncio. Mas ouço os gritos vindos lá de fora, e berros ecoando pelo terreno da escola.

Weems chega à sacada primeiro. Ao olhar lá para baixo, um brilho alaranjado e trêmulo se reflete em seu rosto. Ela se encolhe, apavorada.

— O que é isso…? — murmura ela.

Avanço até estar de pé ao lado dela, analisando a cena lá embaixo. Letras grandes e flamejantes queimam na grama bem-cuidada que leva aos alvos de arco e flecha.

VAI CHOVER FOGO, diz a mensagem agourenta.

Fito Weems, que não me devolve o olhar, hipnotizada pelo alerta lá embaixo.

— Parece que o passado está voltando para nos assombrar, no fim das contas — digo a ela.

CAPÍTULO VINTE E UM

Nunca participei de uma sessão espírita antes, mas não há momento melhor do que o de agora para começar. Em especial quando o agora contém um monstro homicida decidido a praticar assassinatos em série e espalhar a loucura, fazendo com que as visões aumentem de frequência rapidamente.

Enid não estava no quarto quando comecei o ritual. Provavelmente é melhor assim — acabaram meus sais de cheiro. Estou cercada por velas acesas, cantoria, e me sentindo levemente boba. Sinto-me atraída pelo macabro desde que nasci, mas comungar nunca foi uma área forte de interesse. Mal consigo tolerar os vivos. Por que iria querer conversar com os mortos?

Apesar de meu foco dividido, com apenas alguns momentos de cânticos, a porta atrás de mim se abre com estardalhaço. As velas se apagam todas de uma vez. Não sinto a corrente elétrica que me diz ser uma visão, mas dou meia-volta mesmo assim, esperando ver Goody na porta, pronta para me ajudar a controlar minhas visões...

— Desculpe — fala Enid, envergonhada. — Eu não pretendia interromper o seu... preciso mesmo saber o que é?

Derrotada, eu me afundo de novo em meu círculo de velas, agora inútil, agitando a mão para dissipar a fumaça.

— Estava entrando na sombria boca da morte para contatar com uma parente.

Enid parece inabalável por esta notícia. Ela está com outra roupa de doer os olhos, mas percebo que estou me acostumando com elas. Tem algo no jeito como sua pele reluz contra o pano de fundo rosa-choque.

— A sombria boca da morte parece muito coisa sua — diz ela. É o mais próximo que chegarei de ter a sua bênção.

Antes que eu possa perguntar de onde ela está chegando em seus trajes incrivelmente vívidos, o som de papel deslizando pelo chão me distrai. Enid também se vira para olhar.

— Talvez a sua parente tenha respondido, afinal — afirma ela.

Abro a porta depressa, escaneando o corredor lá fora. Vazio. O bilhete em si é um serviço bem porco. Letras cortadas de revistas. Tão ultrapassado.

— Duvido que Goody Addams se comunique cortando revistas — afirmo, mostrando o bilhete para ela.

— "Se você deseja respostas, me encontre dentro da cripta de Crackstone" — leio. — "Meia-noite".

A surpresa real é quando Enid se oferece para me acompanhar. Também é quando eu deveria saber que tem algo errado, mas estou ansiosa demais para descobrir essas supostas respostas.

Nosso passeio de canoa até a ilha é muito menos memorável do que a vez que o fizemos durante a Copa Poe. A água é escura e vítrea. A floresta nos abraça na margem. Chegamos na cripta com apenas um minuto de sobra — Enid insistiu em reaplicar seu delineador com glitter e o brilho labial duas vezes antes de partir.

O nome de Joseph Crackstone nos saúda quando nos aproximamos, gravado no mármore antigo, visível apenas sob a luz do celular de Enid. Parece inacreditável que da última vez que estive aqui, nem sabia quem era ele.

Um graveto se parte quando nos aproximamos da entrada. Talvez animais selvagens. Não dou atenção a isso. Enid, porém, parece apavorada. Ela estende as garras, olhando ao redor. O delineador com glitter acentua seu terror.

— Você insistiu em vir — censuro-a. — Eu estava bem sozinha.

A porta de mármore rachado está entreaberta. O autor de nosso bilhete misterioso muito provavelmente já está lá dentro. Eu me pergunto quem será. Outro aluno? Improvável. Talvez alguém que conhecesse o legista. Ou um parente de Crackstone com acesso ao *Livro das Sombras* real.

— Eca — solta Enid quando entramos na tumba bolorenta. — O que morreu?

Respiro fundo.

— Cheira a infância — digo a ela. — Vamos. E apague a lanterna do celular.

Avançamos na escuridão total. Meus olhos se ajustam devagar às silhuetas volumosas lá dentro. Não há ninguém visível à primeira vista. Não ouço nada até ecoarem passos que não são meus nem de Enid.

— Seja lá quem você for, apresente-se — grito.

Estou cansada de esperar respostas. Passa um minuto da meia-noite. Detesto falta de pontualidade.

Em resposta a minhas palavras, sou aturdida por feixes de luz de lanternas. Pelo menos cinco delas. Há silhuetas atrás delas. Humanoides. Ainda em silêncio. Eu me agacho, assumindo uma postura de luta, determinada a proteger Enid de seja lá o que tenha me convocado para cá, mas antes que eu possa acertar um golpe sequer, um som nada bem-vindo ecoa:

— SURPRESA!

Dando meia-volta, vejo Enid segurando um bolo de aniversário. Preto. Um ceifador de fondant com uma foice numa das mãos e um balão cor-de-rosa na outra.

Feliz aniversário, Wandinha, lê-se na cobertura. Que inferno, como eles descobriram?

Todos começam a cantar. Mãozinha serve de maestro, o traidor, então eis aí a resposta para uma de minhas várias perguntas. Xavier está aqui, junto com Ajax, Yoko e duas outras Beladonas que devem ter sido azucrinadas ou tapeadas para participar.

Quando a música termina, Enid segura o bolo mais perto, a vela faiscante tremeluzindo nas paredes da cripta.

— Faça um pedido! — exclama ela.

Mas estou vendo além da vela agora, um ponto onde ela ilumina uma inscrição atrás dos convidados da minha festa. Eu me esqueço do bolo e da festa ao me aproximar dela.

Está em latim. Quase coberto de plantas. Mas ainda consigo enxergá-la apenas o suficiente para decifrar o texto.

— Vai chover fogo... quando eu me levantar — leio em voz alta.

— Certo... — A voz de Enid soa atrás de mim. — Isso não foi exatamente um pedido.

Eu me viro depressa de frente para ela.

— A primeira parte dessa frase foi queimada no gramado da Nunca Mais. Não pode ser uma coincidência.

De trás de Enid, Ajax resmunga algo, reclamando. Não tenho tempo para ele. Não tenho tempo para nada disso. Dou meia-volta, estendendo a mão por instinto para deslizá-la pelas letras na parede.

Assim que toco nelas, eletricidade. Minha espinha se apruma, me sinto caindo, mas nunca aterrisso, em vez disso, o mundo roda até eu estar me levantando da grama úmida. A pedra se foi. Estou na borda de uma floresta enevoada com a lua reluzindo lá no alto. Está crescente, não minguante. Viajei no tempo outra vez.

— Crackstone está vindo — diz uma voz à minha esquerda.

Eu me levanto, olhando ao redor até encontrar Goody de pé na linha onde começam as árvores.

— Goody? — pergunto.

Ela me observa com aqueles olhos sobrenaturais. Ouço a voz de minha mãe naquele momento. *Sua vingança a levou longe demais. Ela não pôde se salvar.*

— Você é o Corvo em minha linhagem — afirma ela. Não é uma pergunta.

Sei que não tenho muito tempo. Dou um passo adiante, ansiosa, sentindo como sempre como se olhasse num espelho que é só um pouco estranho.

— Me disseram que você poderia me ensinar a controlar meu dom — digo.

— Não há como controlar um rio enfurecido — entoa ela. — Você deve aprender a navegar por ele sem se afogar. O tempo não está do nosso lado.

Goody gesticula à frente e a paisagem da visão muda conforme me viro. De uma floresta escura para um massivo portão de ferro fundido. Enferrujado, torto, trancado com cadeado e corrente. Entre as barras ornamentadas, posso ver uma mansão dilapidada cercada por um jardim indomado. É evidente que foi abandonada. Mas o que essa casa antiga tem a ver com minhas visões? Com Crackstone? Com qualquer coisa?

— Para deter Crackstone, este lugar você deve achar — instrui Goody naquela voz sussurrante, etérea.

— Você sempre fala em enigmas? — pergunto, irritada. Pelo menos uma vez seria legal receber uma instrução clara e um motivo para isso.

— Você sempre busca respostas simples? — dispara Goody de volta. — O caminho do Corvo é solitário. Você vai terminar sozinha, incapaz de confiar nos outros... enxergando apenas o que eles têm de monstruoso dentro deles.

Encolho os ombros, embora as palavras me firam profundamente. Se este é o caminho para ser um Corvo, me parece que comecei a percorrê-lo no dia em que nasci.

— Isso deveria me assustar?

O sorriso que Goody me dá é cruel. Condescendente. Pela primeira vez, posso ver o que minha mãe queria dizer sobre ela. Como ela deixou sua fúria distorcer tudo dentro de si.

Ela desaparece dentro da névoa. A mansão, o portão, a floresta, até a própria Goody, tudo desaparece na escuridão que me domina.

Passo a manhã seguinte me recusando a falar com Enid ou Mãozinha. Ambos são cúmplices no fiasco do aniversário. Em vez disso, me concentro em minha tentativa de desenhar o portão que Goody me mostrou. A mansão atrás dele.

Mãozinha pula em meu ombro, hesitante. Enid, que até o momento aceitou sua punição com elegância, foca a presilha que ela insiste em usar como enfeite no cabelo.

— Cuidado — digo para Mãozinha. — Aí é onde guardo meu gelo.

— Não culpe Mãozinha — diz Enid. A aliança deles continua a ser uma pedra perpétua no meu sapato. — A festa foi ideia minha. Acho que todo mundo merece ser celebrado em seu aniversário.

Olho feio na direção dela.

— Prefiro ser vilipendiada.

Ela ignora isso e se aproxima, aparentemente amparada por minha primeira resposta verbal em horas.

— O que aconteceu com você lá? — pergunta ela. — Você parecia estar tendo uma convulsão.

Não respondo. Apenas chacoalho a cabeça. Uma convulsão seria um piquenique comparada ao que aconteceu de fato.

— Pelo menos podia me elogiar por conseguir te enganar? — pergunta ela, esperançosa.

A verdade é que com a nova informação da cripta e a orientação passada por Goody, não tenho muito tempo para guardar mágoas mesquinhas relativas a meu aniversário. Uma pena.

— Seu subterfúgio foi impressionante — admito.

O clima no quarto se torna menos gelado de imediato. Mãozinha puxa uma caixa enorme de debaixo da minha cama. Tem um cartão de meus pais preso a ela.

— "Que o seu aniversário tenha a aflição e angústia que você deseja. Assinado: mamãe e papai" — leio.

— Eles pediram que o Mãozinha escondesse isso antes de irem embora no Dia da Família — explica Enid, quicando na ponta dos pés como se isso fosse uma distração empolgante de verdade.

Eu abro a caixa ali mesmo, no chão.

— É um kit de principiantes para taxidermia — digo para Enid, ao retirar as substâncias químicas e abrir a área congelada que contém dois esquilos mortos. — Eu teria preferido esquilos vivos.

— Certo, eca — solta Enid. — Mas enquanto você está aceitando presentes...

Ela me entrega um presente embrulhado de preto com um laço. Fico no mesmo instante grata por sua aparente habilidade para evitar cores neon em homenagem a meu aniversário.

Quando o desembrulho, porém, a gratidão é substituída por confusão. É preto, e é feito de lã, mas tirando isso, não consigo entender seu propósito.

— E aí? — pergunta Enid, saltitando de novo. — Gostou?

— O que é isso, exatamente? — pergunto, tão inofensiva quanto possível.

Eu me arrependo de ter perguntado na mesma hora.

— É um cachepuz, boba! — explica ela. — Fiz com suas cores típicas. E sabe qual é a melhor parte?

Não confiando em mim mesma para falar, espero uma resposta.

— Eu também tenho um! — grita Enid, pegando o próprio *cachepuz*, que parece ser uma mistura de cachecol com capuz. O dela, claro, é num magenta vívido com borlas em arco-íris. — Podemos usá-los juntas na aula!

Sua expressão é tão cheia de expectativa que, a despeito de meu voto para não permitir que a cauda social chacoalhe o cachorro buscador da verdade, me empenho ao máximo para navegar a situação com cuidado.

— Enid — digo, solene. — É uma peça muito singular para usar para a aula. Sugiro esperar uma ocasião especial. Tipo um funeral.

A expressão de Enid descai um pouco, mas ela abandona o assunto, pelo que fico grata. Coloco o cachepuz na minha mochila e vou até a porta; para mim, já basta de aniversário para esta manhã.

Felizmente, ninguém me segue até o local do incêndio. As chamas morreram antes mesmo que Weems pudesse organizar uma força-tarefa para apagá-las, mas as letras calcinadas continuam no gramado.

As pessoas se sentem incomodadas por elas, então este usualmente é um lugar decente para pensar, mas estou ali há apenas alguns minutos quando alguém alto e soturno se aproxima por trás de mim.

— Ontem à noite — começa Xavier, sem nenhuma saudação —, na cripta, você teve outra visão, não foi?

Não desvio o olhar das letras. VAI CHOVER FOGO.

— Eu não tinha percebido que voltamos a nos falar — digo a ele.

— Bom, compareci à sua festa de aniversário surpresa, não? Imaginei que isso teria sido uma pista. E então, o que você viu? Na sua visão?

Eu me recuso a olhar para ele, novamente frustrada pelo resultado do teste de DNA. Minha melhor pista, e Galpin insiste que é um beco sem saída.

— Quem disse que eu estava pronta para falar com você? — indago. Ele solta um arzinho zombeteiro.

— Você *ainda* acha que eu sou o monstro.

— Ainda não descartei a possibilidade — respondo friamente.

— Tudo bem — diz ele, jogando as mãos para cima. — Se você mudar de ideia e quiser minha ajuda, sabe onde me encontrar.

Como o lugar que uso para pensar foi comprometido, escolho outro onde é ainda menos provável que me interrompam. A equipe do hospital me conhece a essa altura e não me incomoda enquanto abro caminho para o quarto de Eugene e me instalo ali. Os bipes da máquina de suporte à vida me reconfortam.

— Eu nem sempre odiei aniversários — conto para a forma inconsciente de Eugene. — Cada um me lembra que estou um ano mais próxima do abraço frio da morte. O que haveria para não gostar? E quando eu era mais nova, minha família sempre garantia que meus aniversários fossem memoráveis.

Eu me perco na memória agora que estou sozinha e a salvo. Oito anos. Um bolo com uma versão de mim em fondant sendo decapitada por uma miniguilhotina, com geleia de morango saindo. Meus pais encomendaram uma *piñata* na forma da minha criatura preferida — a viúva-negra. Vários de meus colegas de classe vieram para a festa, e enquanto eu batia na *piñata*, eles cantavam *Doces! Doces! Doces!*

Quando o papel machê se rompeu, havia aranhas vivas lá dentro. Uma surpresa deliciosa. No entanto, as crianças da minha sala não pensaram assim. Todas gritaram, berraram, vomitaram, tiveram pesadelos. E cada uma delas culpou Wandinha, a Esquisitona.

Minha confissão sem testemunhas é interrompida pelo som de um pigarro. Espero ver uma das efusivas mães de Eugene, mas, em vez disso, uma visão nada bem-vinda me saúda.

— Dra. Kinbott — digo, fria.

Ela está de pé ali em uma de suas roupas profissionais mais tediosas, segurando um buquê de rosas cor de pêssego.

— Olá, Wandinha — cumprimenta ela, alegremente. — Não te vejo desde nossa sessão com sua família, que foi certamente algo de que não vou me esquecer. Como vão as coisas com eles?

Ela está bloqueando a porta. Parece que o jeito mais rápido para sair daqui é respondendo às suas perguntas fúteis, como sempre.

— Minha mãe e eu passamos um tempo de qualidade juntas. Entramos em contato com a terra.

— Jardinagem? — pergunta Kinbott, esperançosa.

— Cavando covas — corrijo.

Ela meneia a cabeça, parecendo quase achar graça, antes de atravessar o quarto estéril para ficar ao lado da cama de Eugene, colocando suas rosas num vaso na mesa de cabeceira.

— Por que você está aqui? — pergunto, desconfiada.

— As mães de Eugene — responde ela, sem comentar minha acusação velada, seja do que for. — Estou trabalhando com elas. Esse tipo de trauma deixa cicatrizes emocionais na família toda. Elas tiveram que voltar para casa por alguns dias, então prometi que iria visitá-lo.

Finalmente, uma saída apropriada.

— Vou te deixar à vontade, então.

Começo a me dirigir à porta abençoadamente desbloqueada, mas Kinbott me faz parar.

— Quem é Goody? — pergunta ela, toda inocente.

Eu me viro de frente para ela, travando todo e qualquer movimento expressivo num estalar de dedos.

— Uma prima distante — digo. — Bem distante.

A dra. Kinbott sabe que estou mentindo, posso ver em sua expressão de pena.

— Parece que ela não te vê como você realmente é — pontua ela, com gentileza.

— Ela vê mais do que você pensa — disparo, esquecendo-me da regra principal sobre interrogatórios da polícia e terapia. Nunca ofereça informação voluntariamente. — Quero lhe assegurar que continuo tão fria e sem coração quanto no dia em que nos conhecemos.

A boa doutora apenas dá de ombros, indo até a poltrona de visitas que desocupei.

— Duvido que uma pessoa fria e sem coração estaria sentada ao lado da cama do amigo se sentindo culpada pela condição dele.

Eu reviro os olhos, desesperada para escapar de seu olhar clínico.

— Não pedi uma sessão grátis.

Ela sorri.

— Considere como meu presente de aniversário.

Só então ela sossega e permite minha tão aguardada fuga. É claro, se eu soubesse então o que viria a descobrir, se eu pudesse ter visto o que o prefeito Walker analisava naquele momento em seu gabinete, eu jamais a teria deixado sozinha com Eugene, nem por um segundo sequer.

CAPÍTULO VINTE E DOIS

Impedida por duas vezes em minha tentativa de ficar sozinha, desisto desse sonho e vou para o Cata-vento para uma infusão de cafeína.

Estou sentada em minha mesa habitual lendo *Joseph Crackstone: a jornada de um peregrino* em busca de pistas quando Tyler chega com algo que, definitivamente, não pedi. Algo com *espuma* que tem *coisas escritas* nele.

Feliz aniversário, para ser mais exata.

— Sei que você é normalmente uma garota que toma *quads* — admite ele, deslizando para o outro lado da mesa sem ser convidado. — Mas estive trabalhando nisso a semana inteira.

Olhando para o item, nem me dou ao trabalho de largar o livro.

— Aniversário, sim. Feliz, nunca — digo. — Existe alguém para quem o Mãozinha não tenha contado?

— Ele e Enid precisavam que alguém entregasse o bolo — diz ele, envergonhado. — Eu optei por uma ganache de chocolate noventa e oito por cento amargo para me ater à sua paleta de cor favorita.

Pergunto-me por um instante passageiro se isso é tudo o que as pessoas sabem a meu respeito. Que prefiro a cor preta. Certamente explicaria muito sobre o comportamento delas.

— Você não curte um dia que gira em torno de você? — pergunta Tyler, persistindo em meio a meu silêncio.

Minha cabeça está começando a doer. Eu quero ler meu livro em paz.

— Todo dia gira em torno de mim — digo. — Este só vem com bolo e música ruim.

Irredutível, Tyler se debruça sobre a mesa para entrar em minha linha de visão.

— Então, se eu te convidasse para sair para um jantar não de aniversário, livre de música... isso seria algo em que você estaria interessada?

Olhos suaves. Tudo o que eu quero fazer é desviar meu olhar.

— Não posso, estou com um prazo apertado — declaro.

— Trabalho de fim de semestre? — pergunta ele, esperançoso.

Assinto, torcendo para que a mentira termine com essa conversa mais depressa. Parece que quanto mais eu dou, mais ele quer de mim.

— Ele discute como a ocultação dos pecados do passado vai voltar para nos matar — esclareço; em seguida, pego meu desenho inexperiente do portão enferrujado de minha visão. Talvez haja uma chance de fazer as coisas voltarem ao que eram. Tyler, meu informante local. Eu, a garota estranha que ele não acha ruim ajudar de vez em quando.

Eu gostava das coisas assim.

— Você já viu esse lugar? — pergunto.

Ele balança a cabeça.

— O que deveria ser?

Pego o desenho de volta, frustrada.

— Deixa pra lá.

Levanto meu livro de novo, o sinal universal para *essa conversa acabou*. Tyler não capta a mensagem.

— Eu fiz alguma coisa? — pergunta ele, numa voz que combina com os olhos meigos. — Sinto que desde a festa você meio que anda me ignorando. Estou errado?

Pelo que entendo, o processo de *ignorar* tem a intenção de evitar exatamente uma conversa como esta. Uma com sentimentos e emoções confusas. Uma que exclui a possibilidade de aliança futura.

O sino toca, forçando-o a tirar os olhos de mim. Salva pelo gongo.

— Acho que essa é a minha resposta — diz ele.

Tyler parece chateado, mas como eu poderia ter sido mais clara sobre minhas intenções? Sim, ele me intriga às vezes, com sua fúria interna inesperada. Sim, aprecio seu conhecimento de geografia local e o fato de que ele dirige. Mas já lhe dei razões para esperar algo mais?

O xerife Galpin passa pela nossa mesa enquanto Tyler se levanta.

— Puro, grande, com açúcar, para viagem? — pergunta ele ao seu pai, que anui.

De súbito, o mistério das esperanças equivocadas de Tyler tem importância mínima em comparação. Persigo o xerife até o balcão.

— A ameaça queimada no gramado da escola — falo, sem preâmbulos. — Também está entalhada na parede dentro da cripta de Crackstone.

Ele olha para mim com aquela expressão familiar. Achando graça, mas exasperado.

— Não me diga que você andou escavando mais cadáveres.

Ignoro essa tentativa patética de humor.

— Há uma conexão, eu sei que existe — declaro, com urgência.

Ele apenas revira os olhos.

— Ótimo, vou emitir um alerta para um peregrino morto.

— Imagino que agora que você não tenha uma *vendetta* antiga sobre a qual ruminar, está livre para resolver crimes reais.

Quando ele se vira de frente para mim, sei que forcei demais a mão. Não vou conseguir nada com ele hoje.

— Seu pai e eu abaixamos as armas. Talvez você devesse fazer o mesmo.

Seu tom indica que isso não é uma sugestão.

— Eu não abaixo as armas. Eu as afio — prometo a ele.

Mas, deixando de lado as frases de efeito, se nem Tyler nem o xerife podem me ajudar a executar as instruções de Goody, tenho a tarefa distintamente desagradável de encontrar quem possa.

O barracão de Xavier está iluminado contra a escuridão que se acumula na floresta. Um dia ele vai aprender a trancá-lo. Abro a porta sem bater e o encontro de pé diante de uma tela imensa, tinta respingada tanto em sua tela quanto em seu rosto.

Ele se vira para me encarar, a intensidade ainda em seus olhos ao se desvencilhar do mundo de sua arte.

— Quero sua ajuda — digo a ele, e então, antes que ele possa sequer abrir o sorriso malicioso: — Não se gabe.

Da minha bolsa, retiro o desenho que fiz do portão que Goody me mostrou. Entrego-o para Xavier sem comentar nada.

— Quer aulas de desenho? — pergunta ele, provocando, enquanto olha a página. — Seus traços são meio inseguros.

A última coisa de que preciso é zombaria, ainda que bem intencionada, sobre minha falta de habilidades artísticas.

— Vi esse lugar em uma de minhas visões. Você o reconhece?

Xavier se volta para o desenho com uma expressão mais séria. Após alguns segundos de análise, seus olhos se arregalam de um jeito que me diz que vim ao lugar certo. Sem palavras, ele leva meu desenho a uma parede repleta com camadas dos dele. Com a mão livre, ele empurra um para o lado para revelar a fonte de sua surpresa.

É uma imagem do mesmo portão que Goody me mostrou, desenhada muito melhor do que a minha, é claro, mas inconfundível.

— Quando você desenhou isso? — pergunto.

Xavier se posta a meu lado.

— Alguns dias atrás. Eu comecei a ter esses sonhos de novo, como antes...

Não é a primeira vez que seus sonhos se alinharam às minhas próprias experiências. Penso no pai dele, o famoso psíquico. Xavier tem o dom de dar vida a seus desenhos, mas será que herdou mais do que isso?

— O monstro estava nos seus sonhos? — pergunto, seus olhos ainda me espiando a partir das telas no recinto.

— Não dessa vez — admite Xavier, balançando a cabeça. — Mas eu podia senti-lo nas sombras o tempo todo. Como se ele estivesse se esgueirando pela minha mente.

Fica claro que ele não está confortável confessando isso. Que a lembrança ainda o assombra.

— Onde fica esse lugar? — pergunto, apontando para o ferro fundido nos traços de sua caneta. Espero receber o mesmo encolher de ombros de Tyler, mas Xavier me surpreende de novo.

— É a antiga Mansão Gates — revela ele, quase casual.— Passo por ela quando saio para correr.

A Mansão Gates, penso, a informação borbulhando por minhas veias como cidra. Outra conexão. Se ao menos eu pudesse enxergar o quadro geral...

Estou prestes a contar a Xavier mais sobre isso para incentivá-lo a divulgar mais informações sobre seus sonhos, a casa, o monstro, quando ouço Mãozinha estalando os dedos do outro lado do cômodo. Ele está ao lado de uma tela coberta por uma lona.

— O que é? — pergunto, impaciente.

— Espera, não... — pede Xavier, atravessando a sala em três passadas longas.

Mas o estrago já está feito antes que ele consiga alcançar sua obra secreta. Mãozinha puxa o canto da lona, revelando uma tela gigante. Uma sensação estranha me invade. Lisonja misturada com desconforto. Posso sentir que estou travando.

— Deixe eu explicar — diz Xavier.

Mas como ele poderia explicar melhor do que sua pintura? Ela é quase em tamanho natural, pintada em preto e branco. Bizarramente realista. Nele, uma garota magra e pálida com duas tranças escuras toca violoncelo sob o céu noturno. É um retrato meu.

— Depois da festa, tudo o que eu queria fazer era me esquecer de você — explica Xavier numa voz baixa e rouca.— Mas não conseguia. E quando algo está me devorando por dentro, essa é a única coisa que funciona. Comecei a pintar e foi isso o que saiu.

Não tenho ideia do que dizer.

— Às vezes escuto você tocando lá em cima — continua ele, enquanto permaneço em silêncio. Ele acena com uma das mãos e meu braço delicado na pintura começa a arrastar o arco sobre as cordas, uma melodia inquietante escapando dali. — Posso sentir como você se perde na música. Quando você toca, sinto que é a única vez que te vejo de verdade.

Ele abaixa o braço. A pintura fica imóvel, mas conforme isso ocorre, a fricção dentro de mim só se intensifica. Não tenho tempo para pensar nisso agora, nem para enfrentar o desconforto de ser vista de modo tão profundo.

Então não o faço. Pego meu desenho e saio para a noite.

Enterro a cena com Xavier em algum lugar no fundo de meu subconsciente assim que ele sai de minha vista. Não importa o que ele acha que vê. Recebi a informação de que precisava com ele — e mesmo sem uma localização, a Mansão dos Gates é fácil de encontrar.

A casa fica a cerca de dois quilômetros da cidade. Não leva muito tempo para caminhar até lá, e o ar fresco da manhã desanuvia minha mente.

Ela fica em um terreno massivo, dominado pelo mato, com ervas daninhas mais altas do que eu. O portão é exatamente como apareceu na visão: enferrujado, coberto de musgo, um pouco torto em seu poste. A casa não está em situação muito melhor. Dilapidada, soltando tinta, linhas afundando. Tem uma metáfora aqui sobre a família mais proeminente de Jericho e sua intolerância envelhecendo mal, mas não decifrei isso com precisão quando faço outra descoberta.

Não estou sozinha. Parece que eu não era a única pessoa interessada em um passeio no passado hoje.

Encolho-me atrás de um arbusto bem a tempo de evitar o homem saindo pela porta da frente. Ele está ao telefone e Mãozinha e eu estamos perto o bastante para ouvir cada palavra.

— Xerife, atenda a droga do telefone. É o Noble. Talvez eu tenha descoberto quem está por trás disso tudo. É um tiro no escuro, então tenho que explicar para você pessoalmente.

Ele está indo para o carro, e sei que essa pode ser minha única chance de ouvir sua teoria. De somar as pistas que ele tem às que eu mesma reuni na esperança de destrinchar a situação.

— Preciso de uma distração — falo baixinho para Mãozinha, que me saúda e desaparece em silêncio.

— Eu te conto comendo torta no Cata-vento, como nos velhos tempos — diz o prefeito ao se aproximar da porta do motorista. — Vejo você lá daqui a meia hora.

Antes que ele possa entrar no carro, um pedrisco o acerta na nuca. Ele gira, em alerta, e aproveito a oportunidade. Abro o porta-malas e mergulho, ajeitando-me atrás da última fileira de assentos feito uma sacola de compras. Sou seguida de perto por Mãozinha.

Quando o prefeito Walker se assegura de que o ataque veio de algum esquilo rebelde, estamos fora da vista, e alguns minutos depois estamos a caminho de volta para a cidade. Terei tempo de sobra para examinar a casa mais tarde. Descobrir qual a teoria do prefeito pode ser uma chance única na vida.

Para meu desalento, ele não faz nenhuma outra ligação no caminho, e não é do tipo de falar sozinho para concatenar uma teoria. Estacionamos na frente do Cata-vento em silêncio absoluto.

Fico para trás no carro por um instante, vendo pela vitrine do café que o xerife Galpin já chegou e está à espera, como o prefeito pediu.

Eles trocam um aceno do outro lado da rua antes que Walker deixe a calçada.

É então que acontece. Um Cadillac azul antigo faz a curva para a Main Street a uma velocidade vertiginosa. Em vez de reduzir quando o prefeito entra em seu campo de visão, a pessoa na direção acelera. Nem tenho tempo de gritar um alerta antes que Walker seja impiedosamente atingido pelo veículo em disparada, jogando seu corpo para o alto, por cima do capô e caindo no concreto com um baque nauseante.

O carro nem sequer para. Apenas pisa no acelerador outra vez e vai-se embora, sumindo na distância.

Já vi muitos horrores em minha breve vida, mas a indiferença desse ataque, a premeditação, a ausência total de hesitação me atormentam. As últimas palavras de Walker antes disso foram que talvez ele tivesse descoberto quem era a pessoa por trás dos ataques. Isso não pode ser uma coincidência.

E no entanto, um atropelamento e uma fuga não se encaixam nem de perto no padrão de ataques do assassino. Ainda que o monstro possa se transformar em humano, por que usar um carro, quando aquelas garras de cinco centímetros e afiadas feito navalhas têm lhe servido tão bem?

Mal estou ciente de ser conduzida até uma mesa dentro do Cata-vento. De ver Walker ser levado embora em uma ambulância. As luzes estão acesas, penso, atordoada. Isso significa que ele ainda está vivo. Talvez nem toda esperança esteja perdida.

Quando Galpin volta à mesa, parece ter envelhecido anos. Seu rosto está fundo, os olhos injetados de sangue. Ele e Walker eram velhos amigos. Faz sentido.

— E aí? — pergunto.

— Ele está vivo — diz Galpin. — Por pouco. Eu te levo de volta para a escola depois de pegar seu depoimento.

— Eu já dei meu depoimento para o policial — informo a ele, lembrando do último visitante desta mesa como se através de um véu nebuloso. — Cadillac azul. Sem placas. Atropelou a toda velocidade.

O xerife pega seu gravador de áudio. A luz pisca, vermelha, quando ele o deposita entre nós.

— Eu quero um depoimento melhor — diz ele.

Dou de ombros. Minha estratégia com relação a Galpin não mudou desde que nos conhecemos. Fazer o que for preciso para me manter informada. Nem mais, nem menos.

— Para começar, o que você estava fazendo no porta-malas do carro do prefeito?

— Eu o vi saindo da Mansão Gates — explico, de pronto.

Galpin revira os olhos, exasperado.

— A Mansão Gates? O que diabos você estava fazendo lá?

— Procurando uma casa para comprar — gracejo.

A sensação está começando a voltar em minhas extremidades. Um bom sinal. Uma dose sadia de terror mortal faz bem ao sistema imunológico.

O xerife me lança um olhar incisivo.

— Escutei sem querer a mensagem de voz que ele te deixou — admito. — Fiquei intrigada.

Ele balança a cabeça. Posso ver que ainda está abalado. Isso o está deixando mais propenso a confissões do que o normal.

— Quando o prefeito ocupava meu cargo, ele sempre tinha muitas teorias malucas sobre os casos que não conseguia resolver — diz ele, os olhos desfocados. — Nós as discutíamos comendo torta, sentados naquela mesa logo ali. Na maior parte das vezes, elas não levavam a lugar nenhum.

Eu me debruço sobre a mesa, sentindo cheiro de sangue.

— Pode me chamar de antiquada, mas quando alguém é atropelado a caminho de dar informações essenciais para a polícia, isso geralmente significa que a pessoa estava no rumo certo. Todos os sinais apontam para a família Gates e aquela casa.

A expressão distante no olhar do xerife ganha foco. Ele parece se lembrar de quem é e com quem está falando, finalmente.

— Como eles poderiam ser responsáveis? — pergunta ele. — Os Gates estão todos mortos. Até o último deles. E eu não acredito em fantasmas.

Estendo a mão e desligo o gravador, empurrando-o de volta para ele.

— Pois deveria — digo.

É claro, ser devolvida à escola numa viatura da polícia me faz ser levada de imediato à sala da diretora. Quando enfim retorno ao meu quarto, Weems já gritou comigo, me acusou de ser um ímã para encrencas e revogou meus privilégios de sair do campus até segunda ordem.

O que é muito inconveniente, considerando-se o fato de que eu planejava voltar à Mansão Gates amanhã de noite. Isso não me impede — a essa altura, duvido que alguma coisa impedisse —, mas torna mais difícil o planejamento.

A despeito da embaraçosa obsessão de minha geração com tecnologia que caiba na palma das mãos, a Nunca Mais tem um orelhão perto do quadrado. É bom, porque o subterfúgio da manhã seguinte me impede de usar a estratégia usual de pegar o celular de Enid emprestado. Eu me enfio dentro da cabine e disco o número de Tyler.

Passei a noite toda sem dormir. Fico vendo o carro atropelando o prefeito sem parar. Se este é o destino de alguém que insiste em descobrir a verdade, posso ter menos tempo do que imaginava.

Ele atende no terceiro toque, apesar do número desconhecido.

— Alô?

— Reconsiderei a sua oferta — falo, sem preâmbulos.

— Oferta?

— O jantar de não aniversário — informo. — Sairemos esta noite. Venha me buscar do lado de fora dos portões de Nunca Mais às oito. E certifique-se de apagar os faróis.

Desligo antes que ele possa fazer algo além de confirmar. Minhas mãos tremem de leve quando devolvo o aparelho ao gancho. Normalmente, eu não mentiria para um aliado, mas pessoas que contam a verdade estão sendo hospitalizadas para todo lado, e momentos desesperados pedem medidas desesperadas.

Infelizmente, só consigo rastrear Enid quando já está perto da hora de sair. Ela está emburrada em sua cama, como começou a fazer desde a festa de aniversário que não deu em nada.

Tyler foi fácil de trazer para o meu lado. A promessa de qualquer coisa que lembre, mesmo de longe, um encontro é o bastante para no mínimo vinte e quatro horas de menos desconfiança por parte de Tyler. Enid é mais durona de quebrar. Ela consegue farejar desonestidade, então eu teria que escavar fundo em busca de coisas verdadeiras — ainda que não necessariamente relevantes para esta situação.

Eu respiro fundo, depois piso do outro lado da fronteira marcada com fita adesiva separando nossos lados do quarto desde a primeira semana. Isso chama atenção dela. Enid faz uma pausa em seu mau humor e olha para mim.

— Andei pensando sobre minha reação nada inesperada ao seu sarau surpresa — informo a ela. — E admito que me arrependo de não expressar apropriadamente minha gratidão a você.

Os olhos dela se esbugalham. Posso ver um sorriso ameaçando.

— Está falando sério mesmo? — pergunta ela.

O relógio em sua mesa de cabeceira indica 19h55.

— Aceite essa vitória, Enid — digo a ela, a impaciência começando a brotar.

Ela sorri.

— Desculpas aceitas — afirma, num gritinho agudo.

Eu me aproximo mais da cama.

— Se ao menos houvesse um jeito de sairmos do campus e refazer a festinha… Apenas as melhores amigas…

A expressão dela muda de novo com o proferimento dessas duas palavras, há tanto esperadas. Esta é a parte que é verdade, mas não é relevante. Se tenho uma única amiga verdadeira neste mundo, é Enid. Isso a faz minha melhor amiga automaticamente, segundo os termos de qualquer sistema de ranqueamento.

— Uma pena a escola estar em confinamento. — Suspiro, dramática, olhando pela janela para o ponto onde a lua brilha. — Olha só essa lua cheia — comento. — Brilhante, né?

Enid fica de pé, empolgada. Posso ver a conexão se formando, bem como eu imaginava que aconteceria.

— Espera aí — diz ela, como se eu não fosse acreditar no que ela dirá a seguir. — Eu podia dizer que estou para me transformar e pegar um passe livre para as jaulas lupinas fora do campus! E poderíamos dizer que você se ofereceu para me trancar lá!

É incrível o quanto ela se aproxima do roteiro que lhe escrevi mentalmente.

— Minha malícia finalmente foi para você elogio.

Mãozinha já está preparado. Aponto para ele.

— Você sabe o que fazer, certo?

Ele me dá um sinal de joinha enquanto Enid e eu vamos até a porta. O entusiasmo dela é quase contagioso. Quase.

— Espera! — exclama ela, voltando e gastando preciosos segundos durante os quais Tyler pode ser flagrado por Weems ou ir embora, confuso. — Deveríamos usar nossos cachepuzes!

Ela tira o seu da penteadeira, tão rosa que deixa minha dor de cabeça pior. Em pânico, me dou conta de que não faço ideia de onde está o meu. Não posso atrasar o show enquanto vasculho o quarto procurando por ele, mas também não posso contar o motivo para Enid.

— Acho que deixei o meu na esgrima — invento. Qualquer coisa para nos ajudar a sair pela porta.

Porém, quando Enid retorna para a porta, também está segurando minha monstruosidade de tricô.

— Na verdade, você o deixou no Cata-vento. Por sorte, Bianca o trouxe de volta.

— Maravilha — digo, entredentes. — Podemos ir agora?

Enid passa o cachepuz em volta do meu pescoço e puxa o capuz para cima. Pareço prestes a fugir de um país destruído pela guerra e devastado pelo imperialismo ocidental.

— Remake do aniversário da melhor amiga, aqui vamos nós!

CAPÍTULO VINTE E TRÊS

Tyler está à espera do lado de fora do portão, sem faróis acesos, conforme instruído, o que significa que uma parte disso tudo havia saído exatamente como planejado. Por sorte, é a parte mais importante.

Ele não me vê de imediato, e o observo conferir seu cabelo. Testar o hálito contra a mão. Quando ele enfim levanta a cabeça, dá um pulo. Mesmo que isso fosse um encontro, é assim que eu preferiria ser recebida.

— Vamos nessa — falo, sentando no banco do carona.

— Hã, oi — diz Tyler. — É bom te ver também.

Enid abre a porta de trás conforme ele olha para mim, confuso. Ambos trocam um olhar. Eu pretendia explicar, mas tudo parece muito urgente agora, como se houvesse um coração batendo ao lado do meu em contagem regressiva dos segundos até eu ser descoberta por estar me aproximando demais da verdade.

— Espera, *ele* é o nosso Uber? — pergunta Enid, em um tom condescendente.

— Uber? — pergunta Tyler, virando-se para mim. — Pensei que tínhamos um encontro?

— Um *encontro*? — A voz de Enid sobe uma oitava. — Isso era para ser uma noite só de garotas!

Fecho os olhos contra a dor de cabeça.

— Mudança de planos — aviso. — Vamos lá.

O caminho é meio sem jeito, mas as teias de aranha em minha mente vão sumindo pouco a pouco quanto mais nos achegamos da mansão. Tyler e Enid podem estar zangados comigo pelo subterfúgio, mas isso é mesmo diferente de me tapear a ir numa festa surpresa? Ao que parece, é isso que os amigos fazem.

O terreno é ainda mais agourento à noite. Árvores esqueléticas se esticam para o céu nublado. Arbustos e vegetação rasteira tomaram conta do lugar. A casa se ergue do caos como um monumento decadente ao que o lugar já foi um dia. Dilapidada. Parece o cenário de todo filme de terror de baixo orçamento já feito. De pé na frente, posso praticamente ouvir o prefeito Walker falando ao telefone.

Talvez eu tenha descoberto quem está por trás disso tudo.

— A porta está trancada — constato, após tentar abri-la. — Vamos tentar a garagem.

Eles me seguem até as portas duplas. Não consigo abri-las, mas Tyler — a despeito de seu silêncio pétreo no caminho para cá — se adianta para ajudar; entretanto, depois de algumas tentativas, seu ego leva a melhor.

— Isso é inútil — diz ele. — Por que você quer…

Enid está ao lado das portas, agora abertas.

— Como… — começa Tyler.

Enid dispara um sorriso.

— É coisa de mulher lobo.

Minha lanterna mal está à altura da escuridão aqui dentro. A poeira cobre tudo, pairando e cintilando no facho de luz. Encontro uma lâmpada no meio do teto e puxo a cordinha. Ela ganha vida, inconstante, banhando o espaço num brilho escarlate.

Agora posso enxergar as prateleiras forradas de ferramentas antigas e enferrujadas. Garrafas de cerveja com vinte anos e um carro coberto por uma lona. Sei o que encontrarei antes mesmo de estender a mão, e não me decepciono. Quando jogo a capa para trás, o Cadillac azul fica à vista.

Motor acelerando, pneus guinchando, o baque do para-choque atingindo osso.

Fecho os olhos com força para expulsar isso tudo.

— Este é o carro que atropelou o prefeito — constato, na voz mais controlada que consigo.

— Certo — diz Enid, com pânico na voz. — Toda essa *excursão de aniversário* deu uma guinada sombria. Precisamos ligar para o pai de Tyler agora mesmo.

— Não! — disparo, virando de frente para ela. — Ele só vai nos levar de volta para Nunca Mais e fazer com que eu seja expulsa. E eles foram inúteis nessa investigação até o momento, de qualquer forma. Preciso assumir as rédeas dessa situação.

Os dois trocam um olhar, mas ninguém discute. A essa altura, eu não me importaria se me deixassem sozinha aqui. Já obtive o que eu queria.

A porta interna da garagem dá na cozinha. Abrimos caminho pelo interior dilapidado e coberto de teias de aranha visível sob o facho de luz da lanterna. No corredor, paro em frente a um grande quadro da família Gates. Ansel e sua esposa, flanqueados por seus filhos, Garrett e Laurel. Eles posaram no quintal. A roseira atrás deles está pesada com flores cor de pêssego.

Sigo em frente, atravessando o tapete pútrido e devorado por parasitas para uma biblioteca que já foi grandiosa, cheia de tomos encadernados em couro arruinados. Todo mundo sabe que famílias de riqueza ancestral guardam seus melhores segredos nas bibliotecas.

Aleatoriamente, começo a puxar livros individuais, procurando uma alavanca. Toda construção desse calibre que sobreviveu à era da Proibição tinha uma sala secreta ou um bar clandestino dentro de casa.

Os livros não fazem nada. Em vez disso, começo então a procurar padrões. Uma única coisa fora de lugar entre eles. Encontro isso enfim no topo de uma estante. Um navio entalhado na madeira, sendo que o resto delas mostra apenas sóis radiantes.

Posso praticamente sentir Tyler e Enid trocando olhares atrás de mim quando me estico para apertá-lo.

— No alvo — sussurro quando a parede desliza sobre o mecanismo antiquado.

Lá dentro há um altar. Um retrato a óleo de Joseph Crackstone é o ponto central. Posso sentir a vitória me despertando, a adrenalina de saber que Goody estava certa. Que estou no rumo correto. A imagem de Crackstone está cercada por velas pingando, rosas e várias oferendas. Pintada na parede ao lado da pintura está uma mensagem em vermelho pingando:

VAI CHOVER FOGO de um lado. QUANDO EU ME LEVANTAR do outro.

— Quem não tem um altar assustador embutido na biblioteca, né? — pergunta Enid, nervosa.

Eu praticamente tinha me esquecido que não estava sozinha.

— O nosso fica na sala de estar — digo, distraída. — Mais lugares para sentar. Praticamos o *Día de los Muertos* o ano inteiro.

Antes que ela possa reagir, noto algo estranho. A cera da vela formando poças no topo de um dos maiores pilares, cintilando sob a luz como se estivesse úmida. Seguindo um palpite, eu me ajoelho e aperto os pavios, confirmando.

— Ainda estão mornos — pontuo. — O que significa que alguém ainda está por aqui, ou que teve que ir embora com pressa. Ainda temos uma chance de pegar a pessoa.

Corro com tudo para o corredor, jogando o facho de luz para todo lado, procurando por um construtor de altares se esgueirando em meio à ruína e poeira. Não tem ninguém aqui. A escadaria se curva, convidativa, até a escuridão do andar superior.

— Tyler, você confere o resto do térreo. Enid e eu vamos procurar lá em cima.

Há um momento em que tenho certeza que ele vai se recusar. Talvez eu veja a faísca daquela guerra interna em seus olhos, insinuando uma raiva mais profunda. Em vez disso, porém, ele só assente, disparando pelo corredor. Eu me vejo estranhamente decepcionada.

No topo da escadaria, um corredor amplo forrado em papel de parede floral amarelando se abre para a direita e para a esquerda.

— Você vai para cá, e eu vou para lá — oriento Enid.

Ela não se parece em nada com Tyler. Ela faz pé firme.

— Você não pode estar falando para a gente se separar, sério. Bem aqui. É assim que literalmente toda melhor amiga morre num filme de terror.

Sei que a única coisa que Enid quer mais do que ficarmos juntas é sair daqui. Eu uso isso. Não tenho vergonha. Nosso tempo está se esgotando para capturar seja lá quem tenha apagado aquelas velas.

— Quanto mais depressa procurarmos, mais depressa poderemos ir embora — digo, o mais tentadoramente que posso.

— Afe! — grunhe Enid, batendo o pé no chão antes de dar meia-volta e disparar na direção oposta àquela que falei para ela pegar.

Não faz diferença, pego o rumo da outra parte do corredor, voltando minha lanterna para o interior de mais quartos vazios e cobertos de poeira. Mobília quebrada ou apodrecida ou coberta por lençóis. Nem sinal do devoto de Crackstone.

Mas apenas alguns minutos depois de nos separarmos, ouço a voz de Enid chamando.

— Wandinha! Acho que você deveria ver isso aqui!

Quando a alcanço, ela está de pé na porta de um quarto bem parecido com os outros. Pequeno, madeira escura e papel de parede floral. A única diferença é que este está imaculadamente limpo. A cama está feita e um vaso na mesa de cabeceira está cheio de rosas cor de pêssego.

— Olha só isso — declara Enid, voltando minha atenção para um porta-joias na mesa de cabeceira. É uma daquelas coisas clássicas de menininha. Do tipo que toca música quando se abre.

A unha rosa-choque de Enid está apontando para as duas letras douradas em verniz na tampa. LG.

— Laurel Gates — revelo, sentindo a certeza me preencher.

Toco o objeto, quase esperando uma visão. Goody me dizendo que vim para o lugar certo. Mas nada acontece.

— Parece que alguém voltou para o velho quarto — sugere Enid.

Balanço a cabeça. A urgência é menor aqui. Como se o próprio tempo tivesse parado.

— Não é possível — digo. — Ela se afogou vinte e cinco anos atrás. Era a última integrante da família Gates ainda viva.

Tem alguma coisa aí, eu sei. Alguma conexão que não estou enxergando. Quem poderia estar morando no quarto de Laurel? Quem teria um altar para Crackstone? Tudo parece à beira de se encaixar mas eu não… consigo…

Lá do térreo, um rosnado gutural interrompe minhas tentativas de raciocinar sobre o que vi aqui hoje. Tyler grita. A adrenalina está de volta.

— O monstro — afirmo, olhando nos olhos de Enid. — Está aqui.

Empurro a caixinha de música na mochila para analisar depois. Enid e eu disparamos para a porta, ombro com ombro.

Os rosnados ficam mais ruidosos quando chegamos ao patamar. A princípio, não vejo nada, mas então uma sombra começa a crescer na parede oposta a Enid. Arrepiada, as costas curvadas, apavorantes e enormes. Seu pé massivo terminando em garras pisa no último degrau. Ele está procurando por nós.

Pego a mão de Enid e a puxo de volta para cima o mais silenciosamente que consigo, mas sei que é uma medida temporária. Estamos presas aqui a menos que possamos descobrir uma saída que não demande as escadas — ou que possamos distrair o monstro enquanto fugimos.

— Wandinha! — sussurra Enid. — Olha!

Ela está apontando para uma porta de enrolar na parede bem à nossa frente. O alívio me invade. Um elevador para comida. Agora, se coubermos as duas lá dentro…

Enid abre a porta enquanto os passos do monstro sobem a escada. Ele se move lentamente agora. Farejando alto. Rastreando-nos. Ele me deixou viva mais de uma vez, mas não posso garantir que não vá romper com seu padrão agora — ou que vá poupar Enid. Não serei capaz de me olhar no espelho se algo acontecer com ela.

Gesticulo para ela entrar lá primeiro, depois a sigo e fecho a porta ao entrar. O espaço é ínfimo. Posso sentir o cheiro de seu xampu.

Cada uma de minhas terminações nervosas está atenta conforme ouvimos os passos subindo as escadas, virando em nossa direção, depois parando de súbito. Enid abre a boca, e coloco um único dedo sobre seus lábios para impedir. Estou tentando ouvir a respiração dele. Ou qualquer coisa, nesse silêncio carregado.

E então, bem quando o silêncio se torna insuportável, cinco garras rasgam a porta de metal a apenas alguns centímetros de nosso rosto. Enid grita. Posso ver os olhos do monstro pelos rasgos que ele fez, esbugalhados, furiosos e horripilantes.

Não há nenhum outro lugar para onde ir a não ser para baixo, mas a corda antiga do elevador está se desfazendo. Não podemos confiar nela para nos levar para baixo em segurança. Não é preciso mais ficar em silêncio, já que o monstro rosna, se enfurece e golpeia lá fora. A porta de metal se sacode. Meu cérebro dispara em busca de uma solução, tropeçando, falhando até que...

— Enid! Me dê o seu cachepuz! — grito, arrancando o meu da cabeça.

Ela parece magoada, mas entrega o seu. Eu os amarro um no outro usando um simples nó de marinheiro e tento usá-los para amarrar a porta por dentro, mantendo-a fechada.

O monstro pode me ouvir. Ele recua e sei que o que vem agora é pior do que os arranhões.

Quando a cabeça dele se choca com a porta, ela cede. Mais uma cabeçada dessa e estamos mortas.

Eu me viro para Enid, sentindo a morte me perseguindo como um espectro, se aproximando cada vez mais. Nossos olhos se encontram na escuridão e sou atingida pelo pensamento de que essa pode ser a última vez que a vejo. A última vez que vejo qualquer coisa.

A corda que nos segura estoura, enfim. Estamos desabando antes que eu possa começar a reagir, e não tenho orgulho do grito que me escapa, nem do modo como Enid e eu nos agarramos às mãos uma da outra ao cairmos.

É um milagre não quebrarmos o pescoço, mas com pequenos hematomas e contusões, saímos do elevador de comida no subsolo. Estamos numa lavanderia. Uma máquina de lavar e uma secadora estão de sentinela. Minha lanterna se foi. A única luz do local é o luar entrando por uma janela. Enquanto Enid e eu tropeçamos pela sala na escuridão, minha mão roça na cordinha de acender uma lâmpada no teto. Eu puxo.

O antigo pingente esmaltado oscila, lançando sombras medonhas e distorcidas pelo porão.

Deixo meus olhos se ajustarem. Quando isso acontece, esqueço-me do monstro. Meu momento de confrontar minha própria mortalidade. Esqueço-me de tudo. Porque, em frente a mim, está uma prateleira metálica forrada de potes de vidro. Cada um deles contém a parte de um corpo preservada: um dedo, uma orelha, dois dedos do pé...

— Essas são as partes que faltavam no corpo das vítimas do monstro — declaro, mais para mim mesma do que para Enid, que quase esqueci junto com todo o resto.

— Wandinha! — berra ela, bem quando o rosnado retorna. O monstro está se jogando contra a porta do que agora sei ser o porão da casa dos Gates. — Vamos! A janela!

Ela tem razão. A janela basculante é a única saída deste cômodo que não está no momento sendo atacada por um monstro. Corremos pelo porão para alcançá-la, mas posso sentir o chamado das provas nesta sala, a sensação irritante de que, se eu sair, terá sido tudo um sonho.

— Você na frente — digo a Enid, dando-lhe impulso, me certificando de que ela está fora antes de dar uma última olhada nas prateleiras.

Será que consigo pegar um pote só antes que o monstro arrebente a porta?

A resposta vem na forma do monstro em si, rolando para dentro do porão, suas feições retorcidas em fúria. Ele tromba com a estante, manda tudo pelos ares, e sei que as provas não valem de nada se forem encontradas no meu cadáver.

Eles nunca saberão o que fazer com elas.

Eu me puxo para cima, sobre o parapeito da janela, quando o monstro me vê. Por um instante, nossos olhos se encontram, e então ele parte para cima das minhas pernas, que puxo para fora da janela bem na hora.

Ele uiva em fúria impotente, batendo a cara contra a janela, que é pequena demais para deixá-la passar.

— Vamos! — grita Enid, a apenas alguns metros, conforme o monstro quebra a única lâmpada no porão em seu surto, desaparecendo no escuro junto com as provas.

Enid está pronta para fugir, mas eu não posso.

— O que você está fazendo? — grita ela, quando me viro na direção da entrada principal. — A porcaria do monstro está lá!

— E o Tyler também — digo a ela. — Não posso deixá-lo para trás.

Quando ela se junta a mim, apesar de sua antipatia por Tyler e tudo o mais que a fiz passar esta noite, sei que eu tinha razão em uma coisa no meio disso tudo. Enid é mesmo minha melhor amiga.

— Você está bem? — pergunto a ela enquanto nos arrastamos pela lateral da casa nas sombras.

A fungada zombeteira dela me surpreende.

— E desde quando você se importa?

Uma vez que os grunhidos furiosos do monstro cessaram, encontramos Tyler na varanda. Ele está curvado em torno de um ferimento no peito, ofegando de medo e dor. Sei qual será o ferimento antes mesmo de virá-lo de barriga para cima. A marca de cinco garras rasgando sua pele.

Eu me ajoelho ao lado dele.

— Estou aqui, Tyler — falo. — Enid, me ajude.

Porém, quando a ajuda chega, não vem de Enid. Xavier, pálido e desgrenhado, me passa seu cachecol para enxugar o sangue de Tyler.

— O que houve? — arfa ele, como se estivesse correndo até agora há pouco. Ou coisa pior.

— Você não viu o monstro? — pergunto, cética, ao aplicar pressão numa laceração profunda.

— Monstro? — repete Xavier, os olhos se arregalando. — Acabei de chegar. Ouvi ele gritando.

Meu silêncio parece ser pressão demais para ele, porque Xavier continua:

— Fui ao seu quarto pedir desculpas. Mãozinha estava lá. Ele me disse que você estaria aqui.

É uma história bem provável, mas enquanto ajudamos Tyler de volta para o carro, reflito que esta não é a primeira vez que Xavier apareceu assim que o monstro sumiu. Será possível que o xerife o esteja acobertando? De qualquer maneira, é inevitável sentir que a falta de um DNA compatível entre ele e o monstro não é a história toda.

Estamos na sala de estar do xerife, fazendo curativos no peito de Tyler o melhor que podemos depois de ele se recusar a ser levado para o hospital. A casa dos Galpin não tem nada de especial. Térrea, carpetes marrom-chá-mate, painéis de madeira. Tyler parece envergonhado mesmo enquanto sangra.

O xerife oferece uma distração mostrando sua ira antes mesmo de abrir a porta.

— Que droga, Tyler? Pensei que já tinha avisado...

Quando ele me vê, a típica frustração paternal se torna mais incisiva.

Ele observa o grupo de Excluídos em volta de sua mesinha de centro — Enid, Xavier e eu —, depois os rasgos profundos no peito do filho que estou no momento tentando fechar com fita de sutura.

Acusadores, os olhos dele pousam sobre mim.

— Isso foi culpa sua, não foi?

— Pai, por favor — diz Tyler, debilmente. — Eu tô bem.

Levanto-me, abandonando meu projeto de sutura. Compreendo que, como a pessoa que arrastou Tyler para a aventura desta noite, sou responsável por ele, mas agora que seu pai está aqui, tudo em que consigo pensar é no Cadillac azul. As partes de corpos em jarras. Com os recursos do departamento do xerife, podemos ter tudo de que precisamos para encerrar esse caso de uma vez por todas.

— Xerife, entendo sua irritação — digo, em meu tom mais respeitoso. — Mas acredite em mim quando digo que tenho algo que você precisa muito ver.

A volta para a casa dos Gates na viatura faz todos os silêncios anteriores desta noite parecerem benignos. Os lábios do xerife Galpin formam uma linha, os nós dos dedos estão brancos no volante. Eu, contudo, estou tão serena como sempre. Isto está tão perto de terminar que eu quase posso sentir o gostinho.

— Bem por aqui — falo ao chegarmos, conduzindo-o para a porta no porão que ainda tem as marcas das garras do monstro por toda a superfície.

O xerife passa a lanterna pelo porão e meu coração afunda de súbito. Horrivelmente. O cômodo está vazio por completo, despojado como se ninguém jamais tivesse estado ali.

— Estava tudo ali — afirmo, incrédula, depois de ver que a garagem, a biblioteca e o quarto de Laurel foram despojados de maneira parecida. — As partes dos corpos, o altar, o Cadillac. O quarto com rosas frescas.

Está evidente que Galpin não acredita em mim, e dessa vez, eu não o culpo. A exaustão está de volta, enchendo meus membros como cimento.

— Bem, agora não está mais — diz ele, e por seu tom, sei que isso não é tudo que ele tem a dizer.

— Enid viu também — protesto timidamente. — Alguém limpou tudo depois que saímos.

— Você tem alguma prova disso? — pergunta Galpin, quando estamos no quarto vazio de Laurel. Ele joga a luz da lanterna em meus olhos. — Alguma ideia de quem seja essa pessoa misteriosa a quem você está acusando?

Ele sabe que não sei. Sinto a rebeldia me inundar de novo.

— Falei a você ontem que tudo apontava para esta casa — digo. — E eu tinha razão.

É isso o que o faz passar dos limites. Ele se aproxima, a luz ficando mais forte até eu mal conseguir enxergar a expressão dele além das duas sobrancelhas raivosas.

— Essa é a sua justificativa para quase fazer com que seus amigos, e meu filho, fossem mortos?

Abro a boca para me defender, mas ele não espera por uma resposta. Apenas se debruça para mais perto.

— De agora em diante, está proibida de ver o Tyler — diz ele. — E, provavelmente mais importante para você, está proibida de ter qualquer coisa mais a ver com este caso. Estamos entendidos?

Ele também não espera por uma resposta agora, mas, ao me escoltar de volta a Nunca Mais, acho que é possível que nunca tenhamos nos entendido menos. E isso não é pouca coisa.

O xerife Galpin me deixa na porta da frente. O hall de entrada da escola está deserto quando chego. Não tenho ilusões sobre as consequências da saída desta noite, de modo que não fico surpresa em ver Weems de pé na escadaria assim que começo a subir.

— Você desobedeceu minha ordem explícita e deixou o campus durante um confinamento — diz ela naquela voz comedida de administradora escolar. — Sem mencionar que colocou seus colegas, e você mesma, em sério perigo.

A sensação de cimento ainda está lá, pesando sobre mim enquanto ela me afoga em acusações. Mas tenho que passar pela parte a seguir antes de poder descansar.

— Tudo isso são motivos para expulsão, eu sei — asseguro. — E você tem todo o direito de exercer essa opção. Mas acredito que isso seria um grave erro de sua parte.

As sobrancelhas dela se levantam em incredulidade.

— Acho que contrição seria o correto agora, srta. Addams, não a insolência.

Contrição. O único motivo pelo qual estou considerando permanecer neste absurdo monumento à incompetência administrativa é porque é aqui que o monstro está. Mas ela não precisa saber disso. Ainda não, pelo menos.

— Jamais pedirei desculpas por tentar descobrir a verdade — afirmo, em vez disso. O que também é verdade.

Antes que ela possa se defender, levanto o desenho que a mãe de Rowan fez. Eu e Crackstone nas chamas. Colado com fita no meio, mas já desgastado nas dobras a essa altura. Weems desce um degrau para examiná-lo.

— O que é isso? — pergunta ela.

— Um aviso de Rowan — respondo.

O rosto dela se vinca de preocupação ao estudar a imagem. Sem dúvida reconhece a mim, Crackstone, o quadrado e as implicações.

— Foi por isso que ele tentou te matar? — pergunta ela.

Fico momentaneamente espantada pelo fato de ela saber, mas daí me lembro. O dia em que "Rowan" foi embora da escola. Eu o confrontei do lado de fora do carro da srta. Thornhill e exigi uma explicação.

É claro, não era Rowan de verdade. Era no ouvido de Weems que eu estava cochichando.

— Foi — digo a ela. — A mãe dele desenhou isso antes de morrer. Ela disse a ele que meu destino era destruir a escola... mas acho que vim para salvá-la.

A escadaria está escura ao nosso redor, puro mogno rico e peças de arte inestimáveis. Coisas que não se sairiam bem num incêndio. Posso ver que Weems está intrigada, embora tente não demonstrar. Importar-se com esta escola é sua única fraqueza — ao menos, a única que encontrei.

— Agora você sabe o que está em jogo — digo a ela, solene. — Tudo o que você jurou proteger, nada menos que isso. Acredito que isso mereça outra chance.

Engulo seco, sabendo o que ela está esperando.

— *Por favor* — consigo dizer.

Weems pesa cuidadosamente suas opções. Um relógio de pêndulo distante soa a meia-noite. Em algum lugar lá fora, o monstro está à solta, e alguém está realocando as partes de corpos das vítimas em potes de vidro. Um Cadillac azul antigo.

— Mais uma infração — avisa Weems, resignada. — Mais um passo fora da linha e você *será* expulsa. Sem se, nem mas.

Eu estaria aliviada, se não houvesse ainda tanto trabalho a ser feito.

— Enid e Xavier também serão poupados — acrescento.

— E *chega de negociações*! Boa noite!

Ela gira sobre os calcanhares e volta para sua sala. Não tenho dúvidas, contudo, que estará pensando por um longo tempo sobre o que lhe mostrei hoje. Tempo suficiente para me manter em Nunca Mais só mais um pouquinho.

De volta ao quarto que divido com Enid, estou ansiosa para dormir. Se tiver sorte, haverá um pesadelo envolvido.

Entretanto, quando entro no quarto, fica claro que não tive meu último confronto da noite. Enid, expressão fechada de raiva, está guardando suas coisas em uma mochila grande. Sei que isso deve ser sério.

— Aonde você está indo? — pergunto, cautelosa.

— Para o quarto da Yoko — responde ela numa voz fria e rígida. — A srta. Thornhill disse que eu podia ficar lá por alguns dias.

Isto é incompreensível para mim. Por que Enid escolheria, de livre e espontânea vontade, passar dias com Yoko?

— Você não precisa se preocupar em ser associada a mim. Deu tudo certo com a Weems, você e Xavier também não serão castigados.

Ela se vira, os olhos faiscando.

— E eu deveria te agradecer?

— Por que você está tão chateada? Eu pedi desculpa. Acabou.

— Acabou? — pergunta ela, incrédula, dando um passo em minha direção com uma expressão furiosa. Se eu não a conhecesse tão bem, não saberia que por baixo disso há uma mágoa profunda. Uma que eu causei. — Esta noite foi só a cereja no bolo de aniversário que você não se deu ao trabalho de cortar. Você usa *qualquer um* para conseguir o que quer, mesmo que isso signifique colocar os outros em perigo. Nós podíamos ter morrido esta noite por causa da sua obsessão idiota.

Eu me adianto também. Estamos frente a frente sobre a linha marcada pela fita adesiva.

— Eu precisava investigar — explico. — Aquela casa é a chave de tudo. Sem você e Tyler, eu jamais poderia ter chegado lá.

Enid meneia a cabeça lentamente.

— Nunca nem te ocorreu me pedir, né? — indaga ela. — Você tinha que mentir e me manipular. Apesar de eu ter me esforçado muito, muito, *muito mesmo* para ser sua amiga o mês inteiro. Eu me arrisco por você, considero os seus sentimentos, defendo você para as pessoas que acham que você tem uma *vibe* de assassina em série... o que é *muita gente*, sabe.

— Eu nunca te pedi para fazer isso — contraponho, ignorando a primeira parte. Como posso explicar que eu não podia arriscar ouvir um não dela? Que em uma situação tão atolada em vida ou morte, com Walker e Eugene no hospital, era melhor pedir perdão do que permissão?

— Você não precisava pedir — exclama Enid, a voz se entrecortando. — Eu fiz isso por você porque é o que amigos fazem. Eles levam o outro em consideração. Fazem coisas para deixar a vida do outro melhor, não pior. E o fato de que você não sabe disso me diz tudo.

Sei, naquele momento, que não serei capaz de impedi-la. Ela está fervendo de raiva, mas a mágoa é mais profunda.

— Você quer ficar sozinha, Wandinha? — pergunta ela, agarrando sua mochila. — Pois fique.

E ela se vai, a porta batendo de volta nas dobradiças após sua passagem.

Para poder adiar o momento em que terei que processar isto, vou até a janela, sento-me, e pego o porta-joias de Laurel. A pequena bailarina gira, sua música baixa ecoando no quarto agora vazio.

Goody me alertou que eu estava destinada a ficar sozinha. Talvez seja inevitável que minha sede por justiça vá eclipsar todos os meus outros relacionamentos, deixando-me isolada, com a verdade como minha única amante. Sempre pensei que Enid estivesse certa — que eu gostava de ficar sozinha, que eu preferia assim.

Só que, agora, a sensação não é boa. Coloquei meus amigos em perigo. E pelo quê? O que isso me valeu?

Aperto a caixinha, tentando forçar uma visão. Uma explicação do que Goody queria que eu visse naquele lugar. Fazer valer a pena tudo o que fiz para chegar lá, e tudo o que ocorreu quando cheguei.

Nada vem. A caixinha idiota é somente uma caixa. Alguma lembrança cuidada meticulosamente por um psicopata cuja identidade ainda me escapa, mesmo depois de tudo que sacrifiquei para descobrir.

De repente, uma gaveta oculta se abre no fundo da caixinha e algo cai de lá. Papéis... não, fotos. Uma pilha de fotos. Não das antigas, que teriam sido tiradas anos atrás. Essas são recentes.

E são todas de mim.

Em meu quarto solitário, a lua pairando lá fora, eu analiso a pilha. Ali estamos nós, Tyler, Enid e eu no carro. Enid e eu do lado de fora da cripta de Crackstone. Minha família ao lado do carro em Jericho.

Eu, sozinha no telhado, tocando meu violoncelo, uma expressão de paz e serenidade em meu rosto.

Todas elas foram tiradas a longa distância por uma lente de aumento impressionante, pelo jeito. O que significa que seja lá quem estivesse morando no quarto de Laurel Gates tem me vigiado. Eu me levanto, fitando pela janela redonda com o arco-íris transparente de

Enid ainda cobrindo metade. Quase desafiando o fotógrafo misterioso a capturar minha imagem de novo. Estou mais convencida do que nunca, naquele momento, de que tudo está conectado: o monstro, aquela casa, a família Gates, Crackstone e o assassino...

Se eu soubesse que, naquele exato momento, alguém se esgueirava pelos corredores do Jericho Hospital, talvez não tivesse me preocupado em mostrar meu lado bom. Mas só descobriria de manhã, quando o prefeito Walker seria encontrado intencionalmente desplugado de seu suporte à vida.

Assassinado antes que pudesse contar sua história. Por sorte, rastrear um assassino é um de meus três hobbies preferidos.

CAPÍTULO VINTE E QUATRO

O funeral acontece na semana seguinte. Chove o dia todo. Sempre gostei de cerimônias ao lado do túmulo. Venho entrando de penetra nessas coisas desde que tinha idade suficiente para ler a seção de obituários.

Mas esta é pessoal demais para desfrutar.

O cemitério está cheio de guarda-chuvas pretos. Pelo menos uma vez, não me destaco em meio ao mar de roupas de luto. Um ministro despeja frases feitas vazias sobre a força de Deus. Não consigo imaginar que seja um grande conforto para a esposa de Walker ou Lucas, que nem se incomodam em se proteger da chuva.

O que é mais irônico ainda é que toda a força policial está aqui, de pé atrás da família, como se pudessem mantê-los a salvo, quando não conseguiram fazer isso nem com um homem inconsciente no hospital.

Eu mal conhecia Walker, mas estou de luto hoje. De luto pela informação que morreu com ele. Seja lá o que ele tenha visto na casa dos Gates naquele dia, isso é uma verdade pela qual pagou com sua vida. Uma verdade que ainda estou tentando descobrir, com tanto afinco.

Enquanto todo mundo soluça e funga, estou em alerta. Sei que o assassino está aqui, inocentemente de pé entre nós, tramando sua próxima jogada. Isso é o que eu faria, pelo menos. A única pergunta que resta é… quem será?

A cerimônia se encerra pouco depois. Procuro na multidão por qualquer coisa suspeita sob a cobertura de meu próprio guarda-chuva. Tyler assente em minha direção, Xavier desvia os olhos ao se afastar com as Beladonas. Enid, dividindo um guarda-chuva com Ajax, faz o mesmo.

Quando me viro para as árvores, vislumbro um homem num casaco escuro, um chapéu fedora cobrindo seus olhos. Quem é esse sujeito misterioso, e qual sua conexão com Walker? Disparo atrás dele. A emoção de uma pista depois do desapontamento com a casa dos Gates quase compensa pelo fato de que ninguém está falando comigo. Quase.

Brincamos de gato e rato em meio às árvores, ele dardejando atrás dos troncos, se movendo depressa o bastante para eu não conseguir rastrear à distância. Paro no último lugar em que o vi, girando em busca de algo em movimento.

Atrás de mim, um galho estala. Meus instintos assumem o controle assim que puxo uma espada do cabo do meu guarda-chuva. Um presente de meu pai quando fiz dez anos. Seguindo a fonte do som, consigo surpreender minha presa no momento em que ele fica à vista.

Porém o último som que eu esperaria ouvir com minha lâmina na garganta dele é uma risada. Uma risada bem familiar, aliás.

— Afiada como sempre, minha protegida de trancinhas.

Nunca admitiria para ninguém, mas um enlevo incomparável me inunda quando me dou conta de quem está na minha frente. Uma sensação que entrega a solidão crescente que tenho me empenhado ao máximo para ignorar.

— Tio Chico! — grito, o soltando.

Ele se vira de frente para mim, tirando o chapéu para revelar a careca pálida, os olhos profundos com suas olheiras eternas, o nariz proeminente e o sorriso torto e levemente feroz.

— Há quanto tempo vem me seguindo? — pergunto, deliciada, enquanto começamos a andar no mesmo ritmo a caminho da escola.

— Cheguei na cidade hoje cedo! — explica ele, enfiando as pontas do cachecol para dentro do longo casaco. — Fui atingido por uma lufada de nostalgia.

— Pensei que você não tivesse frequentado a Nunca Mais — digo, intrigada.

Ele ri de novo.

— E não frequentei. Seu pai ficou com o cérebro da família. Mas eu costumava vir de surpresa. — Chico abre um sorriso maldoso debaixo da aba do chapéu. — Em geral, o surpreendia caindo do teto com uma adaga entre os dentes, só para ele ficar esperto.

— Naturalmente.

Por um momento, eu queria que Feioso fosse capaz de tais proezas. Ele com certeza quebraria a monotonia da minha existência solo, agora que Enid me deixou por pastagens sociais mais verdes.

— Seu pai me contou o que está acontecendo por aqui — continua ele, seu tom ficando mais sério agora. Ou tão sério quanto é possível para alguém com a cadência de um palhaço ensandecido. — Monstros, assassinatos, caos e confusão, que divertido! Eu tinha um serviço em Boston, mas falei para ele que iria conferir como você estava logo depois.

É só então que noto a mochila que ele está carregando. Tio Chico não é do tipo de trazer o pijama e uma escova de dentes.

— Que tipo de serviço? — pergunto.

Ele sorri, percebendo minha suspeita.

— O tipo que significa que preciso ficar na encolha por alguns dias — admite ele.

Tenho certeza que ele espera receber uma bronca, mas não farei isso. Não porque eu aprove mais seu estilo de vida do que aprovava da última vez que ele fugiu da prisão. É só que não me incomodo com a ideia de um rosto amigável por perto no curto prazo.

— Venha comigo — peço, quando chegamos nos limites da área de Nunca Mais. — Eu sei de um lugar que não está sendo usado.

Tio Chico me acompanha alegremente até chegarmos à barraca dos Zunzuns; nesse ponto, ele entra em alerta — olhos dardejando, nervos à flor da pele só para prevenir.

— Não se preocupe — aviso. — Não está em uso no momento, mas pertence a um amigo.

Seus olhos se arregalam enquanto ele larga a mochila em meio aos apetrechos de apicultura de Eugene.

— Você fez um amigo, sério mesmo? — pergunta ele. — Esse coitado vai voltar para casa num saco de cadáveres.

É uma resposta típica da família Addams, mas considerando-se o coma em que Eugene se encontra no momento e minha culpa nessa questão, isso é próximo demais da verdade do que seria normalmente. Quase posso ouvir as palavras de Enid ecoando em minha mente. *Você usa qualquer um para conseguir o que quer, mesmo que isso signifique colocar os outros em perigo.*

Tio Chico já seguiu em frente, sem notar meu desconforto — o que me diz que minha máscara continua funcionando, no mínimo. Agora ele analisa minha parede do caso, que está desatualizada. Não consegui atualizá-la desde que Eugene foi ferido, uma vergonha secreta que levarei comigo para o túmulo.

— E então — diz ele, observando os relatórios da autópsia das primeiras vítimas. — Com que tipo de monstro você está lidando?

Revirando em minha mochila, que *não está* cheia de joias roubadas ou seja lá o que habita a de meu tio no momento, tiro de lá o desenho que Xavier fez do monstro. É difícil não visualizá-lo rasgando a porta do elevador ou perseguindo Enid e a mim pelo porão, mas me disseram que tenho uma capacidade quase sociopática de compartimentalizar.

— Não consegui identificá-lo — falo, entregando o desenho. — Ele é elusivo ao ponto da frustração, e tem alguém na cidade fazendo um belo acobertamento.

Chico pega a página e meu coração pula ante a expressão de reconhecimento nos olhos dele. Ele solta um assovio baixo e longo.

— Esse filhotinho aqui é chamado de Hyde — informa ele, e num estalar de dedos, estou de volta.

— Como em Jekyll e Hyde? — pergunto, e ele anui. — Você já viu um desses?

Outra concordância.

— Foi em 1983 — diz ele, com um sorriso saudoso. — Minhas férias no Instituto para Criminosos Insanos em Zurique. Foi lá que recebi minha primeira lobotomia, sabia? Dizem que você nunca se esquece da primeira, mesmo que ela leve embora a maior parte do seu hipocampo.

— Mas o Hyde… — relembro, muito ciente do pendor de meu tio para histórias compridas. A maioria das quais poderia fazer do ouvinte um cúmplice.

— Sim, sim — diz ele, voltando com relutância ao ponto. — Olga Malacova. Minha nossa, ela tinha tudo. Beleza, inteligência, e um profundo interesse em necromancia. Olga era uma pianista e fazia concertos, até que uma noite se transformou no meio de uma sonata de Chopin. Massacrou uma dúzia de membros da plateia, e três críticos musicais.

Eu me lembro do básico sobre Jekyll e Hyde, tendo lido o clássico no jardim de infância. O homem que se transforma em um monstro. Posso ver os rastros de Hyde agora, bestiais, depois humanos no espaço de uma pegada.

— Algo tem que agir como gatilho para que eles se transformem, certo? Ela conseguia fazer isso quando queria, ou algo tinha que acontecer para disparar a transformação?

Chico dá de ombros, claramente imune à urgência em minha voz.

— Não faço ideia. Só a via nas terapias de choque em grupo. O resto era só fofoca do instituto.

Frustrada, pego o desenho de volta. Outro beco sem saída.

— Não há menção a um Hyde em nenhum dos livros na biblioteca de Nunca Mais, e supostamente nós temos a coleção mais extensa sobre Excluídos no mundo todo. Se não pudermos encontrar nada lá, não sei onde poderemos procurar.

Tio Chico faz uma careta, solidário, se apoiando contra a mesa.

— Presumo que você já tenha tentado olhar o diário de Nathaniel Faulkner.

Faulkner, penso. Fundador de Nunca Mais. Se eu tivesse visto o diário dele, me lembraria.

— Que diário? — pergunto. — O que tem lá?

— Ah, sim, é uma leitura empolgante — diz Chico, entusiasmado. — Antes de Faulkner fundar a Nunca Mais, ele viajou pelo mundo catalogando todas as comunidades de Excluídos. Vampiros, sereias, licanos, bruxas, iétis antes que esses fossem extintos. Tenho certeza de que ele tinha uma seção sobre os Hydes.

— Como você sabe de tudo isso? — pergunto a ele.

Na minha família, Tio Chico é quem você chama quando precisa abrir um cofre e não tem a senha. Ou de um documento sensível do governo furtado por alguém que não vai se incomodar em ler o conteúdo confidencial. Ele nunca foi conhecido como um mantenedor da história.

Ele ri como se para reconhecer que isso não faz parte de sua especialidade usual.

— É uma história engraçada — conta ele. — Você acha que seus pais não conseguem tirar as mãos de cima um do outro agora? Devia ter visto os dois na adolescência. Só por Deus. Apareci sem aviso uma noite no quarto do Gomez e vi...

— Já chega de relembrar! — Agito as mãos, em pânico. — O diário. Onde está?

Chico levanta as mãos em rendição.

— Na Biblioteca Beladona. Tenho certeza que você já deu seu jeito de entrar lá a essa altura, não foi? Seu pai me largou lá até concluir seu... hã... negócio. Naturalmente, meu primeiro instinto foi procurar algo para passar adiante. Encontrei um cofre atrás de um retrato na parede. Eu estava torcendo por dinheiro ou joias, mas o diário foi uma distração interessante.

— E ainda está lá? — perguntei para ele, pensando no códex roubado. — Você o colocou de volta?

Chico revirou os olhos como se estivesse insultado por eu ter que perguntar.

— Eu não ia andar por aí com *um livro*, se é isso que você quer dizer. Pega mal para os negócios.

Enfim, uma pista em potencial. Faz tanto tempo desde que obtive algum progresso tangível que estou quase comemorando em voz alta. Não literalmente, claro.

— Vamos entrar escondido na biblioteca esta noite quando todos estiverem dormindo — informo. — Nesse meio-tempo, fique quieto.

Meu tio bate uma continência ligeira, depois começa a se instalar confortavelmente na cabana. Com Eugene fora, ninguém o encontrará aqui — mesmo se estiverem procurando, o que é provável, se ele acabou de completar um serviço.

— Se você for descoberto — digo, por cima do ombro —, vou te renegar e receber o que estiverem oferecendo como recompensa pela sua captura.

Juro que os olhos dele se enchem de lágrimas quando ele sorri.

— Você me dá tanto orgulho!

A parte mais difícil de seguir essa pista é não fazer nada até o cair da noite. Com Enid fora do quarto e todo mundo disperso devido ao funeral de Walker, o campus está quieto.

Trabalho com diligência em meu livro, que está se aproximando do fim bem depressa, com toda a inspiração no mundo real que estou tendo aqui. Mas continuo me enredando na realidade, incapaz de escapar para meu mundo fictício como costumava fazer com tanta naturalidade.

Em minha mesa, pego a caixinha de música outra vez, virando a madeira laqueada várias vezes em minhas mãos como se ela tivesse outro segredo a revelar. Ela parece caçoar de mim com as perguntas que deixa sem resposta. Se Laurel Gates morreu vinte anos atrás, quem estava dormindo no quarto dela até semana passada? E qual é a conexão dessa pessoa com o Hyde?

Seja lá quem for, é óbvio que a pessoa está disposta a matar para manter seu segredo. E mais do que isso, está de olho em mim. Quanto tempo mais até ela decidir que sei demais?

Não sinto orgulho disso, mas estou tão perdida no matagal dessa linha de raciocínio que dou um pulo de leve quando a porta se abre.

— Ah... oi — cumprimenta Enid, entrando ainda com os trajes que usou no funeral. — Imaginei que você ainda estivesse no enterro do prefeito Walker.

— Vou a funerais por causa dos mortos, não dos vivos — digo. — Uma vez que a terra bate no caixão, estou saindo.

Tento manter meu tom neutro. Alguns minutos atrás, eu estava focada em meu livro e em desvendar o caso em andamento. Agora que Enid está aqui, desejo que ela vá embora de novo, ou que me perdoe. Esse limbo ocupa espaço demais no meu cérebro já superlotado.

— Não consigo encontrar meu vidrinho de esmalte lua prateada — comenta Enid, quando o silêncio se estende demais. — Se incomoda se eu olhar por aqui? Yoko está dando uma festa de manicure e pedicure para a turma.

— Ainda é seu quarto — digo, gesticulando para o lado dela.

O colchão está desnudo, mas a quantidade incomum de animais de pelúcia continua. Uma presença por si só.

Ela zanza lentamente para seu lado enquanto me viro de frente para ela do meu lado, cruzando os braços enquanto observo sua busca desanimada começar.

— E aí... — diz Enid. — Como vão as coisas?

Se ela acha que serei a primeira a ceder, está muito enganada. Tenho certeza que apenas uma de nós aprendeu os segredos de como resistir a tortura psicológica antes do ginásio.

— A solidão combina comigo — respondo. — Sem nenhuma distração irritante, quase terminei meu livro.

Ela se vira de súbito, o esmalte esquecido.

— É isso que eu era? Uma distração irritante?

Dou de ombros.

— Não. Mas você tem, sim, alguns hábitos bem irritantes.

Enid se aproxima.

— Tais como...?

Seus olhos faíscam. É um desafio, e sei que não deveria aceitar. Não se estou sendo contrita. Mas estou cansada de ser punida. Nunca tive uma melhor amiga antes de Enid, e doze horas depois de admitir enfim que é ela, ela quer sair da minha vida? Não será tão fácil tornar a entrar.

— Você ri mandando mensagens — informo a ela. — O que, aliás, é um vício ininterrupto.

As narinas dela inflam, um sinal certeiro de que ela está ficando furiosa.

— Pelo menos deixo meu celular no modo silencioso, ao contrário daquela máquina de escrever que martela na minha cabeça até dar enxaqueca.

Não hesito antes de carregar outra verdade dura na câmara.

— Quando você não está rangendo os caninos, está rosnando durante o sono. É impossível conseguir minhas quatro horas de sono.

— Ah, e é tão fácil para *mim* com os seus solos de violoncelo tarde da noite?

Nem reparo que estou dando outro passo até estarmos praticamente nariz com nariz sobre a linha da fita adesiva de novo.

— Você se compromete em excesso com clubes e atividades e depois reclama sobre isso sem parar.

— Prefiro isso do que sua obsessão com tudo que é morto ou assustador!

— Você poderia sufocar toda uma sala de concertos com o tanto de perfume que passa — retruco. — E isso é só o que me ocorre de imediato.

O rosto de Enid fica corado. Ela parece mais zangada do que magoada dessa vez.

— Acho que tenho sorte de estar com uma nova colega de quarto que não encontra maneiras de, literalmente, colocar em perigo todo mundo com quem entra em contato.

Isso é um agravamento, e sua expressão diz que Enid sabe disso. Listar hábitos irritantes é uma coisa. Parte integrante dessa experiência de garota como melhor amiga, ao menos como foi vendida para mim. Mas isso é pessoal, e vai além da nossa disputa de colegas de quarto.

Não consigo me defender de imediato, porque estou ocupada demais ouvindo a frase de novo. De Tyler, de Xavier, do xerife Galpin e de Kinbott e Weems. Até do Mãozinha. Obstinada, obsessiva, egoísta, despreocupada com o bem-estar dos outros. Não vem ao caso eu estar tentando salvar a cidade inteira de um assassino cruel. Ninguém nunca se lembra dessa parte.

Enid joga o cabelo. Seu tom fica altivo e frio.

— Yoko e eu estamos tão em sincronia que ela está me implorando para ser sua colega de quarto. Permanentemente.

Outro golpe. Não importa o quanto Enid estivesse zangada, sempre presumi que nossa separação fosse temporária. Goody me alertou que eu estava destinada a ficar sozinha, mas não vou implorar a Enid para ficar. Ainda que a ideia de passar o resto do ano sozinha neste quarto não exerça mais a mesma atração.

— Não se prenda por minha causa — consigo dizer.

Ela funga. Falei a coisa errada, de algum jeito. O problema é que nem sei qual teria sido a coisa certa a dizer.

— Aproveite a sua solidão, Wandinha — diz ela.

Enid já está quase na porta — sem esmalte, reparo.

— Não é solidão se você ainda está aqui! — grito, logo antes de a porta se fechar atrás dela de novo.

CAPÍTULO VINTE E CINCO

O hall da entrada está vazio, como previsto, quando alcanço a estátua de Poe. Desço as escadas alerta para qualquer um que esteja me seguindo e possa se preocupar com meu status de não membro do clube, mas não encontro ninguém.

Na biblioteca, tudo está escuro. Acendo uma luminária, clareando o piso geométrico com a flor de beladona e o crânio espalhado sobre ela. Antes que eu possa colocar mãos à obra procurando pelo cofre, uma silhueta se destaca das sombras.

— Tio Chico? — pergunto.

A figura se coloca sob a luz com uma expressão confusa.

— Quem é Tio Chico? — pergunta Xavier, olhando-me com suspeita.

Tudo o que posso fazer é não revirar os olhos.

— O que você está fazendo aqui embaixo a essa hora da noite?

Ele me dá as costas, encaixando um livro na estante à nossa frente.

— Considerando-se que sou de fato um Beladona, não preciso me explicar — diz ele, voltando-se de frente para mim. — Qual é a sua desculpa para se esgueirar por aqui no meio da noite?

Paro de olhar nos olhos dele. Manobras evasivas.

— Pesquisa — digo, vagamente.

Xavier não se deixa enganar.

— Sobre o monstro? — pergunta ele. — Vou poupar o seu tempo. Já vasculhei todos os livros. Não há nada aqui que combine com aquela coisa.

Imagino Xavier, assombrado por sonhos com o monstro, vindo até aqui embaixo para revirar diários antigos, livros, registros estudantis. Procurando por qualquer coisa que explique o que ele viu. Não duvido que ele tenha sido minucioso, mas Hydes são um tipo de Excluído. Se a existência deles foi apagada até deste depósito de conhecimento, isso tem que ser intencional.

O que quer dizer que um membro, ou alguém com acesso a esta biblioteca, pode estar envolvido no acobertamento.

— Conveniente — declaro para Xavier.

Estou torcendo para que, se eu puder terminar com essa conversa, ele me deixará em paz para esperar Chico, mas é claro que não tenho essa sorte.

— Sabe qual é o seu problema? — pergunta Xavier, os olhos ainda sobre mim.

— Adoraria ouvir sua observação pungente.

Ignorando meu sarcasmo, ele continua, o tom muito parecido com o de Enid. Raiva encobrindo a mágoa.

— Você não sabe quem são seus amigos de verdade — começa ele. — Estou do seu lado desde o primeiro dia. Merda, salvei a sua vida! Acreditei nas suas teorias quando mais ninguém acreditou. Eu te contei coisas sobre mim que nunca disse a mais ninguém. E o que recebo em troca? Nada além de suspeita e mentiras.

Está claro que ele está guardando esse discurso há algum tempo. Mas também andei guardando a minha lista — e não é de todas as maneiras que Xavier me prejudicou.

— Você quer sinceridade? — pergunto a ele, empenhando-me ao máximo para fazer meus olhos faiscarem como os de Enid quando ela está zangada. — Lá vai.

Xavier abre os braços, dando as boas-vindas. Um erro, e não o seu primeiro.

— Toda vez que o monstro atacou, você estava bem ali.

Posso ver cada ocasião enquanto as listo, minha mente correndo adiante para fazer as conexões junto com as palavras que digo.

— Primeiro com Rowan, no Festival da Colheita, você estava observando Tyler e a mim quando corremos para a floresta atrás dele. Você viu aonde nos dirigíamos e, minutos depois, ele estava morto.

O rosto de Xavier está impassível enquanto continuo.

— No Dia da Interação, você apareceu nas ruínas do Templo Religioso minutos depois do monstro desaparecer. E no entanto, você afirmou não tê-lo visto.

Este foi o momento em que comecei a desconfiar dele, eu me lembro. As pegadas bestiais se tornaram humanas e Xavier era a única pessoa por perto.

— Não sabia que proximidade era um crime — retruca ele, tranquilamente.

— Daí temos a sua obsessão desenhada — continuo, incapaz de parar agora que comecei. — Você desenhou o monstro dúzias de vezes sem nunca tê-lo visto. Você desenhou até onde ele vivia. E daí, quando Eugene foi investigar, você tentou matá-lo para que ele nunca entregasse o seu segredo.

Dessa vez, Xavier parece ofendido. Pelo visto, enfim consegui irritá-lo.

— Você acha mesmo que eu machucaria Eugene? — pergunta ele.

Mas não terminei.

— E depois, a pista mais recente na lista — falo, aproximando-me mais. — Sua aparição, tão conveniente, minutos após Tyler ser atacado pelo monstro na Mansão Gates.

Tendo apresentado minhas evidências, eu me posto ali, acusadora, esperando que ele responda. Não menciono o teste de DNA, ou como ele falhou. Na minha cabeça, isso nem é relevante. Se teve uma coisa que aprendi durante meu período em Nunca Mais, é que as forças da lei estão longe de serem infalíveis.

Para minha surpresa, Xavier se aproxima de mim, cortando a distância entre nós pela metade. Ele assoma sobre mim, olhando para baixo com uma expressão inescrutável. Por um instante, imagino seus olhos se esbugalhando para ficarem como os do Hyde. Seus dentes virando presas afiadas como navalhas. Meu sangue, respingado pelo piso xadrez...

— Se eu sou o monstro — afirma ele numa voz baixa e perigosa —, então por que não te matei?

É a pergunta que mais faço a mim mesma, durante minhas longas noites insones. Revirando cada pista. Muita gente foi atacada apenas por estar no caminho do monstro. Outros foram silenciados por saberem demais. Sou culpada das duas coisas, e no entanto, ainda estou respirando.

Agora, porém aqui de pé na luz fraca com os olhos escuros de Xavier focados em mim, eu me dou conta de algo incriminador.

— Porque — começo, um tanto sem fôlego —, por motivos que não consigo imaginar, você parece *gostar* de mim.

Fica claro que isso corta mais fundo do que qualquer uma das outras acusações. Ele funga, mas um pouco tarde demais, sem disfarçar sua mágoa.

— Gostar do quê... — rebate ele, sombrio, e então sobe as escadas sem dizer mais nem uma palavra.

Por si só, a denúncia de Xavier não teria me incomodado. Mas as palavras de Xavier se somam ao resto. Weems, Galpin, Enid. Ouço a voz de Goody em minha mente de novo, relembrando que meu caminho é solitário. E acaba de ficar um pouco mais solitário.

Sacudo a poeira após um momento. Se minhas suspeitas não comprovadas estiverem corretas, se Xavier *for mesmo* o monstro, então vá com Deus, certo? Juro descobrir tudo o que puder nesse diário de Faulkner. Dar a mim mesma a melhor chance possível de capturá-lo. De parar com seu reinado de terror...

— Uaaaau — ressoa uma voz do alto, enquanto Tio Chico aterrissa no chão dentro da área coberta pela luminária.

— Há quanto tempo você estava escondido? — pergunto, irritada e um pouco embaraçada.

— Tempo suficiente para sentir a tensão entre vocês dois — responde ele, colocando os dedos elétricos bem perto e soltando um choque para dar efeito. — Dava para cortar com o machado de um algoz.

— Tá, bem, se eu puder provar minhas suspeitas sobre ele, pode haver um desses envolvido no devido momento — pontuo. — Onde fica o cofre?

No entanto, em vez de responder, Tio Chico se vira para onde Mãozinha acaba de aparecer na estante atrás de mim. Seu rosto se abre num sorriso deliciado.

— Eu reconheceria o tamborilar desses dedinhos em qualquer lugar! — exclama ele. — Olá, Mãozinha!

Mas é evidente que Mãozinha não retribui os sentimentos positivos de Tio Chico sobre esta reunião. Ele batuca os dedos na prateleira, indicando que espera alguma coisa.

Os olhos de Tio Chico se arregalam, surpresos.

— Ah, o que é isso, você não pode ainda estar puto por causa do serviço Kalamazoo. Não foi culpa minha!

Mãozinha salta para a garganta de Tio Chico e trava em volta dela. Sei, por experiência própria, que o melhor a fazer é deixar que eles se resolvam. Que interferir vai apenas prolongar as coisas. Mas em algum lugar desta sala está a informação de que preciso para comprovar que Xavier é o assassino.

— Você disse que conseguia abrir aquele cofre em trinta segundos! — Chico está dizendo, a voz tensa, enquanto tenta se livrar de Mãozinha. — Cinco minutos depois, nós ainda estávamos lá! Você tem a mão podre!

Mãozinha só aperta mais em resposta, indicando que via as coisas de outra forma.

— Já chega! — exclamo, me colocando entre os dois. — Solte-o, Mãozinha. Você pode continuar essa disputa familiar no seu tempo livre. Agora, me mostre onde está o diário.

Mãozinha solta Tio Chico, cujos lábios estão ficando levemente azulados. Enquanto me afasto, Mãozinha enfia o dedo no ouvido de Chico. E recebe um choque muito merecido.

Chico atravessa a biblioteca até o retrato de alguém com uma longa cortina de cabelos grisalhos. Ele usa uma gravata borboleta, óculos com aro de metal e um chapéu coco.

— "Ignatius Itt" — leio em voz alta. — "Bela Suprema, 1825 a 1850".

— Iggy era o braço direito de Faulkner — informa Chico. — Ele treinou toda uma geração de Beladonas.

Ele estende sua mão pálida e rechonchuda adiante e empurra o retrato para trás em suas dobradiças. Lá dentro, conforme prometido, há um antiquado cofre de parede. Tio Chico se vira para Mãozinha com uma sobrancelha arqueada.

— Tenho tempo para uma soneca, ou você pode abrir esse rapidinho? — pergunta ele.

Mãozinha ignora a provocação e começa a trabalhar. Em menos de um minuto, a porta está aberta. Em seu interior, para minha surpresa e regozijo, está um diário antigo encadernado em couro. Temendo a chegada de mais Beladonas, eu o enfio em minha mochila e volto para o Prédio Ofélia com Tio Chico e Mãozinha a reboque.

Um lado positivo de não ter mais uma colega de quarto é que não tenho que explicar Tio Chico para ninguém. Nós nos instalamos na frente da janela com moldura em formato de teia de aranha.

— Que quartinho supimpa — elogia meu tio. — Acesso fácil ao telhado para encontros à meia-noite. Como você conseguiu um quarto individual?

Dou uma rápida olhada para o lado de Enid, para sua coleção nauseante de animais de pelúcia de cores vivas. Ignorando a dor em meu peito, respondo de modo casual:

— Minha colega de quarto não aguentou minha personalidade tóxica.

Tio Chico não se surpreende o bastante para comentar, então volto toda minha atenção ao diário em meu colo. Há vampiros, licanos, sereias e górgonas aqui, é claro. Alguns dos tipos menos conhecidos de psíquicos e visionários. Telecinéticos. E então, bem ali, numa página do meio. Um Hyde.

O desenho parece quase idêntico ao de Xavier quando comparo os dois. A pele lisa e cinza. Os olhos esbugalhados. Os dentes pontudos e as garras compridas e afiadas.

— Aqui está — falo a Chico, que se aproxima para espiar por cima do meu ombro conforme leio a entrada, que inclui notas, assim como mais alguns desenhos. — Faulkner diz que Hydes são artistas por natureza, mas têm temperamento vingativo.

Artistas, penso, visualizando o esconderijo de Xavier no terreno da escola. Seus desenhos do monstro, da Mansão Gates, de mim...

A parte seguinte leio em voz alta:

— "Nascido de uma mutação, o Hyde fica dormente até ser solto por um evento traumático, ou liberado por indução química ou hipnose."

O desenho nesta seção é de um Hyde realizando uma reverência bajuladora para uma figura humanoide, que estende a mão como para o controlar ou apaziguar.

— "O ato de soltura faz o Hyde ter um laço imediato com seu libertador" — continuo —, "a quem a criatura vê como seu mestre. Ele se torna o instrumento voluntário de qualquer agenda nefasta que este novo mestre possa propor."

Até Tio Chico, que agora sei com certeza já ter comido carne humana, parece enojado por essa ideia.

— Alguém disposto a liberar um Hyde é um psicopata de alto nível — afirma ele, mas já estou dois passos à sua frente.

— Isso significa que não estou procurando apenas um assassino — raciocino, mais para mim mesma do que para meu tio. — Estou procurando dois, o monstro *e seu mestre.*

Uma batida na porta faz meu coração pular para a garganta. Por um instante, visualizo seja lá quem atropelou Walker com o carro e desligou seu suporte à vida avançando para dentro do quarto, agora que descobri a identidade secreta do monstro...

Mas é apenas a srta. Thornhill. Guardo o diário rapidamente, sem me surpreender ao ver que Tio Chico sumiu em algum esconderijo no quarto.

— Eu não pretendia te assustar — diz minha fiscal de dormitório, com um sorriso embaraçado. — Você tem um minuto?

— Mas claro — falo, com calma, virando para minha mesa. — Estava apenas trabalhando no meu livro. Está quase terminado.

— Maravilha — diz a srta. Thornhill. Tem algo triste em sua expressão. Posso sentir meu pulso disparar. — Escuta, Wandinha. Enid pediu para morar com Yoko pelo resto do ano escolar.

É a última coisa que eu esperava. Em meio às minhas descobertas de hoje, isso não deveria nem contar. Mas percebo que conta, sim. O resto do ano não é um problema momentâneo que pode ser resolvido. Parece permanente.

— Pediu, é? — pergunto, tentando disfarçar minha decepção.

Posso ver que não estou tapeando a srta. Thornhill, que se senta no pé da minha cama e se dirige a mim com aquele tipo muito particular de pena feminina adulta que eu mais detesto.

— Sempre que há um desentendimento, gosto de ver as perspectivas das duas garotas. Então o que houve, Wandinha? Pensei que você e Enid eram unha e carne!

Recusando-me a encontrar o olhar dela, olho para meu colo.

— Algum dia a unha arranha a carne — retruco. — Já vi isso com meus próprios olhos.

A srta. Thornhill só se debruça mais para perto.

— Pode se esquivar, mas nós duas sabemos que você se importa com Enid. E você tem que admitir, ela conseguiu despertar uma centelha de calor humano em você!

Sirvo meu olhar mais devastador ante essa acusação.

— Não se preocupe — diz ela, com um sorriso conspiratório. — É uma centelha pequenininha. Mal se percebe a olho nu. Mas eu notei.

Por um momento, reflito se o que Thornhill está dizendo é verdade. Com certeza, meu relacionamento com Enid mudou alguma coisa, mas agora parece que ela apenas abriu uma parte de mim que sente tristeza, em vez de alívio, quando sou deixada sozinha. Não dá para lhe agradecer por isso.

— Vou sobreviver sozinha — digo à srta. Thornhill. — Sempre sobrevivi.

Ela se levanta, o desapontamento nublando sua expressão normalmente alegre. *Bem-vinda ao clube*, quero dizer para ela.

— Se esta é a sua escolha — diz ela —, então vou submeter os formulários de troca de quarto para a diretora Weems.

Enquanto ela vai até a porta, penso brevemente em fazer com que pare. Mas qual seria o sentido disso?

Quando ela se vai, Tio Chico emerge da pilha de bichos de pelúcia de Enid antes que eu tenha tempo de trancar essa nova decepção no caixão onde guardo todos os meus outros sentimentos inconvenientes.

— Ei, ser uma loba solitária tem suas vantagens! — declara ele. — Você pode levar a vida segundo suas próprias regras, fazer o que quiser. Olha só pra mim!

Está claro que ele acha que sua própria vida é um argumento a favor, mas levar uma vida de crime, nômade e transtornada não me atrai muito. Entretanto, também sinto repulsa ante a ideia de viver como meus pais, colada a alguém que jamais entenderei de verdade. Atrelando minha própria felicidade e liberdade aos caprichos dessa pessoa.

Será que existe um meio-termo feliz?, eu me pergunto. Sem ter que ceder?

Mas não importa. Não agora, quando qualquer um de nós pode ser a próxima vítima do monstro.

— Obrigada pelo conselho — agradeço. — Mas, no momento, temos que pegar um Hyde.

O primeiro passo do plano é simples: colocar um rastreador. Vou até o estúdio de arte de Xavier já na manhã seguinte. Espero na lateral da barraca por ele, e o escuto se aproximando enquanto fala ao telefone com alguém. Ele parece angustiado.

— Preciso falar com você — diz ele com urgência, e então: — Não, não dá pra esperar!

Uma pausa mais longa, e daí ele fala de novo, um pouco mais calmo agora.

— Tá, sei onde fica isso. Te vejo daqui a vinte minutos.

No instante em que ele desliga, faço minha entrada.

— Com quem você estava falando? — pergunto antes que ele possa reagir.

Em seu rosto está uma expressão que nunca vi. Ele está agitado, mas não há nada da afeição com que ele costuma me receber. É como se o interruptor tivesse virado de gostar para detestar na duração de uma conversa.

— Não é da sua conta, que tal? — solta ele, passando por mim com um empurrão.

— Eu sei o que você é, Xavier — retruco, quase querendo que ele fique mais raivoso. Que perca o controle.

Ele vira para trás na porta, o cabelo desgrenhado, os olhos arregalados.

— É sério, Wandinha, fique bem longe de mim!

E fecha a porta na minha cara.

Não importa. Nossa conversa deu a meus cúmplices tempo de sobra para colocar um rastreador em sua bicicleta. Agora poderei definitivamente marcar sua localização na cena do próximo ataque. A verdade está, enfim, a meu alcance.

Encontro-me com Tio Chico e Mãozinha atrás da barraca e assistimos juntos a Xavier montar em sua bicicleta e sair pedalando pela trilha.

— Vocês colocaram o rastreador? — pergunto, e Tio Chico parece ofendido que eu tenha que perguntar.

Pego o aparelho em minha mochila. Está ativo. Posso ver o ponto vermelho indicando que Xavier está se afastando.

— Certo — falo, satisfeita. — Pé na estrada. Você *tem* algum tipo de veículo, né?

Ele sorri.

— Não esquenta, o Tio Chico tem tudo que você precisa.

O assim chamado "veículo" do meu tio é uma motocicleta vintage com um carrinho lateral. Não seria tão ruim, se não fosse pintado de branco com manchas pretas feito um dálmata. Ou se não anunciasse PATRULHA CANINA DA PENNY! PASSEIOS CANINOS DE PORTA EM PORTA!

Dou-lhe meu melhor olhar fulminante enquanto ele me entrega um capacete com orelhas de cachorro.

— O que foi? — pergunta ele. — Peguei isso quando estava saindo da cidade. Você me conhece, gosto de viajar incógnito.

O ponto vermelho representando a bicicleta de Xavier se distancia mais a cada segundo. Não há tempo para discutir. *Somente* por este motivo coloco o capacete e entro no carrinho lateral.

— Vambora! — grita Tio Chico, pisando para ligar a moto e seguindo minhas orientações pelas ruas quietas de Jericho.

Rastreamos Xavier até um parque junto ao lago, a pouca distância da cidade. É um dia nublado, a água está agitada pelo vento, as árvores de sentinela ao redor dele. À distância, um corvo crocita, lamurioso.

Não há dúvidas de que este é um lugar estranho para um estudante se encontrar com... quem?

Nas árvores, assisto por meus binóculos a Xavier se aproximar de um Prius, o único carro no estacionamento de uso diurno, e abrir a porta do passageiro. Estou quase longe demais para enxergar a identidade do motorista, mas dessa distância, o cabelo parece vagamente ser loiro, até os ombros.

— Vamos lá — murmuro, corrigindo o foco até que, enfim, as linhas se tornam nítidas.

Quase deixo cair meus binóculos quando reconheço a motorista.

É a dra. Kinbott. E ela parece preocupada.

CAPÍTULO VINTE E SEIS

De volta a Nunca Mais, vou até a sala de Weems em uma missão. No mínimo, sei que a dra. Kinbott está fazendo reuniões não autorizadas com estudantes no carro dela junto ao lago; isso deveria pelo menos ser o suficiente para fazer Weems dar uma olhada nas coisas.

Em minha mente, não há dúvida de que, assim que o primeiro fio da meada for puxado, a coisa toda vai se desfazer como um suéter barato.

— Diretora Weems — chamo, abrindo a porta da sala dela. — É imperativo que fale com você sobre a dra. Kinb...

Paro de súbito quando vejo quem Weems está recebendo.

— Wandinha! — diz Weems. — Estávamos justamente falando de você.

Eu não deveria ficar surpresa quando Kinbott se vira da cadeira em frente à mesa de Weems para sorrir para mim.

— Falando no Diabo — diz ela, toda meiga.

— Aparece o rabo — respondo, estreitando os olhos.

Kinbott se debruça adiante para servir chá de uma chaleira de porcelana na xícara de Weems. A diretora, contudo, está olhando diretamente para mim.

— É bom que você esteja aqui — começa ela, possivelmente pela primeira vez. — A dra. Kinbott estava discutindo sua avaliação. Preciso assinar antes que ela a entregue para o tribunal.

Acho muito irônico que essa psicopata tenha permissão para avaliar qualquer um. Quanto mais alguém que ela está perseguindo ativamente.

— Qual é o veredito, doutora? Estou curada? — pergunto, minha voz transbordando sarcasmo.

Com alguma sorte, terei a licença dela cassada antes da nossa próxima sessão.

Ela estreita seus olhos para mim.

— Fico feliz que você ache isso divertido, Wandinha — diz ela. — Porque posso lhe garantir que o juiz designado para o seu caso não achará.

Weems usa sua voz de *protegendo os estudantes da escola* conforme se oferece para encher a xícara de chá de Kinbott.

— E *eu* estava acabando de explicar que você vem dando passos pequenos, mas significativos recentemente para abraçar sua nova família Nunca Mais — declara ela, incisiva, as sobrancelhas quase na linha dos cabelos.

É evidente que ela está me incentivando a acompanhar sua mentira, apesar de nós duas sabermos que a coisa mais próxima que já tive de uma amiga solicitou uma troca de quarto ontem mesmo.

— Estou mais no estágio do meio abraço, não um abraço completo ainda — provoco, e então a inspiração bate. Se eu tenho que participar nessa farsa de conversa, ao menos posso tirar algo dela. — Mas estou trabalhando nisso. Aliás, andei lendo sobre *hipnoterapia*. Pensei que isso talvez fosse uma técnica para desbloquear minha Wandinha interna. Você é uma entusiasta?

Observando-a com atenção, vejo o momento em que seu rosto se ilumina.

— Bastante! — empolga-se ela, confirmando meu pior medo. — Aplaudo sua nova disposição de mergulhar fundo em si mesma. Tenho você agendada para segunda-feira. Podemos começar então.

Não se eu puder evitar, penso, mas lhe dou meu sorriso mais falso.

Com uma palma muito satisfeita, Weems indica uma cadeira.

— Agora, Wandinha, o que você precisava discutir comigo com tanta urgência?

Por um longo momento, não desvio o olhar de Kinbott. Quero saber se ela sabe que eu sei. Quero saber se está com medo. Mas ela parece tão plácida como sempre, com aquele vago sorriso no rosto que vim a detestar tanto.

— Isso pode esperar — respondo a Weems. — Agora, se me dão licença, tenho dever de casa para terminar.

Obviamente, não planejo perder tempo em algo tão banal quanto dever de casa com uma assassina e seu monstro à solta. Chico me acompanha até o Cata-vento, sentando na mesa à minha frente conforme tento processar as implicações do que vi hoje. Isso não significa nada para meu tio, que está bebendo ketchup de uma garrafa sem nenhuma preocupação no mundo — além da provável recompensa para sua captura.

Depois de conferir para me certificar de que ninguém de Nunca Mais está aqui, abro o diário de Faulkner e me concentro, mais uma vez, na página dos Hydes.

— Kinbott tem que ser a mestra de Xavier — murmuro baixinho. — Ela deve ter descoberto que ele é um Hyde e usado hipnoterapia para libertá-lo. Isso explicaria aquele telefonema e as sessões secretas entre eles...

A única resposta é o ruído da garrafa de ketchup sendo espremida. Mas aí os olhos de Chico se arregalam.

— Acho que o moleque atrás do balcão me reconheceu — cochicha ele. — É, ele tá vindo pra cá. Vou aplicar um mata-leão romeno nele. Me dê cobertura.

Sigo sua linha de visão para onde Tyler se aproxima de nossa mesa.

— Relaxe — aviso a Chico, contendo uma revirada de olho. — Ele não está interessado em você.

Como se para provar meu argumento, Tyler chega em nossa mesa com uma única xícara de café e sorri para mim.

— Fiz um *quad* para você — diz ele. — Por conta da casa.

Chico toma a xícara da mão dele.

— Valeu, rapaz! — exclama ele, sugando ruidosamente minha bebida com um sorriso feliz na cara. Em seguida, entrega a garrafa de ketchup, agora vazia. — Também vou precisar de um refil nessa belezinha aqui.

Tyler parece bastante confuso até eu ficar com pena e interferir.

— Tyler, esse é o meu Tio Chico.

Meu tio oferece a mão com uma expressão marota que Tyler claramente não identifica. Ele a aperta, só para retirar um segundo depois por causa do clássico choque elétrico de Chico. Meu tio ri. Tyler, mais confuso do que nunca, coloca alguma distância entre os dois, e então percebe o diário na mesa em frente a mim.

Os olhos dele se arregalam.

— Isso aí é...? — pergunta ele.

Assinto.

— Descobri que aquilo se chama Hyde.

Sem esperar um convite, Tyler desliza para se sentar ao meu lado na mesa.

Enrijecendo, observo ao redor em busca do outro Galpin.

— Seu pai nos deu instruções explícitas para ficarmos longe um do outro — falo a ele, com certo remorso. Faz um tempo desde que alguém da minha idade falou comigo sem ser com desdém ou fúria.

Tyler dá de ombros.

— Meu pai não está aqui e estou no meu intervalo a partir de agora — afirma ele. — O que mais você descobriu?

Uma parte de mim quer deixar ele se aproximar, mas a outra parte está se lembrando de toda a condenação que recebi nos últimos tempos por colocar as pessoas em perigo. Quanto mais Tyler souber, mais em perigo estará — em especial se Xavier, que nunca foi muito fã dele, for o monstro.

— Ei — diz Tyler, interpretando corretamente minha hesitação. — O que é isso? Ele quase me estripou, lembra? Gostando ou não, já estou envolvido.

É verdade, e como justificativa, é o suficiente por ora.

— Certo — digo, apontando para o desenho do Hyde fazendo reverência para seu mestre. — Ao que parece, um Hyde tem que ser libertado por alguém.

Tyler se debruça mais para perto, o braço encostando no meu.

— Eita — solta ele, olhando para a imagem. Pela primeira vez, sua expressão é inescrutável. Ela o deixa diferente. Menos suave.

Antes que eu possa explicar mais, o Galpin mais velho passa pela vitrine a caminho da porta. Tio Chico se levanta na mesma hora — ele é alérgico a agentes da lei — e desaparece nos fundos.

Espero que Tyler também fuja, mas é tarde demais. O xerife abre a porta da entrada e olha a proximidade entre nós dois, bem quando Tyler se levanta para recebê-lo.

— Só para constar — diz ele, apressado —, Wandinha queria manter distância. Fui eu que me sentei com ela.

Galpin está segurando uma pilha de panfletos. Ele ignora a justificativa do filho como se fosse uma mosca incômoda.

— Tenho problemas maiores hoje. — Ele entrega um dos panfletos para Tyler, evitando meu olhar. — Estamos espalhando estes pela cidade. Suspeito de assalto a banco. Um esquisitão mesmo, segundo todos os relatos. Você não o viu, não é?

Mesmo de uma câmera de segurança toda borrada e de cabeça para baixo, ainda é impossível não reconhecer o chapéu fedora indefectível de Tio Chico torto sobre seu rosto brilhantemente pálido.

Agora Galpin olha para mim. Balanço a cabeça. O código da família Addams é nunca entregar um dos nossos, a menos que ele seja estúpido o bastante para se permitir ser pego. Mas imagino que vi Tio Chico pela última vez em Jericho — Tyler não tem motivos para protegê-lo, e não tem como ele não saber que o sujeito virando de guti-guti o ketchup do Cata-vento e o assaltante a banco de seu pai são uma pessoa só.

Entretanto, ele também balança a cabeça em negativa.

— Seria difícil deixar passar — diz ele. — Mas vou colocar isso no quadro de avisos.

Galpin assente, depois se vira para deixar o café sem dizer mais nada.

Eu me viro para Tyler, surpresa.

— Obrigada — agradeço. — Você não precisava ter feito isso.

Ele agita a mão como se não fosse nada.

— Sua família é bem… pitoresca — diz ele, com uma risada.

— Irônico — digo. — Tio Chico sempre foi a ovelha negra.

Coloco o diário de volta em minha mochila, grata por Galpin ter outras coisas em mente além de examinar meus pertences ou minha proximidade com seu filho hoje. Virando para a porta, planejo me reconectar com Tio Chico no barracão dos Zunzuns, mas Tyler me impede.

— Então — diz ele. — Que tal remarcar nosso encontro?

Fico surpresa outra vez. Enid ficou tão furiosa por eu tê-la enganado depois do meu aniversário que se mudou em definitivo. E Tyler só quer tentar de novo?

— Entre o Hyde e meu tio… — começo, tentando oferecer uma saída para nós dois.

Tyler, porém, não recua. Aquela estranha expressão ainda está em seus olhos, algo como determinação.

— Sem desculpas — diz ele. — Depois do que houve da última vez, acho que você está me devendo.

Via de regra eu me colocaria muito contra essa ideia de que alguém pudesse *dever* um encontro para outra pessoa, mas estou empacada no contraste. Depois da casa dos Gates, todo mundo em minha vida deu um claro passo para se distanciar. Tyler, por algum motivo, está tentando se aproximar.

Já o desconsiderei antes como apenas um morador local que não sabe em quem está depositando seu afeto. Mas será que ele não me conhece a essa altura? Não me viu no que tenho de pior? E não é vagamente humano de minha parte querer que haja uma pessoa no mundo que não me deteste por princípio?

— Não posso sair do campus — conto, dando a ele uma última saída. — Todos os olhos estão em mim agora.

Ele sorri. O sorriso da pessoa que tem um plano. Sorrisos ardilosos são meu tipo preferido.

— Você não terá que sair — diz ele. — Eu vou até você. Cripta do Crackstone. Nove da noite.

Posteriormente, vou culpar o confinamento. A decepção da partida de Enid. O fato de que fui mandada para morar numa panela de pressão de impulsos adolescentes. No momento, apenas digo sim.

Pelo menos algo de bom veio da deserção de Enid: a única pessoa presente para ver a mim me arrumando para encontrar Tyler é Mãozinha. E ele tem opiniões de sobra.

Começa quando descubro o esmalte lua prateada dela no chão, perto de sua mesa. Quando o recolho, Mãozinha começa a sinalizar.

— Não, não estou com saudade dela — digo, curta. — Amigos são uma desvantagem. Desvantagens podem ser exploradas, o que faz delas um ponto fraco.

Ele retoma quando coloco o esmalte de Enid na mesinha ao lado da porta — em plena vista, caso ela volte para pegar quando eu estiver fora.

— Não é um *encontro* — disparo para Mãozinha. — Ele é incansável. Estou pagando minha pena por quase fazer com que ele fosse eviscerado.

Mãozinha não está acreditando. Saio fungando de raiva enquanto ele enrola o dedo médio e o indicador em torno um do outro numa pantomima rude. Eu cancelaria a coisa toda se isso não deixasse claro para ele que ele me afetou.

Tyler está à minha espera do lado de fora da Cripta de Crackstone, conforme prometido. Ele sorri para mim quando me aproximo, e me ocorre de novo o quanto *não é horrível* sentir que tem alguém feliz em me ver.

— Da última vez que alguém me atraiu para cá para uma surpresa, não terminou bem — afirmo, como saudação.

Ele não parece intimidado. Na verdade, isso é bem raro para Tyler ultimamente. Quando o conheci, ele era todo atrapalhado, gaguejando e envergonhado, mas é como se tivesse descoberto alguma fonte de confiança.

Acho que ter sua carne rasgada tem esse efeito em alguns de nós. Só nunca pensei que Tyler seria desse tipo.

À minha frente, ele abre a porta da cripta e gesticula para eu entrar primeiro.

— Feche os olhos — instrui.

Hesito. Não parece uma boa ideia, ainda mais porque sei que há um assassino à solta. Que provas tenho de que Xavier não me seguiu até aqui? Ou Kinbott?

— Por favor — diz Tyler, quando não obedeço. Não soa como uma pergunta.

Fecho meus olhos.

Ele me conduz para dentro, dizendo quando pisar, um braço no meu e um na parte de trás da cintura, me guiando. Isso me lembra da noite em que dançamos na Rave'N. Também fiquei extremamente desconfortável então.

— Certo — diz ele. — Pode abrir os olhos agora.

Quando o faço, a cripta está transformada. Não posso dizer com honestidade que as luzinhas piscando são uma melhoria sobre o musgo e bolor e inscrições em latim originais, mas é evidente que ele se empenhou.

O lugar todo está banhado em um brilho dourado. Na nossa frente há uma manta preta e branca no chão, cercada por velas. Qualquer lugar que não uma cripta seria insuportável. Aqui é… tolerável. No máximo.

— O que foi? — pergunta Tyler, achando graça. — Ninguém nunca te levou para um piquenique dentro de uma cripta antes?

Não tenho tempo de responder antes que ele puxe de trás de onde está um lençol branco, e em seguida indique para eu me sentar na manta.

Sento-me. Já vim até aqui. E por mais estranho e desconfortável que seja esse negócio todo, não posso negar que é uma distração quase bem-vinda comparada a ficar sentada em meu quarto sozinha, esperando para ser assassinada.

— Como você se sente em relação a filmes de terror? — pergunta Tyler, ligando um projetor colocado em cima da tumba de Crackstone. A tela ganha vida.

Sorrio para Tyler. A lista de meus filmes preferidos provavelmente o faria voltar correndo para o papai em lágrimas. Mas antes que possa dizer para ele que os cineastas japoneses fazem os filmes de horror estadunidenses parecerem brincadeira de criança, os créditos de abertura do filme escolhido começam a rodar.

Naquele momento, sei que me enganei. O verdadeiro significado do horror só foi inventado quando alguém ligou uma câmera e começou a produzir *Legalmente loira*.

Tyler ri quando cubro meus olhos. Integrantes de uma irmandade, óculos escuros em formato de coração, um cachorrinho numa bolsa. É de gelar a alma, no pior sentido possível. Enid adoraria isso.

Para minha imensa surpresa, consigo chegar ao fim do filme sem fugir nem rejeitar a pipoca e os doces contidos em meu estômago. Tyler mantém uma distância respeitosa, e de algum jeito, o mesmo pode ser dito dos detalhes do caso.

Contudo, enquanto guardamos o piquenique, posso sentir uma mudança chegando no clima.

De fato, assim que coloca a mochila nos ombros, Tyler se vira de frente para mim.

— Tenho que dizer uma coisa — começa ele. — E não me odeie, tá? Mas… quero ser mais do que um amigo.

Não faz sentido, mas posso ver por sua expressão que ele é sincero. E mais do que isso, ele está esperando uma resposta positiva. Essa parte é a mais inacreditável, especialmente considerando-se o quanto tenho sido cristalina em relação a esse assunto.

— Vai passar — respondo.

Seus olhos faíscam então, um pouco daquela raiva que tanto me intrigou na Rave'N. A guerra interna. Parece que disparei algo com essas palavras, mas o quê?

— Não faça isso — retruca ele, impaciente. — Não despreze o que sinto.

Não é o que estou fazendo, para registro. Só sei que ele está sentindo essas coisas por uma versão de mim que é uma fantasia, que nunca vai existir. Uma que se importa mais com ter um namorado do que ficar de tocaia em uma caverna na floresta. Em parte, é culpa minha. Cedi mais de uma vez no que diz respeito a Tyler. Ele começou a acreditar que sou como ele. Como as garotas da escola. Mas eu não sou.

Respirando fundo, me forço a encará-lo.

— Olha, eu não sirvo nem para ser uma boa amiga, que dirá mais do que amiga. Vou te ignorar, pisotear seu coração, e sempre colocar meus interesses e necessidades em primeiro lugar. Você já viu isso em primeira mão. O que te faz pensar que isso vai mudar alguma coisa?

Tyler balança a cabeça, sorrindo como se a verdade devastadora que estou lhe contando fosse só outra peculiaridade inconsequente minha.

— Você pode continuar tentando me afastar — afirma ele, a voz baixa. — Mas não vai funcionar.

— Quase fiz com que você fosse morto.

— Bem, sobrevivi — diz Tyler, movendo-se mais para perto de mim, apesar de já estar bem dentro da minha bolha de espaço pessoal.

Neste momento, porém, não me incomodo. Tem algo na forma com que Tyler olha para mim que me faz sentir como uma lata de refrigerante depois de chacoalharem: expandindo, derramando, descontrolada. O mesmo jeito que me sinto quando estou na trilha de um suspeito de importância vital — que é o melhor elogio que posso dar.

— Isto é um erro — digo a ele, mas não me afasto. Parece justo lhe dar mais uma chance para mudar de ideia.

— Provavelmente — concorda Tyler com um sorriso, fechando a insignificante distância que nos separa um milímetro de cada vez.

— Definitivamente — contraponho. Sem o impedir. As bolhas continuam fervilhando, ameaçando os limites de seu recipiente.

Contudo, antes que possamos cruzar essa distância final, a porta da cripta se abre com força e somos ofuscados por um facho de lanterna tão intenso que só pode pertencer a uma pessoa desta cidade.

— Que droga é essa, Tyler? — grita o xerife.

— Pai? — responde Tyler, cobrindo os olhos com o braço. — O que você tá fazendo aqui?

O xerife Galpin parece a um só tempo embaraçado e exasperado.

— O zelador de Nunca Mais encontrou uma moto junto ao lago. Combina com a descrição de uma roubada pelo ladrão de bancos. Havia uma canoa faltando, então pensei que ele poderia estar escondido na Ilha Corvo.

Eu me afasto de Tyler um passo.

O xerife aponta a lanterna para nós dois.

— Nem vou perguntar o que é isso, mas nunca vi vocês dois aqui, e nunca verei vocês dois aqui de novo. Compreendido?

Tyler assente.

— Addams, comigo — diz ele. — Vou te levar de volta para a escola. *Outra vez.* Tyler, volte para casa e fique lá. Entendeu?

Ele assente de novo, e meu primeiro *encontro* com Tyler Galpin termina sem cerimônias.

CAPÍTULO VINTE E SETE

Consigo convencer o xerife a não me acompanhar até lá dentro, e assim que ele sai de minha vista, volto para entrar pela janela do meu quarto. A última coisa de que preciso hoje é Weems descobrindo que dei outra saída noturna extracurricular.

Porém, antes mesmo de entrar no quarto, sei que tem algo de errado. A janela está aberta, para começo de conversa, escancarada no ar frio da noite. Se fosse Enid, as luzes estariam acesas, mas não estão. Entro hesitante, a cabeça indo de um lado para o outro.

A visão que me recebe é de pura catástrofe. O quarto foi saqueado, e minuciosamente, a julgar pela aparência. As páginas do meu livro estão espalhadas pelo chão. Meus discos. O kit de taxidermia que meus pais me deram de aniversário. Tudo.

Mal cataloguei metade dos danos quando me dou conta de algo ainda mais horrível do que a perda do meu livro.

— Mãozinha? — chamo. — Cadê você?

Sem resposta. Abro caminho até o interruptor junto à porta, banhando a bagunça numa luz que deixa ainda mais evidente o caos. Sei que seja lá quem esteve aqui, veio à procura do diário de Faulkner. E, segundo minha primeira olhada, conseguiram encontrá-lo.

Mas nada disso importa quando meus olhos por fim pousam sobre Mãozinha — preso a uma das colunas do quarto por uma adaga.

— *Mãozinha!* — grito, correndo até ele.

Ele foi empalado por completo e está mortalmente imóvel. Combatendo o pânico que arranha minha garganta, eu o liberto tão depressa quanto posso. Sangue se empoça embaixo dele. Há quanto tempo ele está assim?

Mesmo livre do que o prendia, ele está frouxo, inerte. Não sei o que fazer por ele. Nem entendo completamente sua anatomia ou o que o mantém vivo. De súbito, as palavras que sempre me disseram — *é um dos grandes mistérios da família Addams* — parecem inadequadas de um jeito terrível.

E então me lembro: a família Addams. Tio Chico. Com alguma sorte, ele está no barracão dos Zunzuns agora. Ele saberá o que fazer. Não pode ser tarde demais. Simplesmente não pode.

— Socorro! — grito, entrando de súbito no barracão com Mãozinha embrulhado em uma toalha. Ela já está ensopada de sangue.

Tio Chico estava comendo um dos preciosos potes de mel de Eugene com as mãos imundas, mas no instante em que me vê, se põe de pé.

— O que houve? — pergunta ele enquanto eu abro a toalha.

— Ele não está se mexendo — explico, entredentes.

O resto é autoexplicativo. Os olhos de Chico se arregalam ao ver a facada.

— Deite-o sobre a mesa — instrui ele, num tom sério que me reconforta.

Eu faço o que ele diz, e Tio Chico esfrega as palmas das mãos uma na outra. Eletricidade estala entre elas, um leve brilho azulado na parca luz da barraca.

Ele gesticula para eu me afastar, depois coloca dois dedos na palma de Mãozinha e lhe dá um choque.

Eu me encolho como se fosse eu a tomar a descarga. Mãozinha, porém, além de dar um solavanco para cima por reflexo e tornar a cair, não se move.

Tio Chico dá mais dois choques, as duas vezes com o mesmo resultado. Então se afasta, sua expressão, normalmente lembrando a de um chacal, agora caída e lamentosa.

— Tente de novo — exijo.

Os olhos pesarosos se enchem de pena, o que só me dá mais raiva. Sinto lágrimas enchendo meus olhos, ameaçando quebrar o pacto que fiz comigo mesma na sepultura nevada de meu escorpião, dez anos atrás.

— Ele se foi, Wandinha — diz Tio Chico, e as lágrimas enfim caem.

— Não. Foi. Não.

Eu me jogo de joelhos, os olhos na altura de Mãozinha, que está pálido e mole sobre a mesa.

— Mãozinha, se você consegue me ouvir — falo, com urgência. — Eu quero que você saiba que se você morrer, *vou te matar*.

Eu me levanto, dando meu olhar mais sério ao tio Chico.

— Agora, de novo! Por favor...

Não me passa desapercebido que Tio Chico não acredita que vá funcionar. Que ele faz todo o necessário apenas por amor à sua sobrinha preferida. Mas não importa o motivo por que ele o está fazendo, importa apenas que o faça.

Ele dá outro choque em Mãozinha, a descarga mais potente até então. Mãozinha dá um solavanco para cima, cai de volta. Sem vida. Se foi.

Mas aí, depois do minuto mais longo que já vivi, seu mindinho se contrai e lenta, muito lentamente, ele mexe o restante dos dedos.

Sou percorrida por um alívio como nunca experimentei. Sinto que fui eu a me sujeitar à voltagem de Chico.

Quando ele acena de modo fraco, enxugo minhas lágrimas, jurando que ninguém jamais saberá que chorei. Chico se ajoelha e o saúda jubilante, e quando ele se afasta, já estou recomposta.

— Quem fez isso com você? — pergunto a ele.

Ele gesticula, hesitante, a ferida ainda lhe causando óbvia dor.

Solto uma fungada de desgosto quando ele termina.

— Uma faca pelas costas. Covardes. — Estou de joelhos, olhando diretamente para ele. — Quando eu encontrar essa pessoa, juro que ela vai sofrer. E será demorado, lento e excruciantemente doloroso.

Depois de um instante, ele estende o mindinho para mim. Travo o meu no dele e aperto, gravando a promessa em meu coração como um ferro em brasa, antes de me levantar para encarar Chico.

— Eu vou costurá-lo — digo. — Eles encontraram a sua moto. Você precisa ir embora. Da próxima vez, talvez roube algo menos conspícuo.

Tio Chico sorri, mas há um traço de tristeza na expressão.

— E o que haveria de divertido nisso? — pergunta. — Vou ficar na miúda aqui esta noite, ficar de olho no paciente, e dou no pé de manhã.

Concordo com um gesto de cabeça.

— Bem, vejo você na sua audiência, ou na próxima reunião de família. O que vier primeiro.

Chacoalhando a cabeça, ele ri.

— Você sempre foi minha favorita, Wandinha.

Não há mais espaço para sentimentalismo esta noite.

— Certifique-se de dizer isso para Feioso da próxima vez que o vir — digo. — Vai deixá-lo com um complexo.

Uma vez que Mãozinha está costurado e repousando, está na hora de lidar com o resto das consequências da invasão. A srta. Thornhill avalia o prejuízo e insiste em me levar diretamente para a sala de Weems pela segunda vez hoje.

Depois de ficar ciente da situação, ela anda de um lado para o outro, distraída, pensando.

— Estou supondo que isso não tenha sido uma pegadinha aleatória, não é? — pergunta ela enfim, soando quase esperançosa.

Balanço a cabeça.

— Seja lá quem tenha saqueado meu quarto, roubou o diário de Nathaniel Faulkner — explico a ela.

Thornhill olha de uma para a outra, confusa, enquanto Weems se endireita, furiosa.

— Aquele diário deveria estar trancafiado a salvo na Biblioteca Beladona!

E abruptamente, ela não é a única furiosa.

— Então você sabia sobre o diário! O que significa que também sabe que o monstro que estamos procurando é um Hyde.

Thornhill parece confusa de vez agora, e Weems nota, porque se vira com uma expressão completamente diferente da que está dirigindo a mim.

— Obrigada, Marilyn — diz ela. — Eu resolvo a partir daqui.

— Ah! — diz a srta. Thornhill, claramente pega de surpresa. — É claro. Se precisarem de mim, estarei logo mais adiante.

A luz do fogo tremula naquelas botas brilhantes dela conforme ela se retira. Estou começando a cogitar de verdade se ela tem outro par.

O sorriso de Weems desaparece antes que a porta se feche. Em vez de se voltar para mim, ela vai até a lareira de Medusa, apoiando-se nela e fitando as chamas.

— Faulkner passou anos estudando os Hydes — conta ela. — Ele queria determinar se eram apenas assassinos irracionais ou se tinham consciência de seus atos.

— E qual foi a conclusão? — pergunto, em tom neutro. Não ligo se ela está com raiva de mim, desde que me conte o que sabe.

— Ele foi morto por um Hyde antes que pudesse chegar a uma conclusão — retruca ela. — Outros tentaram continuar sua pesquisa, mas os Hydes eram imprevisíveis demais. Violentos demais. Vidas foram perdidas, o experimento todo era um caos. Foram oficialmente banidos de Nunca Mais há trinta anos.

Eu me aproximo, sentindo o calor do fogo no meu rosto.

— Todo esse tempo… você sabia que era um Hyde. Por que não contou para ninguém? Para o xerife?

Weems se vira para mim.

— Porque se eu fizer isso, Nunca Mais está acabada. Terminada. Fechada permanentemente. Os padrões não vão se importar se os Hydes não frequentam mais a Nunca Mais. Tudo com que se importarão é com o fato de que um Excluído é o responsável por uma onda de assassinatos. E não vou deixar que isso aconteça sob o meu comando.

Então tudo volta às aparências, penso, amargamente decepcionada. Uma coisa é Weems acobertar as atrocidades do passado, mas ignorar os assassinatos do presente parece quase tão monstruoso quanto cometê-los.

— Mas não sou a única ocultando informações — provoca ela. — Se você suspeita de alguém, precisa me contar.

Fungo, desviando-me de seu olhar, mais abrasador do que as chamas.

— E por que eu faria isso? Tudo o que você já fez foi tentar obstruir meu caminho e me manipular. Você não se importa com quantas pessoas morrem, desde que possa proteger a sua reputação.

O momento em que ela se fecha para mim fica evidente em seu rosto. Como uma porta batendo. Eu deveria reconhecer, vi uma porção dessas recentemente.

— Estou protegendo nossa família de Nunca Mais, que também inclui você, srta. Addams. Por enquanto, pelo menos.

No dia seguinte, compareço às aulas numa névoa. Tio Chico foi embora de vez, o que significa que estou por conta própria de novo. O xerife Galpin e Weems não me levam a sério, Enid se foi, Xavier, o Hyde, provavelmente está sendo controlado por Kinbott, mas não tenho provas. Não tenho aliados. Não tenho nada.

É surpreendente, portanto, quando Bianca Barclay me aborda no quadrado no período entre as aulas.

— Venha comigo — diz ela. — Tenho informações sobre algo que o prefeito Walker estava investigando antes de ser assassinado.

— Por que você contaria para mim? — pergunto, desconfiada.

Bianca revira os olhos.

— Olhe, não crie alvoroço por causa disso, mas ando... meio que... passando um tempo com Lucas Walker. Ele estava me contando umas coisas sobre o pai dele; ele não confia no xerife com isso e sei que você é bem obcecada com esse tipo de coisa. Pensei que talvez você pudesse ajudá-lo a descobrir o que fazer com isso. Mas se você prefere que eu conte a outra pessoa...

— Mostre para mim — falo, antes que ela possa mudar de ideia.

Ela me leva até a Biblioteca Beladona, onde Lucas Walker espera por mim.

— Venho em paz — inicia Lucas quando me vê, levantando as mãos. Numa delas há uma pilha de papéis.

— Eu sabia que não foi um acidente — conta ele, indicando os papéis com um leve gesto do queixo. — Então comecei a vasculhar os arquivos no computador dele para descobrir o que teria feito alguém querer matá-lo.

Ele me entrega os papéis, parecendo aliviado.

— Isso é um pouco do que havia no computador dele. Alguém que ele estava tentando rastrear antes de morrer. Laurel Gates. Soa conhecido?

Meu coração já está martelando ao folhear as páginas.

— Supostamente, ela está morta — declaro.

— Aí é que está — diz Lucas, se aproximando para apontar para a página que estou lendo. — Segundo o relatório da polícia britânica, ela foi *presumida* como morta por afogamento, mas o corpo nunca foi encontrado.

Posso ver em minha mente. O quarto de Laurel, impecável, rosas na mesa de cabeceira. Há registros de imóveis, junto com sua certidão de óbito e o relatório da polícia.

— Estranho — digo. — Aparentemente, a Mansão Gates foi comprada no ano passado por uma herdeira de doces com noventa anos, que então morreu misteriosamente, deixando tudo para sua cuidadora, Teresa L. Glau.

Bianca e Lucas estão ambos me encarando sem entender.

— É um anagrama de Laurel Gates — explico. — Acompanhem.

Uma expressão de entendimento surge nas feições de Bianca primeiro.

— Então Laurel compra em segredo sua casa antiga, depois volta para Jericho como outra pessoa? Mas por quê?

Por um momento eu paro, impressionada por sua habilidade de analisar a situação tão depressa sem nenhum conhecimento prévio. Então me lembro do que está em risco.

— Vingança — afirmo. — De todas as pessoas que ela culpa pelo infortúnio de sua família.

Penso nas vítimas; tudo faz sentido. Até o discurso de Weems sobre a descoberta do Hyde ser o fim da escola.

— O pai de Lucas, o médico legista, meus pais — digo. — Mas, acima de tudo… Nunca Mais.

Lucas parece não entender nada, mas Bianca é afiada. Seus olhos encontram os meus.

— Isso tudo tem algo a ver com o monstro, não é? — pergunta ela. — Como ele se encaixa nisso?

— O monstro é chamado de Hyde — explico, juntando as peças conforme conversamos. — E acho que ele vem seguindo as ordens de Laurel.

— Você sabe quem é Laurel, não sabe? — pergunta ele.

Pela primeira vez em mais tempo do que consigo lembrar, sei *exatamente* o que fazer em seguida.

A porta da dra. Kinbott está fechada quando chego. Eu a abro ruidosamente. Meu coração está batendo com tanta força que o sinto até no couro cabeludo. Hoje é o dia em que enfim isso acaba.

Ela está ao telefone quando entro; sua expressão muda rapidamente de preocupação para alarme.

— Wandinha? Não temos uma consulta marcada para hoje.

Sinto que todas as células do meu corpo estão vibrando em antecipação a este momento.

— Eu queria devolver uma coisa — solto, adiantando-me para cruzar a distância entre nós. — Encontrei no seu antigo quarto.

Minhas mãos estão estáveis quando procuro em minha mochila e retiro de lá a caixinha de música. LG laqueado na tampa. Eu lhe entrego, e a médica pega o objeto com uma expressão confusa no rosto.

— Eu sei que você é Laurel Gates — revelo. Agora não dá para voltar atrás. — O prefeito Walker também decifrou essa. Ele estava a caminho de contar para o xerife. Foi por isso que você o matou.

Kinbott fica boquiaberta. Ela é uma atriz excelente, tenho que admitir.

— Você não veio até aqui para me acusar de *matar o prefeito*, né?

Continuo focada como um laser no rosto dela, observando em busca de qualquer contração muscular que a entregue.

— Quem seria melhor para entrar e sair de um hospital sem ser detectada do que uma psiquiatra sob a desculpa de visitar outro paciente? As rosas que você levou para Eugene foram o seu erro. Elas eram do mesmo tipo que descobri em seu antigo quarto de infância.

Sua expressão de descrença não muda. Nenhum tique visível ou atitude estranha. Mas é claro, ela vem mentindo há muito, muito tempo.

— Wandinha — começa ela, devagar, como se eu fosse uma paciente transtornada e não uma guerreira pela justiça. — Honestamente, não faço ideia do que você está falando, mas se você está vivenciando paranoia como resultado dos perturbadores eventos recentes, podemos conversar a respeito.

Fungo, zombeteira.

— Ah, por favor. Só existe um motivo para uma psiquiatra com excesso de qualificações como você se instalar nesta cidadezinha atrasada e irrelevante, e esse motivo é a Nunca Mais. Aqui você pôde rastejar pelas mentes de jovens Excluídos até encontrar um Hyde para manipular de modo a conseguir sua vingança.

Ela ainda parece dividida entre a pena e a descrença. Seu celular vibra e ela olha para baixo rapidamente.

— Se você não vai deixar eu te ajudar com esses delírios, então preciso ir embora. Tem outro paciente em crise que *precisa* mesmo da minha ajuda.

— Xavier? — pergunto, me posicionando para bloquear sua passagem quando ela tenta alcançar a porta.

Seus olhos se arregalam de surpresa.

— Eu sei tudo sobre as sessões secretas no seu carro. Também vi a caverna na floresta onde você conduzia suas outras "sessões" para libertar o Hyde dele.

Pela primeira vez, Kinbott parece zangada. *Bom*, penso eu. Gente zangada fica desleixada.

— Você está passando dos limites, mocinha — solta ela, entredentes.

— Você sabia que um Hyde é perigosamente imprevisível? — pergunto, casual. — Ou o seu plano é internar Xavier antes que ele possa se voltar contra você?

Ela meneia a cabeça, o rosto afundando numa imitação incrível de horror genuíno.

— Wandinha, você está me assustando agora. Você precisa de ajuda. Mais ajuda do que posso oferecer.

Pegando seu celular e discando, ela recua lentamente para longe de mim.

— Chamando a sua ferinha para acabar comigo, enfim? — pergunto. — Aposto que vocês dois aguardavam ansiosamente por este momento.

— Não, Wandinha — dispara Kinbott. — Estou ligando para o juiz Reynolds para recomendar que você seja internada numa clínica psiquiátrica para observação.

É tão engraçado que quase rio alto. Ela terá dificuldade para encontrar uma instituição num raio de cento e cinquenta quilômetros que um Addams não tenha governado com punho de ferro.

— Por favor — digo. — Nós duas sabemos que eu iria comandar o lugar em uma semana. Seu tempo acabou, Laurel.

E saio sem mais uma palavra.

Minha parada seguinte é ainda mais importante do que a primeira, porque por mais que Kinbott goste de fingir que tem meu bem-estar e minha segurança em mente, ambas sabemos que ela vai soltar Xavier para cima de mim na primeira oportunidade. E se o diário de Faulkner estiver correto, não importa quanta afeição ele já tenha sentido por mim, isso não o impedirá de obedecer a uma ordem direta.

Mas não chego nem até a metade do caminho para Nunca Mais antes de ser interceptada por Weems em seu reluzente utilitário prateado. Pela expressão em seu rosto, sei que algo deu muito, muito errado.

— Entre — diz ela, tensa. — Estamos indo para o hospital. A dra. Kinbott foi atacada.

Eu me sento junto a Weems fora da sala de emergência. Conforme esperamos por notícias sobre a condição da dra. Kinbott, ela me conta sobre a ligação que recebeu de Kinbott depois que saí. Aquela em que ela contou a Weems que estou irracional. Ela pergunta mais de uma vez sobre o que foi nossa conversa, mas parece que Kinbott foi atacada antes que pudesse explicar o motivo pelo qual estive lá.

Outro nó curioso na narrativa que estou criando. Hydes são famosos por acabarem se virando contra seus mestres, mas será que foi uma coincidência que Xavier a tenha atacado antes que ela pudesse me implicar?

Esperamos no hospital por mais de uma hora, mas quando o xerife Galpin aparece, ele apenas balança a cabeça. A dra. Kinbott está morta. O que significa que Xavier é agora um monstro sem mestre, mais perigoso do que nunca.

Está na hora de o deter, de uma vez por todas.

CAPÍTULO VINTE E OITO

Espero no barracão de Xavier por quase uma hora até ele chegar. A essa altura está tudo preparado, e sei tudo o que preciso saber.

Quando o escuto chegando, apago a luz. Sento em sua bancada de trabalho. Geralmente é ele quem aparece onde não deveria estar, mas esta noite planejo vencê-lo em seu próprio jogo em mais de um sentido.

A porta se abre. A luz se acende. Xavier dá um pulo, espantado, quando me vê.

— Sério, Wandinha, você precisa ficar longe do meu espaço! — grita ele.

— Você deveria ficar longe do meu — retruco, levantando a adaga que quase matou Mãozinha. Espetando-a no tampo da mesa bem na frente dele. — Você deixou isso no meu quarto.

— Não sei do que você está falando — responde ele, mas Xavier não é tão bom em esconder suas emoções quanto sua mestra era. Seus olhos dardejam para todo lado. Ele está na defensiva de imediato.

— Por que não me contou que estava vendo a Kinbott? — pergunto, sem me dar ao trabalho de responder à mentira óbvia.

Os olhos de Xavier se arregalam.

— Você anda me espionando?

Encolho os ombros.

— O que é que estou dizendo? É claro que você anda me espionando. Eu sou o vilão em sua fantasia.

Ele começa a andar de um lado para o outro. Gesticulando de maneira desvairada ao falar. Mais atitudes estranhas. Ele está se entregando completamente.

— Os sonhos estão me afetando e meu pai vê minha saúde mental como um problema de relações públicas que ele precisa administrar. Ele queria manter seu *filho conturbado* fora dos tabloides. Tá bom?

Uma história ensaiada, suspeito. E se ele fosse realmente o inocente ofendido que finge ser, por que se incomodaria em dar um álibi detalhado para sua acusadora equivocada? Sua culpa o deixa conversador. Posso usar isso.

— Não estive no seu quarto — declara ele, quando não reajo à sua história desesperada. — Acredite em mim, não acredite em mim. Eu não ligo.

Mas cada linha de sua silhueta agitada, de sua expressão em pânico, diz que ele liga, sim. E deveria mesmo. Não há mais ninguém tomando as decisões. Ninguém para direcionar sua monstruosidade.

No canto do estúdio, onde antes ficava meu retrato com o violoncelo, há outra tela grande por baixo de uma lona. Aponto para ela, confiando que ainda tenho sua atenção.

— Sua técnica melhorou — elogio. — Gostei dessa nova obra, em particular.

Antes que ele possa me impedir, atravesso o cômodo para a desvelar. É um retrato de Kinbott. Os longos cabelos loiros. As feições delicadas. A gargantilha com uma lua prateada que ela sempre usa. Na versão de Xavier, ela está banhada em luz vermelha e sombras duras. Cinco marcas de garras rasgam seu rosto.

De frente com a prova de seus feitos monstruosos, Xavier afunda.

— O que você quer?

— Respostas — pontuo, voltando à bancada. A caixa de pesca cheia de material de arte que vasculhei enquanto o esperava. Pego o inalador laranja bem no topo. — Vamos começar com como o inalador de Rowan veio parar na sua barraca.

As sobrancelhas de Xavier se unem em confusão. Talvez Kinbott tenha lhe ensinado mais truques do que eu pensava, mas isso não vai me impedir. Retiro de lá o próximo item, e o próximo.

— E os óculos do Eugene? As fotos que você tirou de mim escondido?

— Não estou entendendo — revela Xavier, baixinho. Seus olhos estão dilatados, pura pupila ao observar horrorizado os troféus enfileirados, organizados em sua mesa.

— Sua última adição. — Estendo a mão para pegar o último item. O golpe de mestre. O estimado pendente de meia-lua de Kinbott, pintalgado de sangue. — E a gargantilha de Kinbott?

Agora Xavier está indignado. Ele se levanta.

— Alguém plantou isso aí! — grita ele. — Foi você?

Ele dá um passo na minha direção antes das portas do barracão serem abertas com um estrondo. O xerife Galpin entra, flanqueado por dois de seus oficiais. Sua arma está apontada diretamente para Xavier, que põe as mãos para cima, o rosto lasso de horror.

— Podem algemá-lo — manda o xerife.

Xavier não resiste, apenas continua a aparentar ter caído em um de seus pesadelos. Pergunto-me por um instante por que ele não se transforma. Se liberta. Ainda mais agora que não tem nenhuma ordem em contrário.

Mas quem pode decifrar a mente de um monstro?

— Xavier Thorpe — declara Galpin, avançando sobre ele. — Você está preso pelo assassinato da dra. Valerie Kinbott.

— Assassinato? — indaga Xavier, sua voz subindo uma oitava. — Não! Estão armando para cima de mim!

O policial que coloca as algemas em Xavier o arrasta para a porta. Normalmente, eu jamais envolveria a polícia em uma de minhas investigações. Eles são infames por serem relaxados e preconceituosos. Além disso, acredito no velho ditado: *quem dedura morre cedo.*

Nesse caso, porém, a onda de matança de Xavier precisava ser detida. Weems não quis me ajudar. Estou desconectada da minha rede usual em casa. No momento, uma cela da cadeia de Jericho é o lugar mais seguro para Xavier.

Todos temos que fazer concessões de vez em quando.

O clarão das luzes da viatura de polícia enche o estúdio de Xavier, banhando o retrato do rosto rasgado de Kinbott em tons sobrenaturais de azul e vermelho. Fico ali com os braços cruzados, assistindo-o ser escoltado rudemente até o carro.

— Você armou para mim — afirma ele, o rosto contorcido de ódio. — Eu devia ter deixado Rowan te matar.

— Você tem o direito de permanecer em silêncio — declara o xerife Galpin. — Você tem o direito a...

A voz dele vai sumindo conforme todos saem do barracão, me deixando sozinha com as relíquias da onda de assassinatos de Xavier. Eu esperava me sentir aliviada. Kinbott está morta e seu Hyde está em grilhões. O povo de Jericho está a salvo.

Então por que ainda me sinto tão agitada?

Depois de um tempo, volto para meu quarto, surpresa ao descobrir que não está vazio e escuro como tem sido em minhas voltas recentes.

Enid está de pé ao lado da cama, a colcha de retalhos visualmente agressiva de novo sobre o colchão. Ela está acabando de pendurar a última peça de roupa.

— Oi — diz ela, quando me vê. O tom é casual, como se ela tivesse me saudado assim todos os dias de sua ausência.

— Você voltou — observo, tentando não inserir nenhum valor nessa declaração, caso ela só esteja procurando seu esmalte de novo.

Quando ela revira os olhos, parece afetuoso. Uma centelha de esperança se acende em meu peito.

— Fico fora por alguns dias e tudo vai pro inferno aqui — diz ela. — O lugar é destruído. Mãozinha é quase assassinado. Alguém precisa cuidar de vocês dois.

Parece inconcebível que possa realmente ser fácil assim. Que ela apenas esteja de volta.

— E a Yoko? — pergunto.

Enid dá de ombros, recolocando seu precioso lobicórnio na pilha de bichos de pelúcia.

— Yoko é ótima. Só decidi que preciso de mais alguns limites.

Ela levanta o rolo de fita preta que dividiu nosso quarto naquele fatídico primeiro dia.

— Nada da fita — digo, mal acreditando nas palavras que deixam meus lábios.

Vale a pena quando Enid sorri.

— Não me diga que Wandinha Addams está amolecendo?

Penso nas últimas vinte e quatro horas. Nas informações de Bianca e Lucas. No confronto com Kinbott. Xavier sendo levado para fora do campus algemado. A sensação inquieta que tive quando tudo terminou. Como se eu não soubesse o que fazer se não estivesse rastreando um assassino grotesco.

— Amolecendo? — respondo. — Jamais. Mas talvez evoluindo.

Enid solta uma risadinha. Descubro que o som não me incomoda.

— Um centímetro de fita de cada vez.

Faz-se uma pausa então. Um silêncio compartilhado, mas confortável. É um fenômeno novo para mim, mas outra vez, não consigo relaxar enquanto não o compreender por completo.

— Por que a mudança de ideia? — pergunto quando não aguento mais. O que quero mesmo saber é se ela não vai mudar de novo, mas não consigo me forçar a lhe perguntar isso.

Enid encolhe os ombros.

— Nós funcionamos bem juntas — responde ela, apenas. — Não deveríamos, mas funcionamos. É como uma estranha anomalia da amizade. Tudo o que você disse sobre mim no outro dia é verdade. Dou risadinhas, sou obcecada com mensagens de texto, amo cores vivas e música pop e perfume. Mas não peço desculpas por isso. Não mais. Se você quiser ser minha amiga, isso faz parte.

É a segunda vez esta semana que vejo alguém que sei ser suave e tímido e excessivamente preocupado com a opinião dos outros (mais precisamente, a minha) criar coragem de um dia para o outro. Cai bem em Enid. Talvez algum dia eu encontre as palavras para lhe dizer isso.

— Mãozinha sentiu saudades de você — digo, em vez disso. É o melhor que posso fazer por enquanto.

O sorriso de Enid evidencia que ela entende o que eu queria dizer de fato, e pela primeira vez não me incomodo com alguém lendo nas entrelinhas.

— Também senti saudades *dele* — diz ela. E então: — Lamento muito pelo Xavier.

— Eu não — respondo, depressa demais. — Ele é um mentiroso e assassino. Além do mais, não há nada como a sensação de estar certa a respeito de alguém.

Ou pelo menos, imagino que não haja. Quando essa sensação chegar.

— Claro, tirando, talvez, a de ter alguém com quem dividir isso — começa ela, com aquele tom de provocação com as vogais estendidas que em geral usa com Ajax.

Primeiro acho que ela está falando de si mesma, e penso que tem razão. Faz com que eu me sinta melhor saber que Enid está aqui, e é a única pessoa de quem pude dizer isso de verdade. Estou para reunir a coragem para colocar esse sentimento em palavras quando ela continua.

— Mãozinha talvez tenha fofocado sobre o seu encontro com Tyler. E aí, como foi?

Essa é uma virada tão completa que levo um momento para recalibrar. Sem dúvidas não é mais o momento para um elogio. Passei a noite toda sem pensar em Tyler, mesmo quando estava coordenando a prisão de Xavier com o pai dele. Enid, porém, parece querer discutir o encontro.

— Ele foi… interrompido — revelo. É a única palavra que soa honesta.

O sorriso malicioso de Enid só cresce.

— Talvez esteja na hora de terminar o encontro, então? Ouvi dizer que Tyler está no turno da noite…

Nunca teria me ocorrido fazer algo assim, mas penso que talvez seja isso que Enid quer de mim. Alguém com quem discutir garotos. Encontros. Todas as armadilhas de amizade entre duas garotas adolescentes que sempre evitei como a peste. Talvez fosse isso o que ela tinha em comum com Yoko. O que fazia da outra garota a opção mais atraente, quando tudo o que eu podia fazer era me fixar em padrões de ataque e órgãos em potes.

Há muito mais a se analisar, claro. Uma parte minha quer confessar que eu preferiria ficar aqui. Discutir a morte de Kinbott e a ativação de Xavier. Ver se Enid acha que deter Laurel e o Hyde é o suficiente para impedir a visão que a mãe de Rowan teve de Crackstone e mim nas chamas...

Mas haverá tempo para tudo isso agora que ela está de volta. E esta noite, o Hyde está atrás das grades, sua mestra no necrotério. As ruas estão a salvo.

— Eu te conto tudo quando voltar — prometo a ela, e saio para o Cata-vento.

O café está fechado, é claro. Neve rodopia pelas ruas, apenas uma leve camada para dizer que o outono acabou.

Lá dentro, vejo Tyler varrendo sob a luz baixa. Ele está sozinho. Percebo que eu deveria ter perguntado a Enid o que fazer, porque neste momento, nada me ocorre. Nós tentamos nos beijar depois do último encontro — devemos tentar de novo? Eu quero isso?

Em vez de ficar aqui fora no frio ruminando e arriscar não ter nada a relatar na volta, decido ser ousada. Abro a porta.

— Estamos fechados — avisa Tyler, sem levantar a cabeça de sua tarefa.

— Então você devia ter trancado a porta — falo. — Tem todo tipo de maluco à solta.

Ele levanta a cabeça, o rosto se abrindo num sorriso autêntico. Mas, por baixo disso, ele parece cansado. Há círculos escuros sob seus olhos. Ele está pálido, como se talvez não venha dormindo direito.

Suponho que todos nós estivéssemos estressados com um assassino nas ruas. Talvez agora possamos enfim relaxar.

— Oi — diz ele, se aproximando. — Meu pai me contou o que houve com Xavier. Isso foi uma loucura. O cara sempre pareceu tão normal... sabe, para um Excluído.

Ele abre um sorriso malicioso.

Eu poderia refutar de várias formas a ideia de que Xavier era normal de alguma maneira, mas não vim até aqui para falar dele.

— Isso me fez reavaliar algumas coisas — digo, cautelosa.

— Ah, é? — pergunta Tyler com um sorriso. A distância entre nós parece menor de repente, embora nenhum de nós tenha se movido. — Tipo o quê?

Lá está aquela expressão em seus olhos de novo. Quase confiança. O olhar de menino perdido se foi. Isso me intriga.

— Tipo em quem posso confiar — respondo.

— Isso quer dizer que está pronta para ser mais do que amiga?

Já respondi a essa pergunta. Dei a ele todos os alertas em que pude pensar. Avisei a ele exatamente como (é bem provável) isso vai acabar. Se ele ainda está aqui, é com os olhos abertos. Se quer me beijar e quero beijá-lo também... bem, nunca fiz isso antes. E todo investigador não deveria estar disposto a viver novas experiências?

Para fins científicos, claro.

Tyler se aproxima. Levanto a cabeça, me aproximando dele, querendo fazer direito. Ter a experiência completa. Sua expressão é ávida. Parece familiar, de um jeito que não consigo identificar.

Por fim cruzo a linha proibida, pressionando meus lábios contra os dele. Eles são macios. Sensíveis. Eu me afasto, olhando-o, para o assombro em seus olhos. Sei que tenho meus dados agora. Não há necessidade de mais testes. Mas a sensação de lata de refrigerante borbulhando que tive durante nosso encontro está de volta. A sensação de que estou muito perto de algo que sempre esteve fora de meu alcance por pouco.

Eu o beijo de novo, mais voraz dessa vez, buscando essa sensação. Minha sensação preferida. Enquanto nos beijamos, mais profundamente agora, a eletricidade lança raízes em certa altura da minha coluna vertebral e começa a se irradiar para cima. É assim que descrevem isso, certo? Faíscas? Fogos de artifício?

Meu corpo se enrijece. A cena na minha frente some, substituída por um horror inimaginável. Garras rasgam carne. Os azulejos do banheiro de Kinbott estão respingados de sangue. Ela grita, implora, à medida que o monstro a ataca com uma expressão que contém apenas fúria.

Eu me torno Kinbott na visão e percebo que a coisa acima de mim não é mais um Hyde, e sim Tyler. Seus olhos estão vazios, a pele nua manchada pelo sangue de Kinbott.

Volto para o presente. Tyler me segura em seus braços.

Preciso sair daqui agora mesmo.

— Wandinha? — pergunta Tyler. — Você tá bem?

Seus olhos estão preocupados, mas se eu olhar mais fundo, posso ver aquele vazio. Aquela fúria de tocaia, à espera.

— Eu... tenho que ir — disparo, e antes que ele possa dizer alguma coisa, me jogo para fora das portas duplas do Cata-vento e saio para a rua.

Do lado de fora, a neve está caindo de novo, espessa e intensa. Corro para dentro da noite, apavorada que Tyler vá se dar conta de que o vi... e me perseguir...

Mas ele não o faz. Meus pulmões estão gritando no frio. Desacelero um pouco, enfim permitindo que a verdade do que vi me atinja com toda a força. É Tyler. Era Tyler esse tempo todo. Isso significa que eu estava errada sobre muitas coisas, mas pior, que fui uma completa idiota.

CAPÍTULO VINTE E NOVE

Levo um tempo para decidir como confrontá-lo. Primeiro, há meu próprio embaraço com que lidar. Como deixei isso acontecer bem debaixo do meu nariz? Tyler estava lá a cada passo do caminho, e ainda assim, eu o desconsiderei. É claro que a primeira pessoa a quem beijo acaba sendo um monstro psicopata e assassino em série. Que nunca seja dito que não tenho um tipo preferido.

Mas ainda resta o fato de que ajudei a polícia a prender a pessoa errada.

Sem mencionar que o monstro ainda está à solta. E quer ele goste de mim ou apenas queira me ver sob seus encantos, ele é perigoso.

Infelizmente, eu estava enganada sobre mais do que só o Tyler. Mais do que Xavier. Não posso acreditar que me permiti confiar no xerife Galpin, entre tanta gente. Perco o dia seguinte inteiro me perguntando se ele sabe do segredo do filho. Se é por isso que ele estava tão resoluto em descarrilar minha investigação — mantendo-me longe de Tyler e do caso.

Isso não importa, exceto no reino da logística. Quando acusei Xavier erroneamente, tive o poder institucional do meu lado. Agora não tenho nada. De fato, é imperativo que as forças da lei *não descubram* o que estou planejando. Se tem algo que sei, é que os seres humanos são tribais. Eles protegem os seus. O xerife Galpin jamais prenderá o próprio filho.

O que quer dizer que estou por minha conta.

Mas quando atravesso o quadrado, percebo que não estou mais sozinha. Enid e Ajax acenam da mesa onde almoçam. Bianca me cumprimenta com um gesto de cabeça de seu poleiro na sacada superior. Até Yoko não parece descontente em me ver.

Talvez haja alguma verdade no que Weems falou quando eu cheguei nessa escola. Há algo de bom em ter uma comunidade. Ter amigos. Saber que você não precisa lidar com as consequências de seus erros do passado sozinha.

Uma das coisas mais insidiosas que Tyler fez foi me deixar sentindo como se *ele* fosse a única pessoa com que eu podia contar. Apenas mais uma coisa pela qual pretendo puni-lo.

Espero até que se passe tempo suficiente desde nosso beijo desastroso. Estou de pé na floresta dentro do terreno de Nunca Mais, esperando. Posso enxergar meu hálito nas brumas.

Tyler é um monstro pontual, pelo menos, penso quando ele se aproxima, observando de modo nervoso ao redor como se houvesse algo nesta cidade toda que lhe apresente uma ameaça.

Tirando a verdade, quero dizer.

Saio das sombras, me esforçando ao máximo para esconder como minhas mãos tremem de fúria. A única coisa que odeio mais do que um mistério não resolvido é ser feita de trouxa. Mas ainda não chegou a hora para essa punição. Primeiro, tenho que montar a armadilha. Depois tenho que convencê-lo a entrar.

Vejamos como Tyler se sente sobre ser tapeado.

Quando me vê, ele sorri, e me pergunto como pude ter pensado que era genuíno. Ele me parece tão falso agora, com o jeito como o sorriso não chega a seus olhos frios.

— Mãozinha me passou seu bilhete — diz ele, aproximando-se mais, como se tivesse algum direito. — Fiquei meio surpreso por você querer me ver de novo, depois de sair correndo na outra noite.

O impulso de atacá-lo fisicamente é forte, mas o engulo, lembrando-me do que ele é. Do que ele pode fazer.

— Isso é um encontro? — pergunta ele, quando não respondo de imediato.

— É uma surpresa — respondo, sem emoção.

Obviamente interpretando errado minha declaração, Tyler diminui a distância, como se fosse me beijar. Eu me desvio.

— Quando cheguei a Nunca Mais, romance era a última coisa na minha cabeça — afirmo. — Mas aí você me beijou, e de súbito, tudo fez sentido.

Kinbott gritando no banheiro de seu consultório. O monstro rasgando sua carne. Tyler respingado de sangue, encarando seus olhos mortos no espelho.

Tyler parece estar achando graça, esperando o que vem em seguida.

— Xavier me alertou a seu respeito — declara, cruzando os braços. Lançando um olhar digno dos de minha mãe. — Mas não dei ouvidos.

Não há dúvida de que ele está desconfortável agora. Ele passa o peso de um pé para o outro, meio rindo.

— Irônico agora, né? — pergunta ele.

Ainda tentando se esconder atrás de uma acusação errônea, penso. Tal pai, tal filho.

— *Irônico* seria Xavier ser acusado de assassinato enquanto o Hyde real me ajuda a colocá-lo na cadeia — pontuo.

Tyler ri de novo, mas deve ver algo na minha expressão que lhe diz que não estou brincando. O sorriso se apaga.

— Espera — diz ele. — Você não acha...

— Eu não acho, eu *sei* — afirmo. — Kinbott deve ter descoberto seu segredo sombrio na terapia e te libertado.

Uma pausa, durante a qual ele não faz nada além de encarar, incrédulo. Ele é um mentiroso muito melhor do que eu pensava.

— Por que você a matou? Pensei que os Hydes fossem leais a seus mestres. A menos que você tenha se cansado de seguir as ordens dela.

Ele levanta as mãos, balançando a cabeça devagar, recuando um passo como se eu é que fosse perigosa.

— Wandinha, é sério, isso é loucura. Não sei o que você acha que fiz, mas...

— Dia da Interação — interrompo, minha ira mais difícil de controlar quando ele tenta usar gaslighting comigo. — Eu te disse que iria para o antigo Templo Religioso. Kinbott te disse para me espionar? Posso ver os olhos do monstro me espiando pelos vãos entre as tábuas. Xavier apareceu momentos depois, mas não cheguei a ver Tyler, é claro. Não em sua forma humana, pelo menos.

— E na noite da Rave'N — continuo, quando ele se levanta, congelado e incrédulo. — Você me ouviu conversando com Eugene sobre a sua caverna na floresta. Deve ter alertado Kinbott. Quando Eugene a viu botando fogo em tudo, ela te mandou para limpar a bagunça.

— Wandinha... — começa Tyler, mas eu o interrompo mais uma vez.

— Devo admitir — falo, em voz alta —, você se ferir na casa dos Gates foi um golpe de mestre na distração. Nunca pensei que você tivesse muito no quesito cérebro, mas é evidente, estava enganada.

— Tá bom, para! — exclama Tyler, dando outro passo para trás. — Você sabe o quanto soa maluca neste momento? Não sou um monstro! E se você achasse mesmo que eu era, por que raios se arriscaria me trazendo para a floresta para me confrontar sozinha?

Ele diz isso com apreensão na voz. Como se estivesse preocupado com minha segurança. Não sei se algum dia odiei alguém mais do que o odeio neste instante.

— Quem disse que eu estava sozinha? — pergunto, enquanto Yoko, Divina, Kent e Ajax emergem das sombras da cripta, cercando Tyler.

Excluídos contra padrões de novo, penso. O que mais poderia ter sido?

Pela primeira vez, Tyler parece genuinamente aterrorizado.

— Não sei que tipo de piada doentia você está fazendo, Wandinha — afirma ele, jogando as mãos para cima. — Mas tô caindo fora.

Ele se vira para sair intempestivamente, ficando cara a cara com Bianca, que está sem o pendente esta noite — o que significa que seus poderes de sereia estão com toda a potência.

— Na verdade — diz ela, fitando direto nos olhos dele —, você vem com a gente.

Um fiapo de névoa vermelha, quase imperceptível, escapa da boca de Bianca. Posso vê-la espiralar nos olhos de Tyler quando seu queixo se afrouxa. Ele a teria seguido de um penhasco se ela pedisse, mas só preciso que ele vá até um certo barracão remoto.

Quando Tyler volta a si, está acorrentado a uma cadeira no estúdio de arte de Xavier. Eu me posto diante dele, querendo ser a primeira coisa que ele vê. Ele pisca, sonolento, conforme nós entramos em foco — os Beladonas e eu. O pior pesadelo dele.

— Onde diabos eu estou? — pergunta ele.

— Num lugar onde ninguém pode ouvir seus gritos — respondo, de bate pronto.

Ele se sacode contra as correntes pesadas atravessando seu tronco.

— Por que estas correntes?

Estreito meus olhos.

— Nós dois sabemos a resposta.

A expressão de Tyler agora é de súplica.

— Wandinha, isso é loucura. Você sabe que sou um padrão.

— Isso é só meia-verdade — respondo, estendendo a mão. Yoko coloca uma pasta nela, que abro na foto da equipe de esgrima da minha mãe. Ela se encontra na dianteira, bem no centro, exigindo todos os olhares.

Mas ela não é a única garota na foto. No fundo, há uma garota de rosto comprido. Cabelo castanho-avermelhado ondulado.

— Você a reconhece? — pergunto a Tyler, apontando para o rosto da garota. Seus olhos se arregalam, mas ele não responde.

— Se eu não estivesse tão focada na minha própria mãe, talvez tivesse notado a sua antes — falo. — Ela dava aulas de esgrima em Nunca Mais. Seu pai se apaixonou e se casou com uma Excluída.

Tyler passa de indefeso a indignado.

— Tá, ela era uma Excluída, sim! — exclama ele. — Agora está morta. Isso não faz de mim um monstro.

— Ela não era uma Excluída qualquer — começo, sentindo a emoção de tê-lo aqui, cativo. Enfim prestes a pagar pelo que fez comigo e com todas aquelas pessoas inocentes. — Ela era uma Hyde. Segundo os registros médicos dela…

Eu volto a olhar a pasta.

— Você roubou os registros médicos dela? — pergunta Tyler, enojado.

Como se roubo de papelada tivesse um escopo equivalente ao crime de assassinar diversas pessoas.

— Tecnicamente, o Mãozinha roubou da sua garagem — admito. — Seu pai gosta de guardar coisas. Parece que a depressão pós-parto dela serviu como gatilho para sua condição.

— Minha mãe era bipolar! — grita Tyler. Ele está ficando zangado. Bom.

— Nós dois sabemos que é uma mentira — falo, pressionando, não lhe dando espaço para onde fugir de meu olhar. — Ela era uma Hyde. Todos esses anos seu pai deve ter vivido com medo, se perguntando se ela havia passado adiante sua condição para você.

Ele inclina a cabeça para o lado, implorando aos outros.

— Vocês todos vão mesmo só ficar aí e deixar ela fazer isso comigo?

Ninguém intervém. Ninguém sequer responde. Eles sabem o que está em risco aqui. Bem, até este ponto, pelo menos. Posso ter omitido alguns detalhes essenciais.

Enfio a mão na minha mochila, tirando de lá os suprimentos de que precisarei na fase dois. Um Taser, alicates, uma pistola de grampos, um martelo.

— Wandinha — sibila Bianca, se aproximando. — O que você está fazendo?

— Um Hyde só entende uma coisa — explico, sem levantar a cabeça. — Dor. É assim que provamos que ele é um monstro. Que Xavier é inocente.

Antes que ela possa me impedir, me viro e aciono o Taser no pescoço de Tyler. Ele ruge de dor, mas continua um humano acorrentado. Não importa, eu não esperava que a primeira tentativa fosse funcionar. É por isso que trouxe tantas outras ferramentas.

— Já chega — afirma Yoko, de perto da porta. — Tô fora.

Os outros Beladonas também se vão, mesmo Ajax, depois de uma longa olhada.

— Enid acaba de mandar uma mensagem — avisa ele. — Thornhill está desconfiada por termos todos perdido o jantar. Seja lá o que você estiver fazendo, faça rápido.

Mentalmente, tomo nota: Ajax é mais leal do que os outros. Isso, ou ele tem um medo mortal de irritar a namorada.

Bianca é a única a ficar para trás, e ela me derruba com um olhar.

— Não topei participar disso — pontua ela. — Vamos só levá-lo para a Weems. Explicar tudo.

Mas já cansei de interferência institucional. A escola, a polícia, o governo municipal. Todos já falharam. Sou a única que pode resolver isso.

— Weems não vai nos ajudar a provar que um Excluído é responsável por assassinato — digo, mas não posso desviar os olhos de Tyler. Da agonia no rosto dele. — E Galpin seria inútil, mesmo que Tyler não fosse seu filho. Estou por minha conta.

— Ah, mas está mesmo — confirma Bianca. — Espero que você saiba o que está fazendo.

E então ela se vai também. Tyler grita, em pânico:

— Não! Não me deixe com ela! Estou te implorando, por favor!

— O que foi que falei sobre gritar? — indago, me aproximando de novo. O Taser chia, pronto para atacar de novo. — Para que Kinbott, ou devo dizer Laurel Gates?, estava te usando?

— Wandinha, por favor! — ofega Tyler.

Eu o acerto com o Taser de novo. Ele deveria saber qual a sensação da dor. Quanta dor ele causou a outras pessoas durante sua onda de assassinatos?

— As partes de corpos no porão da casa dos Gates, para que Laurel as estava coletando? Qual era o plano dela? Tinha algo a ver com Crackstone? Com a visão da mãe de Rowan?

— Eu não entendo — soluça Tyler. — Por que tá fazendo isso?

Qualquer outro poderia se enganar, mas eu não. Não há lágrimas.

Coloco o Taser na mesa com força, a plena vista.

— Se você não cooperar, terei que apelar para a moda antiga.

Apanho o martelo e os alicates, fingindo agonizar pensando em qual escolher.

É aí que ouço as sirenes. É claro que um daqueles Beladonas idiotas foi avisar a Weems. Nenhum deles ousaria chamar um xerife padrão, mas Weems, sim, se isso significasse se manter nas boas graças de Jericho.

Não importava; isso era apenas um obstáculo. Mais cedo ou mais tarde, a verdade sobre Tyler virá à tona. Planejo não descansar até que isso ocorra.

As luzes vermelhas e azuis banham o barracão pelas janelas. O rosto de Tyler se afrouxa de alívio.

— SOCORRO! EU TÔ AQUI! — grita ele, como se eles já não soubessem.

O xerife Galpin irrompe no recinto poucos segundos depois, arma na mão, cercado por oficiais. Ele parece atormentado, os olhos injetados de sangue e o rosto macilento.

— Largue o Taser e se afaste do meu filho! — grita ele, a voz rouca.

Eu obedeço, erguendo as mãos com relutância.

— Isso não acabou — digo para Tyler pelo canto da boca.

Weems espera por mim na delegacia, num desdobramento chocante. Ouço sua conversa com o policial. Pelo visto, os Beladonas a procuraram todos juntos, disseram que fui longe demais.

Traidores.

Os dois me abordam juntos.

— O xerife Galpin não vai prestar queixa de sequestro — diz Weems, num tom de fúria mal contida com o qual estou me familiarizando bastante. — O que, tenho certeza, você sabe que é um *milagre*, considerando-se as circunstâncias.

Mas eu sei que é muito mais do que um milagre. É um acobertamento.

— Há quanto tempo você sabe? — pergunto ao xerife, ignorando as tentativas de Weems de lamber todas as botas do local.

— Como é que é? — pergunta ele, dando meia-volta para me encarar.

— Quando te dei aquela garra da caverna, você já sabia da verdade sobre Tyler?

— Wandinha! — grita Weems, escandalizada. — Já chega!

Mas Galpin não parece surpreso. Ele me observa como alguém olharia para uma criança irracional.

— Xavier Thorpe é o nosso Hyde — declara ele. — Temos as provas. Tudo graças a você, o que é o único motivo pelo qual estou te dando esse último passe livre.

É balela e nós dois sabemos disso. Não é de espantar que o xerife estivesse tão ansioso para prender Xavier. Deve ter sido um alívio imenso. A única pergunta é se ele está mentindo para si mesmo ou apenas para o resto de nós.

— Tyler vai se virar contra você — falo, o encarando. — E quando ele se virar, você vai desejar ter me dado ouvidos. Mas só por alguns segundos, porque então você já estará morto.

Weems se põe de pé, me agarrando pelo braço e me arrastando para a porta. Galpin me vê partir com uma expressão insondável no rosto.

Já estamos quase na porta quando ouço a última voz que esperava escutar esta noite.

— Wandinha, espera.

É Tyler. Ele se aproxima atravessando o piso quadriculado de linóleo da sala de espera, mas é interceptado pelo pai antes que possa me alcançar.

— Ty, o que tá fazendo? — pergunta o xerife, em voz baixa.

— Preciso falar com ela, pai — diz ele. Aquela falsa expressão juvenil dele. Os olhos arregalados, a boca franzida como se ele estivesse prestes a chorar a qualquer momento. — Ela era minha amiga. E estou numa delegacia, o que pode acontecer?

Para um privilegiado filho do xerife? Provavelmente nada, penso. A menos que eu possa pegar a faca em minha bota a tempo.

Galpin se afasta.

— Seja rápido — diz ele.

Que tocante sua preocupação pelos desejos de seu filho monstro, enquanto outro garoto é aprisionado pelos crimes dele.

Weems segue o gesto do xerife Galpin, acompanhando-o para o escritório aberto à esquerda. Isso deixa Tyler e a mim na delegacia de polícia, a luz fluorescente piscando acima de nós.

— O que você quer? — pergunto.

Ele já está perto demais para meu conforto.

— Fazer uma pergunta — explica ele, e um sorriso toma conta de suas feições. Um que nunca vi antes, em todo o tempo que passamos juntos. — Qual é a sensação?

— Que sensação? — pergunto, revoltada.

— A de *perder* — completa ele.

O sorriso maldoso se transforma em demente de verdade quando ele chega ainda mais perto, se debruçando como se fosse me abraçar uma última vez. Minha pele está coberta de calafrios. Prendo o fôlego, ficando tão imóvel quanto posso. Ocorre-me, não pela primeira vez, o que significa o fato de Tyler ser o monstro. O que ele poderia ter feito comigo caso quisesse.

— No começo, eu acordava pelado — conta ele. — Coberto de sangue. Sem ideia do que havia acontecido. Mas com o tempo, comecei a me lembrar. De tudo. Do som dos gritos. Do pânico nos olhos deles. Um medo tão primitivo que eu podia sentir até o gosto. — Ele faz uma pausa. — E era delicioso.

A frieza e a fúria que eu vislumbrava às vezes na expressão de Tyler sobrepujaram todo o resto. Naquele momento, me perdoo por ter sido enganada. Lembro das palavras de Faulkner em seu diário: *O Hyde é um artista por natureza.*

— Você não tem ideia do que vem por aí — sussurra ele no meu ouvido, e arrepios se espalham por minha pele.

Vejo tudo em tempo real. O Tyler que conheci voltando ao rosto dele. A expressão magoada. Os olhos distantes, ansiando por uma escapatória. Uma vítima, perdoando a garota que ele já desejou por acusá-lo erroneamente.

Tendo estado frente a frente com o Hyde diversas vezes, posso dizer sem sombra de dúvidas que eu preferiria os dentes rangendo e as garras ensanguentadas daquele monstro do que a frieza humana letal deste.

Fico dormente até estar sentada na frente de Weems na sala dela, perdida na memória da personalidade mutável de Tyler. Todo mundo estará me observando agora. Todas as vias estão fechadas à minha frente.

Estou tão consumida com Tyler, o xerife Galpin, o Hyde, a prisão indevida de Xavier e tudo o mais que me esqueço de me preocupar com Weems até ela estar sentada do outro lado da mesa diante de mim. Ainda assim, nada do que ela diz vem como surpresa.

— O *quid pro quo* para o xerife Galpin não prestar queixas contra você é a sua expulsão imediata de Nunca Mais. Já informei a seus pais — explica ela.

É possível que haja um tom de remorso em suas palavras? A longo prazo, não importa; isso é bem o que eu esperava.

— Agi sozinha — digo, como minha única defesa. — Os outros não tiveram nada a ver com isso.

Weems arqueia uma sobrancelha.

— Para alguém que afirma não ter amigos, você com certeza se esforça para protegê-los.

A verdade é que não posso mais afirmar que não tenho amigos. Essa é uma das coisas que me aconteceram por aqui. Mas é óbvio que não incluiria os pamonhas dos Beladonas que me abandonaram e correram para a diretora hoje.

— Eles não tiveram estômago para o que precisava ser feito — falo, pragmática.

— Você diz sequestro e tortura? — pergunta Weems. Ela está zangada de novo. — Espero mesmo que não.

Eu me levanto, debruçando sobre a mesa para encará-la.

— Você se dá conta de que Tyler eviscerou brutalmente seis pessoas, depois colheu uma variedade de partes do corpo delas só para garantir?

Weems também se levanta. Isso arruína meu gesto, já que ela tem talvez o dobro da minha altura de saltos altos.

— Se ao menos você tivesse me procurado com as suas suspeitas, em vez de tentar resolver tudo com as suas próprias mãos — diz ela.

Dou uma fungada de desdém. Ambas sabemos que ainda teríamos acabado aqui. Só que eu não teria a confissão de Tyler.

— Ah, sim, a confiança e a cooperação sempre foram os baluartes do nosso relacionamento — solto, sarcástica. Se tem uma culpada pela falta dessas coisas entre nós, certamente não sou eu.

Weems me dá um meio sorriso de reconhecimento.

— Admiro a sua capacidade de ser sempre quem você é e de seguir os próprios instintos — diz ela. — Mas essas coisas também fazem de você alguém impaciente e impulsiva. Seus atos colocaram a mim e à escola numa situação insustentável.

— *Tyler é o Hyde* — declaro, infundindo cada gota de urgência que consigo em minhas palavras. — Ele armou para cima do Xavier. Se você vai me mandar embora, alguém tem que saber da verdade.

O sorriso de Weems se enche de pena.

— Eu queria poder acreditar em você.

O pânico começa a se espalhar. Como posso ir embora, se ninguém sabe da verdade? O xerife Galpin vai encobrir tudo para Tyler. Walker se foi. Kinbott está morta. Quantas pessoas vão morrer antes que Tyler se entregue?

— A mãe dele era uma Excluída — conto para Weems. — Ela foi uma aluna daqui. Você deve se lembrar dela. Ela era uma Hyde.

— Sim, Françoise — afirma Weems. — Uma mulher adorável. Não perguntei como ela se identificava.

— Me dê só um pouco mais de tempo — exijo, pensando que a verdade ajudará o meu caso. — Posso provar que os dois são Hydes.

Mas Weems não está mais disposta a me agradar. Seu rosto está calmo, mas severo, quando ela dá o veredito final.

— Não há mais tempo — declara ela, apenas. — Não há mais acordos. Guarde suas coisas nos baús, nós enviaremos depois. Pode se despedir de manhã. Você estará no trem vespertino amanhã.

Todos os instintos que possuo estão me dizendo para não me retirar sem convencê-la. Sem encontrar alguém que possa continuar tentando retirar Tyler das ruas quando eu me for. Só que, pelo visto, eu enfim cheguei ao fim da paciência dela.

— Lamento que Nunca Mais não tenha dado certo para você, Wandinha — diz ela. — Sua mãe ficará muito decepcionada. E também estou.

Ela me dispensa então para ir fazer minhas malas e baús, conforme instruído. Mas não faço isso. Não ainda, pelo menos. É um tiro no escuro, mas ainda há uma pessoa que eu talvez consiga convencer a me ajudar — não porque ele me deve alguma coisa, mas porque ele tem tanto a perder quanto eu se Tyler não for pego.

CAPÍTULO TRINTA

A cadeia local é fácil de invadir, como sempre. Vejo Xavier antes que ele me veja. Ele está sozinho em sua cela — se é por privacidade, como filho de uma celebridade, ou como precaução caso ele se transforme, não sei.

Suas mãos e pés estão presos por pesadas correntes. Elas são fundidas a um cinturão e conectadas a um anel metálico no meio do piso. Ele se vira devagar quando me ouve entrar e então revira os olhos.

— Como, diabos, você entrou aqui? — pergunta ele.

— Mãozinha distraiu os guardas e está colocando a câmera num *loop* — explico, objetiva. A verdade é que nunca na vida me senti tão culpada quanto agora, vendo-o ali, acorrentado porque eu acreditei na farsa de Tyler.

Mas pedir desculpas não vai corrigir nada. Tudo o que posso fazer por Xavier agora é tentar tirá-lo daqui.

— E aí? — diz ele. — O que você está fazendo aqui? Veio se gabar?

— Não — respondo.

Ele está descarnado e macilento. Como se não estivesse dormindo nem comendo o bastante. Já teria sido um destino bem ruim para um Hyde que não pediu para ser libertado para propósitos nefastos, mas para um garoto inocente, é inimaginável.

— Eu sei que você não é o monstro — enfim consigo dizer, meio engasgada. — Tyler me usou para jogar a culpa em você. *Ele* é o Hyde.

Por apenas um segundo, o ódio se parte e revela choque. Curiosidade. Com sorte, poderei usar isso para persuadi-lo a me ajudar a libertá-lo.

— Tive uma visão — revelo. — Ele me beijou e eu o vi matando Kinbott.

A curiosidade some num piscar de olhos. O desdém volta.

— Fico feliz por você estar se divertindo enquanto eu estava preso injustamente.

Não me dou ao trabalho de retrucar. Ele tem todo o direito de estar bravo comigo.

— Eu devia ter acreditado em você — digo a ele, com tanta sinceridade quanto consigo. E então vou direto ao assunto que me trouxe aqui: — Você tem uma conexão psíquica com o Hyde. Tem sonhado alguma coisa recentemente que possa ajudar a esclarecer?

A expressão dele diz bem o que eu temia. Que ele prefere apodrecer aqui a me ajudar de novo.

— Você acha mesmo que eu contaria para você? — pergunta ele. — Depois de você arruinar a minha vida? Eu tentei te ajudar, Wandinha, e olha só aonde isso me levou.

Ele chacoalha as correntes para dar ênfase. Sem dúvida, é eficaz.

— Não tem nada a ver com me ajudar — falo. — O negócio é tirar você daqui e proteger todas as pessoas que Tyler vai atacar em seguida. É maior do que nós dois.

Xavier puxa as correntes até onde dá. Seu rosto está bem na frente do meu, do outro lado das grades. Não recuo.

— Tem tudo a ver com você — diz ele, numa voz baixa e mortal. — Toda vez que você se envolve, alguém se machuca. Você é *tóxica*, Wandinha. Tudo o que você faz é piorar as coisas.

Entendo que ele está com raiva, mas isso chama tudo de volta. O alerta de Goody. A partida de Enid. As várias vezes que me avisaram que sou uma amiga terrível, que tudo o que faço é colocar em risco todos ao meu redor...

Tem mais uma coisa que preciso tentar. Meu último esforço, antes de eu embarcar no trem amanhã e deixar Nunca Mais e Jericho à sua própria sorte. Puxo o desenho da mãe de Rowan, desdobrando-o para ele poder ver.

— Quando confessou para mim, Tyler disse que algo ruim estava vindo aí — conto, na voz mais firme que consigo. — Acho que ele que...

Mas Xavier não quer mais me ouvir.

— Não, pode parar — diz ele. — Você já me mostrou isso, e quer saber? Não ligo. Quer impedir isso? — Ele aponta para o desenho, as correntes tilintando de novo. — Então vá embora. Vá para bem longe, e nunca mais volte. Não pode acontecer se você não estiver aqui. *É assim* que você salva todo mundo.

Dessa vez, as palavras cortam fundo demais para ignorar. Não sei se o que ele está dizendo é verdade — se essa profecia pode se realizar sem minha presença. Mas sei que se Xavier não me ajudar, estou oficialmente sem aliado nenhum. E já tentei por tempo suficiente para saber que não posso resolver isso sozinha.

Se Xavier estiver certo, se tudo o que eu faço é machucar as pessoas que tentam se importar comigo, talvez seja melhor para elas se eu for embora. Pelo menos assim elas terão só um monstro com que se preocupar.

— Eu... — começo a dizer, mas Xavier me dá as costas.

— Vá embora — diz ele. — Agora.

O que mais posso fazer, senão obedecer?

O processo de fazer as malas é mais emocional do que eu espero com Enid. Ela está me ajudando, mas posso ver que está triste. Enlutada. Esforço-me para encontrar palavras de despedida à altura do que ela significa para mim, mas tudo parece sem importância comparado a esse sentimento.

— Presumo que você vá morar com Yoko agora — digo, em vez disso. — Vai se esquecer de mim.

Enid olha para mim, sincera como sempre.

— Nunca, *jamais* — afirma ela, mas daí um pouco da antiga insegurança passa por seus olhos. — E você? Vai se esquecer de mim?

Pondero por um momento, depois decido que às vezes não há palavras perfeitas. Apenas aquilo que você diz e como isso faz a outra pessoa se sentir.

— Você deixou uma impressão indelével — digo. — Sempre que eu ficar nauseada ao ver um arco-íris ou ouvir uma música pop que faça meus ouvidos sangrarem, vou pensar em você.

Enid sorri de modo contido.

— Vindo de você, sei o tamanho desse elogio.

Coloco minhas últimas peças de roupa no último baú e o fecho. Restam apenas minutos agora antes de eu deixar este lugar, para nunca mais voltar.

— A verdade é que sempre acreditei que depender de outras pessoas era um sinal de fraqueza. Ou que elas, inevitavelmente, me decepcionariam. No fim, eu é que fui a decepção.

Enid atravessa o quarto até haver apenas os baús entre nós.

— Você está brincando? — diz ela. — Aprendi tanto com você! Quero dizer, um pouco do que aprendi é, vamos admitir, comportamento criminoso, mas Wandinha... a maioria das pessoas passa a vida inteira fingindo não estar nem aí. Você literalmente nunca esteve. Você é minha heroína.

Pela primeira vez, não me desvio de seu olhar azul vívido, sincero demais. Nunca fui a heroína de ninguém. Achei... estranhamente emotivo. Será possível que eu poderia ter tido algo a ver com a sua confiança recém-descoberta? Talvez meu tempo aqui não tenha sido totalmente um desperdício, afinal.

— Então... — diz ela. Aquelas vogais longas de novo. — Alguma chance que você tenha um plano dissimulado para escapar da Weems? Se mudar para a cripta de Crackstone? Continuar solucionando mistérios?

Mais cedo, ainda hoje, eu teria pulado para aproveitar essa chance, mas depois de visitar Xavier...

Meneio a cabeça, pegando o desenho. Crackstone e eu. As chamas dançando no quadrado.

— Acho que Xavier pode ter razão — respondo. — Se eu não estiver aqui, a profecia não pode se realizar. E mesmo que eu esteja errada, pelo menos não poderei machucar mais ninguém. Se tenho um arrependimento, é partir enquanto Tyler ainda está por aí, livre.

Enid acena a mão, desdenhosa, as garras expostas para dar ênfase.

— Se ele tentar alguma coisa, temos uma escola cheia de homens lobo, vampiros, górgonas, sereias e psíquicos à espera, prontinha. A gente cuida disso, Wandinha, prometo.

Aprecio a confiança, mas a ideia de Enid se envolvendo, se *machucando*, é o que mais dificulta a partida. Ainda assim, sorrio como se ela tivesse me tranquilizado, e não lhe digo para ter cuidado. Sei que ela vai querer ser corajosa. Eu jamais tiraria isso dela.

— Já na parte de boas notícias, recebi uma mensagem das mães do Eugene! — diz Enid. — Ele acordou esta noite!

— Acordou?

Eu me sinto pairando de alívio. Acho que nem eu tinha me dado conta do quanto a culpa pesava em meu coração. O medo de que ele jamais fosse acordar, e seria tudo culpa minha. Mas ele está bem.

— Foi! — exclama Enid. — Talvez Weems deixe você dar uma passada por lá no caminho para a estação.

Weems. A estação. A realidade volta com tudo. Organizo minhas coisas e coloco a mochila nas costas enquanto Enid e Mãozinha trocam uma despedida emocionada. Parece tão surreal pensar que nunca mais voltarei a este quarto... Que se algum dia eu vir Enid, será em outro lugar.

— Acho que é adeus, então — falo.

— Então... nós vamos...?

Dando a volta em meus baús, Enid abre os braços.

Recuo por instinto, mas dessa vez uma parte de mim deseja que eu não o fizesse.

Ela ri, abaixando os braços.

— Tá, tudo bem, não. *Não nos abraçarmos* é meio que o nosso lance agora, mesmo.

E acho que ela está certa. Embora eu goste de pensar que ainda há potencial para as coisas mudarem. Algum dia.

Sei que Weems está no hall de entrada, mas não espero ver Bianca, Ajax e Yoko me aguardando no térreo.

— Viemos pedir desculpa — esclarece Bianca, sempre a porta-voz. — Não sabíamos que você seria expulsa.

Com um gesto para dispensar o pedido de desculpas, encaro cada um deles.

— Não sei o que vai acontecer quando eu partir. Mas a Beladona precisa estar preparada, seja lá o que for, ou muita gente pode morrer.

Bianca assente. Ela parece muito competente naquele momento. Quase digo a ela para cuidar de Enid, mas no final, decido que isso poderia embaraçá-la, então apenas me afasto.

Mas ainda há mais surpresas guardadas. A srta. Thornhill me aborda com uma planta num vaso, coberta de lama. Ela dá um sorriso amplo.

— Estou muito feliz por ter conseguido te ver ainda! — exclama ela, meio sem fôlego. — Eu estava tirando as ervas daninhas dos canteiros de acônito e perdi a noção do tempo.

Ela empurra a planta para os meus braços.

— Um presentinho de despedida para você.

— Oleandro branco — constato. — Uma das mais mortais na natureza. Eu aceito.

A srta. Thornhill chacoalha a cabeça afetuosamente.

— *Na verdade* — diz ela —, ele simboliza destino e renovação. Você é uma moça muito talentosa, Wandinha. O mundo está a seus pés, e mal posso esperar para ver o que você fará a seguir.

É um sentimento simpático e, por um momento, me sinto culpada por reduzir com tanta frequência a srta. Thornhill a seu calçado vermelho fácil de caçoar. Ela tentou mesmo me fazer sentir em casa aqui. Não é culpa dela se era uma tarefa impossível desde o começo.

Weems se aproxima então, e a srta. Thornhill sai.

— Eu a acompanharei pessoalmente até seu trem hoje — avisa ela, com uma aura vagamente ameaçadora. Estou quase lisonjeada que ela tenha tanta apreciação por minha proficiência em fugas.

— Tenho um último favor a pedir — peço.

Eugene está sentado na cama em seu quarto no hospital. Suas mães estão mais adiante no corredor, na estação das enfermeiras, e abrem sorrisos radiantes e acenam quando entro no quarto.

— Wandinha! — grita Eugene, jubilante, respondendo de uma vez por todas à minha dúvida se ele iria me culpar por desertá-lo naquela noite. — Ouvi dizer que você me visitou o tempo todo.

Dou um sorriso maroto para ele. O pote de mel que eu trouxe já está vazio.

— Zunzuns sempre unidos, certo? — afirmo. E então: — Desculpe por não ter estado lá para te proteger naquela noite.

Ele dá de ombros em resposta, o que me faz sentir ainda pior.

— Quando a pista de dança chama, você tem que atender, né?

O perdão de Eugene é, ironicamente, mais devastador do que quando reflito sobre o que estava fazendo na noite em que ele foi atacado. Não apenas escolhi uma tradição social fútil em vez dele, mas também me engajei nessa tradição social fútil com o mesmo monstro que o feriria com gravidade apenas algumas horas depois.

Minha censura interna deve ficar aparente em meu rosto, porque Eugene coloca a mão rechonchuda no meu ombro.

— Não é culpa sua — diz ele. — A culpa é do monstro.

De súbito, percebo quanta coisa Eugene não sabe. Há quanto tempo ele estava afastado.

— É um Hyde — conto —, e ainda está por aí. Você tem que prometer que não voltará a Nunca Mais. Nem mesmo para cuidar das abelhas.

Posso ver a rebeldia lutando com a confusão em seu rosto conforme ele desvia o olhar, mas não posso dizer a ele que é seguro visitar as abelhas, da mesma forma que não posso confessar a verdadeira identidade de Tyler. Não sem colocá-lo em um perigo ainda maior do que ele já está. Tyler não mediu esforços para proteger seu segredo, e não posso provar que o xerife não está por dentro de tudo. Eugene merece ficar inocente de tudo isso.

Pelo menos sei que Enid vai protegê-lo.

— Você precisa me ouvir dessa vez — afirmo. — Código dos Zunzuns.

Quando Eugene fala de novo, seus olhos estão distantes. Como se ele estivesse revivendo aquela noite.

— Na floresta... — começa ele. — Vi alguém tacar fogo naquela caverna.

— Eu sei — revelo. — A dra. Kinbott.

— É tão maluco que fosse ela — diz ele, espremendo os olhos ao tentar lembrar. — Não consigo me lembrar de quase nada. Só vi alguém todo de preto. E aquelas botas...

Ao ouvir isso, eu me animo. Em todo o tempo que conheci a dra. Kinbott, nunca a vi usando botas. Pelo menos, não uma tão distinta a ponto de formar uma memória forte na mente de uma vítima do monstro.

— O que tinham as botas dela? — pergunto, incisiva. Mesmo a uma hora da minha partida permanente, eu nunca poderia deixar uma boa pista ser desperdiçada.

— Houve uma explosão de luz — conta Eugene, lentamente. — Eu estava no chão, então tudo o que pude ver eram os pés dela. As botas não eram pretas como o resto das roupas. Eram vermelhas.

Botas vermelhas, penso, a imagem bloqueando tudo o mais. O quarto de hospital. Eugene. O fato de que fui expulsa de Nunca Mais e estou a caminho de casa.

Nada disso importa. Porque eu estava errada de novo. Desastrosamente errada. Errada de um jeito que coloca todo mundo com quem comecei a me importar em Nunca Mais num perigo horrível. E talvez eu tenha apenas uma chance de consertar as coisas.

A estufa está vazia, exceto pela srta. Thornhill. A tarde cinza da Nunca Mais se filtra pelas janelas altas. O brilho nas folhas das plantas a reflete de volta.

Em uma mesa comprida no centro da sala, a srta. Thornhill cantarola uma musiquinha ao esmagar algo em um pilão.

— Wandinha! — exclama ela quando levanta a cabeça, bem espantada. — Pensei que estaria a meio caminho de Nova Jersey a essa altura. Esqueceu alguma coisa?

Estreito os olhos. Agora que sei da verdade, esse ato de professora-atabalhoada-que-só-quer-se-encaixar é claramente ruim. Terei tempo depois para me punir por ter sido enganada duas vezes.

— Pode parar a farsa, Laurel — afirmo. — Eu deveria saber que era você. Muitas plantas venenosas se mascaram de inofensivas.

Atravesso metade da distância até a bancada de trabalho. Agora posso ver as botas. Vermelhas. Respingadas de lama. Sua assinatura, e seu último engano.

Para seu crédito, ela não entrega nada. Sua mão desaparece no bolso, depois volta vazia e me encontra no meio da sala.

— Eu deveria te aplaudir — continuo. — Fingir sua morte, arrumar um emprego em Nunca Mais, libertar um Hyde. Tenho um ponto fraco por planos de vingança bem executados, mas o seu é extremo mesmo segundo meus padrões elevados.

Os olhos da srta. Thornhill se arregalam. A mesma inocência suave e fajuta que tanto me enganou quando Tyler usava a mesma expressão. Maldita seja minha eterna fraqueza pelos desfavorecidos.

— Ah, meu bem — começa ela naquela voz aguda e preocupada de fiscal do dormitório. — Weems tinha razão. Você precisa mesmo de ajuda psiquiátrica. Não pode ficar lançando acusações malucas por aí sem consequências.

É tão fácil de ouvir agora. O ódio por baixo da afetação açucarada. O desdém. A perigosa borda da sanidade, da qual ela saltou há muito tempo.

— Elas podem ser malucas — concordo —, mas também são verdadeiras. Tyler confirmou tudo.

Gesticulo para trás de mim para revelar a primeira das várias surpresas que planejei no caminho para cá. Tyler sai da sombra de uma monstera imensa. Os olhos dele dardejam entre nós duas.

A srta. Thornhill, ou devo dizer, Laurel, é mesmo uma exímia mentirosa. Ela controla suas feições tão bem que mal detecto um traço de surpresa. Tyler se posta atrás de mim, sem dizer nada.

— Presumi que Kinbott o tivesse libertado com hipnose — digo. — Mas estava enganada, não é? Você deve ter usado alguma substância derivada de plantas.

Os olhos dela estão perfeitamente fixos nos meus, esperando pelo fim da minha aula de história. A imobilidade é o que me perturba, muito mais do que os potes e frascos de preparos forrando as paredes. Mas tenho que saber que estou certa dessa vez.

— Tenho certeza de que o seu pai, que odiava Excluídos, te contou o segredo de família de Galpin quando você era pequena — prossigo.

— Assim, quando você retornou a Jericho, visou Tyler. Aproveitou-se do fato de que ele era um adolescente conturbado com problemas para controlar a raiva. *Você* tinha respostas para todas as perguntas dele. Mal sabia ele que a verdade que você contou não o libertaria. Pelo contrário, faria dele seu escravizado. Foi assustador para ele no começo, por isso a caverna e os grilhões, mas com o tempo, Tyler se tornou um criado obediente. Kinbott devia estar à beira de descobrir a verdade, então você mandou Tyler matá-la e jogou a culpa em Xavier.

Quando termino, a expressão dela enfim muda. De professora padrão atenciosa, de olhos arregalados e no limite para vilã odiosa de Excluídos com um único sorriso maldoso.

— Já basta! — exclama ela, numa voz áspera, sem nada daquele assombro sem fôlego e atrapalhado. — Não acredito que tolerei você por tanto tempo.

Os olhos dela passam para os de Tyler.

— Tyler, meu docinho, deixe a mamãe feliz e cale a boca dessa garota. Permanentemente.

Tyler não se move, mas eu gelo até os ossos com o tom casual em que ela emite o comando. Como se tivesse feito isso centenas de vezes antes.

— Ele não está do seu lado — digo. — Não mais.

A srta. Thornhill revira os olhos.

— Ah, por favor — solta ela. — Tyler faria qualquer coisa por mim.

Quando ela se vira de frente para ele de novo, sua expressão mudou mais uma vez. Esta é amorosa. Maternal. E tão falsa quanto todo o resto.

— Lembre-se daquilo que conversamos — diz ela num tom baixo e hipnótico. — Eu te mostrei quem você é de verdade. O que fizeram com a sua mãe. Sou a única que se importa com você. Os Excluídos destruíram a sua família. Eles te transformaram em um monstro.

Ainda assim, Tyler não se move.

— Se você só odeia os Excluídos, por que ele também está matando os padrões? — pergunto com urgência, sentindo que meu ardil não vai durar muito mais.

Ela funga, desviando o olhar de Tyler por um segundo.

— Eles são peões num jogo muito maior — esclarece ela. Esta é sua versão mais assustadora. Seu rosto está contorcido em algo como assombro. Feito um zelote num banco de igreja. — Assim como você, Wandinha. Você subestimou a situação outra vez. Você jamais entraria naquele trem. Mandei Tyler para te interceptar.

Dessa vez, sou eu quem fico surpresa. Mas não tão surpresa quanto ela quando digo:

— Não cheguei até a estação.

Posso ver as engrenagens girando, se perguntando por que Tyler desobedeceria a suas ordens, como acabei aqui de volta se não por causa do sequestro que ela mandou que ele executasse.

— Ouviu o bastante? — pergunto para ele casualmente por cima do ombro.

— De sobra — responde Tyler, quando seu cabelo começa a ficar mais claro, sua forma crescendo, ficando mais alta e com ombros mais largos. Em segundos, Weems está diante de nós em seu casaco camelo, parecendo horrorizada, mas determinada.

— Te peguei — digo para a srta. Thornhill. — O Tyler real provavelmente ainda está me esperando na estação.

Weems dá um passo na direção da srta. Thornhill, assomando sobre ela.

— Por favor, não torne isso mais difícil do que já é, Marilyn — diz ela.

Pela primeira vez, a srta. Thornhill perde o controle. Seu rosto vira uma máscara bestial de fúria ao gritar:

— Meu nome é *Laurel*!

E ataca a diretora Weems.

Está acabado antes que eu possa processar o que está havendo. A seringa da srta. Thornhill está na mão dela, e então no pescoço de

Weems. Ela não desvia o olhar do meu nem por um segundo ao apertar o êmbolo, esvaziando a seringa daquele líquido azul tóxico.

Weems cai no chão no mesmo instante, arfando. Caio a seu lado, sentindo o pânico se espalhar por mim enquanto a boca da diretora começa a espumar e ela ofega em busca de ar, de modo inútil.

— Veneno de beladona — pontuo, lembrando da pele coriácea de Garrett, nesse mesmo tom de azul. Se for verdade, ela estará morta em segundos. Se for verdade, não há nada que eu possa fazer.

— Um fim adequado, não acha? — pergunta Laurel, atrás de mim.

Quando dei por mim, há uma dor súbita e explosiva na parte de trás do meu crânio e tudo fica preto.

CAPÍTULO TRINTA E UM

Quando recobro a consciência, minha cabeça está me matando. A primeira coisa que noto é que estou pendurada no teto. Meus braços estão amarrados. Agrilhoados, para ser mais específica, acima da minha cabeça. Há anjos dos meus dois lados. Anjos de pedra. Velas tremeluzem ao redor.

Depois de alguns segundos, tudo fica claro. Estou na cripta de Crackstone de novo. As velas estão distribuídas em torno do sepulcro dele como oferendas. Puxo as correntes pesadas que me prendem, mas elas não fazem muito além de tilintar.

Tyler entra em meu campo de visão. Sua expressão é fria e cruel, despida de todo traço da ternura que demonstrou quando estivemos aqui alguns dias atrás, assistindo a um filme logo ali.

Ou da confusão e da mágoa que ele exibiu quando os Beladonas o capturaram na floresta.

— Meio que um déjà-vu rolando aqui, né? — pergunta ele, sorrindo maldosamente.

Eu o visualizo acorrentado à cadeira no escritório de Xavier, o Taser na minha mão. Isso me acalma.

— Tirando o fato de que você não vai me pegar chorando e gemendo — falo.

O sorriso dele some então. Uma pequena vitória. Uma que não saboreio por muito tempo.

Laurel se aproxima, olhando para Tyler sem lhe dar importância.

— Vá esperar junto do barco — diz ela.

— Melhor ouvir a sua mestra como um Hyde bonzinho — provoco, no meu tom mais venenoso.

Ele me mostra os dentes antes de sair zangado, incapaz de a desafiar.

Eu poderia sentir mais pena dele se não me lembrasse de como ele soou naquela noite na sala do xerife. Como se gabou de amar o sabor do medo de suas vítimas. Lembrando de tudo...

A questão é: será que ele vai se lembrar do meu depois desta noite? Ou eu sou Addams o bastante para escapar com vida?

Sozinha com Laurel, espero ela escorregar, cometer um deslize. A expressão fanática faz mais sentido agora, neste altar a Crackstone. Lembro-me do altar dela na casa dos Gates. Cuidado com tanto amor.

— Tenho que admitir, aquele truque com a Weems mudando de forma quase funcionou — fala ela, abrindo caminho em torno da base do sepulcro, arranjando recipientes de vidro cujo conteúdo não consigo ver direito. — Mas, como meu pai costumava dizer, se você quer ser mais esperto que um Excluído, tem que ser mais esperto do que eles.

Enquanto termina de falar, ela traz o último pote bem para a frente. Posso vê-lo com clareza. Um corte transversal de uma cabeça humana. A mesma que vi no porão da casa dos Gates naquela noite. É fácil presumir que o resto dos potes contêm as outras partes de corpos.

Minha cabeça está girando. Eu me sinto enjoada. Minhas correntes estão presas a um pino no teto, meus pés mal tocam o chão. É difícil imaginar um jeito de escapar dessa, e no entanto é o que preciso fazer, ou vou morrer.

— Meu pai era um homem tão inteligente — diz Laurel, dando um passo para trás para admirar seu trabalho. — Um verdadeiro aficionado por história. Ele traçou as raízes da nossa família, voltando até o próprio Joseph Crackstone, sabe?

— Uau — digo, sem expressão. — Ser um assassino psicótico deve ser coisa de família.

A expressão iluminada de uma fanática volta às feições dela.

— Joseph Crackstone foi um visionário — exclama ela. — Ele dedicou sua vida a proteger os padrões dos Excluídos. Isso é, até a vida dele ser interrompida por sua ancestral, Goody Addams.

Fazendo beicinho agora, ela se volta de frente para a tumba.

— Daí, para completar, as terras dele foram roubadas e usadas para construir aquela abominação de escola.

— Um colono tendo sua terra roubada — provoco. — Mas que reverso cármico de fortuna.

Laurel me ignora. Está olhando para os potes e as velas feito um gato que acaba de largar a carcaça de um pássaro decapitado aos pés de seu mestre.

— Excluídos sempre tiveram uma vantagem injusta sobre os padrões — diz ela. Como se poder institucional, privilégio e representação não fossem vantagens muito além da visão psíquica ocasional. — Então resolvi explorar o sobrenatural para meus próprios objetivos.

É aí que fica claro, até para meu cérebro potencialmente afetado por uma concussão. As velas, as partes de corpos, a localização. Isto não é um santuário para Crackstone. É um ritual.

— Não havia nada de aleatório na onda de assassinatos de Tyler — falo, a compreensão desabrochando. — Ele estava coletando partes de corpos para você poder tentar ressuscitar Crackstone.

A imagem desenhada pela mãe de Rowan volta para mim então, em detalhes vívidos. A figura de Crackstone, tão corpórea quanto a minha, nós dois nos encarando, um de cada lado do quadrado de Nunca Mais em chamas.

— O único homem que quase obteve sucesso em destruir todos os Excluídos — pontua Laurel, confirmando minhas piores suspeitas.

— Você não pode ressuscitar os mortos — informo a ela.

É uma das primeiras regras que nos ensinam sobre usar nossos poderes sobrenaturais. É claro, uma padrão não faria ideia disso.

— Sua ancestral Goody Addams discordaria disso — revela ela, levantando um livro que reconheço bem.

É o livro das minhas visões. Aquele que Goody segurava em seu retrato no Peregrinos. Laurel deve ter roubado o original da Casa de Reuniões falsa.

— *O Livro das Sombras* de Goody — falo, meu coração afundando.

— Não foi o bastante para Goody matar Joseph — diz ela. — Ela teve que amaldiçoar a alma dele também.

Minha cabeça está girando outra vez. Meu corpo todo dói, os pulsos em atrito com as correntes. É difícil manter tudo organizado, e mesmo que eu consiga, que diferença faz? Estou indefesa. Pendurada feito um porco para ser cortado. Ninguém sequer sabe que estou aqui além da Weems, e ela está morta.

— O que isso tem a ver comigo? — pergunto.

— Minha querida Wandinha — começa Laurel, se aproximando de mim, dando um peteleco em uma de minhas correntes. — Você é a chave. Sua chegada em Nunca Mais colocou as engrenagens do meu plano em movimento.

Ela cruza de volta para o sepulcro. Para um medalhão de mármore branco na frente dele em que eu não tinha reparado antes.

— Goody selou Crackstone aqui com uma fechadura de sangue. O que significa que apenas um descendente direto dela pode abrir.

Por um momento, tenho um lampejo de Xavier em sua cela. Olhando com desdém para o desenho. Dizendo que a profecia não pode se realizar se eu não estiver aqui. Ele estava mais certo do que imaginava. E Goody sabia disso também. Ela me disse da primeira vez que a vi, na minha visão nessa mesma ilha, durante a Copa Poe.

Você é a chave...

— Por que não deixar Tyler me matar da primeira vez que ficamos a sós? — pergunto, sem entender. — Você poderia ter roubado um frasco do meu sangue. Poupado muita dor de cabeça.

Laurel sacode a cabeça como se lamentasse por não ter feito exatamente isso.

— A fechadura só pode ser aberta por um descendente vivo, na noite de uma lua de sangue.

Minha matemática mental está mais lenta, mas ainda assim, não levo muito tempo para entender. A lua de sangue é hoje. E Goody se certificou que um de seus descendentes estaria vivo se e quando Crackstone saísse de sua tumba. O que quer dizer que cabe a mim impedi-lo antes que ele destrua outra geração de Excluídos.

— Venho esperando o momento certo — explica Laurel. — Tentando fazer com que você se sentisse especial. Mas esta noite, chegou a hora, Wandinha.

De uma maneira bizarra, isso ecoa o que falei à dra. Kinbott antes de sua morte. De tantos momentos para estar errada... Esforço-me para montar uma estratégia com a limitada autonomia que me resta. Se eu fosse Laurel, me mataria assim que a tumba fosse aberta, o que significa que terei que agir rápido quando ela me abaixar...

Em um minuto, ela se aproxima para fazer isso. O sangue retorna dolorosamente para meus braços enquanto ela solta a corrente do pino no teto — mas é claro que ela não me solta, apenas agarra a corrente e me puxa adiante, mais para perto do selo que apenas eu posso abrir.

Com os dentes cerrados, suporto a dor adicional, mas resta pouquíssimo espaço em minha mente para planejar. Sinto-me uma marionete, posicionada para cumprir as ordens dela, uma arma, assim como Tyler.

Luto com unhas e dentes quando ela pega meu punho, arrastando minha palma sangrenta para junto do medalhão. Chuto, grito, mordo, mas a determinação sombria de Laurel não deixa espaço para distrações. Sou movida de maneira inexorável para o selo até que, por fim, a palma de minha mão se conecta a ele. Meu sangue.

A dor que experimentei até aquele instante não é nada comparada à agonia cegante que queima em meu sangue com o contato. Posso me ouvir gritando. Sinto minha consciência fugindo para me proteger do dano que essa dor poderia causar.

Minha visão está escurecendo nas bordas. Uma escuridão suave, convidativa. Tudo pulsa à minha frente enquanto escorrego pelo sepulcro, afundando ao lado dele no chão.

Laurel está com o livro na mão. O livro de Goody. Ela fala um feitiço que ondula sobrenaturalmente pelo ar, abrindo o livro na página marcada por ela. O feitiço é de ressurreição, não tenho dúvidas.

Ela lê em latim. Sua pronúncia é horrenda, mas consigo entender cada palavra. Está invocando Joseph Crackstone dentre os mortos.

Estou perdendo a luta para continuar consciente. Símbolos ao redor da borda do sepulcro começam a brilhar. Fios retorcidos de energia estalam entre os potes, como um circuito enfim conectado a uma fonte de energia.

A luz vai aumentando de intensidade enquanto minha dor amaina. Laurel esqueceu de mim. Uso essa distração para tentar abrir meus grilhões, mas estou atrapalhada demais. Meus dedos estão dormentes.

Gavinhas de fumaça preta escapam sob a tampa do lugar onde Crackstone tem seu repouso não tão final assim. Elas serpenteiam e se contorcem juntas no pé do pedestal, preenchendo um contorno invisível até uma grande silhueta humana estar de pé na cripta.

O rosto de Laurel é puro êxtase, iluminado por baixo quando pousa os olhos em seu ídolo. O ápice de seus planos. Remexo na fechadura dos grilhões com desespero crescente, sem muito resultado.

O caos na cripta se avoluma. Laurel tapa seus olhos. Meu estômago se revira.

E então, silêncio.

A figura de fumaça não é mais fumaça. Posso ver o longo cajado de madeira. Os trajes de peregrino. Mas nada se compara ao rosto dele. Pálido feito osso, um horror tétrico. Não se parece em nada com o mascote de Jericho com seu queixo quadrado.

O tempo parece se expandir e distorcer. Eu me lembro dele de minha visão. Incendiando o Templo Religioso cheio de Excluídos. Por um momento, não sei se estou aqui ou no passado.

— Quem me libertou da danação eterna? — pergunta ele numa voz retumbante.

Laurel dá um passo adiante e faz uma reverência. Crackstone estende um dedo com anel e ela o beija sem hesitar, revirando meu estômago de novo.

— Sou sangue do seu sangue — revela ela numa voz doentia, suplicante. — Eu o invoquei para que possa nos livrar dos Excluídos de uma vez por todas.

A carne horrenda e macabra dele se estica em um sorriso.

— Minha vingança será rápida e certeira.

Nessa hora, por fim, o fecho de meus grilhões cede. Levanto-me, a dor gritando em todas as minhas células, de pé apenas pela pura força de vontade.

— Assim como a minha — declaro, conforme as correntes caem a meus pés.

Mas não tenho a chance de me aproximar antes que o semblante horrível de Crackstone esteja me encarando, carrancudo. Ele levanta o cajado de carvalho, cuja ponta brilha, verde, no escuro da tumba. A energia que vem de lá me mantém imóvel.

— Goody Addams! — grita ele, seu rosto contorcido de ódio. — Você ainda me assombra. Sofrerá o mesmo destino que legou a mim.

De seu cinto, ele saca uma adaga antiga. Estou imobilizada, apesar de ter escapado de meus grilhões, e Crackstone não hesita.

A lâmina mergulha em meu estômago. Por um momento, a dor é inimaginável, mas então começa a esmaecer. Meu corpo me protegendo mais uma vez. Agora, porém, da agonia no final.

— Agora queime — diz Joseph Crackstone, os olhos fixos nos meus com um rancor maligno. Sua adaga ainda em minha carne. — Nas chamas eternas do inferno, onde é o seu lugar.

Tudo está borrado e difuso quando ele solta a adaga, enquanto caio no chão com ela ainda dentro de mim. Posso sentir meu sangue me deixando. Minha carne ficando mais fria. Indiferentes, Crackstone e Laurel saem da tumba, fechando a porta de pedra. Todas as velas se extinguem, me deixando para morrer no escuro.

Morrer é muito mais lento e doloroso do que imaginei quando ganhei meu primeiro caixão, ainda criança. Eu ficava deitada lá dentro por horas, os braços cruzados, imaginando a paz que tomaria conta de mim. O bem-vindo frio. O apagar de minha luz como se fosse uma vela acesa, deixando um lindo fitilho de fumaça se curvando.

Em vez disso, dobro-me sobre meu ferimento, as mãos agarradas na frente dele, inúteis, como se eu pudesse forçar meu sangue a não me abandonar tão cedo. Não tenho nem força suficiente para retirar a adaga.

Sozinha como estou, eu jamais poderia ter imaginado o que estava acontecendo lá fora. Eugene chamando Enid. Ajax convocando os

Beladonas. Se eu soubesse a potência que eram meus amigos e minha comunidade, se organizando para me salvar e proteger a escola naquele mesmo instante, talvez tivesse lutado mais.

Em vez disso, envergonho-me em dizer que estava pronta para desistir. Talvez seja por isso que Goody me encontra tão depressa na porta entre o mundo dos vivos e o dos espíritos, onde nos encontramos.

— Wandinha! — chama ela.

— Está aqui para me levar para o outro lado? — pergunto, fraca.

— Escute — diz Goody, urgente. — Crackstone precisa ser apunhalado em seu coração sombrio. É o único jeito de derrotá-lo agora e para sempre.

Eu me esforço para olhar feio para ela.

— A sua visão espectral está prejudicada? Eu tô *morrendo*.

Goody estende a mão, gesticulando para o colar medonho que minha mãe me deu. Aquele que não consegui me forçar a tirar.

— Seu colar — aponta Goody. — É um talismã poderoso.

Quero dizer que não foi poderoso o bastante para impedir a adaga de entrar, mas me resta pouca energia até para o sarcasmo.

— Também é um condutor para conjurar espíritos — explica ela. — Ele me permitirá passar por você e te curar. Porém, quando eu fizer isso, você nunca mais me verá. A escola precisa de você, Wandinha. Os Excluídos precisam de você.

Penso em Goody, que dedicou sua vida inteira a proteger Excluídos. Que criou os Beladonas para este propósito. Compreendo naquele momento, ao encará-la, que é isso que ela quer. Que, seja lá o que isso signifique para sua vida como espírito, para ela, isso vale a pena.

No final, não consigo me forçar a pedir a ela que me cure. A sacrificar qualquer parte do que lhe resta. Mas não digo a ela para não o fazer. E assim, depois de um longo momento, ela se debruça sobre minha forma esparramada, agarra a adaga e a retira com uma força que eu não conseguiria reunir. Rapidamente, ela coloca as mãos sobre meu ferimento e fecha os olhos.

Não há como descrever a sensação de sua *doppelgänger* entrando em seu sangue, sua consciência, passando por você e fechando seus ferimentos após essa passagem, então nem tentarei. Contudo, quando me sento, não há dúvidas de que ela conseguiu. A dor se foi. A ferida se foi. Minha cabeça não está doendo mais. Até o lugar onde Laurel cortou a palma da minha mão está liso e intocado.

Goody conseguiu. E isso significa que lhe devo minha vida. Ou no mínimo a cabeça macabra e desdenhosa de Crackstone.

CAPÍTULO TRINTA E DOIS

Estou passando pelo lago Jericho quando ouço — o primeiro uivo da lua de sangue. Isso é de se esperar num lugar como Nunca Mais, mas o que um lobo está fazendo tão longe do campus?

E mais, o uivo soa vagamente... familiar. Como se eu o tivesse ouvido centenas de vezes antes, embora não consiga identificar como ou por quê.

Enquanto estou parada, contemplando, Tyler sai das árvores atrás de mim, se aproveitando de minha distração. Quando o vejo, ele já está perto demais. Talvez Laurel tenha lhe dito para vigiar a cripta caso eu conseguisse uma fuga improvável. Ou talvez ele queira que eu suma para seu próprio bem agora.

De qualquer forma, ele está aqui, na minha frente, e não preciso de uma visão para me dizer que tenho de agir com bastante cautela agora.

— Thornhill disse que você estava morta — diz Tyler, soando desapontado.

Dou de ombros, tentando não demonstrar o quanto estou consciente da natureza crítica da situação. Sozinha na floresta com um monstro que não tem mais nenhum motivo para não me matar.

— Já me sinto bem melhor agora.

Ele zomba de mim com uma expressão odiosa.

— Você é igual a uma barata — diz ele. — Faz alguma ideia do quanto foi difícil não te matar esse tempo todo? Thornhill disse que a gente precisava de você. Mas agora não precisamos mais.

— Isso não vai acabar bem pra você — prometo a ele, e então a pele de seu rosto começa a borbulhar.

Apesar da cura feita por Goody, estou enfraquecida por causa dos eventos desta noite. Assim que ele se transformar, não serei capaz de correr mais do que ele ou de superá-lo em combate. Seu corpo inteiro se retesa ao rugir em agonia. Sei o que vem em seguida. Será possível que Goody tenha me salvado apenas para eu morrer dois quilômetros mais a oeste? Com Crackstone e Laurel à solta?

Fujo para trás sobre as folhas enquanto Tyler completa sua transformação. O Hyde está de pé em seu lugar, saliva pingando dos dentes. Seus olhos esbugalhados faíscam com crueldade — a mesma crueldade que vi nos de Tyler, mas mais aterrorizante agora. Mais fatal.

O monstro ataca e faço o melhor que posso para sair de seu caminho, mas é inútil. Ele foi criado para matar. Estica o braço com uma precisão violenta, passando os dedos compridos e nodosos em volta de mim e me erguendo no ar.

Num rompante de velocidade, ele me esmaga contra uma árvore. O braço que não está me segurando se levanta bem alto, o luar cintilando em cinco garras afiadas como navalhas. As mesmas que deixaram rasgos profundos e mortais no peito de tantas vítimas antes de mim.

Tendo escapado da morte tão por pouco, sei que mais nenhum milagre virá para mim. Luto, me recusando a permitir que alguém diga que não lutei até o fim.

Porém, antes que o Hyde possa me estripar, terminando o serviço que sua mestra não conseguiu acabar, algo enorme, branco e peludo voa para a minha linha de visão, colidindo com o monstro e forçando-o a me soltar.

O Hyde rosna de frustração, voltando o olhar para um colega predador muito mais à altura da tarefa de matá-lo do que eu. É somente quando a fera branca entra num facho de luar que vejo as pontas de suas orelhas em rosa e roxo. Os olhos que eu nunca poderia confundir, não importa de que rosto monstruoso e com presas eles estejam me olhando.

— Enid? — indago, e quase posso ver a garota no lobo.

Ela está, tranquilamente, o triplo de seu tamanho normal, uma mulher-lobo total, com todas as armas a seu dispor. Apesar das circunstâncias, sinto uma onda de intenso orgulho que quase me derruba.

Mas aí o monstro fica à vista, imenso, atrás dela.

— Enid! — grito, apontando. — Cuidado!

O Hyde colide com Enid, fazendo o lobo dela alçar voo. Fico apavorada até ver ela se endireitar quase que de imediato. Intacta após um golpe que teria matado a mim ou a qualquer outro ser humano. Ela parece quase contente quando se vira para o Hyde, que vinha para tentar um segundo golpe.

Nunca me senti tão supérflua em minha vida. Mesmo se eu ficasse ali, Enid não precisava da minha ajuda. E na escola, Crackstone está pronto para lançar um nível bíblico de destruição sobre os alunos.

— Tenho que voltar para a escola! — grito, torcendo para que a audição superpotente de Enid me ouça, e então me viro e corro para Nunca Mais.

É evidente que a escola claramente já foi invadida por Laurel e Crackstone. Os corredores estão vazios. Posso apenas torcer para que os Beladonas tenham seguido meu alerta e retirado todos em segurança.

No hall de entrada há fumaça. Subo a escadaria, sentindo a história, sabendo que este foi o caminho que meus pais pegaram na noite em que lutaram com Garrett Gates. Eu só quero uma visão do alto do quadrado para poder ver Crackstone antes que ele coloque seus olhos sobre mim. Entretanto, assim que parto para a sacada, eu vejo. Cintilando sob o luar que passa pelo arco mais adiante.

É o sabre cerimonial de esgrima. Provavelmente um prêmio de algum evento realizado na escola há muito tempo. É o mesmo sabre que minha mãe usou para matar o irmão de Laurel. Para colocar tudo isso em movimento. Posso ouvir a voz de Goody em minha mente:

Crackstone precisa ser apunhalado em seu coração sombrio. É o único jeito de derrotá-lo agora e para sempre.

Passei a maior parte da minha vida tentando traçar meu próprio caminho. Para não me demorar demais na sombra das façanhas de minha mãe ou do nome de meu pai. Esta noite, porém, sinto que o legado deles só pode me fortalecer, como o de Goody fortaleceu.

Laurel e a família Gates têm Crackstone. Vou mostrar para eles até onde se pode chegar quando a pessoa tem ancestrais que merecem honrarias.

Com o considerável peso da espada em minha mão, me adianto com mais confiança. Está na hora de acabar com isso de uma vez por todas.

Levo apenas um breve olhar para ver o caos que Crackstone está criando no quadrado. Abro caminho sorrateiramente para encontrá-lo, me atendo às sombras até o momento certo de me revelar.

Não há muitos estudantes nessa parte da escola, mas Crackstone ergue seu cajado para detonar dois deles quando chego na borda do quadrado. O luar está claro, descorando a pedra até um branco ósseo. Tudo que é inflamável já pegou fogo, lançando uma luz trêmula e sombras dançantes.

O cajado de Crackstone ainda está no alto. Os estudantes, que não reconheço, gritam e se viram para fugir. Este é o momento em que abandono as sombras. Encaro Crackstone, finalmente.

— Olá, peregrino — digo, erguendo o sabre.

Como eu esperava, Crackstone se vira, incrédulo, ao som de minha voz. Isso permite que os outros alunos fujam para se pôr a salvo. Enfrentando-o do lado oposto do quadrado em chamas, sei que os eventos da visão da mãe de Rowan vieram a se cumprir. Se ao menos ela tivesse desenhado o fim... Suponho que vá ter que ser eu a artista desta cena.

— Como pode teu coração ainda pulsar? — pergunta Crackstone. — Que feitiçaria demoníaca é essa?

Ele levanta o cajado para me despachar uma segunda vez. Agora, levanto minha espada para encontrar com ele, mas sei que ter dado uma chance para os alunos fugirem me fez perder o fator surpresa. Se ele me restringir de novo com sua magia esquisita, esta cena terminará de maneira bem diferente da que desejo pintar.

— Fique longe dela! — Vem uma voz de trás de mim.

Não ouso tirar meus olhos de Crackstone, mas quando ouço uma flecha se encaixando num arco atrás de mim, sinto uma onda de emoção. Será possível? Como?

A flecha voa direto para o olho horrível de Crackstone, mas no último segundo ele ergue as mãos e desacelera a flecha até ela parar, permitindo então que a arma flutue na sua frente por um momento. A ironia deste homem, ressurgido dos mortos por meios sobrenaturais, brandindo magia para destruir os portadores de magia que ele clama estarem abaixo dele, é penosa.

Ele ri conforme a flecha gira em torno de si mesma em pleno ar, apontando-a de volta para o arqueiro, e então disparando a uma velocidade considerável.

Dou meia-volta bem a tempo de ver Xavier, com choque no rosto, parecendo desgastado após os longos dias de prisão indevida. Em um instante, seu discurso para mim na Biblioteca Beladona volta à minha mente:

Estou do seu lado desde o primeiro dia.

Antes que eu possa decidir, já estou mergulhando. Colocando-me no caminho da flecha. A dor quando ela afunda no meu ombro é apenas a terceira pior agonia que senti hoje. Vou sobreviver.

Caio sobre um joelho, cerrando os dentes contra a dor, sabendo que tenho segundos antes que Crackstone se aproveite da minha vulnerabilidade. Porém, deste ângulo, posso ver outro grupo de alunos apavorados se encolhendo atrás de uma arcada. Xavier olha para mim, incrédulo.

— Tire eles daqui! — grito.

Ele hesita, claramente sem querer me deixar aqui sozinha.

— Vá! — insisto, e Xavier se vira, afinal, correndo na direção dos estudantes e saindo de vista.

Quando não posso mais vê-lo, cerro os dentes, arranco a flecha do meu ombro e retomo a espada. Somos só eu e Crackstone agora. Eu o encaro conforme ele se aproxima sem pensar em rendição ou retirada.

O peregrino ataca com seu cajado. Sem mais preâmbulos. Bloqueio o golpe, absorvendo a imensa força por trás do movimento. Não conseguirei fazer isso a noite inteira. É imperativo que eu force uma abertura, e logo.

Outro ataque. Dessa vez defendo, mandando o braço dele para trás com um timing impecável, modéstia à parte. Com qualquer adversário normal, isso criaria uma abertura. Em especial um golpe potente e aberto assim.

Crackstone, contudo, é rápido de modo sobrenatural, além de forte. Ele está em posição de novo antes que eu possa avançar com um caminho limpo. Reúno minhas forças, sabendo que não posso deixar que ele me mantenha na defensiva. Preciso lhe mostrar o que posso fazer.

Com o sabre histórico em minha mão, encaro o semblante corrompido, os olhos reluzentes, o sorriso fétido. E então me lanço adiante, a lâmina na frente.

É um dos ataques mais graciosos que já realizei. Posso quase sentir minha mãe nas arquibancadas, batendo palmas daquele jeito polido, seus olhos cintilando de orgulho. Crackstone, porém, levanta o cajado para encontrar a lâmina e, quando os dois se chocam pela terceira vez, a lâmina do sabre se despedaça.

Meu coração afunda à medida que os pedaços caem ruidosamente no chão. Mal restam três centímetros de lâmina irregular se projetando do cabo. Todo o resto se foi. Em pedaços no chão entre nós.

Quando ele aponta o cajado dessa vez, não tenho uma contraofensiva. Sinto-me ser levantada do chão e arremessada para trás, colidindo com uma mesa de piquenique em chamas. Faíscas explodem de onde aterrisso, mas não caio. Continuo presa contra a mesa, sentindo o calor ficar insuportável nas minhas costas.

Crackstone atravessa o quadrado a passos largos, o cajado em riste, até estar bem sobre mim.

— Vou te mandar de volta para o inferno! — urra ele.

Só que, mais uma vez, minha ruína é interrompida. Uma lâmina intacta, mais fina e ágil do que a minha, aparece atravessando o ombro de Crackstone. Ele ruge outra vez, agora de dor, e larga o cajado.

Estou livre de suas garras, caindo no chão, rolando para apagar qualquer brasa ainda presa a meu casaco. Quando me levanto, vejo Crackstone encarando Bianca, cujo queixo se empina, orgulhoso, a espada de volta em sua mão.

Antes que eu possa chegar ao lado dela, Crackstone lhe dá um tapa com as costas da mão, jogando-a no banco de pedra em volta do espelho d'água. Mas a façanha dela me deu tempo suficiente para me recuperar. No chão a meus pés está um estilhaço de minha espada. Não sei se é longo o bastante para alcançar o coração dele, mas essa é minha única chance.

Ele corta minha mão quando o apanho, mas assim que Crackstone se vira de frente para mim outra vez, estou pronta. Antes que ele possa retomar o cajado, antes que possa dizer outra palavra, dou um passo à frente e enfio o estilhaço de metal no lugar em que seu coração pútrido deveria estar.

Seus olhos se arregalam, a boca se movendo em fúria silenciosa. Apesar do metal cortando minha mão, eu o empurro mais para o fundo. Tão fundo quanto posso. Assim que está tão fundo quanto é possível, travo meu olhar ao de Crackstone e giro a lâmina para garantir.

À medida que a luz muda nos olhos dele, passando de um brilho sobrenatural para o azul de seu olhar humano, penso no Templo Religioso. Nos Excluídos presos lá dentro. Seus gritos enquanto queimavam. Penso na mãe de Rowan, que teve essa visão vinte anos atrás. Em Rowan, que morreu para que eu pudesse estar aqui, dando um fim definitivo a este monstro.

Penso em Goody, que me ensinou. Que me salvou. Que só queria isto aqui. Crackstone olha para mim. Os olhos pequenos e cruéis de um homem intolerante cujo legado é preconceito e assassinato. Giro a lâmina. Sangue preto escorre de sua boca.

Ele tropeça para trás e o estilhaço escorrega de minha mão, mas não há dúvidas de que ele fez o que precisava ser feito. Há uma expressão de incredulidade no rosto de Crackstone ao levar a mão ao fragmento de arma se projetando no próprio peito, retirando-o com um som nauseante.

Da ferida, um tapete de pústulas necróticas começa a se espalhar de imediato, deixando em seu rastro apenas cinzas que se desfazem com o vento. Quando elas chegam aos limites de sua forma reconstruída, começa a se acumular uma energia que então explode em uma supernova de energia azul, expelindo-se com tanta força que as chamas no quadrado são extintas por ela.

Bianca se põe de pé, encontrando meu olhar por cima da pequena pilha de cinzas do que era, até muito recentemente, Crackstone. Naquele momento, sei que estamos vendo a mesma coisa: uma garota com um belíssimo ataque, brasas soprando à sua frente na paisagem infernal que já foi nossa escola, orgulhosa porque, por nossa causa, um monstro está morto em definitivo.

Antes que eu possa dizer alguma coisa, entretanto, ouço o som inconfundível de uma arma sendo engatilhada atrás de mim. Viro e encontro Laurel Gates saindo da fumaça e das sombras, a pistola apontada diretamente para meu peito. Bianca dá um passo à frente na periferia da minha visão, mas Laurel gesticula de modo ameaçador para que ela vá embora.

— Você trouxe uma arma para uma briga de espadas — provoco, tentando ser casual. — O primeiro ato inteligente que fez no dia inteiro.

Mesmo ao dizer isso, estou me perguntando quantos milagres mais me restam. Pelo menos se eu morrer agora, posso morrer sabendo que Crackstone não vai retornar nunca.

— Posso não matar todos os Excluídos, mas no mínimo terei a satisfação de ter matado você.

Fechando os olhos, espero pelo impacto da bala, tentando não antecipar a dor. Em vez disso, ouço o zumbido de uma abelha.

Abro os olhos, hesitante, e vejo Laurel tentando afastar pelo menos dez abelhas que, inexplicavelmente, encontraram seu caminho para o quadrado. Antes que eu possa ver de onde estão vindo, dez abelhas viram cinquenta. Depois cem. Em segundos, Laurel é engolfada, gritando por causa das picadas incessantes. Ela larga a arma. Só então me viro para a fonte da comoção e encontro Eugene se aproximando pela entrada leste, as mãos erguidas enquanto todas as abelhas da colmeia obedecem a seu comando.

— É! — grita ele. — É isso o que você ganha mexendo com Nunca Mais, vaca!

Laurel está no chão, berrando de dor, encolhida em si mesma em posição fetal. Imagino que neste momento ela está desejando ter se afogado de verdade tantos anos atrás. Teria sido um jeito muito mais pacífico de morrer.

Eugene me aborda, um sorriso orgulhoso no rosto.

— Zunzuns ficam juntos, né?

É naquele momento que me dou conta de que não vivenciei nenhum milagre esta noite. Apenas a solidariedade de uma comunidade que se importa se estou viva ou morta. É uma compreensão revigorante. Faz com que eu me sinta quase tão invencível quanto sempre fingi ser.

Quando temos certeza que Laurel não apresenta mais nenhum perigo, Bianca nos leva até a torre de água, onde o resto do corpo estudantil está reunido. Assim que tenho tempo para pensar, sei que preciso encontrar Enid. Para me certificar que ela prevaleceu em sua batalha com o Hyde.

Meu estômago está em nós durante toda a caminhada até lá. Flanqueada por Bianca e Eugene, tento não pensar no que acontecerá se ela não estiver lá. Quanto tempo levarei para encontrá-la na floresta.

O grupo de estudantes é visível sob a luz das tochas mais acima. Vejo as toucas dos górgonas, os olhos luminosos das sereias e então, por fim, um choque de cabelo loiro-claro. Uma mecha rosa. Uma mecha roxa. Um monte de sangue.

— Cadê a Wandinha? — pergunta Enid, embrulhada num casaco rosa, cada centímetro seu coberto em sangue e vísceras que não parecem ser dela. Na verdade, ela nunca esteve mais linda para mim. Mais capaz ou forte.

— Enid — chamo, e ela se vira, em pânico.

Nossos colegas de classe abrem espaço entre nós. Nossos olhos observam uma à outra por um longo momento antes de ela correr na minha direção e jogar os braços ao meu redor.

Há um momento de choque ao registrar o corpo dela pressionado contra o meu. O primeiro abraço que experimento desde… bem, um bom tempo. Embora minha reação normal fosse empurrar o ofensivo abraçador para longe, me vejo abraçando-a de volta. Relaxando em seus braços, o peso total de tudo o que me aconteceu esta noite enfim recebendo um lugar seguro onde pousar.

Antes que eu me dê conta, meus braços estão se levantando, circundando os ombros dela e apertando com todas as forças que me restam.

EPÍLOGO

As aulas estão canceladas pelo resto do semestre. É difícil encontrar um lugar sequer no campus de Nunca Mais ou na cidade de Jericho que não seja uma cena de crime. Suponho que isso vá levar algum tempo para resolver.

Tropeço carrega minhas últimas malas para fora do Prédio Ofélia enquanto datilografo a página final de meu livro. Um final apropriado para um ano muito surpreendente. Quando aperto as três teclas finais, hesito. *fim*. Parece tão definitivo. Sem pensar demais, acrescento um ponto de interrogação. O que é a vida sem um pouco de mistério, não é?

Não consigo me forçar a enfrentar o festival hormonal de despedidas que é o quadrado, então faço um desvio pela sala de Weems antes. Está tão quieta sem a presença imponente dela caminhando intempestivamente em seu interior. Difícil imaginar um diretor ou diretora que possa assumir seu lugar.

Nossa relação era complicada, é bem verdade, mas no final, eu não poderia ter descoberto a trama de Laurel sem ela. Ela acreditou em mim quando isso importava. Vou me lembrar dela assim.

— Odeio admitir — a voz de Enid vem da porta —, mas vou sentir saudade da diretora Weems.

Virando de frente para ela, escondo um sorrisinho. É claro que ela descobriu exatamente onde eu estava me escondendo. Estivemos quase inseparáveis nos dias desde a lua de sangue. Em preparação para uma amizade a longa distância, ao menos por algum tempo.

— Ela podia ser um saco — digo. — Mas deu sua vida protegendo a única coisa que amava de verdade: esta escola. E por isso, tenho um respeito imenso.

Enid anui. Ela está usando um casaco de lã cor-de-rosa espalhafatoso hoje, que deixa seus olhos ainda mais azuis do que o usual.

— Ela era uma de nós — afirma Enid, circunspecta, e depois de um momento de silêncio, gentilmente me guia lá para fora, para o corredor.

— Agora que as aulas estão canceladas pelo resto do semestre, você *tem* que me visitar em San Francisco — diz ela, batendo palmas só de pensar nisso. — Posso quase garantir que vai ter neblina e garoa todos os dias.

— Parece tentador — digo, e acho que estou falando sério. Tenho a sensação de que a Mansão da Família Addams vai parecer meio pequena depois deste ano.

Nesse momento, Bianca passa por nós, indo na direção oposta e dando pouco mais do que um gesto da cabeça como cumprimento. Ainda não sei como me sinto a respeito dela. Tem sido uma montanha-russa entre nós este semestre. Mas uma coisa é certa: ela salvou a minha vida. Não posso apenas deixar isso passar em branco.

— Bianca — chamo, sentindo, em vez de ver, os olhos de Enid se arregalando em choque.

Bianca se vira de frente para mim, as sobrancelhas perfeitas se arqueando em curiosidade.

— Eu te devo um obrigada — falo.

Ela abre um sorriso maroto por um instante, e então se torna um sorriso genuíno.

— Vamos conseguir aquele prêmio de esgrima no ano que vem — diz ela, com aquele ar de superioridade indiferente que me incomodava tanto. — Não fique se achando porque matou um ser sobrenatural.

Enid aperta meu braço antes de saltitar para se despedir de algumas das garotas Beladonas. Estou cogitando sair quando vejo Xavier na galeria. Meu ombro ainda está dolorido onde a flecha penetrou, mas não conversamos desde então.

Subo a escadaria lentamente, me perguntando que tipo de recepção posso esperar. Se meu relacionamento com Bianca foi uma montanha-russa, meu relacionamento com Xavier esteve mais para um desastre de avião.

— Soube que é um homem livre agora — brinco, quando ele parece não fugir de imediato.

— É — afirma ele, abrindo os braços como asas. — Todas as acusações foram retiradas.

Assinto, sem saber o que dizer em seguida. É claro que me sinto culpada pelo que fiz, e pelo que aconteceu com ele.

— Escuta — diz ele, quando não introduzo um novo assunto na conversa. — Quando você veio para a minha cela, falei muita coisa.

Ele respira fundo, e então prossegue.

— Ser seu amigo deveria vir com um rótulo de alerta, mas não conheço muita gente que levaria uma flechada por mim, então...

Ele pega uma caixinha preta do bolso do casaco e entrega para mim. Aceito, hesitante.

— Bem-vinda ao século XXI, Addams.

Abro a tampa para revelar um smartphone preto brilhante.

— Meu número já está salvo — fala ele, com um sorrisinho arrogante.

— Foi bem ousado — digo. — Espero que não esteja esperando uma ligação minha.

— Não, nunca — diz ele. — Mas eu me contentaria com uma mensagem.

Meu olhar feio claramente não tem o efeito desejado, porque ele torna a abrir um sorriso malicioso em um instante.

— Você sabe o que é uma mensagem, né?

Reviro os olhos, colocando a caixa na minha bolsa. Sempre posso jogá-la no lago na saída da cidade. Tropeço não se incomodaria de estacionar na beira da estrada.

— Adeus, Xavier — digo.

— Ei — chama ele, quando me viro para a escada. — Você vai voltar no próximo semestre?

Não me dou ao trabalho de responder. Como falei, o que é a vida sem um pouco de mistério?

A neve está caindo quando o carro fúnebre da família Addams se aproxima da frente da Escola Nunca Mais. Somente então ligo o celular. Para minha surpresa, já tenho uma mensagem nova, de um remetente desconhecido.

Quando a abro, vejo uma foto granulada, um zoom de mim mesma no Cata-vento algumas semanas atrás, sentada à mesa em frente a Tyler, antes de saber da verdade. Uma segunda foto deve ter sido tirada apenas uma hora atrás, enquanto eu conversava com Xavier na galeria.

Uma pequena animação chega em seguida. Inconfundivelmente, sou eu, com as tranças e o uniforme escuro. Enquanto assisto, uma faquinha chega voando e se enterra no meu crânio, transformando meus olhos em dois X.

O texto abaixo dela diz apenas: *Estou de olho em você.*

Meu primeiro stalker, penso, mais intrigada do que com medo. Talvez essas férias forçadas venham a ser mais interessantes do que eu imaginava.

Dou o celular ao Mãozinha, que o guarda em minha bolsa e a fecha. Suponho que não tenhamos tempo para nenhuma parada não planejada no lago, no fim das contas. Uma pena.

Conforme observo pela janela, a neve voando por nós, penso em tudo que aconteceu em meu tempo em Nunca Mais. Tudo o que ainda pode estar se esgueirando no futuro. Ao contrário do meu livro, nem todos os fios soltos foram atados. Nem todas as questões foram respondidas. Segredos ainda se escondem nos cantos sombrios de Jericho.

Enid me disse que o xerife Galpin interrompeu o duelo mulher lobo/Hyde disparando uma bala no ombro de Tyler. Enid fugiu, mas não há dúvida de que, se o xerife antes não sabia sobre Tyler, agora sabe. A questão é: o que ele vai fazer a respeito? A quem ele é mais leal, seu filho ou seu distintivo?

E Laurel e Tyler? Será que eram apenas peões num jogo maior?

Será que esse stalker tem algo a ver com os dois? Ou será uma ameaça nova em folha, esperando para ser investigada?

Eu sei que o suspense está matando vocês.

FIM...?

Todos os direitos reservados e protegidos pela Lei 9.610 de 19/02/1998.

Nenhuma parte deste livro, sem autorização prévia por escrito da editora, poderá ser reproduzida ou transmitida sejam quais forem os meios empregados: eletrônicos, mecânicos, fotográficos, gravação ou quaisquer outros.

Diretor editorial
Luis Matos

Gerente editorial
Marcia Batista

Produção editorial
Letícia Nakamura
Raquel F. Abranches
Victoria Viana

Tradução
Marcia Men

Preparação
Aline Graça

Revisão
Lui Navarro
Gabriele Fernandes

Diagramação
Nadine Christine

Arte
Barbara Garoli
Renato Klisman

Arte da capa original
Marcela Bolívar

Design da capa original
Mike Meskin

Universo dos Livros Editora Ltda.
Avenida Ordem e Progresso, 157 — 8º andar — Conj. 803
CEP 01141-030 — Barra Funda — São Paulo/SP
Telefone: (11) 3392-3336
www.universodoslivros.com.br
e-mail: editor@universodoslivros.com.br